꺳 cat 꺳꺳

고양이에 관한 열한 가지 특별하고도 환상적인 이야기

캣 cat 캣 캣

현대문학 55주년 기념 소설집

젊은 작가 11인의 테마 소설집

태기수 ● 양유정 ● 박형서 ● 김이은 ● 김서령 ● 김설아
염승숙 ● 명지현 ● 강 진 ● 최은미 ● 정용준

현대문학

차례

모르모트 인간

태기수

인간은 영영 꼬리를 잃어버린 것인가? 그렇다면 꼬리뼈는 어쩌자고 아직껏 남아 있는 걸까. 인간의 꼬리는 완전히 퇴화한 게 아니라 진화의 한 과정을 거치고 있는 게 아닐까. 혹시 말이다. 인간이 네 발 짐승처럼 살아야 하는 시대가 닥친다면 인간의 꼬리뼈는 기나긴 퇴화의 늪에서 기지개를 켜고 일어나지 않을까. 인간이 장차 어떤 환경에 놓인대도 그런 돌연변이 유전자가 생성될 리 없다고 누가 장담할 수 있겠는가. 인간의 꽁무니뼈는 바로 그런 날이 오기를 기다리며 영겁의 세월 속에 숨죽이고 있는지도 모른다.

간혹 때를 잘못 알고 태아의 엉덩이에 매달려 나오는 당혹스러운 꼬리 놈들도 있다. 몇 년 전, 꼬리를 달고 태어나 인간 세상에 충격을 던져준 인도의 한 아이를 기억하는가. 그 아이의 척추 끝에는 4인치

길이의 꼬리가 실실 꼬리 치고 있었다. 캄보디아에서도 한 여자아이가 얄궂은 꼬리를 달고 태어났고, 뭐 드러나지 않았지만 다른 나라들에서도 꼬리인간의 출몰 사례가 있지 않았을까 의심이 간다.

그리고 마침내 이 나라에도 괴이쩍은 꼬리가 하나 출몰했다는 사실을 살짝 털어놓아야겠다. 난데없이 날벼락이라도 맞은 것처럼 꼬리생활자로 살아가게 된 사람이 한 명 나타난 것이다. 영겁을 뚫고 퇴화의 동굴 밖으로 뛰쳐나온 그 꼬리가 자기 주인에게 불행만 안겨줄 것인지, 뜻밖의 행운을 물어올 것인지는 나로서도 아직 판단이 서지 않는다. 사실 어찌 보면 그는 꼬리인간으로 거듭났다고 말할 수 있는 사람이다. 꼬리를 갖게 됨으로써 인생 최대의 전환기를 맞게 되었기 때문이다.

미리 밝히자면, 그는 앞에서 말한 사례와 달리 원인 불명의 후천적 요인에 의해 꼬리인간이 되었다.

먼저 문제의 인물에 대해 대충이나마 소개하고 넘어가야겠다. 그래야 얘기가 매끄럽게 진행될 것 같고, 꼬리인간 출현의 충격을 완화하는 데도 도움이 될 테니까. 아직은 그의 정체가 세상에 알려져선 안 되기 때문에, 신상이 드러나는 정보는 되도록 피해갈 수밖에 없다는 걸 이해해주기 바란다.

그는 38세의 미혼남이다. 이름은…… (아차, 하마터면 이름을 말할 뻔했다) 180센티미터가 조금 넘는 키와 준수한 외모를 행운의 자산으로 여기고, 은근히 과시하기도 하는 사내였다. 어느 자리에 가도 돋보이는 외모 덕에 좋은 유전자를 타고난 운 좋은 놈으로 종종 주위의 부러움을 샀다. "하지만 그것도 30대 중반까지였지." 20대에 서너 번 심각한 연애를 경험했고, 한 번은 결혼까지 약속했다가 사소한 이유로 파탄지경에 이르렀다. 서른 살에 만난 여자와는 결혼을 염두에 두고 진지한 만남을 이어갔지만, 두 집안의 종교가 달라 양가 부모와 친척들까지 우루루 달려들어 두 사람을 떼어놓고 말았다. "난 말이지. 굳이 밝히자면 다윈주의자에 가까운 사람이야." 창조론보다는 진화론 쪽에 저울추를 기울이고 있다는 그는 아직 신을 섬길 준비가 되어 있지 않은 사람이다. 그럼에도 종교적 배경의 차이를 극복하지 못했다. 이미 관계의 심리적 연장선이 끊겨버린 상황에서, 아이부터 낳아버리자며 여자를 침대에 자빠뜨렸는데, 여자가 냉정한 태도로 돌변하더니 그의 엉덩이를 걷어차버렸다. "참 내…… 알고 보니 부모 말씀을 무슨 성경 구절쯤으로 새겨듣던 여자였어." 여자는 결국 다음 날 그에게 이별을 고했다. "그때 우리가 아이를 가졌다면, 꼬리 달린 아이를 낳을 수도 있지 않았을까?" 이후로 그는 어느 여자를 만나든 조화롭고 안정적인 관계의 틀을 짜 맞추지 못했다. 충동적이고 우발적으로 아무 여자와 닥치는 대로 관계를 가졌고, 어쩌다 연애모드로 이어진 관계도 3개월, 6개월을 넘기지 못했다.

이 얘기는 그가 지금의 직장에 다니기 전에 운영했던 신촌의 바에 우연히 들렀다가 직접 전해들은 내용이다. 이런 곳에도 술집이 있나, 싶을 정도로 외진 골목에 그의 바가 자리하고 있었다. 버스 정류장과도 멀리 떨어져 있고 인적도 뜸한 곳이라 과연 수지를 맞출 수 있을지

의문스러운 술집이었다. 아니나 다를까. 자정 무렵 그곳에 처음 발을 들였을 때, 손님 하나 없는 술집에서 주인 혼자 손님 행세를 하고 있었다. 이미 눈까지 풀려 있는 상태로 취해버린 그는 손님 없는 술집만큼이나 한심하고 불안해 보였다. 이건 아니다 싶어 곧바로 돌아 나오려는데 그가 불쑥 말했다. "같이 한잔합시다." 그리고 마주 보고 앉아 서너 번쯤 술잔을 비웠을까. 묻지도 않았고 그런 말을 나눌 계제도 아닌 것 같았는데, 그는 마흔 중년을 코앞에 두고도 독신의 처지를 벗어나지 못하게 된 이유를 주절주절 늘어놓았다. 그것도 그날 처음 본 손님 앞에서. 게다가 내 나이를 확인하고 나서는 "그럼 나보다 한참 아래잖아!" 하면서 바로 반말 짓거리로 밀고 나왔다.

그날 이후로 가끔 바에 들러 그가 취한 목소리로 들려주는 반말 짓거리를 묵묵히 들어주곤 했다. 어쩌다 단체 손님이 얻어걸리는 특별한 날도 있지만 바는 언제나 한산한 편이었다. 하도 안쓰러워 일부러 직장 동료들이나 친구들을 억지로 끌고 가기도 했다. 많지도 않은 주변 사람들과 알음알음으로 간간이 찾아드는 손님들이 전부인 술집이 안정적으로 유지될 리 없었다. 그는 문을 닫겠다는 뜻을 비치기 시작했고, 마침내 접기로 결심했다. 하지만 이미 한참 늦어버린 결단이었다. 5년 가까이 출혈을 감수하며 간신히 지켜냈던 바는 그에게 수천만 원의 빚과 소득 없이 흘려보낸 세월의 공허감만 잔뜩 얹어주고 스러졌다. 그는 홀어머니가 세상을 떠나면서 명의이전해준 아파트를 팔아 빚잔치를 벌일까 잠시 고민했다. 그러나 아파트 주변지역에 개발 바람이 불고 있어서 자산가치가 하루가 다르게 치솟고 있는 상황이었다. "내 유일한 자산인데, 어떻게든 지켜야 하지 않겠어?" 그는 아파트를 전세로 내놓고, 그 돈으로 빚을 청산하고 남은 돈을 털어 빌라에 전세를 얻어 이주했다. 자동차도 처분하고 주변 사람들과의 연락도 끊은 채 그는 한동안 전세방에 칩거해 있었다. 그를 방에서 끌어낸 것은 전에 공연 제작사에서 같이 일했던 한 선배였다. "방송국의 공연 사업팀에서 일했던 선밴데, 나를 홍보의 세계로 이끌어준 고마운 선배지. 그 선배 아녔음 지금도 냄새 나는 전세방에 처박혀 알코올 중독자처럼 지내고 있을지도 몰라."

요컨대 그는 그리 특별하다고 말할 수 없는, 우리 주변에서 별로 어렵지 않게 마주칠 수 있는 사람이다. 그런데 난데없이 꼬리를 갖게 되면서 그는 아주 특별한 사람으로 다시 태어났다. 그의 꼬리뼈를 퇴화의 잠에서 깨워 일으킨 것은 무엇이었을까? 왜 그런 일이 발생했는지, 부모가 전해준 유전자 지도에 꼬리 유전자가 심겨져 있었는지는 아직 아무도 모른다.

다섯 달쯤 전에 그 조짐을 처음 발견했다고 한다.

선배의 소개로 들어간 광고 기획사에서 의욕적으로 일하고 있던 때였다. 외부 업체의 의뢰를 받아 홍보 업무를 대리하거나 홍보 관련 컨설팅을 해주는 업무도 겸하고 있는 회사였는데, 그의 역량을 필요로 하는 것도 이 분야였다. 공연 제작사에서 일한 적이 있어 그리 어렵지 않을 거라 자신했지만, 오래도록 현장을 떠나 있다 보니 업무 감각이 둔해져서 그런지 적응하기가 쉽지 않았다. 모든 업무가 도전적으로 그를 압박해왔다. 전에 알고 지냈던 방송사 관계자들과 기자들도 이미 현장을 떠났거나 자리 이동을 해버린 상황이라서 업무 관련 인맥을 처음부터 엮어나가야 했다. 서른 살의 이별 이후로 8년 동안이나 피상적인 관계의 그늘에서 지내온 그에게, 사회적 관계망을 새롭게 다져가야 하는 당면과제는 엄청난 부담을 안겨주었다. "나이 때문에라도 여기서 확고한 위치를 세우지 못하면 더 이상 갈 곳이 없다는 생각이 자꾸만 드는 거야. 그야말로 절벽 끝에 외발로 간신히 버티고 서 있는 심정이었지."

새로이 시작한 업무에 적응하느라 바삐 지내면서도 그는 하루빨리 업무에 적응하여 자기 위치를 확고히 다져야 한다는 강박감에 시달려야 했던 것이다. 그러한 강박의 끝에는 불안과 공포의 그림자가 휘늘어져 있었고, 그 불안과 공포의 영역에는 가위눌림과 불면의 혼령이 깃들어 있었다. 그런데 회사에서 그에게 가장 큰 압박과 공포를 안겨준 것은 우스꽝스럽게도 사무실에 매일 출근하다시피 하는 고양이 한 마리였다.

실장 직함을 내걸고 일하는 사장이 사무실에 데리고 오는 고양이. 남편과 협의이혼하고 받은 위자료로 회사를 차린 40대 중반의 사장에게 그 고양이는 유일한 가족 구성원이나 다름없었다. 날씬하고 우아한 자태를 뽐내는 흰색의 터키시앙고라, 사장은 이 고양이를 유리벽과 맞닿은 탁자에 올려두곤 했는데, 놈의 시선은 언제나 유리벽 너머 사무실을 향해 있었다. 놈은 주인에게서 다른 지시가 떨어질 때까지, 나른한 자세로 탁자에 몇 시간이고 앉아 있었다. 그러면서 푸르스름한 빛을 띤 호두형의 눈동자를 빛내며 호기심 가득한 눈길로 사무실 전체를 조망했다. 상관의 명령을 받아 감시탑에서 경계근무를 서는 고양이 병사처럼 느껴질 때도 있었다.

실제로 그는 어쩌다 고양이의 눈길을 의식할 때마다 놈의 감시를 받고 있다는 느낌에 사로잡혔다. "어떤 기분이냐고? 더럽지. 정말 아주 더러운 기분이야." 그의 말대로 그 고양이가 문제의 원인일 수도 있겠다는 짐작도 든다. 이는 그의 주장이기도 한데, 글쎄, 나로선 그가 사장에게서 받은 압박감, 그로 인한 심리적 불안의 원인을 고양이에게 덮어씌우고 있는 게 아닌가 싶기도 하다. 그렇지만 그의 주장도 상당한 설득력을 지니고 있다. 고양이와 그의 꼬리는 짝패처럼 절묘하게 맞아떨어지는 구석이 있기 때문이다.

"사무실에 출근한 지 보름쯤 지났을 무렵이었어. 그날 나는 밤늦게까지 사무실에 혼자 남아 홍보 기획안을 작성해야 했어. 몽롱한 피로감 속에서, 동원 가능한 온갖 상상력을 발휘하여 무사히 일을 마칠 수 있었어. 절로 한숨이 나오더라니까. 곧바로 사장의 이메일 주소로 기획안을 전송한 뒤, 가방을 챙겨 들고 일어섰지. 사무실 조명등을 모두 끄고 희붐한 새벽빛에 의지하여 사무실 밖으로 막 나서려고 했을 때였어. 언뜻 기이한 기운을 감지하고 사장실 쪽으로 시선을 던졌는데, 어이쿠 씨발, 유리벽에 호두알 두 개가 푸르스름하게 번뜩이고 있는 거야. 젠장, 그 빌어먹을 고양이가 그때껏 사장실을 지키고 있었던 거야. 사장이 무슨 이유로 자기 가족과도 같은 고양이를 사무실에 남겨두고 퇴근해버렸는지 모르겠어. 하여간에 그년 변덕도 알아줘야 해.

난 그 시각까지 고양이가 거기 있으리라고는 전혀 예상하지 못했어. 사장이 고개를 끄덕여줄 만한 발상을 쥐어짜내느라고, 정말 고양이의 눈길을 의식하지도 못했다니까.

그 시퍼런 광채를 본 순간 말이지, 섬뜩한 기분과 함께 살의를 느꼈어. 그래, 그건 명백한 살의였다고 기억해. 피로와 졸음을 견디며 내가 일하는 모습을 놈이 줄곧 감시하듯 지켜봤다는 생각에 울화통이 치밀더란 말이지. 황당한 발상이지만, 나를 계속 감시하도록 일부러 고양이를 놔두고 간 게 아닐까, 하는 의심마저 들었어. 난 다시 불을 켜고 책상 서랍을 열어 문구용 칼을 꺼내 들었지. 놈을 해치겠다는 뚜렷한 목표의식 같은 건 없었던 것 같아. 그냥 반사적이고 충동적으로 벌인 행위였을 거야.

칼을 등 뒤에 숨기고 조용히 사장실 문을 열고 들어갔지. 놈에게 말을 걸듯 야옹, 울음소리까지 흉내 내며 슬며시 다가갔어. 원래 경계심이 많은 고양이였는데, 오랜 시간 동안 혼자 사무실에 남겨져 있었던 탓인지 놈은 아무것도 모른 채 가르릉거리며 평소에는 극구 피하던 스킨십까지 허용해주더라고. 난 그때를 놓치지 않았지. 냅다 놈의 목을 틀어잡고 두 귀 사이를 칼로 그냥 확 그어버렸어. 아, 그 끔찍한 비명 소리라니……! 죽어라 버둥거리는 놈의 머리 중앙에 핏물이 선명하게 번져 올라 있더라고. 순간 놈이 발톱으로 내 손등을 할퀴는 바람에 칼을 떨어뜨렸고, 놈도 놓치고 말았어. 놈은 소름 끼치도록 음산한 비명을 내지르며 사장실 밖으로 뛰쳐나가 버렸어. 황급히 뒤를 쫓았지만, 놈은 이미 어딘가에 꼭꼭 숨어버린 뒤였어. 그제야 내가 무슨 짓을 저질렀는지 불현듯 깨달았어.

혹시 핏자국이 남아 있는지 탁자와 바닥을 꼼꼼히 살핀 다음, 서둘러 그 자리를 벗어났지. 핏물이 희미하게 밴 칼을 가방에 넣고, 정신없이 사무실 밖으로 나왔던 것 같아. 그런데 엘리베이터 문이 닫힐 때까지 날카로운 고양이 울음이 뒤쫓아오는 기분이 드는 거야. 그때였어. 뜨거우면서도 따끔한 감각이 등뼈를 훑고 지나가는가 싶더니, 꼬리뼈에서 묵직한 통증이 느껴졌어. 바로 그거였어. 웃지 마 임마! 분명 그때 내 꼬리 유전자가 자극을 받은 거라니깐⋯⋯."

고양이는 다음 날 아침 여자 화장실 휴지통에서 머리를 온통 피로 물들인 채 청소아줌마에 의해 발견되었다. 아줌마는 고양이를 관리실로 옮겼고, 관리실 직원이 사장에게 연락을 취했다. 급박한 걸음으로 내달려온 사장의 얼굴에는 눈물 자국이 너저분하게 번져 있었다. 사장은 고양이를 끌어안고 "미안해, 미안해, 미안해⋯⋯." 끝없이 용서를 빌며 잘 아는 동물병원으로 차를 몰아 갔다.

"당연히 나를 가장 먼저 불러 추궁했지. 난 저녁을 먹고 들어와 야근하는 내내 고양이를 보지 못했다고, 고양이가 거기 있었는지도 몰랐다고 둘러댔어. 워낙에 직감이 뛰어난 여자니깐 계속 나를 미심쩍어했지. 하지만 아무런 증거도 없고, 내가 그런 짓을 저지를 만한 특별한 이유도 없었으니까, 그렇게 대충 넘어갔어."

수의사의 손길을 거치고도 고양이는 원래 모습을 회복하지 못했다. 벌어진 상처를 꿰매느라 머리털은 볼품없이 깎여나갔고, 영험한 예지의 빛까지 감돌던 매혹적인 눈매는 어딘가 부자연스럽게 일그러져 보였다. 이마 역시 상처가 아문 뒤에도 예리하게 갈라져나간 흉터를 노출시켰다. "머리 전체가 보기 흉할 정도로 비틀린 인상으로 변해버렸어. 놈과 마주칠 때면 꼭 괴물을 보는 기분이었어. 차라리 그때 놈을 어떻게든 잡아서 숨통을 끊어놨어야 했는데……. 그때부터 줄곧 놈에게 쫓겨다녀야 했어. 꽤나 으스스하더라고. 에드거 앨런 포의 검은 고양이처럼 그놈이 언젠가는 내게 불길한 결말을 불러올 것 같은 예감이 들었거든."

그 일 뒤로 사장의 고양이 사랑은 더 깊어졌다. 하지만 그는 놈이 더 불편하고 두려워졌다. 그는 사무실에 있을 때면 놈과 눈길을 마주치지 않기 위해 바짝 긴장해 있어야 했고, 그 때문인지는 모르겠지만 꼬리뼈의 통증이 주기적으로 반복되는 느낌을 자주 받았다. 그러던 어느 날 그는 꼬리뼈의 이상 징후를 발견하게 되었다.

"아침에 일어나 대변을 보고 밑을 닦는데 뭔가 만져지더라고. 왠지 모르게 엉덩이가 무거워진 느낌도 들고, 이상하게 꼬리뼈 부위가 못 견디게 가려운 거야. 손을 등 뒤로 돌려 득득 긁는데 거기에 엄지손톱만 한 뾰루지 같은 게 돋아 있었어. 그런데 힘주어 눌러도 아무런 통증도 없는 거야. 뾰루지도 아니고, 이게 뭘까? 혹 같은 게 아닐까 하는 생각도 했지. 거기서 꼬리가 나올 거라곤 추호도 예상 못했어. 그래서 별로 대수롭지 않은 증상일 거라고 넘겨짚고 회사로 출근했지. 그땐 그저 뾰루지 수준이었으니까. 가벼운 마음으로 외과에 들러 간호사와 의사에게 잠깐 엉덩이를 까 보여주면 돼, 간단한 진단과 처방을 거치면 말끔하게 치유될 거야, 며칠 지나면 자연적으로 증상이 사라질 수도 있겠지. 그런 기대를 품고 며칠을 기다려봤는데, 젠장 그게 아닌 거야. 하루가 다르게 자라나며 제법 꼬리 모양을 띠기 시작하는 거였어."

바 운영을 접은 뒤론 연락이 끊겼는데, 그가 내게 전화를 걸어온 것도 아마 이 무렵이었던 것 같다.

"나다." "아, 형! 어떻게 지내세요?" "어, 요즘 직장에 다니고 있어. 월급쟁이로 돌아간 거지." "와, 다행이다. 걱정 많이 했는데……." "고맙다. 그런데 말이다. 너 생물학 전공이라고 했지?" 이런저런 인사말이 오가고 난 뒤, 그는 뜬금없이 내 전공을 물었고, 어딘지 겉도는 듯한 얘기 끝에 불쑥 꼬리인간의 임상사례 같은 게 있는지 궁금하다고 말했다. 별일 아니라는 듯 넌지시 묻는 투였지만, 뭔가를 간구하는 듯한 분위기를 강하게 풍기고 있다는 걸 나는 그때 바로 알아차렸어야 했다. 그러나 좀 황당하기까지 한 질문이어서 나는 별 의심 없이 픽 웃으며 대답했다. "형도 참…… 그거 알아요? 형은 관심의 폭이 지나치게 넓은 경향이 있다니깐. 아니 그런 게 뭐 땜에 궁금해요?" "그러게…… 그냥 뭐 갑자기 그딴 게 알고 싶어지네."

"글쎄요. 격세유전이란 게 있으니까 꼬리 달린 인간이 나올 가능성을 완전히 배제할 순 없겠죠. 진화론적으로 먼 조상에게는 있었으나 현재는 없는 퇴화된 특징이 다시 나타나는 걸 격세유전이라고 해요. 해부학적으로 격세유전은 흔적기관과 밀접하게 관련되어 있죠. 극히 드문 일이지만, 실제로 꼬리뼈가 돌출하기도 한다던데요. 그걸 흔적

기관 꼬리라고 하죠. 아, 그리고 백 건 이상의 인간꼬리 사례가 의학 문헌에 보고되어 있다는 내용을 어디선가 읽은 기억이 나네요." 나도 별로 아는 게 없어 이 정도밖엔 들려줄 수 없었다.

꼬리가 점차 자라면서 더욱 압도적으로 그를 괴롭히는 새로운 문제가 발생했다. 글쎄 이놈이 쥐 꼬리 형상을 띠어간다는 점이었다. "하필이면 인간들이 가장 품위 없는 동물로 치는 쥐새끼의 꼬리냔 말이지. 원숭이의 꼬리라면, 뭐 같은 영장류니까 웬만큼 수긍할 수 있겠다. 또 호랑이나 사자 꼬리라면 폼이라도 날 거 아니냐? 하다못해 고양이나 개 꼬리만 됐더라도 그렇게 절망적이진 않았을 거다."

"돼지 꼬리 자손을 본 부엔디아 가문의 후손이 되지 않은 게 천만다행이네요. 마르케스의『백 년 동안의 고독』에 나오잖아요." 내가 던진 말이다. 별 생각 없이 그런 말을 툭 내던진 걸 보면, 나는 그에게 닥친 현실을 조금은 유희적으로 정도껏 즐기고 있었던 게 아닌가 싶다. 하지만 누군들 그러지 않을 수 있겠는가.

쥐 꼬리에 대한 혐오감은 그를 자기 파괴의 광기로 몰아갔다. 날을 갈아 끼운 문구용 칼이나 가위를 들고 꼬리를 자르려고 시도했다가 포기한 적도 여러 번이었다. 네이버 지식인들에게 쥐의 꼬리를 뽑거나 자르면 어떻게 되는지 물어보기도 했다. 나도 거기서 틈틈이 지식인 행세를 하며 놀고 있지만, 그 바닥에서 과연 얼마나 깊이 있는 정보를 얻을 수 있었을지 의문이다. 그는 아마 이런 정도의 상식적인 지식을 얻어듣는 데 만족해야 했을 것이다.

—쥐의 척추에서 꼬리를 뼈째 뽑는다면?

: 당연히 죽습니다. 척추 안에는 척수가 들어 있는데요, 이 척수는 내장으로 가는 신경의 통로이기도 합니다. 이걸 뽑아버리면 내장과 뇌의 연결통로가 차단되기 때문에 즉사할 수밖에 없어요.

—꼬리를 자른다면?

: 자를 때 꼬리에 분포된 신경이 손상되면 더 이상 재생되지 않습니다. 신경이 살아 있다면 재생이 가능하겠지만, 완전한 형태로 회복되진 못할 겁니다.

도움이 되셨기를 바랍니다.

최초의 징후가 나타난 뒤로 그의 꼬리는 세 달 동안 30센티미터에 가까운 길이로 성장했다. 한 달에 10센티미터씩, 죽순처럼 쑥쑥 자라난 것이다. 연골은 물론 열 개의 뼈로 구성된 완벽한 형태의 꼬리를 갖춘 인간이라니…….정말이지 희귀하고도 희귀한 사례였다.

그렇다면 기능은? 그것 또한 완벽했다. 갑자기 인간의 엉덩이에 완벽한 형태와 기능을 갖춘 꼬리가 생겨났을 때 어떤 상황이 펼쳐질까? 자, 당신들도 한번 상상해보시라.

쥐에게 있어 꼬리는 인간의 손에 해당될 정도로 요긴한 신체 기관이다. 꿀이나 기름을 찍어 먹을 때 꼬리를 사용하며, 날계란을 꼬리로 감아 옮기기도 한다. "라면을 끓이면서 계란을 깨기 전에 충동적으로 시도해봤는데, 나도 되더라. 더 크고 무거운 물체도 얼마든지 옮길 수 있었어." 쥐는 전선을 탈 때도 꼬리를 이용한다. 꼬리로 전선을 감아 균형감각을 유지하는 것이다. 또 쥐가 높은 벽으로 뛰어오를 수 있는 것도 꼬리의 탄력성 때문이다. "꼬리를 바지 밖으로 내놓고 뜀뛰기를 해보니까 확실히 점프력이 높아졌다는 걸 알 수 있었어. 웬만한 담벼락쯤은 가볍게 넘을 수 있겠더라고."

그는 꼬리를 자유자재로 놀릴 수 있게 되었다. 그만이 누릴 수 있는 소소한 즐거움을 나름대로 추구해온 덕분일 것이다. 좀 더 연습하면 고양이나 개처럼 꼬리로 간단한 의사표현을 할 수도 있을 것 같았다. "미치겠더라. 쥐를 따라 하다가도, 이런, 내가 지금 뭘 하고 있는 거지, 하는 생각이 퍼뜩 스쳐가곤 했거든."

그렇게 그는 자기 엉덩이에 마법의 저주가 걸렸다는 걸 깨끗이 인정해야만 했고, 어떻게든 마법의 굴레를 벗어날 방법을 찾아야 했다. 문제는 이 꼬리를 사마귀나 혹처럼 간단하게 제거할 수 없다는 데 있었다. 그 전에, 꼬리 때문에 어쩔 수 없이 겪어야 하는 고통을 감수하는 것만도 힘에 부쳤다. 직립인간의 엉덩이에서 왜 꼬리가 퇴화할 수밖에 없었는지, 그 이유를 온몸으로 부대끼며 뼈저리게 실감해야 했다.

사무실 의자에 앉아 있을 때면 항상 꼿꼿한 자세를 유지한 채 긴장하고 있어야 했다. 어느 순간 긴장이 툭 끊기며 자세가 조금이라도 내려앉기라도 하면, 의자에 부딪힌 꼬리뼈의 통증이 척추를 타고 기세 좋게 뻗어 올라 뇌신경을 자극해 전신을 울부짖게 했다. 꼬리뼈가 닿는 의자의 접촉면에 구멍을 뚫어보았지만, 상체를 움직일 때마다 등골을 파고드는 통증을 완전히 해소하기란 애초부터 불가능했다. 특히 사장의 호출을 받고 괴물 고양이가 있는 그 방에 들어설 때는 새파랗게 질린 꼬리의 떨림이 바짓가랑이에 확연히 드러났다.

침대에 등을 대고 누워 잠들 수 없었고, 걸을 때도 온갖 곤란한 일을 겪어야 했다. 꼬리가 난 뒤로 그는 엉덩이에 착 달라붙는 캘빈 클라인 팬티를 더 이상 입을 수 없었다. 대신 T-팬티를 착용하게 되었는데, 그가 직접 팬티 끈에 꼬리주머니를 달아 꼬리보호대 겸용으로 특별 제작한 팬티였다. 그럼에도 걸을 때마다 그놈의 꼬리가 여간 거치적거리는 게 아니었다. 좀 멀다 싶은 거리를 걸어야 할 때 인적 없는 골목에 들어서면, 아예 직립보행을 포기하고 네발짐승의 걸음걸이로 걷고 싶은 충동에 사로잡히기도 했다.

이루 말할 수 없이 곤란한 경우를 수없이 겪으면서도 그는 용케도 꼬리인간의 일상을 그럭저럭 견뎌나갔다. 병원 의사에게 꼬리를 내보이는 건 죽기보다 싫었다. "네 말대로라면, 내가 백 몇 번째 꼬리인간 사례로 의학 문헌에 기록될 수 있다는 거잖아? 그 리스트에 오르는 건 절대 용납할 수 없었어." 아무한테도 들키지 않고 그렇게 버텨나가다 보면 뭔가 방법이 생길 거라고 그는 날마다 마법의 주문을 외웠다. 극도의 긴장과 조심성을 발휘한다면야 아무에게도 들키지 않고 지낼 수는 있을 터였다. 하지만 그게 언제까지나 가능할까?

얼마 안 가 그의 비밀을 위협하는 강력한 변수가 나타났다. 6년여 만에 우연히 마주치게 된 한 여자에게 덜컥 꼬리를 잡혀버린 것이다.

어느 중소기업의 신제품과 관련된 광고 포스터 촬영 현장에서였다.

충분한 개연성이 있다손 치더라도, 스치듯 만나 한두 차례 정사를 나누고 멀어져간 수많은 여자들 중 한 명을 그런 자리에서 맞닥뜨리게 될 줄은 정말 몰랐다.

그가 무심코 스튜디오에 들어섰을 때 촬영이 한창 진행 중이었다. 광고 콘셉트에 맞게 촬영이 진행되는지 확인하는 게 그의 업무였다. 하지만 이미 사진작가에게 콘셉트에 대해 충분히 설명하고 기획 아이디어까지 전달한 터라 그가 참견할 만한 여지는 거의 없었다. 그는 하릴없이 얼쩡거리며 사진작가와 모델 사이에 오가는 미묘한 긴장과 교감을 구경하느라 잠시 꼬리의 존재를 잊고 있었다. 그런데 아까부터 모델과 자주 시선이 마주치는 느낌을 받았다. 뿐만 아니라 모델이 입가에 알 수 없는 미소를 띤 채 슬쩍 눈인사까지 보내는 듯한 기분이 들었다. "집중해, 집중!" 사진작가도 모델의 주의가 흐트러졌다는 걸 알아차리고 잠시 휴식을 선언했다. 그 틈을 타서 모델이 그를 향해 걸어왔다.

"팀장님! 이게 얼마만이에요?" 목소리를 듣는 순간 바로 알 수 있었다. 2003년 말부터 다음해 초까지 잠깐 알고 지냈던 여자였다.

그가 어느 공연 제작사에서 홍보팀장으로 일하고 있을 당시였다. 앞에서 말한 선배의 제안을 받고 들어간 회사였는데, 일종의 테마파크를 운영하는 회사였다. 특정 영화를 테마로 한 공원을 조성해놓고, 배우들을 동원하여 영화에 나오는 각종 상황을 연출하여 관람객들에게 보여주는 공연사업쯤으로 이해하면 된다. 그 공연을 한두 번 관람했거나 상상력과 이해력이 뛰어난 사람이라면 벌써 대충 짐작했을 것이다. 당시에 거대한 문화적 열풍을 몰고 온 영화와 그 영화 속 동물이 있다. 그렇다. 공룡, 그리고 〈쥬라기 공원〉이다. 도처에서 공룡을 볼 수 있었던 때였다. 급기야 코엑스 건물 옥상에 가건물로 된 테마파크가 들어서고, 그곳에선 6천5백만 년 전 화석에서 튀어나온 공룡들의 스펙터클이 펼쳐졌다.

그녀는 사육사 역으로 출연하는 배우들 중 하나였고, 그는 방송과 인터넷 매체를 대상으로 한 홍보업무를 전담하고 있었다. 업무 성격상 방송 관계자들과 자주 어울릴 수밖에 없는 위치였다. "아마 그런 면이 그녀의 관심을 끌었던 것 같아. 사실 내가 어떻게 한번 해보려고 은근히 눈독을 들이던 애는 따로 있었는데, 어쩌다보니 그녀와 엮여버렸어. 남녀관계라는 게 그렇잖아?"

어느 날 저녁에 사무국을 나와 주차장으로 향하던 중 그녀와 마주쳤다. "안녕하세요, 팀장님!" 그녀가 선글라스를 벗으며 고개를 꾸벅 숙였다. 그렇게 시작되었다. 근처 식당에 가서 저녁식사를 하고, 생맥주를 몇 잔 나누고 헤어졌다. "그 다음다음 날엔가 문자메시지가 왔어. 오늘은 자기가 저녁을 사겠다고. 아마 그날 처음 잠자리를 가졌을 거야." 영화과를 졸업하고 한 에이전시에 소속되어 중앙 무대의 스포트라이트를 받게 될 날을 고대하는 25세의 배우 지망생. 압구정동에 거주하며, 경제적으로 몰락한 집안의 딸 노릇에 슬슬 염증을 느끼기 시작했고, 연기학원에서 아르바이트를 하면서 하루빨리 유명 배우로 부상하고 말겠다는 의지를 불태우는 여자. 이것이 그가 대충 파악하게 된 그녀의 정체성이었다. 그녀를 위해 그는 한 방송국 프로그램에서 테마 공연의 전체 과정을 소개하는 역할로 출연할 수 있도록 다리를 놓아주었다.

그녀와의 관계는 거기까지였다. 그가 회사를 떠나면서 연락이 두절된 것이었다. 은행권에서 대출자금을 회수하기 시작하고, 투자가 끊기기 시작하면서 닥쳐온 자금 압박이 원인이었다. 회사의 몰락을 예감하게 된 백여 명에 이르는 스태프들이 하나둘 떠나가기 시작했다. 월급이 3개월째 밀리자, 그도 더 이상 버틸 수 없었다. 정리랄 것도 없지만, 그 뒤로 그녀와의 관계도 테마파크의 깊숙한 밀림 속에 묻혀버렸다. 몇 번 전화 통화를 시도해봤지만, 상대가 피하는 눈치여서 그 짓도 그만두었다.

그랬는데 6년여 세월의 밀림 속을 헤쳐 나온 그녀가 다시 그 앞에 나타난 것이다. 여전히 주변부에서 제자리걸음으로 맴돌고 있는 걸 보면, 이후의 이력이 그리 순탄치 않았던 게 분명했다. 저녁까지 이어진 촬영을 마치고 두 사람은 자리를 함께했다. 그는 커피를 마시며 이런저런 얘기를 나누던 중 그녀의 얼굴에서 몇 군데 성형의 흔적을 발견했다. "몰라보게 예뻐졌는데?" 코끝에 보형물을 넣어 날렵한 버선코로 다듬었고, 전에 비해 고운 선으로 매끄럽게 흘러내린 얼굴라인, 도톰해진 입술에도 솜씨 좋은 외과 의사의 마법이 위력을 발하고 있었다.

"결혼, 하셨어요?" "아니, 아직……." "갔다 오신 거예요, 안 하신 거예요?" "어허, 아직이라니까." 그녀는 처음 만났을 때 했던 질문을 그대로 던지고 있었다. 그때와 다른 점이 있다면, 왠지 그가 아직 싱

글로 남아 있기를 은근히 바라고 있는 것 같다는 것이었다. 그녀의 눈동자에서 그런 기대감을 읽어낸 그는 가슴이 두근거리는 걸 느꼈다. 실로 오랜만에 찾아온 울렁증이었다. 그녀와의 관계가 당분간 이어질 것 같다고 그는 예상했다.

그의 예감대로 관계는 매끄러운 흐름을 타고 기분 좋게 흘렀다. 그런데 역시 꼬리가 관계를 위협하는 치명적인 장애물로 바리케이드를 쳤다. 꼬리를 들키지 않기 위해 그야말로 필사적인 노력을 기울여야 했던 것이다. 꼬리와 꼬리주머니는 물론, T-팬티도 그녀에게 절대 보이고 싶지 않은 치부였다. 그러나 언제까지 그걸 가릴 수 있을지 그로서도 자신이 없었다.

그녀와 키스를 하거나 가벼운 스킨십만 해도 꼬리가 어김없이 문제를 일으켰다. 기이하게도 성기가 반응을 보이면 꼬리까지 흥분해버리는 것이었다. 그런 걸 보면, 아무래도 꼬리가 성기를 시샘하고 욕망하게 된 것 같다고 그는 말했다. 성기처럼 여자의 거기에 들어가 박히고 싶고, 피스톤 운동을 하고 싶고, 오럴섹스까지 즐기고 싶어하는 것 같은 기분을 자주 느꼈으며, 놈이 한번 불끈 일어서면 마스터베이션하는 것처럼 몇 분 동안 마찰이라도 시켜줘야 겨우 가라앉곤 했다는 것이다. 다른 때는 얼마든지 제어가 가능했는데, 그때만큼은 도무지 말을 들어먹질 않았다고 했다. "그러다 내가 정말 그 요물을 거기에 삽입해버리면 어쩌나 하고 슬며시 불안하기도 했어. 실제로 섹스 중에 그런 충동을 느끼기도 했고."

그는 극도로 조심하면서 몇 번의 위기를 무사히 넘기고, 그럭저럭 꼬리인간의 정체를 숨긴 채 그녀와의 관계를 유지해갈 수 있었다. 그러다 결국 일이 터지고 말았다.

그녀가 고양이 한 마리를 기르고 있다는 걸 깜박했던 게 실수였다. 그녀는 공교롭게도 사장이 기르는 것과 같은 종의 고양이와 함께 지내고 있었다. 몸 전체를 뒤덮은 희고 부드러운 털, 뾰족한 얼굴, 끝이 위로 약간 치켜올라간 호두형의 눈……. 영락없는 터키시앙고라였다. 그런데 그녀의 고양이는 양쪽 눈의 색깔이 달랐다. 왼쪽은 푸른 눈동자였고, 오른쪽 눈에는 전체적으로 노란빛이 감돌고 있었다. 그 기형적인 눈동자는 그에게 사무실 고양이의 머리에 도드라진 흉터만큼이나 불길한 심상을 불러일으켰다.

그녀의 집에서 함께 지내게 된 주말 밤, 거실 소파에 앉아 있다가 일이 벌어졌다. 두 사람은 그녀가 단역으로 출연했다는 영화를 DVD로 보고 있었고, 문제의 고양이는 창가 옆에 설치된 캣타워 꼭대기에 우아한 자태로 앉아 있었다. 영화에 몰입하느라 잠시 꼬리의 긴장을 잊고 있던 그는 그녀의 머리카락을 어루만지다 얼굴을 당겨 키스를 하고, 셔츠 안에 손을 넣어 가슴의 부드러운 감촉을 즐겼다. 행위는 자연스럽게 침대로까지 이어졌고, 곧장 정사로 나아갔다. 어찌된 일인지 그는 다른 날과 달리 방심하고 있었다. 게다가 캣타워에서 두 사람의 행위를 호기심 어린 눈길로 내려다보고 있는 고양이까지 간과하고 있었다.

피스톤 운동에 몰입하느라 그는 이불이 침대 아래로 흘러내리는 것도 지나치고 말았다. 기다랗게 발기한 꼬리가 안테나처럼 치솟아 있는 상태였다. 그때, 난생 처음 접했을 거대한 쥐 꼬리의 출현에 놀란 고양이가 벌떡 몸을 일으켰다. 순간 그는 본능적으로 위험을 감지한 꼬리가 부르르 떨리는 걸 느꼈다. 아차 싶었고, 얼른 상체를 일으켜 수습해보려 했지만 고양이의 날랜 동작을 따라잡을 수는 없었다. 날쌔게 캣타워에서 뛰어내린 고양이가 꼬리를 덮쳐버린 것이었다. 그는 냅다 비명을 내지르며 발톱에 찔린 꼬리를 손으로 싸 쥐고 고양이를 향해 돌아앉았다. 그 바람에 뻣뻣하게 경직된 꼬리의 일부가 그녀의 음문에 박혀버렸다. 그런데 전혀 의외의 일이 벌어졌다. 그녀는 길고 매끈한 꼬리가 전해주는 성감을 음미하는 듯 가느다란 신음을 흘리며 고개를 갸웃거렸다. 그러더니 꼬리를 자기 안으로 더 깊숙이 당겨 넣는 게 아닌가.

자, 이제 꼬리를 활용한 섹스 체위를 같이 상상해보는 시간이 되었다.

그녀는 급기야 바이브레이터를 다루듯 꼬리를 넣었다 빼는 동작을 반복하기 시작했다. "이거 어디서 났어? 느낌 좋은데?" 그녀가 연신 교성을 흘리며 물었다. 무슨 신형 섹스 보조기구쯤으로 오인하고 있는 것 같았다. 그 황당하고 난감한 상황에 어떻게 대처하면 좋을지, 그는 알 수 없었다. 그러나 꼬리는 분명히 알고 있는 것 같았다. 놈은 꼬물꼬물 굼뜨게 움직이면서도 더 깊숙이 박혀들고 싶어 안달하고 있었다. 그는 꼬리의 욕망을 거부할 수 없었다. "그것은 곧 나의 욕망이자 그녀의 욕망이기도 했어." 그는 어째 일이 엉뚱하게 풀려나간다 싶었고, 헤실헤실 웃음이 비어져 나왔다. "널 위해 준비했어." 그가 그녀를 돌아보며 말했다. 이젠 갈 데까지 가버리는 수밖에 없다는 생각이 들었다. 그는 꼬리의 감각적 쾌락을 고조시키는 데만 전력했다. 엉덩이를 방아 찧듯 쿵덕거리고 빙그르르 돌리기도 하면서 그는 꼬리가 지르는 신음, 아우성, 절정에 이르렀을 때의 괴성까지 생생하게 느낄 수 있었다. 그 장면에 경악했던지 고양이는 싱크대 밑으로 기어들어 가더니 아예 밖으로 나올 엄두조차 내지 못했다.

"아하하, 이거 진짜 죽여주는 물건이다. 어디서 이런 게 생겼을까, 이 뻔뻔스럽고 사랑스러운 게……. 아, 오빠 나 어떡하지? 이 꼬리와 사랑에 빠진 것 같아. 나 이거 갖고 싶어. 나한테 줄 거지? 어? 어? 오빠?"

관계가 끝난 뒤에도 그녀는 꼬리를 잡고 놓아주지 않으려 했다. 두 사람은 이제 혼연일체가 되어 꼬리와 성기를 동시에 활용한 섹스를 몇 번 더 시도해보았다. 그는 앞뒤로 두 개의 성기를 가진 인간으로 재탄생하게 된 셈이었다. 그의 꼬리는 그녀의 노리개가 되어 밤새 농락당하고 희롱당했다. 그는 꼬리로 할 수 있는 모든 걸 그녀에게 선보여야 했다. 처음에는 모욕적이고 치욕스러우며 쑥스럽기 그지없는 행위였는데, 반복하다 보니 그것도 익숙한 느낌으로 다가왔다. 그녀가 탄성을 발할 때면 은근한 자부심이 느껴지기도 했다.

그렇게 꼬리의 쾌락을 공유하는 나날이 꿈처럼 흘러갔다. 그 며칠 동안 그는 '짐승의 시간' 속에서 허우적거리고 있다는 자괴감이 간지럽게 꼬리 치곤 했노라고 심정을 토로했다.

그러다 또 한 번 그에게 결정적인 계기가 찾아왔고, 그는 마침내 중

대한 선택의 기로에 서게 되었다.

 "오빠, 이것 좀 봐." 성형 관련 정보를 교환하는 웹사이트에 접속해 있던 그녀가 그를 불렀다. "뭔데?" 그녀가 회원으로 가입해 있는 인터넷 카페였다. 그녀는 게시판에 오른 글들 중 하나를 열어 그에게 보여주었다.

 일명 '닥터 프랑켄'으로 통한다는 야매 의료 시술자를 소개하는 내용이었다. 닥터 프랑켄이라는 사람의 그로테스크한 외모와 함께 그의 범상치 않은 의료 행위를 흥미로운 필치로 다룬 글이었다. 그런데 유독 그의 눈길을 잡아끄는 구절이 있었다. 프랑켄 박사라는 사람이 전에 꼬리를 이식하거나 제거하는 수술을 여러 번 집도했다는 것이었다. 그야말로 믿거나 말거나에 불과한 정보나부랭이였다. 하지만 설사 그것이 지나치게 과장되고 왜곡된 헛소문이라고 하더라도, 그로서는 도저히 그냥 지나칠 수 없는 사항이었다. 그는 글을 올린 사람에게 쪽지를 보내 닥터 프랑켄의 이메일 주소를 알아보기로 마음먹었다.

 "설마 이 야매 의사한테 갈 생각은 아니지?" 그의 생각을 읽어냈던지 그녀가 돌연 경계심을 내비치며 물었다. "내 허락 없인 안 돼. 아직 때가 아냐. 좀 더 기다려라, 오빠. 내게 아주 멋진 계획이 있으니까." 그녀는 도무지 알 수 없는 소리를 지껄이다가 그의 꼬리를 입에 덥석 물고 핥기 시작했다. 그녀가 대체 무슨 꿍꿍이를 굴리고 있는지, 그는 굳이 물어보지 않았다. 그녀의 계획이 어떤 것이든 상관없다는 생각이었다.

그리고 며칠 뒤, 그는 결국 닥터 프랑켄을 찾아가보기로 결심했다. 날이 갈수록 꼬리에 집착을 보이는 그녀가 부담스럽고 두려워지기 시작한 것이다. 저러다 어느 날 갑자기 그녀의 엉덩이에도 꼬리가 돋아날 것만 같았다. "이러다 우리 둘 다 짐승의 시간에서 영원히 헤어나지 못하는 게 아닌가 싶기도 하고, 그래서 동아줄을 구하는 심정으로 프랑켄 박사를 찾아간 거야."

닥터 프랑켄의 사무실은 낡고 오래된 오피스텔 건물의 지하 일층에 박혀 있었다. 문을 열고 들어서자 안마 시술소처럼 침침해 보이는 실내 공간이 불온한 느낌을 던져주었다. 아무도 없는 줄 알았는데, 육중한 무게에 눌린 의자가 삐걱거리는 소리가 둔중하게 울렸다. 게시판에서 읽은 대로 거대한 두꺼비를 연상시키는 닥터 프랑켄이 비대한 몸뚱이를 뒤뚱거리며 다가왔다. 누리끼리하게 변색된 가운, 그 안에 입은 셔츠 밖으로 금방이라도 살이 비어져 나올 것 같았다. 겹겹이 접힌 턱살이 목을 대신하고, 가슴에는 여성형 유방이 돌출해 있었다. "생겨먹은 것도 엽기적이지만 그 실력 또한 엽기적이다"는 게시판 글을 보지 않았다면, 바로 뛰쳐나와 버렸을 터였다. 어둑한 실내 분위기 탓도 있겠지만, 닥터 프랑켄에게선 지하세계에 도사린 음험한 범죄의 냄새가 솔솔 풍겼다.

"어서 오게. 자네가 내게 메일을 보냈나?" "그, 그렇습니다." "고맙네. 다른 의사 놈들한테 보이기 전에 나한테 먼저 와줘서. 자네 꼬리를 지금 좀 보여줄 수 있겠나?" 프랑켄이 성급하게 서두르는 기색이었다. 일단 거기까지 찾아간 이상, 그로서도 피해갈 수 없는 상황이었다.

닥터 프랑켄은 연구실 겸 수술실로 활용하는 듯한 곳으로 그를 데려가더니 수술대에 오르라고 지시했다. "어서 보여주게." 그는 수술대에 엎드린 채 꼬리주머니에 모셔둔 꼬리를 꺼내 프랑켄에게 보였다. "놀랍군. 정말 놀라워." 진짜 꼬리라는 걸 확인한 프랑켄이 탄성을 발하며 말했다. "박사님, 척추의 신경을 건드리지 않고 이놈을 뿌리째 뽑을 수 있겠습니까?" 그가 물었다. 간절한 호소가 담겨 있었지만, 거기에는 당신 같은 야매 따위가 이런 고난이도의 시술을 과연 할수 있을까? 하는 의혹이 스멀거리고 있었다. 프랑켄 박사는 한동안 물끄러미, 그러나 강렬한 호기심을 품고 꼬리를 이리저리 살펴보며 중얼거렸다. "이걸 뼈째 뽑는 건 아무래도 위험해 보이는군. 자네 말처럼 척추 신경이 손상될 위험이 크겠는걸. 직립보행을 못하게 된단말일세." **직 · 립 · 보 · 행!** 네 개의 음절이 치욕의 탄환처럼 날아와 그의 의식 깊숙이 박혀들었다. "자칫 죽음을 부를 수도 있어. 하지만 최대한 짧게 자르는 건 가능할 것 같군." 닥터 프랑켄은 잠시 뜸을 들이고 있다가 다시 말을 이었다. "하지만 말일세. 이걸 굳이 잘라야만 하겠나?" 닥터 프랑켄은 은밀함과 집요함이 엿보이는 표정으로 탐색하듯 그를 바라보았다.

"무슨 말씀이세요?" 그가 의아한 눈길로 묻자, 닥터 프랑켄이 가볍게 손뼉을 치며 말했다. "잠시 얘기 좀 할까? 그만 내려와 앉지. 아, 앉는 건 자네한테 고역이겠군. 그대로 있게." 닥터 프랑켄은 그를 수술대에 계속 엎드려 있게 한 후, 의자를 가까이 끌어와 거기에 앉았다. "내가 어쩌다 불법 의료 행위로 입에 풀칠이나 하면서 늙어왔는지, 자네한테 그 배경에 대해 들려주고 싶군." 닥터 프랑켄이 영문으로 된 문서 하나를 그에게 내밀었다. 하버드 의대 졸업 증명서였다. 탁터 프랑켄이 1975년에 거길 졸업했다는 걸 증명하는 문서. "일단 문서상에는 분명히 그렇게 기록되어 있었어. 그리고 한때 로버트 화이트 박사 밑에서 연구 활동도 했다던데, 너 그 사람 알아?"

하버드 의대? 로버트 화이트? 풋, 이 대목에서 그만 웃음이 터지려는 걸 억지로 참았다. 노회한 영감탱이 같으니라고. 이건 필시, 닥터 프랑켄이 고객을 공략하기 위해 나름대로 고심해서 지어낸 일종의 팩션일 것이다. 그래도 로버트 화이트를 조연으로 끌어들인 건 비교적 적절했던 것 같다. 로버트 화이트는 '프랑켄 원숭이'를 탄생시킨 사람으로 인간의 머리를 이식하는 연구를 추진했던 외과 의사였다. 프랑켄슈타인의 전설이 21세기 초에 현실이 될 것이라고 내다봤던 진정한 프랑켄슈타인의 후예라고나 할까.

닥터 프랑켄은 미국에서 돌아와 떠돌이 의사로 지내다 야매로 몰락하기까지의 과정을 들려주었다. 그러더니 잠시 말을 멈췄다가 의미심장한 눈길로 그에게 물었다.

"내가 왜 이런 얘길 자네한테 들려주는지 알겠나? 나는 지금 자네한테 한 가지 제안을 하고 있는 거라네." "무슨……?" "자네 꼬리, 그건 진짜가 아닌가?" "네?" "진정한 인간의 꼬리. 나도 몇 번 꼬리 제거 수술을 해준 적이 있네만, 그것들은 다 가짜였어. 꼬리처럼 생기긴 했지만, 그저 물렁한 살덩이에 불과했단 말일세. 자네처럼 완전한 형태와 기능까지 갖춘 꼬린 첨이야. 이건 기적의 꼬리라네, 친구."

그는 겁먹은 얼굴로 엉거주춤 수술대에서 내려와 뒷걸음치며 외쳤다. "대체 제게 왜 이러시는 겁니까?" 닥터 프랑켄이 성큼 다가서며 간청했다. "오, 그러지 말고 내 말 좀 들어보게. 부탁일세. 자네 꼬리를 연구해보고 싶네. 내게 맡겨주겠나? 내 남은 인생을 꼬리인간 연구에 바치고 싶네."

닥터 프랑켄의 광기에 놀란 그의 얼굴이 하얗게 질렸다. 그는 거대한 음모론의 수렁에 빠져버린 듯한 기분이 들었다. 화를 내야 될 것 같은데, 그러지도 못했다. 그때 누군가가 갑자기 안으로 들이닥쳤다.

"안 돼, 오빠. 그거 나한테 줬잖아? 나한테도 권리가 있다구. 내 허락도 없이 꼬리를 자를 순 없어."

실로 절묘한 타이밍에 그녀가 닥터 프랑켄의 거처를 급습한 것이다. 그녀는 양팔을 들어 올린 자세로 버티고 선 채 닥터 프랑켄 앞을 막아섰다. 그 모습은 마치 온몸의 털을 쭈뼛 세우고 날카로운 송곳니를 위협적으로 드러내며 하악질을 해대는 길고양이처럼 보였다. "당신 말야. 내 꼬리에 손끝이라도 대면 각오해. 지금까지 불법으로 의료행위 한 거 경찰에 다 불어버릴 테니까. 알아들어?" 닥터 프랑켄의 치명적인 약점을 정통으로 가격한 위협이었다.

"난 말이야, 그런 그녀가 싫지 않아. 오히려 사랑스러워 보일 때도 있어. 뭐랄까, 뭔가 위안받는 느낌이랄까, 뭐 그런 기분을 느끼게 해주니까. 암튼 대단하지 않아? 그녀가 또 뭐라고 했는지 알아? 이건 백만 달러, 아니 천만 달러가 될 수도 있는 꼬리야. 정말 모르겠어? 이런 바보들! 그때까지도 난 그녀가 무슨 소릴 지껄이는지 전혀 몰랐어. 슬며시 프랑켄 박사를 쳐다봤어. 이게 대체 무슨 소린지 당신은 알겠어요? 그렇게 묻는 심정이었지. 그런데 프랑켄 박사가 입가에 빙그레한 미소를 그리고 있지 않겠어? 박사는 이미 내 꼬리를 확인한 순간부터 그녀의 계획을 머릿속에 떠올리고 있었던 것이지. 박사는 그 징그러운 얼굴 가득히 야릇한 미소를 띤 채 내게 고개를 끄덕여 보였어. 그제야 좀 알겠더군. 이거 잘하면 충분히 실현 가능성 있는 프로젝트가 될 수 있겠다는 예감이 들더라고. 우리 셋이 힘을 합치면 말이야. 수천만 달러, 아니 박사의 역량에 따라 수억 달러 프로젝트가 될 가능성도 있어. 그렇게 우리 팀이 꾸려진 거야."

그렇게 세 사람을 주축으로 한 거대하고 원대한 프로젝트 팀이 구성되었다. 그녀의 원래 계획안에는 사실 닥터 프랑켄이 빠져 있었다. 그녀는 우선 그를 설득한 다음 인간꼬리 연구에 관심을 가질 만한 기업의 연구팀과 접촉해 가능성을 타진해보고, 은밀하고 비밀스럽게 단계를 하나하나 밟아 올라갈 계획이었다. 그가 꼬리를 가졌다는 걸 좀더 일찍 알았더라면 나도 꽤 쓸 만한 조력자가 될 수 있었을 텐데, 무척 아쉽고 안타까운 대목이다. 나는 모 제약회사에서 일하다 그만두고, 지금은 입시학원에서 파트타임 강사로 일하며 대학원에 다니고 있다. 나의 미래는 물론이고 세상의 미래를 위해 확고한 비전을 제시할 수 있는 회사에 들어가 연구 활동을 펼치고 싶어서이다.

닥터 프랑켄은 기업투자를 받거나 연구팀을 꾸려 합작연구를 추진하는 등의 일들을 자기가 맡아 처리하겠다고 나섰다. 국내 상황이 여의치 않으면 하버드 의대 시절부터 알고 지내던 연구자들의 지원을 얻어내 국제적인 프로젝트로 키울 수도 있다고 자신했다.

만약 이 야심 찬 프로젝트가 계획대로 진행되어 퇴화된 꼬리를 진화시킬 수 있는 기술을 개발해낸다면, 우리 인간 세상에 엄청난 충격파를 몰고 올 거라고, 나 역시 확신한다. 정말 그렇게만 된다면 말이다. 그가 꼬리를 성기처럼 활용해 생식기 하나만 있을 때보다 두세 배 강력하고 저릿저릿하며, 매혹적인 상상력까지 자극하는 섹스를 즐겨왔다는 사실이 알려지면, 성의 혁명까지 불러올 가능성도 크다. 그는 침대에서의 꼬리 활용법도 연구할 계획이며, 다채로운 행위와 그에 따르는 감각작용을 글과 영상으로 기록할 예정이라고 말했다. 물론 닥터 프랑켄의 지시에 따른 것이다.

꼬리, 특히 쥐 꼬리에 대한 거부심리가 작용해 실용화 단계에 이르기까지 긴 시간이 소요될 수도 있겠다. 하지만 사람들의 호기심과 욕망을 잠재울 순 없을 것이다. 아, 그의 꼬리를 한 번이라도 본 사람들은 아마 단번에 매혹될 것이다. 그러다 보면 사람들의 거부심리도 차츰 누그러질 테고, 결국 우리는 꼬리인간의 세상을 맞이하게 되겠지. 꼬리의 형질이 뭐 그리 중요할까. 쥐, 고양이, 토끼, 하이에나, 여우…… 어떤 꼬리든 그게 인간의 몸에 달려 있는 이상, 그 꼬리는 인간의 꼬리인 것이다. 우리는 결국 꼬리를 인간의 한 형질로 자연스럽게 받아들여야 할 것이다. 그래야 하지 않겠는가.

자, 여기까지가 내가 알고 있는 그의 쥐 꼬리 수난사이다. 사실 그가 내게 이 모든 사실을 털어놓은 것은 닥터 프랑켄을 만나고 온 다음 날이었다. 일단 끝까지 가보기로 결정을 내렸으면서도, 그는 여전히 불안과 공포의 그림자를 완전히 떨쳐내진 못하고 있었다. 과연 자기가 옳은 선택을 한 것인지 혼란스러워하며 나더러 판단을 내려보라고 요구했다. "네 생각은 어때? 어디 말해봐. 너도 이쪽 분야에 대해 웬만큼 알고 있을 거 아냐? 제대로 된, 아니 잘한 선택일까? 어떻게 될 것 같아? 엉?"

나로선 그의 선택을 지지할 수도, 반대할 수도 없었고, 어떤 대답도 해줄 수 없었다. 아직 내가 섣불리 판단을 내릴 만한 단계가 아니었다. 그의 얘기를 듣는 동안, 나는 그저 그놈의 꼬리를 한번 보고 싶은 갈망에 온전히 사로잡혀 있었다. 정말이지 미치도록 그놈의 꼬리를 보고 싶었고, 잡아보고 싶었고, 가능하다면 그를 실험실 침대에 눕혀 놓고 몇 가지 기능 실험도 해보고 싶었다.

"안 된다니까, 이 새끼가 자꾸⋯⋯." "아 형, 좀 보여줘요. 대체 어떤지 눈으로 봐야 판단을 내리든지 말든지 할 거 아냐?" "너 이 새끼, 내가 한 말 다른 사람한테 하면 죽을 줄 알어." "알았어요. 아무한테도 말 안 할 테니까, 제발 한 번만 보여주라."

나는 한사코 꽁무니를 빼는 그에게 끈덕지게 매달린 끝에 내 눈으로 직접 문제의 꼬리를 확인하고야 말았다. 그가 엉거주춤하며 바지를 내렸을 때, 정말 그 안에 놈이 있었다. 팬티 끈에 볼품없이 매달린 꼬리주머니는 초라하고 우스꽝스러웠지만, 그가 주머니 밖으로 꺼내 보여준 꼬리는 환상적이었다.

"이런, 쥐새끼를 봤나!" 놈을 보자마자 나도 모르게 그만 이렇게 내뱉고 말았다. "근데 이 새끼가! 찍찍 소리라도 내줄까? 이러지 않기로 해놓고……." 그가 버럭 화를 내며 나를 흘겼다. 나는 그의 엉덩이에 얼굴을 바짝 들이대며 말했다. "잠깐만요, 형! 그게 아니라, 이거 의외로 탐나는 꼬리네요."

맙소사! 정말 그랬다. 손으로 쓰다듬고 싶은 충동을 불러일으킬 만큼 앙증맞고 윤기 흐르는 털로 뒤덮인 꼬리가 정확히 꽁무니뼈 부위에서 대롱거리고 있었다. 내가 손을 뻗어 조심스레 꼬리를 쓰다듬자, 그가 꼬리로 내 얼굴을 후려쳤다. 완벽하게 기능이 살아 있는, 내 엉덩이로 옮겨 이식해보고 싶은 꼬리였다. 순간 척추를 타고 뻗어 내린 강렬한 기운이 내 꼬리뼈에서 작열하는 듯한 기분을 느꼈다는 사실도 고백해야겠다.

그 꼬리를 보고 난 뒤부터 꿈속에 쥐들이 출몰하기 시작했다. 해부학 실습을 할 때 척추에 붙은 꼬리를 쑥 뽑아 죽이곤 했던 모르모트들, 천대하고 멸시하고 경멸했던 그 쥐새끼들이 친숙한 느낌으로 다가오기 시작했으며, 사랑스러워 보이기까지 했다.

그날 뒤로 일주일째 그와는 연락이 끊긴 상태다. 휴대폰으로 전화를 걸자 없는 번호라는 메시지가 공허하게 귓속을 울렸고, 이메일을 보내도 그대로 반송되었다. 그렇다면 닥터 프랑켄의 실험실도 다른 비밀스런 장소로 옮겨졌을 게 뻔하다. "하, 이런 사랑스러운 쥐새끼를 봤나!" 새로이 마련한 실험실 침대 위에서 부끄러운 듯 수줍게 꼬리치는 놈을 바라보며 흡족해하는 닥터 프랑켄의 음성이 들리는 듯하다. 밤마다 침대에서 그와 그녀의 사랑 놀음이 펼쳐지고, 캠코더를 든 닥터 프랑켄이 거친 숨을 씩씩거리며 그 장면을 찍고 있는 모습도 연상된다. 아하! 그러고 보니 포르노를 제작할 수도 있겠군. 그리고 여차하면 그녀는 포르노의 중앙무대로 진출할 수도 있겠다.

그가 만약 어떤 경로를 통해서든 이 글을 보게 된다면, 내게 다시 연락을 해오리라고 기대하고 있다. 그런 기회가 오면 나는 닥터 프랑켄의 조수 노릇이라도 맡겨달라고 간청해볼 생각이다. 수상쩍은 닥터 프랑켄의 정체를 감안하면, 그 프로젝트가 사기극으로 치닫게 될 가능성도 다분하다. 하지만 도전해볼 만하다고 나는 생각한다. 그처럼 악마적이고 흥미진진하고 도전적이고 모험적이며, 무한한 가능성까지 품고 있는 일을 언제 경험해볼 수 있을 것이며, 이런 절호의 기회를 또 어디서 찾을 수 있겠는가 말이다.

나는 요즘 이상야릇한 기대를 품고 꼬리뼈를 자주 쓰다듬는 버릇을 거리낌 없이 즐기게 되었다. 내 꼬리뼈도 그만 잠에서 깨어났으면 하는 생각이 간절해지기도 하는데, 그럴 때마다 내가 왜 이러지? 하며 흠칫 놀라기도 한다.

이 글을 맺으며, 마지막으로 당신들의 꼬리뼈는 안녕히 주무시고 계신지, 넌지시 안부를 묻고 싶다.

묘심猫心

양유정

1

22세기, 전 세계적인 신사회주의 시대가 찾아오기 전 약 2세기에 걸쳐 진행됐던 정치, 사회, 문화 방면의 세계적인 격변의 시간은 역사학자들이 그들의 연구주제로 삼기에 가장 적합한 그야말로 '역사적'인 시대로서 오래전부터 제기되어온 역사와 진화란 무엇인가라는 문제부터 시작하여 나아가 인류의 본성을 탐구하기에는 더없이 좋은 시기로 손꼽히고 있다.

현재의 세계를 구성하는 인류는 잠시 합리적인 이성을 되찾아 평화와 번영을 구가하고 있지만 지난 2세기, 약 7만3천 일 동안에는 전쟁이 있지 않은 날이 단 하루도 없었으며 살육으로 인한 사망자는 하루에만 평균 9천 명에 달했다. 어린 아이가 다른 이유도 아닌 밥을 먹지 못해 굶어 죽었다는 사실을 상상할 수 있겠는가. 교육을 받지 못해 글을 읽을 수 없었음을 이해할 수 있겠는가. 돈이 없어 병원에 가지 못해 고통 속에서 죽는 것은 어떠한가. 분명 그러한 시대가 있었고 그것은 놀랍게도 불과 몇 십 년 전 이야기다.

하지만 현재의 세계를 이루는 데 막강한 영향력을 행사한 과학 기술의 진보가 다름 아닌 그 시대에 이루어졌다면 그것은 참으로 아이러니한 사실이 아닐 수 없다. 뿐만 아니라 우리가 걸작이라 부르고 있고 현재의 세대에게도 끊임없이 영감을 주고 있는 음악과 미술, 문학, 건축물들 대부분이 바로 그 시대에 만들어졌던 것이다. 컴퓨터와 우주로켓, 핵 융합과 앙리 마티스, 핑크 플로이드, 르네 살루만Rene Salumann, 미스 반 데어 로에Mies van der Rohe 양식은 모두 그 세기가 창조해낸 인류의 업적이다.

얼마 전 비행기 사고로 사망한 독일의 역사학자 헤르만 얀커Herman Jancker는 그의 저서 『정점Höhepunkt』에서 2012년을 주목한다.

그는 이미 백 년 전부터 축적되어온 민족과 국가 간의 갈등이 그 해에 최고조를 이루고 그 후로는 그 갈등이 승자의 계획에 따라 점차적으로 해소되기 시작했다고 보고 있다. 갈등이라는 것은 쉽게 표현하자면 먹고 사는 문제, 즉 경제적인 문제이다. 합의될 수 없는 경제 문제는 각국의 경제학자들이 회담 테이블에서 논의한 것이 아니라 언제나 그러했듯 전쟁의 형태로 해결되었다.

2012년 동아시아에서의 핵 경쟁은 그 중 대표적인 사례로 꼽힌다. 그 해 5월부터 7월이라는 짧은 시기에 세 개의 나라에서 핵실험이 있었으니 그 기간은 물론이고 협소하며 한정된 구역에서 동시다발적인 대규모의 군사적 도전이 있었다는 것은 유사 이래 처음이었다.

5월 중순 일본 해상자위대는 니가타현 사도섬〔佐渡島〕 북서 방향 150킬로미터 해상에서 TNT 2만5천 톤급 원자폭탄 실험을 강행하였다. 1945년에 나가사키에 투하된 것과 비슷한 규모의 구형 핵무기였다. UN을 위시한 각국에서 비난 성명을 발표하였지만 사실 일본의 핵실험은 예상된 것이었다. 그들은 오래전 실험을 할 수 있었지만 시기를 2012년으로 정했을 뿐이며 얼마든지 그보다 더 위력적인 실험을 강행할 수 있는 능력을 보유하고 있었다.

하지만 1개월 뒤 남한의 핵실험은 누구도 예상하지 못한 것이었다. 정확히 1개월 뒤 남한 동부의 산악지대에서 B-52 폭격기가 TNT 3만 톤급의 우라늄 핵탄을 공중 투하했던 것이다. 이 사건에 대해 역시 많은 나라에서 성명이 나왔고 비난이 있었다. 남한과 일본 정부 사이에서 이후 미묘한 신경전이 있었지만 그 두 나라는 기본적으로 정치, 경제적으로 적대적인 관계에 있지 않았다.

7월 초, 북한은 동해의 공해상에서 3메가톤급 중성자탄 실험을 일본과 남한처럼 예고 없이 실행하였다. 북한 군부는 호도반도의 포병 대대에서 장사정포를 이용해 탄두를 발사하였는데 그 강력한 폭발력으로 인해 대형 해일이 발생하여 남한과 일본의 어선 수십 척이 전복되었다. 이 결정적인 실험이 몰고 온 북한과 일본의 극한 대립이 어떤 결과를 초래하였는지는 지금 모두가 알고 있는 그대로다.

이란과 이스라엘의 전쟁은 그 해 10월에 개시되어 5년 뒤 종전되었다. 러시아는 카자흐스탄과 그루지야, 우즈베키스탄을 다시 러시아

영토에 편입시키겠다고 당사국에 통보하였다. 그 중 그루지야는 러시아 정책에 극렬히 저항하였지만 오래 버티지 못하였다. 중국은 화교를 보호한다는 이유를 들어 미얀마 북부를 침공, 점령하였다. 아르헨티나는 30년 만에 다시 포클랜드 제도를 점령하였다.

이 같은 세계적인 분쟁은 이전 수십 년간 쌓여온 많은 경제적인 갈등들이 극적인 방법으로 표출된 것으로서 그 종착 지점엔 변증법적인 모순의 해결이 필연적으로 자리 잡고 있을 수밖에 없었다. 물론, 그 과정에 수많은 사람이 목숨을 내놓아야 했지만 말이다.

여기서 언급하고자 하는 사건은 헤르만 얀커가 주목한 2012년 가을, 남한의 한 지방에서 실제 발생했던 것이다. 뜬금없는 남한의 핵실험 직후 터진 이 기이한 사건은 정부의 공식 발표가 없어 지금까지도 소문만 무성한 채 그 소문은 확대되고 재생산되고 있다. 더군다나 당시 일본과 대결하고 있던 북한은 DMZ를 주기적으로 침투하여 남한과도 긴장을 유발하고 있었다. 전운이 감돌았던 그 당시 분위기는 많은 이들, 특히 군인들의 신경을 예민하게 만들었다. 현재까지 새로운 사건들이 덧붙여져 과대 포장되고 있으며 어느 작가는 문학의 형식으로도 창작한 바 있다. 격변기가 되면 세상 사람들을 현혹하고 그들의 머리를 더욱 혼란에 빠트리는 불명확한 사건이 많이 일어나는 법이다. 지금 언급하고자 하는 것은 최대한 사실에 기초한 것들을 다시 옮긴 것이나 그 작가의 글 상당 부분과 세라 록사스Sera Roxas라는 이름을 가진 필리핀인의 증언에 많이 의존하였음을 밝힌다.

2

〈오늘 새벽 네 시 삼십 분 경 강원도 철원 DMZ 지역에서 북한군 1개 분대가 남측관할구역을 침범한 뒤 남쪽 제2땅굴 인근을 향해 박격포 두 발을 발사하고 되돌아가는 사건이 있었습니다. 다행히 인적이 없는 계곡에 떨어져 사상자는 나오지 않았으나 유례가 없는 이 사건에 정부는 그 대응방안을 고심하고 있습니다. 한편 사건 직후부터 현재까지 북한 조선중앙방송은 "조선과 일본 반동의 대결에 남조선은 개입하지 말라"는 제목의 논평을 반복하여 방영하고 있는 것으로 알려지고 있습니다.〉

정확히 3년이 지났다.

진실로 살고 있는 것은 산과 나무와 바위들뿐이었다.

'……'

모든 이가 선망하던 직장이었다. 물질적으로는 아무런 부족함이 없었다. 하지만 그것은 허상이었다는 것을 이제야 알게 되었다.

끝없이 불행해졌기에 떠나온 곳.

죽음을 원했지만 결국은 죽을 용기가 없어 떠나온 이곳.

다른 차원의 세상이 있다면 그곳에라도 가고 싶었지만 그는 아무것도 찾아내지 못했다.

'……'

한 평도 되지 않는 감시초소만이 남았고 그의 앞에는 근무일지와 전화기, 그리고 낡은 트랜지스터 라디오뿐이었다.

〈한편 그 직후인 오전 여섯 시 핵실험이 있었던 사도섬 인근에서는 갑작스레 출현한 북한 해군의 대형 공기부양정으로 인해 일본 해상자위대의 구축함과 미사일 고속정이 급히 출동하여 대치하는 사건이 있었습니다. 약 한 시간의 대치 끝에 공기부양정은 다시 공해로 사라졌지만 이번 사건은 미사일을 탑재한 북한의 주력 무기가 일본 영해를 침범한 세 번째 사례로서 핵실험으로 촉발된 양국 간의 대립 관계는 그 심각성이 점차 증대되고 있는 형국입니다.〉

요즘 라디오에서는 사람들을 두려움에 떨게 만드는 큰 소식들이 연일 전해진다. 하지만 세상이 어떻게 돌아가든 이제 산불 감시원으로 살아가는 J와는 아무런 관계가 없다. 그의 외부세계는 이렇게 움직일 수도, 저렇게 움직일 수도 있지만 그것은 어디까지나 그 자신이 아닌 외부의 일이었다. 전쟁이 아니라 지구가 폭발한다 하여도 그는 더 이상 잃을 것이 없었다.

강원도 현리縣里.

산불 감시원이라고는 하나 찾아오는 이 없는 오지의 야산이었다. 그의 많지 않은 업무 중 하나가 등산객의 인적사항을 기록하고 보관하는 것이었다. 하지만 그의 서류철에는 벌써 23일째 단 한 명도 서명을 하지 않았다. 건너편 들판에서 언제나 홀로 밭일을 하는 외국인 여자를 제외한다면 그는 23일 동안 아무도 만나지 못했다.

그의 일상이라고 해보아야 보잘것없는 것이었다. 출근 뒤 오전 내내 초소 안에서 라디오를 듣다가는 점심도 거른 채 오후가 되면 정해진 길을 따라 순찰에 나섰다. 그 일상이 벌써 3년째 반복되고 있었다. 지난 1월에는 엄청난 폭설이 있었다. 그런가 하면 7월에는 수많은 이재민을 만든 대형 태풍이 있었다. 그리고 감시초소의 오래된 의자에는 언제나 어딘가를 응시하는 J가 앉아 있었다.

J는 저녁노을을 보며 하염없이 흐느끼기도 하였다.

"나영아……."

죽음을 생각하길 수백, 아니 수천 번. 하지만 그는 용기를 소유한 사람이 아니었다.

"나영아……."

겨울이 되어 함박눈이 내렸을 때 그는 꿈에서 깨어나 딸의 이름을 부르다 정신을 잃기도 했다.

"이렇게 눈이 내리는데, 지금 어디 있는 거냐, 나영아……."

시간은 그렇게 흘러갔다. J가 어떻게 살아가든 관계없이 푸른 가을 하늘은 한없이 이어졌다.

J에게도 친구는 있었다.

나영이.

그것은 주인 없는 검은 고양이였다. J는 그 암컷 고양이의 이름을 딸의 이름과 같은 나영이로 지어주었다. 1년 전 어느 날 그의 순찰 경로에 포함되어 있는 725봉 안부鞍部에서 그 고양이, 나영이를 처음으로 만났다. 그렇게 높은 곳에서 고양이가 땅을 파대며 홀로 울어대고 있었던 것이다. 처음엔 J를 노려보다 도망가버렸다. 그 후 몇 번을 더 마주쳤을 때는 곁에 다가서도 도망가지 않았다. 그리고 이제는 초소에 놀러와 한참을 머물다 가곤 했다.

　새로운 뉴스가 전해진 그날, 며칠간 보이지 않았던 나영이가 홀연히 초소에 나타났다. 그리고 그의 발등에 얼굴을 비벼대기 시작했다.

"떠난 줄 알았는데, 다시 돌아왔니?"

　나영이는 항상 그런 식이었다. 갑작스레 찾아와서는 초소에서 한두 시간을 머물다 다시 어디론가 떠나버렸다. 다시 만날 기약도 없이 훌쩍 사라진 나영이는 며칠이 지나면 다시 초소로 돌아와 J를 만나곤 했다. 언제나 곁에 있어주는 개와는 달리 나영이는 오고 싶을 때 오고 가고 싶을 때 가버렸다.

　발등에 얼굴을 비벼댄다는 것은 배가 고프니 먹을 것을 달라는 말이었다. 하지만 J의 초소에 먹을 것이라고는 아무것도 있지 않았다.

"마을에 가면 내가 꽁치 통조림을 사올 테니 내일 다시 오렴. 그때는 너도 배불리 먹고 나도 좀 먹고 말이야."

　그러자 의미를 알아버렸는지 방금 전의 아양은 온데간데없이 사라졌다. 임도를 따라 내려가더니 미역줄나무 넝쿨 속으로 떠나버렸다.

　〈정부 대변인은 오늘 긴급 기자회견을 요청, 북한의 사과나 공식 해명이 현재까지도 전무하다고 언급하며 정전협정을 파기시키려는 불법 침투와 군사적 공격에 심각한 우려를 표명한 뒤 만약 이 사태가 재발한다면 차후 우리 군의 대응이 이어질 것임을 강조하였습니다. 한편 국방부는 전군의 경계 태세를 데프콘 3에서 데프콘 2로 한 단계 격상…….〉

　다음 날 정오가 되자 어서 약속을 지키라는 듯 나영이가 초소에 나타났다. 이놈이 이틀을 연달아 날 찾아줄 때가 다 있구나. J는 생각했다. 그런데 어찌된 것인지 다른 고양이 열 마리와 함께 나타났다.

'……'

그것은 지금까지 한 번도 없었던 일이었다.

색깔도 가지가지였다. J는 빨간 털을 가진 고양이가 있다는 것을 처음으로 알게 되었다.

"나영아, 친구들이 이렇게 많은 줄 몰랐는데, 그런데 어쩌지? 먹을 게 그만큼 많지 않으니……."

하지만 나영이는 꽁치 통조림에는 관심이 없었다. 한참을 올려볼 뿐이었다.

"……"

그런 뒤에는 초소 아래 임도로 내려가버리는 것이었다. 나머지 열 마리의 친구들은 올 때처럼 그 뒤를 따랐다. 희한한 일이지 않은가. 길을 내려가다 나영이가 그를 뒤돌아보고 있었던 것도 기이한 모습이었는데 그것은 따라오라는 뜻일까. 그리고 어제처럼 미역줄나무 넝쿨 속으로 들어가 사라져버리고 말았다. 계속 올라간다면 725봉의 안부가 나타나는 곳이었다.

마침 순찰 시간도 되어 J는 나영이를 따라 산을 오르기로 했다. 순찰 경로에서는 벗어난 곳이었지만 길은 서로 만나게 되어 있었다. 임도를 벗어나 오른 산길은 예상대로 거친 식물들로 뒤덮여 있어 나아가기 쉽지 않았다. 그럼에도 J의 호기심을 자극한 것이 있었으니 그것은 바로 넝쿨 아래를 헤쳐 나아가고 있는 고양이들의 무리였다. 열 마리가 아니라 수십 마리나 되는 다른 고양이들이 똑같이 나영이의 길을 가고 있었던 것이다.

'정말 세상이 어찌 되려나? 괴상한 일들이 이 나라에 많긴 많구나.'

깊은 산속에서 수많은 고양이 무리를 보게 된다면 누구나 하게 될 법한 생각이었다. 그것은 3년간의 산불 감시원 생활에서 마주친 가장 정상적이지 않은 일이었다.

'이건 죽은 고양이인데……'

고양이의 속도를 이기지 못해 한참을 뒤처져 가니 사지가 찢긴 채 넝쿨 속에 버려져 있는 고양이도 만날 수 있었다.

'그래, 멧돼지가 물어뜯어 죽인 것이 분명하다.'

길을 오르다 팔이며 다리, 머리가 제각각 떨어져나간 불쌍한 고양이들이었다. 사람도 없는 곳에서 갑작스레 이렇게 많은 고양이가 출현하여 산을 오르고 그 중 일부는 죽음을 맞이하는 현상은 결코 평범한 것이 아니었다.

급한 경사 지대를 넘어 도착한 곳은 곰배령 정상 아래의 삼각점이 있는 725봉 안부 지대였다. 그곳은 1년 전 나영이를 처음 만난 곳이었다. 하지만 안부 지대는 그동안, 아니 어제까지 보아왔던 곳이 아닌 전혀 다른 장소로 되어 있었다. 푸른색도 아니고 연두색도 아닌 짙은 형광색의 연무가 안부 전체를 뒤덮고 있었던 것이다. 게다가 백 마리는 넘어 보이는 고양이들이 연무 주위에 몰린 채 서성대고 있었는데 그렇다고 J가 겁을 먹은 것은 아니었다.

'참으로 아름답다.'

저것이 무엇이기에 고양이들을 끌어들이고 있을까라는 의문보다는 그 연무의 영롱함과 환각적인 움직임에 매료되어 버렸던 것이다. 연두색에 가까운 색이라 생각은 하였지만 그것은 지금껏 살아오며 접하지 못했던 색이었다.

'꿈일까?'

연무는 천천히 움직이더니 곧 멈추기를 반복했고 이내 J를 끌어안을 것처럼 다가오고는 다시 뒤로 물러났다. 주위의 사물을 보지 않고 그 연무만 보고 있노라면 마치 최면에 걸려들 듯 정신이 몽롱해지며 꿈속을 헤매는 것 같았으나 그 느낌은 나쁘거나 무서운 것이 아니었다.

그것이 무엇인지 정체를 도저히 알아낼 수는 없었지만 고양이들은 이미 모든 것을 알고 있다는 듯 아무런 두려움 없이 연무의 내부로 들어가고 있었다. 725봉에 오르고 얼마의 시간이 흐른 뒤였는지 그는 알 수 없었다. 나영이는 처음부터 찾을 수 없었다. 연무는 번개가 치듯 빛을 번쩍대기도 하였는데 그 많던 고양이들의 꼬리마저 완전히 자취를 감추었을 때는 다시 원래의 불규칙한 형상으로 돌아와 있었다.

J는 가만히 보고만 있을 수 없었다. 그는 연무를 향해 천천히 다가갔고 손을 내밀어 그 감촉을 느껴보았다.

'……'

차갑고, 매정했다.

더 앞으로 나아가니 연무의 일부가 얼굴을 휘감았다. 그러자 주변에 있었던 나무와 바위가 시야에서 사라졌다.

'……'

완벽한 하얀색의 세상이 펼쳐졌다. 하얀 공간 외에는 그 무엇도 있지 않았다. 그것은 완벽했다. 그 어떤 소리도 들리지 않았다. 놀라움에 뒤로 물러선 그는 주변을 둘러보았다. 하얀색은 사라졌고 연무 주위로 평소에 보아왔던 나무와 바위가 있을 뿐이었다.

'다시 들어갈 수 있을까?'

J는 생각했다. 하지만 그는 이미 그럴 수 있다는 것을 스스로 알고 있었다.

'……'

발걸음 소리도 없었다.

분명 고양이들이 연무 속으로 들어갔지만 정작 그 속에 들어오니 아무것도 있지 않았다. 손을 대었을 때는 아주 차가웠다. 그러나 그곳은 춥지 않았다.

J는 아주 오랜 시간 동안 그 하얀 공간 속을 배회하였다. 안부는 넓은 곳이 아니었다. 그러나 완벽한 이 공간은 시작이 없었고 끝이 없었다. 동쪽도 없었고 북쪽도 없었다. 위와 아래가 뒤바뀐 것 같기도 했다. 그렇다면 어디로 나가야 하는 것일까? 분명 어느 순간 그런 생각을 하긴 하였다. 하지만 출구에 대한 생각은 곧 잊어버렸다. 중요한 것이 아니기 때문이었다.

그런데 고양이들은 어디로 가버린 것일까.

"우리는 곧 사라질 것입니다."

갑작스레 들려온 목소리에 그는 깜짝 놀라 뒤돌아보았다. 어느새

나무와 바위가 다시 드러나 있었다. 인식하지 못하는 사이 이미 연무 밖으로 나와 있었던 것이다. 하지만 아무도 없었다. 누군가 있었던 것 같아 뒤를 돌아보았던 것인데, 사실 방금 들려온 것은 사람의 소리가 아니었다. 그것은 SF 영화 속에 등장하는 안드로이드의 목소리처럼 남자도 여자도 아닌 기계음에 가까운 것이었다.

짧은 순간 펼쳐졌던 하얀색의 세상은 대체 무엇이었지? 그 목소리는 환청이었을까?

연무는 연두색에 가까운 것인데 그는 하얀색의 세상을 보았다. 잡티 하나 없는 완전한 하얀색이었다. 기계음은 하얀 세상에서 들려왔었다. 그런데 어떤 호기심일까. 두려움이라곤 전혀 없이 J는 다시 연무 속으로 나아가고 있었다.

'주저함의 노예로 살아온 인생, 이젠 그럴 필요가 없잖아?'

곧 차가운 기운이 느껴졌을 때 또다시 하얀색의 세상이 펼쳐졌다.

멀리, 분홍색 원피스를 입고 있는 딸 나영이가 있었다.

'······'

가만히 선 채로 J를 바라보고 있었다.

"나영아!"

그는 소릴 질렀다.

"나영아!"

하지만 딸은 더 이상 아빠를 향하지 않았다. 나영이는 고개를 돌려버렸다. 그리고 어딘가로 뛰어가기 시작했다.

"나영아!"

J는 딸의 이름을 더 크게 불러보았다. 하지만 들려온 것은 기계음이 었다.

"우리는 곧 사라질 것입니다. 우리의 존재를 아무에게도 말하지 마십시오."

기계음은 아무래도 상관없었다. J는 이미 나영이를 향해 달려가고 있었다. 끝이라는, 인간적인 개념이 없는 곳이기 때문일까. J와 나영이의 간격은 좁혀지지 않았다. 그리고 나영이의 모습은 점점 희미해져 갔다. 딸은 아빠의 외침에도 뒤돌아보지 않았다.

"나영아!"

그렇게 다시 크게 외쳤지만 그는 깊은 나락으로 떨어지듯 땅이 푹 꺼져버린 것만 같은 느낌을 받고 바로 주저앉아 버렸다. 다리에 통증이 있어 눈을 감았다 떠보니 그곳은 감시초소였다.

"……."

앉은 채로 엎드려 잠들었단 말인가. 30년 전의 유행가가 라디오에서 흘러나오고 있을 뿐이었다.

"……."

그는 얼른 일어나 초소 밖으로 뛰쳐나왔다. 그리고 멀리 하늘을 바라보았다. 붉게 물든 산 너머로 그보다 더 붉은 노을이 가득했다.

"……."

그는 짧은 한숨을 내쉬었다.

짙은 그리움이 그의 가슴을 쥐어짜고는 이윽고 날선 유리를 들어 잔인하게 파헤치기 시작했다. 왜, 하필 이런 꿈을 꾼단 말인가. 자식보다 오래 사는 비극은 결코 사라질 수 없는 것이었다.

3

725봉 좌측 바위 능선에 포탄이 떨어진 시각은 오전 열한 시 정각이었다. 곧이어 세 발의 포탄이 바로 그 지점에 낙하하여 폭발하였고 그 통에 바위틈에서 도도히 생명력을 유지해오던 오래된 소나무 한 그루의 몸통이 잘려나갔다.

"우로 200. 알파 에코 셋 하나 팔 육 공 팔 칠 둘. TOT 사격!"

관측장교의 무전에 연병장에 도열해 있던 포병들이 탄착점을 수정한 뒤 일제 사격을 하였다. 그 포탄은 정확히 15초 뒤 725봉 안부를 강타하였다. 다급하였는지 포병들은 외부로 진출하지 않은 채 연병장에서 그대로 포탄을 발사하고 있었다.

땅을 뒤흔드는 소리는 참으로 거대했다. 하지만 성과는 없었다.

"빛기둥은 그대로입니다. 아무런 타격을 받지 않았습니다."

쌍안경을 보며 725봉을 지켜보던 관측장교가 대대장에게 연락하였다. 대대장은 알겠노라며 계속 그 자리를 지키라 하였고 곧 타격대가 도착할 것이라는 것도 알려주었다.

경찰 지구대에 신고가 접수된 것은 새벽 다섯 시 반이었다.

신고인은 20대 초반 혹은 중반쯤 되어 보이는 여자였다. 아직 새벽의 기운이 남아 있는 이른 아침의 산골에서 젊은 여자가 경찰에 신고를 한 것은 지구대 창설 이후 처음 있는 일이었다.

지구대의 김 경장은 별일 아니다 싶어 양치를 하고는 동승자도 없이 홀로 순찰차를 몰고 현장에 도착했는데 그를 기다린 사람은 젊은 여성이 맞긴 하였지만 외국인이었다. 그가 나중에 알게 된 것이지만 세라라는 이름의 그녀는 5년 전 필리핀의 팔라완Palawan이라는 오지 섬에서 남한의 또 다른 오지로 시집을 온 결혼 이주 여성이었다.

세라는 김 경장을 보자 얼른 따라오라는 손짓을 하였다. 그녀가 일구는 밭을 돌아 계곡 쪽으로 향하고는 야트막한 언덕의 너덜 지대를 오르는 것이었다.

"저기요. 저길 보세요."

세라가 가리킨 곳은 바로 산불 감시초소 한참 너머 725봉이었다. 그곳에서는 연두색의 넓은 연무와 함께 연두색보다 조금 더 진한 거대한 빛의 기둥이 10미터 정도 하늘로 치솟은 채 천천히 회전하고 있었다. 그러한 장면은 김 경장으로서는 당연히 처음 목격하는 것이었고 사실 터무니없는 꿈에나 나올 법한 것이었다.

"저게, 도대체 뭔가요?"

세라를 보며 그렇게 말하긴 했지만 사실 그것은 세라가 질문해야 하는 것이었다.

평소 공상과학 영화광이던 김 경장이 그 순간 떠올린 작품이 두 편 있었다. 하나는 TV 시리즈 〈X파일〉이었고, 또 다른 하나는 극장용 영화 〈지구가 멈추는 날The Day The Earth Stood Still〉이었다. 하지만 영화 같은 사건이 자신에겐 결코 일어날 리 없다고 생각한 김 경장은 얼른 휴대폰을 들어 지구대장을 찾기 시작했다.

"고양이 수백 마리가 하루 종일 어제 저 산으로 올라가는 걸 봤어요."

지구대장이 도착할 즈음 세라는 그렇게 말했다. 하지만 김 경장은 대수롭지 않게 생각하였다.

"온갖 고양이들이 떼를 지어 올라가는데 그런 모습은 처음 보는 것이었어요. 저 기둥을 향해서 말예요."

김 경장의 시야에 들어오는 것은 고양이가 아니라 미확인 빛기둥이었다. 빛의 기둥이 바로 앞에 있는데 고양이 따위가 무어란 말인가. 영화광답지 않게 섬세하지 않은 그의 관찰력이 이 사건의 결정적인 존재 이유를 놓치고 말았다.

"저게 대체 뭐야? 군대에 연락은 했어?"

지구대장이 도착했을 때 빛의 기둥은 더욱 거대해져 그 높이가 무려 50미터는 족히 되어 보였다.

그는 오랜 경력의 직감으로 이 전대미문의 광경은 경찰의 업무와 결코 관련이 없을 것이라 결론 내렸고 곧 인근의 육군 제2사단을 떠올렸다. 그리고 휴대폰을 들었다. 그 상황에서 지구대장이라는 직책으로 할 수 있는 일이 사실 그것 말고는 원래부터 없는 것일지도 몰랐다.

지구대장의 요청에 현장에 도착한 육군 정찰대 소속의 두 대원은 그 광경에 모두 놀란 표정을 지었지만 곧 장비를 챙긴 뒤 산을 오르며 문제의 장면을 캠코더로 촬영하기 시작하는 침착함을 보여주었다. 30분간의 작업 끝에 소위 계급을 단 한 대원은 캠코더를 차량의 노트북 컴퓨터에 연결하여 동영상을 데이터 파일로 만들었다. 다른 한 대원은 누군가와 통화를 한 뒤 노트북에 다가가 비밀번호를 입력하였다.

파일을 사단 상황실로 전송한 것이었다.

전송된 파일이 연대장은 물론 사단장에게까지 전달된 것은 오전 여덟 시였다. 사단장은 파일을 접하자마자 드디어 올 것이 왔다고 판단하였고 데프콘2의 발령으로 비상이 걸려 있는 사단의 모든 병사들에게 즉시 출동 태세를 갖추라 명령하였다. 그리고 파일은 다시 국방부로 보내졌다. 단 한 명의 예외도 없이 모든 국방부 장성들은 이를 북한군이 땅굴을 통해 침투한 것으로 결론지었다. 평범한 북한 인민군이 아닌 첨단 비밀 병기를 소지한 특수부대로 보았던 것인데 그것은 사단장의 판단과 정확히 일치하는 것이었다.

2사단 독수리연대의 세 개 중대 병사들이 현리로 출동하는 동안 같은 사단의 KUH-12 헬리콥터는 현장을 비행하며 한 시간이 넘도록 스피커를 통해 방송을 내보내고 있었다.

"즉시 투항하라. 너희들은 포위되었다. 즉시 투항하라!"

그 한 시간 동안 2사단은 군과 경찰 병력을 동원하여 곰배령 전체를 포위하도록 하였다. 독수리연대 병력은 현장에 도착하여 무기를 점검하기 시작했지만 포병은 도저히 시간을 맞출 수 없어 병력과 155밀리 곡사포를 연병장에 집결시켰다. K-9 자주포 일곱 대는 그 후 현장으로 출동했다. 세라와 김 경장, 지구대장은 조사를 위해 독수리연대에 구금되었다. 두 경찰관은 천막 속에서 사단장과의 면담을 요구했지만 묵살당했다.

"너희들은 모두 발각되었다. 투항하지 않으면 공격하겠다. 무기를 버리고 즉시 항복하라!"

오랜 시간 방송을 하였지만 아무런 반응도 없었다. 그러자 건너편 산에서 쌍안경으로 725봉을 바라보던 관측장교는 사단장의 명령대로 포격을 요청하였다. 그 시간이 오전 열한 시 정각이었다.

"우로 200. 알파 에코 셋 하나 팔 육 공 팔 칠 둘. TOT 사격!"

스무 대의 155밀리 곡사포는 명령대로 바로 일제 사격을 개시했다.

"저기 좀 봐! 저것 말이야!"

포탄이 발사되고 몇 초 뒤 독수리연대의 한 사병이 날아가는 포탄을 보았다며 호들갑을 떨어댔다.

곧 그 사병의 외침은 거대한 폭음의 무게에 짓눌려 흔적도 없이 사라졌다. 725봉은 짙은 먼지로 뒤덮였다. 하지만 죄 없는 나무만 쓰러뜨렸지 문제의 빛기둥엔 아무런 손상도 입히지 못했다. 그 후 세 번의 사격이 똑같이 반복되었다. 기둥의 회전이 조금 더 빨라졌다가 다시 원래의 속도로 돌아오긴 했다. 하지만 그뿐이었다. 포탄으로 빛을 쓰러뜨릴 수는 없는 일이었다.

관측장교가 있는 곳 뒤편 너머 산에서 이 모습을 지켜보던 사단장은 당황하였다. 그는 포격이 명중하면 725봉 일대가 화염에 뒤덮이며 거대한 폭발을 일으킬 것을 기대하고 있었다. 빛의 기둥이 있다면 그 빛을 쏘아대는 무엇이 지상에 분명히 있을 것이고 그 무엇은 폭발할 것이니 말이다. 포격이 끝난 후 독수리연대 병사들을 725봉에 올려 보내 수색을 하려 했던 사단장의 계획은 처음부터 어긋나버렸다.

그러자 등장한 것이 AH-64 아파치 공격용 헬기 다섯 대였다.

아파치는 등장부터 심상치 않았다. 공기의 움직임을 공중에서 육중

한 몸체로 뒤틀어버리는 것이었다. 그 변형된 파장이 지상에는 괴이한 형태로 전달되어 마치 방금 전 곡사포 스무 대에서 일제히 발사되어 폭발된 포탄이 바로 인근에서 터진 것만 같은 공포를 안겨주었던 것이다. 725봉 목표 지점에 접근한 아파치가 아무런 경고 없이 헬파이어라는 이름의 미사일을 발사하고 이어 30밀리 체인건을 난사하기 시작했을 때 산 아래에 웅크리고 있던 병사들의 긴장은 최고조에 달했다. 때마침 일곱 대의 자주포까지 현장에 도착하여 포격에 가담했다. 폭발이 어찌나 대단했는지 파괴된 바위의 파편들이 독수리연대 병사에게까지 날아 왔다. 몇 명의 병사가 가벼운 부상을 입었지만 그 중 재수 없는 한 병사는 날카로운 바위 파편을 맞았다. 의무병이 쓰러진 병사에게 달려가 보니 오른 검지가 절단되어 있었다. 잘린 손가락은 어디로 갔는지 그 와중에는 도저히 찾을 길이 없었다.

"모두 죽을 준비해! 이제 정말 죽을 때가 되었나보다. 젠장!"

누군가가 그렇게 소리쳤다. 휴가와 외출이 중지된 비상 상황에서 아무런 정보도 없이 갑작스레 출동한 병사들은 정말 전쟁이 터진 것으로 알고 있었던 것이다. 불과 몇 시간 전까지만 해도 연대 식당에서 아침 식사를 했는데 그 몇 시간 뒤에는 죽음을 생각하고 있었다.

곰배령과 725봉은 이후 두고두고 회자된 이 놀라운 화력에 철저하게 망가졌다. 정작 파괴되어야 할 빛기둥은 그대로였지만 말이다. 거기까지는 좋았다. 그렇지만 있어서는 안 될 사고가 여기에 하나 더해졌으니 그것은 두 대의 아파치 헬기가 공격 도중 서로 충돌하여 그대로 추락해버린 것이었다. 한 대가 공격지점에서 앞으로 나아가다 알 수 없는 이유로 기울어져서는 꼬리날개로 다른 한 대의 블레이드를 갈아 먹었던 것이다. 3백억 원이 넘는 거금은 폭발과 함께 몇 초 사이에 사라져버렸다.

"……."

이 광경을 직접 지켜보고 있던 사단장은 한동안 아무런 말이 없었다. 무슨 말이 필요하겠는가. 무려 3백억 원이었던 것이다.

한참 후 참모들을 소집했을 때 그동안 무슨 생각을 하고 있었는지 그는 아주 원시적이면서도 고전적인 명령을 내리기에 이르렀다.

"독수리연대 1중대를 각각의 소대로 분산시켜 당장 산으로 올려 보내라. 중턱에 이르면 포격을 중지하라. 15분 간격으로 나머지 2개 중대를 축차 투입하라!"

명령을 전달받은 1중대장은 직접 올라가 전투를 벌이라는 애기에 깜짝 놀라고는 병사들과 함께 서로 멀뚱히 쳐다보기만 하였다. 빛기둥이 사라지면 수색명령이 있을 줄 알았는데 그가 받은 명령은 지금 당장 올라가 목숨 걸고 싸우라는 것이었다.

그것은 최악의 경우 생명을 바쳐야 한다는 것인데 다른 사람의 것도 아닌 내 목숨을 나의 의지나 결정과는 아무런 관계없이 발생한 사건에 바치는 것이 과연 타당하다 할 수 있는 것인가, 이건 개죽음보다 못한 결과를 초래할 수 있는데 나의 부모와 내 자식들은 과연 어떤 평가를 내릴 것이냐, 그런 생각들이 중대장의 머리를 가득 채우고 있었다.

더 나아가 같은 민족과의 싸움에 동원되어 산을 오른다는 것이 후

일 어떤 결과를 가져올 것인가의 문제와 과연 남한이라는 이름의 이 나라가 하나뿐인 목숨을 바쳐 지킬 가치가 있는 것일까라는 문제까지 생각하던 중대장이었는데 그의 주변으로 몰려든 부하들의 눈빛에 그는 앞으로 나아갈 수밖에 없었고 모든 것은 운명에 맡길 수밖에 없다는 것을 그제야 알게 되었다.

그렇지만 중대장이 내내 절망에 빠져버렸던 것은 아니었다. 해발 4백 미터 지점까지 어렵게 도착했을 무렵엔 한 가지 희망적인 소식도 있었다.

"민간인이 있습니다!"

다른 길로 오르고 있던 소대장의 다급한 무전이었다.

"정상을 향해 오르고 있습니다. 중대장님 위치에서 11시 방향으로 검은색 상의 차림 남자입니다."

다급히 바라보니 그 소대장의 말대로 무엇이 있긴 하였지만 멀리 떨어져 있어 사람인지 확실치 않았다. 게다가 그곳은 넝쿨로 뒤덮여 있었고 그 위의 능선에는 여전히 포격이 이뤄지고 있었다. 포탄 먼지가 가득 뒤덮여 있어 무엇 하나 제대로 구분이 되지 않는 곳이었다. 중대장은 정확히 확인하여 그 사실을 사령부에 바로 보고하라며 소대장을 다그쳤다.

하지만 건너편 산의 관측장교는 민간인의 모습을 뚜렷이 포착하였다.

"산불 감시 초소에서 직선으로 250미터 지점에 민간인 한 명이 725봉을 향하고 있습니다. 검은색 상의에 카키색 바지를 입었고 40대 중반쯤으로 추정됩니다."

소식을 접한 사령부의 참모들은 작전을 잠시 중단하는 것이 어떻겠느냐는 의견을 내었다. 하지만 바로 거절당했다. 적이 침투했는데 민간인 한 명 때문에 작전을 거스른다는 것은 말이 되지 않는다, 희생이 있더라도 계획대로 진행해야 한다는 것이었다.

아파치 헬기의 추락으로 예민해져 있던 사단장의 주장은 한참을 더 이어졌다. 군인은 누군가를 과감히 희생시킬 수 있어야 하고 그 희생되는 사람의 삶보다는 국가와 그 구성원의 장래가 더 중요하다는 논리였다. 그것은 군인이 기본적으로 가져야 할 가치관인데 실전에서 그런 말을 내뱉는 것이 장교로서 있을 수 있느냐는 것이었다. 행여 공격 중지 명령이 있지 않을까 내심 기대하던 1중대장은 땀과 먼지로 뒤덮인 몸을 일으켜 다시 산을 올라야 했다.

4

"거기 서라!"

포탄의 폭음을 뚫고 누군가 J의 뒤에서 소리쳤다. 어떤 이가 정말 그를 향해 외치고 있는 것인지는 알 수 없었다. 하지만 그것이 사실이라 하여도 그는 뒤돌아볼 필요가 전혀 없었다.

방금 전엔 분명히 포탄의 파편 하나가 그의 머리를 스쳤다. 그것이 파편이라고 단언할 수는 없었으나 낯선 금속성의 느낌이란 것이 있었다. 아주 조금의 간격이 그의 목숨을 살렸던 것이다. 하지만 잠시 후를 알 수 없었다. 불과 몇 초 후엔 파편이 정확히 이마 한가운데를 뚫고 지나갈 수 있으니 말이다. 그의 주위로 많은 포탄이 떨어지고 있었고 기관총이 발사되고 있었으니 오히려 죽지 않는 것이 더 이상하였다.

그렇다고 그 순간 J가 죽음을 두려워한 것은 결코 아니었다. 만약 죽음을 두려워했다면 이렇게 산을 오르지도 않았을 것이다. 하지만 어차피 사라질 인간, 과연 오래 산다는 것이 중요한 것인가. 스스로 목숨을 버릴 용기가 없다면 갑작스럽더라도 어렵게 찾아온 떠남의 기회를 두려워하지 말아야 했다.

하루 전만 해도 고요로 가득했던 능선과 감시 초소의 주위가 이렇게 전혀 다른 곳이 되어버릴 것이라 누가 예상할 수 있었을까. 인생은 알 수 없는 것이고 언제나 의외성이 있었다. 그 의외성은 가끔 J 같은 부류의 사람들 가슴에 낯선 기운을 불어넣고는 완전히 다른 사람으로 변모시키기도 하였다. 불과 하루 만에 말이다.

'꿈이 아니었잖아. 나영이는 꿈이 아니었잖아.'

그런데 꿈이 아니었다면 하루 전 경험을 어떻게 설명할 수 있을까. 그는 연무 속으로 들어갔고 알 수 없는 목소리를 듣고는 나영이의 모습을 목격했었다. 그 연무는 지금 더욱 크게 확장되었다. 기둥이 되어 하늘로 치솟아 있었다. 연두색의 연무는 사실이지만 나영이의 모습은 꿈이었을까. 아무리 정체 모를 신비한 것이 등장하였다 하더라도 그것이 신의 세상에 속한 것이 아닌 바에야 4년 전 물에 빠져 죽은 아이가 살아 돌아올 수는 없는 것이었다.

그렇다면 이 고양이들은 대체 무엇일까.

그 긴박한 와중에도 J는 그 의구심을 떨쳐버릴 수가 없었는데 그의 주변이 포탄에 찢겨 죽은 많은 고양이들의 살점과 핏덩어리들로 뒤덮여 있었던 것이다. 어쩌면 그의 고양이 친구 나영이가 이렇게 처참한 최후를 맞이했을지도 몰랐다. 고양이와 빛의 기둥, 그리고 포탄의 연결고리를 그는 만들 수 없었다.

어느새 그의 고막은 심하게 훼손되었다. 마치 손가락을 양쪽 귀에 꽉 끼워 넣은 듯 포탄 소리가 멀리서 웅얼대었다. 총을 난사하고 있는 하늘의 헬리콥터는 봄의 아지랑이에 시각이 울렁이듯 왜곡된 모습으로 다가왔다. 그래도 J는 개의치 않았다.

'신경 쓸 것 없다. 사실 나라는 사람은 이젠 잃을 것이라곤 아무것도 없는 사람이다. 또 얻을 것도 없는데 대체 무얼 걱정하겠나.'

J는 725봉 안부에 가까워졌지만 그만큼 그는 더 위험해졌다. 포탄과 총탄이 정상부에 집중되고 있다는 것을 알고 있었음에도 그는 여전히 산을 뒤덮고 있는 미역줄나무의 넝쿨을 헤쳐 나가고 있었다. 대체 어디서 그런 힘과 용기가 나왔는지 알 수 없는 일이었다. J의 몸은 그동안 있지 않은 무엇인가로 가득 들어차 있었고 그 무엇은 J의 몸이 원하든 원하지 않든 관계없이 그를 지배하고 있었다. J가 당시 그의 힘과 용기의 원천을 알고 있었는지는 모르겠지만 그것이 딸을 향한 사랑에 의한 것임은 의심할 나위가 없었다. 그 누군가를 혼자 사랑한다는 것은 두 배 사랑하는 것과 같기 마련이었다.

이윽고 725봉의 안부에 도착했을 때 J는 어제 보았던 연무와 더욱 거대해진 빛의 기둥을 바로 앞에서 보게 되었다. 기둥은 그 거대함에 비해 특별한 소리를 내지 않았다. 낙엽 여러 개가 그 회전력에 휘말리어 함께 돌아가며 서로 부딪치고 있을 뿐이었다. 만약 기둥 속을 지나간다면 일반적인 생각으로는 분명 그의 몸이 산산조각 날 것이었다. 포탄이 더 이상 그의 통행을 용인하지 않기 때문이었다. 다행히 그는 포탄이 일제히 폭발한 뒤 아주 짧은 간격이 있음을 알아내긴 하였다. 일반적인 생각이야 어찌되었건 연무 속의 세상은 현존하는 세계와는 무관한 곳이므로 포탄 따위는 아무런 영향도 줄 수 없을 것이라는 근거 없는 확신이 J에겐 있었는데 그것은 도피적이고 비공식적이며 비현실적인 삶에 빠져들고자 했던 그의 지난 모습을 반증하는 것인지도 몰랐다.

그렇긴 하여도 현실의 세계는 그의 흔해 빠진 목숨 따위는 안중에도 없었다. J가 그 간격을 틈타 연무를 향해 발을 내디뎠을 때 정확히 한 개의 포탄이 가까운 곳에서 폭발했던 것이다. 그 폭발에 그는 몸이 뒤집어져 내팽개쳐졌고 정신을 차리고 일어났을 때는 얼마의 시간이 지났는지 알 수 없었다. 얼굴에 뜨거운 기운이 느껴져 손을 대어보니 그의 손에는 검붉은 피가 묻어났다. 파편에 얼굴을 다친 것인데 어느 부위를 다쳤는지 확인키 위해 다시 손을 얼굴에 대어보아도 도무지 알 수가 없었다. 그렇다고 머리도 아니었다. 피는 얼굴 어디선가에서 끊임없이 솟구쳐 나왔다. 귀를 만져보니 오른쪽 귀가 만져지지 않았다. 한쪽 귀가 통째로 사라져버린 것이다. 그 혼돈 속에서 되찾을 수도 없는 일이었다. 45년을 함께 해온 그의 오른쪽 귀는 이제 영영 다시 볼 수 없게 되었다.

중요한 것은 그게 아니었다.

그는 포탄이 터지든 그렇지 않든 상관없이 기둥을 향해 뛰어들기로 작정하였다.

'……'

곧 마지막일 수 있는 J의 모습이 이어졌고 그 장면에 뒤이어 등장한 것은 다행스럽게도 그의 예상대로였다. 시작도 끝도 없는 완벽한 하얀색의 공간이었다. 파편은 그의 초췌한 몸을 관통하지 못하였다.

'……'

나영이는 보이지 않았다.

'나영아.'

딸의 뒷모습조차 그곳엔 있지 않았다. 포탄 소리는 언제 그랬냐는 듯 사라졌다. 소리가 존재하지 않았다. 연무 속에서 그를 맞이한 것은 사람 크기의 검은색 직사각형 금속 물체였다. J의 키보다 조금 더 높은 공중에서 그것은 천천히 회전하고 있었다. 그 회전으로 인해 J의 눈에는 직사각형의 모습으로 보이다가도 아주 얇은 막대의 모습으로 잠깐 변신하곤 했다. 직사각형은 연무의 한 중앙에 있었으며 그 위로는 바깥에서 보았던 거대한 빛기둥이 솟구쳐 있었다.

J는 천천히 다가갔다.

'나영이는 어디 있죠?'

그는 생각하였다. 그리고 손을 올려 직사각형의 금속 물체를 만져보았다. 차갑고, 매정하였다.

"우리는 곧 사라질 것입니다."

어제의 그 기계음이었다.

"우리의 존재를 아무에게도 말하지 마십시오."

어제와 똑같은 말이었다. 소리는 공간을 가득 채웠고 아주 가까운 곳에서 들리는 것 같기도 한 반면 아주 먼 곳에서 전파를 통해 전해지는 것 같기도 했다. 기계음이 그곳에서 나온다는 것을 확신할 수 없었다.

'딸을 찾고 있습니다. 분홍 원피스를 입고 있는 여자아이가 어디 있는지 말해주세요.'

그는 그렇게 생각만 하였다. 그리고 많은 시간이 흘렀다.

J도 검은 비석 같은 직사각형도, 그 무엇도 말이 없었다. 이 세상 어디에도 있을 수 없는 고요가 지속됐다.

"문이 열렸습니다."

이윽고 기계음이 말했다.

"당신들의 실험으로 27만 년 동안 닫혀 있던 지상의 문이 열렸습니다. 당신들이 만들어낸 진동이 우리 세계의 통로를 만들었습니다."

직사각형의 회전은 멈추지 않았다. 그 위의 빛기둥은 그 거대함으로 모든 것을 압도하고 있었다. 어제는 보이지 않았던 직사각형의 금속 물체가 있다는 것은 그 물체가 오늘 새로이 나타난 빛기둥을 만들고 있는 것이라 보아도 좋을 것이었다.

그리고 또다시 많은 시간이 흘렀다. 그들의 대화 기법과 시간의 개념이 인간과는 다른 것인가.

"당신들이 고양이라 부르는 것은 오래전 우리 세계의 것이었습니다. 그것은 당신들의 것이 아닙니다."

기계음이 고양이를 언급하고 있었다. 산을 오르던 고양이 무리와 이 모호한 세계 사이에 어떤 관계가 있었던 것이다.

"문이 닫혀 잃어버렸지만 이제 진화된 우리의 것 일부를 데려갑니다. 그리고 우리는 곧 사라질 것입니다. 우리의 존재를 아무에게도 말하지 마십시오."

우리 세계라는 것은 지하의 세계를 의미하는 것인가, 외계를 말하는 것인가, 아니면 저승을 일컫는 것인가.

"이봐요."

연무 속으로 들어오고 몇 시간이 지난 뒤 J가 처음으로 말을 하였다.

"이봐요, 난 당신들이 누군지 모르지만……."

그리고 한참 동안 더 이상 말을 하지 않았는데 직사각형의 물체도 아무런 반응을 보이지 않았다.

"나를 좀 데려가 주십시오. 나를 다른 세계로 데려가 주시오."

그 금속 물체가 기계음을 내고 있는 것인지 아닌지도 모르는 상황에서 J는 그 검정 물체를 올려보며 말하고 있었던 것이다.

"이제, 다른 세계로 가고 싶습니다. 그러니 좀 데려가 주시오."

하지만 그 무엇도 대답이 없었다. 어쩌면 그들은 듣지 못할 수도 있었다. 아니면 일방적인 이야기만 할 뿐 인간의 말에는 아무런 관심이 없을 수 있지 않은가. 더군다나 J라는 뚜렷하지 못한 삶을 살고 있는 한 인간에게는.

J는 연무 속에 들어오고 난 이후 경과한 시간만큼이나 그 정체 모를 물체 앞에 서 있었지만 그들의 답은 결코 들을 수 없었다. 검정색의 물체라 하더라도 오랫동안 계속 보고 있노라면 주변의 흰색으로 동화되어 그의 눈에서 사라지곤 했다. 그것은 물체의 입장에서도 마찬가지였다. 한 사람이 너무 오랜 시간 동안 그 자리에 서 있으니 그것은 사람으로 인식되지 않았고 나중엔 모두가 똑같은 흰색이 되어버렸다. 그는 나영이를 만날 수 없음을 알고 있었다.

그날 밤 연무와 기둥이 사라진 뒤 725봉을 오른 독수리연대의 1중대장은 민간인 사체 한 구를 발견했다고 보고했다. 그들이 찾던 적군은 보이지 않았다. 하지만 사단장은 전투 끝에 적군을 격퇴하였다는 보고서를 작성하였다. 사건 보고를 접한 정부의 한 기관은 사병을 포함한 관련자 모두를 소환하여 조사했다. 다음 날 북한 방송이 사건을 언급하며 비아냥댄 것 외에는 더 이상 어디에서도 공식적으로 언급되지 않았다.

갈라파고스

박형서

오랫동안 시간을 잊고 살아왔다. '빈둥거렸다'는 표현이 더 맞을지 모르겠다. 배가 고프면 무엇이든 입에 쑤셔 넣었다. 배가 부르면 포만감을 유지하기 위해 오랫동안 잤다. 그 외에는 하고 싶은 일도, 할 의욕도 없었다. 늘 방에만 있던 건 아니었다. 일주일에 한 번쯤 쫓기듯 밖으로 나가 먹을거리를 사거나 인근의 술집에서 만취할 때까지 마셨다. 그래야 할 이유도, 그럼으로써 나아질 일도 없었기 때문에 그건 욕구기보다는 충동이었다. 은둔의 생이란 속으로만 곪는 게 아니었다. 체모가 위협적으로 빠져나갔고, 피부는 말라죽은 가시덩굴처럼 거칠어졌다. 어둠에 홀로 앉아 작고 조그맣고 토실토실한 손바닥을 바라보노라면 내 마음에는 지루한 오한이 번졌다. 그런 날이 지속되면서 과거의 내가 어땠고 누구와 인연을 맺었으며 얼마나 무수한 갈

림길 속에서 살아왔는지 조금씩, 조금씩 잊어갔다.

그러던 어느 겨울밤에 우리는 만났다.

그는 포장마차에서 홀로 술을 마시고 있었다. 가끔 주인에게 이런 저런 말을 걸었지만 제대로 된 대화를 원하는 기색이 아니었다. 그의 말투에는 포장마차에서 흔히 오가는 거만한 혀 굴림이나 애매한 적의 가 보이지 않았다. 오히려 비굴해 보일 정도로 완곡한 단어를 또박또 박 발음하여 주위의 관심을 끄는 편이었다. 가끔 속어나 비어가 튀어 나올 때도 있었으나, 그럴 경우 즉시 줄을 긋고는 예의바르게 정정했 다. 요즘 정치하는 걸 보면 ~~대가리가~~ 머리가 아픕니다— 하는 식이었 다. 30여 분 뒤 우리의 자리가 나란히 붙어 있던 건 우연이 아니라 내 가 그렇게 결정했기 때문이었다.

우리는 젊은 술꾼들이 그렇듯이 빠르게 친해졌다. 내가 먼저 술을 샀고, 다음에는 그가 안주를 샀다. 그건 포장마차에서 자주 벌어지는 일종의 게임 같은 것이었다. 손발이 심하게 부르트고 지저분한 두발 을 하고 있었음에도 불구하고, 그는 무척 매력적인 청년이었다. 우리 의 대화는 가볍고 유쾌했다.

다섯 병의 소주와 세 접시의 안주를 해치웠을 즈음 한 무리의 사람 들이 들어왔다. 시끄러운 건 싫었기에, 다른 곳에 가서 한잔 더 하지 않겠느냐고 떠보았다. 겨울의 기나긴 밤이 나를 평소보다 느슨하게 만들어놓은 모양이었다. 그는 흔쾌히 수락했다. 그런데 막상 포장마 차를 나오자 마땅한 술집이 보이지 않았고 게다가 날이 너무 추웠던 터라 우리의 발길은 자연스럽게 인근의 내 거처로 향하게 되었다.

청년은 마치 내가 어디 살고 있는지 아는 것처럼 앞장서서 걸었다. 군데군데 얼음이 얼어 있었기 때문에 한쪽 다리를 심하게 저는 나로서는 아무래도 뒤로 처질 수밖에 없었다. 청년은 간간히 걸음을 멈추어 나를 기다렸다. 그는 나의 다친, 아니, 이제는 아픔도 사라지고 감각도 무뎌져 퇴화된 느낌을 주는 오른쪽 다리를 자꾸 쳐다보았다. 호기심이나 경멸인 줄 알았으며 설령 그렇더라도 개의치 않았을 텐데, 의아할 정도로 침울한 눈빛이었다.

짙은 안개가 끼어 있었다. 나는 그가 갈라놓은 안개의 터널을 통과했다. 거기에선 낯익은 냄새가 났다. 내가 사는 곳은 낡은 주택의 3층, 옥탑방이었다. 미끄러우니 조심하라고 했는데 그는 이미 조심하고 있었다. 계단 끝에 다다르면 오른쪽으로 꺾어지라고 했는데, 벌써 그러고 있었다. 어둠에 잠긴 현관문 앞에 이르러서는 손잡이를 슬그머니 돌려보기까지 했다. 아득한 기시감이 들어 그 모습을 멀뚱멀뚱 바라보았다.

혼자 들어설 때보다 차갑게 느껴지는 방구석에 우리는 마주 보고 앉았다. 형광등 아래에서 보니 그의 옷은 무척 더러웠다. 무릎이 툭 튀어나온 청바지, 땟국에 전 잠바, 구멍이 난 양말……. 하지만 내가 입고 있는 옷도, 매트리스 위에 덩그러니 놓인 이불도 그만큼 더러웠다. 내 방에서 더러움은 큰 결점이 아니었다. 냉랭한 공기는 불쾌한 냄새마저 구석 어딘가에 가둬놓고 있었다.

냉장고에서 꺼내 온 소주를 나눠 마셨다. 분위기가 포장마차에서와 똑같지는 않았다. 그보다 한결 차분했다. 조명도, 벽에 부딪혀 돌아오는 목소리도, 우리 사이에 놓인 공기도 차분했다. 나는 이야기가 무거워지거나 끊어지지 않도록 조심했다. 재미가 있건 없건 고개를 끄덕이고, 맞장구를 치고, 말꼬리를 물었다. 자정이 지날 무렵에는 그도 어지간히 취한 것 같았다.

그러나 어느 지점에서부터인가, 두서없어 보이던 청년의 이야기가 서서히 일정한 형태를 잡아 나가는 것이었다. 아주 오랫동안 준비해 온 듯 거기에는 내가 끼어들 틈이 없었다. 때문에 그는 말하고, 벽에 비스듬히 기댄 나는 듣기만 했다. 그는 조금도 취해 있지 않았다. 그렇게 보이기를 원했을 뿐이다. 이처럼 교활한 청년을 내 집에 끌어들인 건 실수였다. 취기는 어느새 멀리 달아났고, 나는 그의 이야기에 완전히 사로잡혔다.

내 몸에서는 소름이 돋고 있었다.

어려서부터 애완동물을 좋아했다. 학교 앞 육교에서 사온 병아리로 시작해 금붕어, 파랗고 조그만 거북이, 오리, 토끼, 강아지까지, 평범한 아이가 기를 수 있는 동물이라면 죄다 한 번씩 길러보았다. 그들은 저희 자신의 죽음 외에는 아무것도 결정하지 않았다. 모두 내가 대신해주어야 했다. 내가 먹이를 주면 그들은 배가 부르고, 내가 목욕을 시키면 그들은 말끔해졌다. 돌이켜 보았을 때 가장 기억에 남는 건 강아지다. 심장에 탈이 생겨 죽기 전까지 3년을 함께 살았다. 내 품에서 숨을 거두던 순간에는 너무 슬퍼 눈물도 제대로 흘릴 수가 없었다. 그 후 오랫동안 동물을 기르지 않았다. 성인이 되어 가족의 곁을 떠날 때까지, 다른 동물을 갖지 않았다.

혼자 살게 되자 나는 무척 외로웠다. 이따금 현관문 앞에 먹다 남은 음식을 놓아두었다. 그리로 가끔 고양이가 지나다닌다는 걸 알았던 것이다. 그런 노력을 몇 번이나 반복한 끝에 우리는 마주치게 되었다. 노을이 피처럼 번져나간 섬뜩한 저녁이어서 그 순간을 똑똑히 기억한다.

호피 무늬를 지닌 작고 평범한 고양이였다. 그가 놀라 달아나지 않도록 나는 조심스럽게 다가갔다. 발이며 콧잔등에 난 상처를 통해 그간 겪어온 고단함을 짐작할 수 있었다. 나는 가만히 몸 여기저기를 긁어주었다. 기분이 좋은지 갸르릉 소리를 냈다. 그 진동이 손을 지나 가슴으로 흘러들었다. 그 자리에 쪼그리고 앉아 제 팔뚝을 정성껏 핥았다. 나는 찬장에서 참치 통조림을 꺼내 왔다. 딱, 하고 뚜껑이 열리는 소리와 함께 우리는 친구가 되었다. 여전히 잊지 못하는 어린 시절의 강아지 이름을 따 '성범수' 라 부르기 시작했다.

성범수는 서서히 나에게 중독되어 갔다. 세 달이 지날 무렵에는 목욕을 시켜도 할퀴지 않았다. 우리는 한 침대에서 잤고, 아무렇게나 드러누워 얘기를 나누었다. 성범수는 내 목소리를 좋아했다. 어떤 하루를 보냈는지 설명할 때면 갸르릉 소리를 내며 귀를 기울였다. 나는 우리가 꽤 잘 통한다고 생각했다.

그러던 어느 날이었다. 성범수가 몹시 우울해 보이는 것이었다. 걱정스레 물어보는 내게 말했다.

〈답답하다. 나도 밖에 나가 친구를 만나고 싶다. 네가 만나는 친구들과 어울리고 싶다. 이곳은 너무 답답하다.〉

왜 그 자신의 친구들과 만나 어울리지 않는 건지 궁금했다. 마음대로 드나들 수 있도록 창문을 항상 열어두었기 때문이다. 성범수는 슬픈 목소리로 대답했다.

〈너와 동거를 시작한 순간부터 나는 그들과 작별했다. 다시 돌아갈 수 없다. 그들은 나를 멸시한다. 내 목에는 네가 씌워준 목걸이가 있고, 내 털에는 너의 비누향이 풍긴다. 나는 지난날을 모두 잊어야 한다. 이제는 네 과거가 내 과거고, 네 친구가 내 친구다.〉

그건 부탁이 아니라 설득이었다. 나는 어렵지 않게 수긍했다. 함께 산다는 이유로 어느 한쪽만이 불편을 감수해야 한다면, 그건 확실히 불공평한 일이다. 나는 공평한 사람이고 싶었다. 마침 며칠간 집에 눌러앉아 처리해야 할 일도 있던 참이었다. 친구들을 만나려면 어디로 가야 하는지 알려줄 필요는 없었다. 그 동안에 너무 많은 걸 털어놓았기 때문이다. 깨끗이 목욕을 한 성범수에게 내 손목시계를 채워주고, 얼굴을 말끔히 빗긴 후 술값을 쥐어주었다. 성범수는 깡충깡충 뛰어나갔다.

저녁 늦게 돌아온 성범수는 개다래 열매라도 횡재한 듯한 표정이었다. 내 친구들의 습관, 좋아하는 것과 싫어하는 것, 그리고 여러 종류의 몸짓언어들을 익히 알고 있던 터라 어렵지 않게 친해진 모양이었다. 나는 그의 말을 듣다가 스르르 잠이 들었다. 다음 날 아침에 일어나, 그가 여전히 내 시계를 손목에 차고 있는 걸 보았다.

때때로 우리는 지난 일을 회상하며, 일찌감치 불길한 예감이 들었다고 주장한다. 하지만 그건 어디까지나 모든 사건이 발생한 뒤에야 할 수 있는 말이다. 아무리 불길한 예감이라 하더라도 나쁜 일이 닥치지 않는다면 우리는 그것을 기억의 창고 어딘가에 처박아둔다. 어두운 창고에서 나오려면, 그와 관련된 나쁜 일이 반드시 벌어져 주어야 한다. 내 친구들은 예외 없이 성범수를 좋아했다. 특히 여자아이들은 세로로 길게 찢어진 그의 눈동자를 마음에 꼭 들어 했다. 눈에 대해 말하며 꺅, 하고 황홀에 겨운 소리를 내기도 했다. 내가 보기에는 인간들의 동그란 눈동자가 더 괜찮은 것 같았지만, 괜히 흥을 깨고 싶지 않았다. 성범수는 내 친구들에게서 사랑받고 있었다. 그것은 애초에 내가 바라던 바였다. 그러나 어딘가 잘못되어 가는 느낌이었다. 내 창고에는 불길한 예감이 조금씩 쌓여가고 있었다.

외출은 잦아졌다. 나는 도무지 내 시계를 돌려받을 수가 없었다. 손목시계도 없이 밖에 나갈 수는 없는 노릇이었다. 성범수가 마침 곁에 있을 때 친구들에게 연락을 하면, 이번에는 며칠째 신나게 노느라 지쳤다는 핑계를 들어야 했다. 화가 나기보다는 슬펐다. 성범수가 그러는 것처럼 나도 밖에 나가 친구들을 만나고 싶었다. 원래 내 친구들이었던 친구들을 만나고 싶었다. 성범수는 침대에 누워, 그날 하루를 친구들과 어떻게 보냈는지 재잘대곤 했다. 어느 공원에 갔고 어느 영화를 보았으며 어떤 음식을 먹었는지 자랑스레 떠들었다. 처음 얼마간은 내가 이미 갔던 공원과 내가 이미 보았던 영화와 내가 이미 먹었던 음식이었다. 그러나 서서히 사정이 달라졌다. 불길한 예감이 창고에서 뛰쳐나올 준비를 하고 있었다. 언제부턴가 성범수는 내가 받아본 적이 없는 선물을 받아 왔다. 그 물건 자체가 탐났던 건 아니다. 단지

나도 친구들에게 무언가를 받고 싶었다. 나를 생각하며 샀거나 손수 만든 선물을 받고 싶었다. 알록달록한 포장지를 열면 조그마한 카드에 내 이름이 적혀 있는, 그런 선물을 받고 싶었다. 하지만 나는 받지 못했고, 성범수는 받았다. 그는 내 친구 무리의 몇몇 여자아이들과 모텔에 가 ~~떡을 쳤다~~ 짝짓기를 했다. 나로서는 엄두도 못 내본 사업이었다. 그가 나보다 매력적이라는 걸 인정할 수 없어서, 밝히는 건 변태나 하는 짓이라고 말했다. 그 말을 들은 성범수는 오히려 나를 가르치려 들었다.

〈밝혀서 변태가 아니다. 오해하니까 변태인 거다.〉

맞는 말일지도 모른다. 평소였다면 하하 웃으며 맞장구를 쳤을 것이다. 하지만 나는 그리하지 않았다. 질투가 나를 잡아먹는 중이었다. 나는 다른 사람이 되어가고 있었다.

며칠 뒤 우리는 심하게 다투었다. 조금도 물러서지 않고 무례한 농담까지 섞어대는 고양이 특유의 달변에 나는 화가 치밀었다. 팔뚝에서 시계를 뺏은 다음 거칠게 침대로 밀쳤다. 성범수는 매트리스 위에 날렵하게 착지한 즉시 반격해왔다. 그의 손톱이 허공을 가를 때마다 날카로운 피리 소리가 났다. 겁먹은 나는 눈을 감은 채로 주먹을 휘둘렀다. 내 허벅지와 그의 입술에서 피가 났다. 그리고 바닥 여기저기에 흘렀다.

공평하게 다친 우리는 각각 부엌의 싱크대와 화장실에 가서 피를 씻었다. 그리고 서로에게 등을 돌리고 잤다. 그 밤의 어느 꿈엔가, 성범수가 내게 다가와 사과했다. 미안한 표정으로 쪼그리고 앉아 제 팔뚝을 핥았다. 우리가 처음 만났던 순간이 떠올라 마음이 아늑해졌다. 다가가 턱과 이마를 쓰다듬어주며 그 부드러운 비음을 느꼈다. 우리는 서로를 이해하고, 용서하고, 격려했다.

하지만 그건 모두 꿈일 뿐이었다. 내 희망이 지어낸 순도 높은 허구였다. 이튿날 일어나보니 혼자였다. 아무도 곁에 없었다. 시계도, 그리고 내가 가장 아끼던 청바지도 사라졌다. 지갑도 없었다. 지갑이 없으니 돈도 없었다. ~~니미 시팔~~ 아아, 전부 빼앗긴 것이다. 나는 완전히 거지였다. 나는 완전히 거지야, 하고 붙잡고 한탄할 친구도 없었다. 성범수를 만나기 전보다 훨씬 심한 외로움을 느꼈다. 그리고 전에는 느끼지 못했던 강렬한 증오도 느꼈다. 나는 질투를 느꼈고, 나는 억울함을 느꼈고, 나는 적의를 느꼈다. 내 정신은 그런 낯선 감정들로 혼란스러웠다.

새벽이 다 되어 돌아온 성범수와 나는 전날보다 심하게 싸웠다. 성범수의 손톱이 내 목덜미에 길쭉한 상처를 냈다. 피에 흥분한 나는 온도 조절판이 망가진 철제 다리미를 휘둘렀다. 그가 몸을 웅크리자, 한손에 다리미를 든 채로 청바지를 벗겼다. 털이 수북한 아랫도리가 드러났다. 성범수가 비명을 질렀다. 이 무슨 망측한 짓이냐고 비명을 질렀다. 하지만 그건 원래 내 옷이었다. 고양이가 아니라 내가 입어야 할 옷이었다. 그가 조금이라도 반항할라치면 다리미의 뾰족한 부분으로 옆구리를 쿡쿡 찔렀다. 그러는 나 자신의 행동을 믿을 수가 없었다. 나는 결코 그렇게 ~~좆 같은~~ 나쁜 인간이 아니었다. 성범수를 만나기 전까지는, 아무도 때리지 않고 아무와도 다투지 않던 사람이었다.

성범수가 나를 괴물로 만들어놓은 것이다. 자괴감에 기운이 쭉 빠졌다. 다리미를 내리자, 그 틈을 놓치지 않고 후다닥 일어나더니 창문 틈으로 잽싸게 도망쳤다. 저 너머의 어둠 속에서 원망에 가득 찬 울부짖음이 들려왔다.

〈약속했었다, 우리가 함께 결정했었다!〉

그렇지 않다. 나는 약속하지 않았다. 함께 결정하지 않았다. 그저 외로웠고, 그래서 누군가와 같이 있고 싶었을 뿐이다. 나는 다리미를 보며 눈물을 흘렸다. 그걸로 누군가를 때렸다는 사실이 믿겨지지 않았다. 무서운 건 성범수와 같이 있을 때면 나 자신의 행동을 도저히 예측할 수가 없다는 사실이었다. 그가 다시 돌아온다면 나는 무릎을 꿇고 사과할까? 꺼져버리라고 할까? 웃으며 없던 일로 하자고 제안할까? 목욕을 시켜줄까? 망설임 없이 다리미로 힘껏 내리칠까? 알 수 없었다. 나는 불도 켜지 않은 어두운 방에 홀로 앉아 머리카락을 쥐어뜯었다.

성범수는 밤이 늦어도 돌아오지 않았다. 나는 그가 어딘가에 잘 있으며, 화가 풀리면 돌아올 거라 믿었다. 때문에 창문을 반쯤 열어두고 다리미도 침대 아래 깊숙이 넣어두었다. 지저분한 방을 청소하고, 밤중에 빨래까지 했다. 그런 후 책상 앞에 앉아서야 비로소 내 손목시계와 지갑과 아끼던 청바지가 감쪽같이 사라진 것을 발견했다. 육수를 우려내고 남은 멸치로 현관 앞에 덫을 놨으나 이틀이 지나도 그대로였다.

성범수는 사흘이 되는 날 저녁에 나타났다. 아무렇지 않게 돌아와

서는 침대에 벌렁 엎드렸다. 몹시 피곤한 얼굴이었지만, 어딘가 모르게 의기양양한 기색이 느껴졌다. 반가움과 의심과 두려움이 뒤엉켜 가만히 있을 수가 없었다. 긁어주는 척하며 청바지를 뒤졌다. 강릉행 버스표가 나왔다. 가슴이 뛰었다. 그렇게 멀리 가는 건 일반적인 고양이의 습성은 아닌 것이다. 지갑을 열자 신분증이 보였다. 그건 내 것이었으나, 더 이상 내 것이 아니었다. 내 사진이 붙어 있어야 할 곳에 성범수의 얼굴이 붙어 있었다. 어느 정신 나간 동사무소 직원이 그의 얼굴 사진을 넣어 재발급해준 모양이었다. 불안해서 가슴이 터질 것 같았다. 그 불안의 끄트머리에서 나는 마침내 내게 준비된 운명과 만났다. 지갑 안쪽에 숨겨져 있던 손바닥만 한 폴라로이드 사진 한 장을 보는 순간 나는 경악했다. 강릉 바다를 배경으로 성범수와 나란히 팔짱이 끼고 서 있는 건, 내가 오랫동안 열심히 공을 들이던 여자아이였다. 무려 사흘이었다. ~~떡을 치거~~ 짝짓기하기에 충분한 시간이었다.

나는 비명을 질렀다. 지갑을 던져버리고는 미친 듯이 구타했다. 내 시계와 내 청바지와 내 신분과 그리고 무엇보다도 내 여자를 빼앗긴 게 원통해 눈물이 흘렀다. 그녀에게서는 늘 복숭아 냄새가 났다. 나는 그 향을 마음 깊이 흠모했다. 어느 날인가 카디건을 벗었을 때에는 복숭아 냄새가 물씬 풍겨 정신이 혼미해진 적도 있었다. 그 옷을 다 벗으면 안에는 복숭아가 있을까, 아니면 그냥 여자의 알몸이 있을까? 그걸 알려면 이제는 성범수에게 물어보는 외에는 다른 도리가 없는 것이다. 원통해서 정신을 차릴 수가 없었다. 때리는 건지 몸부림치는 건지 구분도 되지 않을 만큼 손과 발을 휘둘렀다. 정신없이 휘둘렀다.

성범수는 전처럼 대들지 않았다. 도망치지도 않았다. 몸을 둥글게 말고는 무자비하게 쏟아지는 폭력을 순순히 받아들였다. 전과 달라진 건 나 또한 마찬가지였다. 나는 죄책감을 느끼지 않았다. 모멸감을 느끼지도 않았다. 오히려 주먹과 발등에서 전해져 오는 통증에 야릇한 쾌감까지 느꼈다. 사람의 정신이 그토록 쉽게 변할 수 있다는 건 신기한 일이다. 나는 즐겼다. 고통과 비명을 즐겼다. 그리고 완전히 지쳐서야 구타를 멈추었다.

성범수는 고개를 들어 나를 똑바로 바라보았다. 동공이 세로로 길쭉하게 찢어져 있었다. 부어터진 입술을 떼자 피가 흘러 나왔다. 결기에 찬 목소리로 말했다.

〈맘대로 때려도 좋다. 하지만 난 끝까지 약속을 지킬 거다.〉

그 말에 눈앞이 하얘졌다. 다리에 힘이 풀리고, 턱도 덜덜 떨려왔다. 나는 침대 밑을 더듬었다. 너무 깊숙이 처박아놓은 관계로 다리미에 손이 닿지 않았다. 옥상으로 나갔다. 두리번거리다, 화분 곁에 있던 젖은 벽돌을 집어 들었다. 방에 돌아왔다. 성범수의 조금 위를 향해 던졌다. 그 텅 빈 벽을 향해 힘껏 던졌다. 겁을 주고 싶었던 것이다. 겁을 주어, 약속이니 뭐니 하는 소리를 더 이상 지껄이지 못하도록 만들고 싶었던 것이다. 그러나 무거운 벽돌은 뜻밖의 궤도를 그리며 날아가 그의 오른쪽 무릎을 정확히 강타했다.

처음에는 몸에 번개가 흘렀다. 다음에는 피부의 모든 털이 곤두섰다. 그것들이 전원과 안테나의 역할을 하여, 눈앞에 펼쳐진 고통이 내 몸에 그대로 수신되었다. 순식간이었다. 뭉개진 지렁이처럼 벌어진 피부 사이로 슬개골의 일부가 튀어나와 있었다. 거기서 피가 질질 흘러내렸다. 성범수는 비명을 지르며 이리저리 몸부림쳤다. 사방에 피가 튀었다. 내 얼굴에도 튀었다.

나는 성범수에게 덤벼들었다. 어떻게든 진정시키려고 했는데, 상처를 지혈하려 했는데, 어쩌다 보니 침대보로 그를 둘둘 말고 있었다. 비명을 지르는 입과 나를 원망하는 눈마저 가리고 나자 다음에 해야 할 일이 홀연히 떠올랐다. 악마가 실제로 존재한다면, 당황한 정신에 그와 같은 방식으로 생겨날 것이다. 악마가 대신 생각해주어서 나는 시키는 대로 움직였다. 침대보 뭉치를 여행용 회색 캐리어에 처박았다. 성범수가 죽을힘을 다해 버둥거리는 바람에, 뚜껑을 닫기 위해서는 피 묻은 벽돌을 닥치는 대로 휘둘러야 했다.

캐리어를 끌고 밖으로 나왔다. 어째서 그 거리에 아무도 없었는지, 인천대교까지 가는 길에 아무도 만나지 못했는지 알 수가 없다. 나는 단 한 명의 행인도 발견하지 못했다. 내 감각은 누구에게도 가닿지 않았다. 오로지 캐리어와 그 안에서 몸부림치고 있는 성범수, 그리고 공포에 사로잡힌 나 자신만을 느꼈다. 인천대교에 올라 다리 아래로 캐리어를 던져버리기까지는 그로부터 세 시간이 넘게 걸렸다. 돌아오는 데에는 그보다 더 걸렸다. 팔뚝과 무릎 여기저기가 심하게 까진 것도 모를 만큼 탈진해 있었다. 자비와 호기심, 그리고 일종의 논리적 판단이 선택을 이끌어낸다고 오랫동안 믿어왔다. 하지만 성범수를 다리 아래로 던질 때 나는 새로이 깨달았다—정말로 중요한 어떤 선택은 선한 감정이나 지성이 아니라 두려움에 의해 결정된다는 것을.

나는 형편없이 지친 몸을 움직여 몇 번이고 경첩과 자물쇠를 확인했다. 전에 내 소유였던 것들을 다시 내 소유로 돌려놓아야 했다. 내 방을 지켜야 했다. 부엌과 화장실에 난 창을 단단히 잠갔고 심지어는 아주 추운 겨울을 제외하고는 항상 열어놓고 지냈던 안방 문까지 닫아걸었다.

　목이 미칠 듯이 마르다는 걸 깨달은 건 그 후였다. 평소에는 대수롭지 않은 욕구이던 것이 그 순간에는 절박한 깨달음이었다. 부엌에 가 물을 마셨다. 조금 진정이 되는 기분이었지만 성범수를 어디에 던졌던지 떠올리자 식도를 타고 흘러간 물이 대단히 짜고 역겹게 생각되었다. 일렁이는 인천의 파도와 부딪힐 때 회색 캐리어는 산산조각이 났다. 그래서 내가 성범수를 얼마나 높은 곳에서 떨어뜨렸는지, 얼마나 심한 충격을 주었는지 똑똑히 볼 수 있었다. 죽었으면 어쩌지? 한쪽 무릎이 박살난 채로 바다에 던져졌으니, 살아남기 힘들겠지? 뒤집어 쓴 침대보도 걷어내지 못하겠지? 하지만, 하지만 살아 돌아오면 어쩌지? 복수하겠다며 찾아오면, 그러면 나는 어쩌지?

　나는 안방 문을 열고 나왔다. 현관문을 다시 점검해보기 위해서였다. 두 개의 자물쇠 모두 틀림없이 잠겨 있었다. 경첩도 튼튼했다. 화장실의 자그마한 창문도 내게 전혀 관심이 없던 여자애, 그러나 성범수와는 만난 지 며칠 만에 딱을 찬 짝짓기에 들어간 그 여자아이의 마음처럼 꽁꽁 닫혀 있었다. 내가 이런 짓을 저질렀다는 걸 알게 되면 그녀는 무슨 표정을 지을까? 설령 모른다고 해도, 우리가 전처럼 웃으며 만날 수 있을까? 그럴 수는 없겠지. 누구도 과거로 돌아갈 수는 없는 법이니까. 부엌에 달린 창문을 하릴없이 흔들어볼 때는 반쯤 엎어진 심정이었다.

다시 안방에 돌아왔다. 형광등을 바라보자 아찔하게 현기증이 일었다. 모든 상황을 가정해보아야 한다. 나쁜 일이 벌어질 가능성이 조금이라도 있다면, 그 일은 반드시 벌어지고 말 테니까. 만약에 성범수가 어떤 방식으로든 이 안에 들어온다면 나는 멀리 도망쳐야 할 것이다. 그런데 이처럼 튼튼하게 문을 다 걸어놓는다면, 그건 내가 도망갈 구멍까지도 막아놓는 셈이 된다. 어쩌면 성범수는 내가 이 방에 갇혀서 얌전히 저를 기다리길 바라고 있는 게 아닐까?

생각이 거기까지 미치자 증오와 두려움으로 가슴이 터질 것 같았다. 곁에 있던 다리미를 움켜쥐고 휘둘러보았다. 그러나 마음대로 움직여지지가 않았다. 내가 다리미를 휘두르는 게 아니라 다리미가 내몸을 휘둘렀다. 이대로라면 영락없이 당할 것이다. 이번에는 그도 가만히 있지는 않겠지. 죽을힘을 다해 덤벼들겠지.

시간이 별로 없었다. 나는 벽에 난 창문을 조금 열어놓고, 그곳이 뚫렸을 경우 어떻게 도망가야 할지 궁리했다. 안방 문을 잽싸게 연 다음 두 개의 잠금장치를 풀어 현관문을 젖혔다. 사방이 짙은 어둠이었다. 이웃한 건물의 옥탑방들은 야자수 하나 없는 황량한 섬처럼 떠 있었다. 섬과 섬 사이에는 바다 대신 깎아지른 절벽이 있어, 뛰어넘다 자칫 실수라도 하면 아래로 떨어져 불구가 되거나 죽을지 모른다. 내가 처한 이 **염병할** 그저 그런 상황이 답답했다.

잠시 멍하니 있다가 방으로 돌아왔다. 현관문을 굳게 잠갔다. 그 선명한 '찰칵' 소리에 낙담해 안방에 주저앉았다. 외로웠을 뿐이다. 그저 외로웠을 뿐인데, 거기서 모든 문제가 시작된 것이다. 이제 나는 내 것을 돌려받았지만, 내 것에 둘러싸여 한 걸음도 나가지 못하는 신세가 되었다. 황망히 사방을 둘러보는 눈은 벽과 침대에 묻은 피를 보지 못했다. 대신에 다른 것을 보았다. 차가운 바다 속에서 성범수의 새빨갛게 핏발 선 눈이 번쩍 떠진다. 몸에 감긴 침대보를 걷어내고 물 위로 떠오른다. 딱딱하게 언 개펄을 지나, 작은 도시들을 지나, 빙판을 이룬 길과 눈이 쌓인 골목을 지나 내게로 걸어온다. 털은 얼어붙었지만 입에서는 하얀 김이 난다. 호흡이 가빠서가 아니라 복수에 달아올랐기 때문이다. 조금씩, 그러나 끊임없이 가까워 오는 걸 나는 본다. 마침내 주택가에 다다라 일층 계단에 발을 올린다. 축축하게 젖은 발이 매끈한 인조 대리석 계단을 밟는 소리가 들린다. 불규칙하게 쩔뚝거리는 소리, 그러나 분노와 복수심이 가득한 발자국 소리가 들린다. 그리고 점점 가까워온다. 나는 부엌과 안방을 가르는 벽에 기대어 앉아 내 모든 어리석음들이 어떻게 모이고 정렬하여 그 엄중한 결과를 드러내는지 묵묵히 기다렸다. 온몸의 신경을 현관문을 바라보는 눈에 집중했다. 저 허술한 문이 부서지지 않을까? 저 문을 열 수 있는 뭔가 다른 방법이 있는 게 아닐까?

그 순간 가슴이 철렁 내려앉았다. 누군가 문을 거칠게 두들기고 있었다. 방을 온통 뒤흔드는 격렬한 소음이 들려왔다. 나는 귀를 틀어막았다. 문에서 시작된 진동이 가슴을 울렸다. 그건 날카로웠고, 처절했으며, 불길했다. 나는 그를 차가운 물에 던져버렸다. 그 높은 곳에서 던져버렸다. 아무리 사과를 한다 해도 돌이킬 수 없는 과오다. 만약에 누가 나에게 그런 짓을 했다면, 나 역시 그를 찾아갈 것이다. 찾아가 기필코 ~~작살을 낼~~ 담판을 지을 것이다. 하얀 포말에 닿는 순간 산산조각 나던 캐리어가 눈에 선했다. 성범수는 내가 약속했다고 말했다. 하지만 나는 약속하지 않았다. 나는 외로웠을 뿐이다. 나는 선택하지 않았다. 그걸 선택하지 않기로 선택했다. 아니, 선택하지 않을 수 있는 선택을 선택했다⋯⋯.

소리가 뚝 멈추었다.

귀를 막고 있던 손을 내렸다. 어리둥절했다. 순식간에 귀가 멀어버린 것 같았다. 하지만 내 귀는 멀쩡했다. 문이 더 이상 들썩이지 않았다. 돌아간 걸까? 모든 걸 포기하고, 제가 원래 있던 곳으로 돌아간 걸까? 하지만 이처럼 쉽게 끝날 리는 없다. 나는 성범수를 안다. ~~큰 벌어먹을 놈은~~ 그는 나에게 당할 때마다 전보다 지독한 복수를 해왔다. 그리고 지금이야말로 최고로 지독한 복수를 할 때다. 나는 갑작스레 다가온 이 새로운 상황이 뜻하는 바를 헤아리려 애썼다. 정신없이 두리번거리면서, 저 얇은 시멘트벽의 너머에서 벌어지는 어떤 의도와 행동을 예측하려 필사적으로 노력했다. 문에서 들려오던 굉음만 멈춘 게 아니었다. 그야말로 모든 게 멈추었다. 심지어는 내 속에서 들끓던 두려움과 자책의 아우성도 멈추었다. 그것들이 내 마음속에서 사라졌다는 의미가 아니다. 그것들은 여전히 있되, 그러나 얼어붙은 것처럼 순식간에 멈춘 것이다. 나는 창문에서 눈을 떼지 못했다.

거기에 성범수가 있었다.

균열처럼 열린 창, 탈출을 궁리한답시고 부주의하게 젖혀놓았던 창 틈으로 성범수의 얼굴이 보였다. 세로로 길게 찢어진 적갈색 눈, 역겹게 김이 오르는 젖은 얼굴, 구더기처럼 엉클어진 털에 뒤덮인 채로, 그런 몰골로, 이를 드러내며 징그럽게 웃고 있었다.

창문 아래에 달린 바퀴가 도르르 소리를 내며 구르기 시작했는데, 그것이 내게는 오장을 찢어발기는 무시무시한 벼락 소리처럼 들려오는 것이었다.

청년의 이야기는 거기서 끝났다.

그 뒤에 어떤 일이 벌어졌는지는 우리 모두 잘 알고 있는 사실이다. 결과로 그는 떠났고, 나는 이곳에 남았다. 그는 과거를 잊지 못해 도태되었으며, 나는 망각함으로써 새로운 환경을 받아들였다.

이야기가 시작되었을 때 돋았던 소름은 완전히 가라앉아 있었다. 내가 그를, 우리의 관계를 지워버린 이유는 명백하다. 그건 이미 완료된 문제기 때문이다. 완료된 문제를 계속해서 기억한다면 얼마나 피곤하겠는가? 그러나 그가 입을 열어 말했기에, 나는 모든 걸 떠올리고, 그의 얼굴을 조용히 응시하면서, 어느 밤에 벌어진 일들이 내게 몰아온 변화와 거기에 적응하려 노력했던 나날을 돌아보았다.

외로움 때문이라 했다. 외로워서 그런 거라고 했다. 비겁한 변명이다. 나는 고개를 저었다. 그건 당신의 입장일 뿐이라며 고개를 저었다. 물고기가 바다에서 육지로 나오는 것과 같이, 원숭이가 나무에서 땅으로 내려오는 것과 같이, 사실은 이 모든 게 자기 자신에게 보다

나은 상황을 주기 위한 결정이었으니, 굳이 남을 원망할 것도 없고 지난날을 후회할 것도 없다고 고개를 저었다.

그래, 한때 나는 고양이었다. 불우한 거리의 고양이였다. 그리고 눈앞의 그는 나는 거둬들여 성범수라는 근사한 이름을 붙여주고, 오랫동안 보살펴주었다. 인정한다. 하지만 그런다고 해서 뭐가 달라질 것인가? 시간은 저 혼자 흐르지 않는다. 시간은 늘 우리의 선택과 함께 흐른다. 침대 위에 눕기로 결정했다면, 침대 위에 누운 시간이 흐른다. 술을 마시기로 결정했다면, 술을 마시는 시간이 흐르는 것이다. 시간은 늘 그런 방식으로 흐른다. 그리고 한번 흘러간 시간은 돌이킬 수가 없다.

따지고 보면 그에게는 돌아갈 기회가 너무나 많이 있었다. 하지만 매번 온도 조절판이 망가진 철제 다리미나 화분 옆의 벽돌이나 회색 캐리어 따위를 줄기차게 선택함으로써, 그러지 않았더라면 막을 수 있었을 파국을 차곡차곡 불러왔다. 그런 식으로 만들어진 게 바로 오늘이므로, 우리는 아무것도 되돌릴 수 없고 어디로도 돌아갈 수 없다. 시간은 멋대로 되돌리라고 발명된 게 아니다. 시간 사용법은 그보다 훨씬 비정하다.

손목시계를 보았다. 새벽 네 시가 되어가고 있었다. 모두가 잠든 시각, 밖에서는 아무 소리도 들려오지 않았다. 청년은 낙담하고 피곤한 표정이었다. 슬그머니 몸을 옆으로 숙여 장판에 기대는 폼이, 몇날 며칠 지하도 신세였던 모양이다. 눈꺼풀이 번데기처럼 멍울져 있었다. 아니나 다를까, 눈을 좀 붙여도 되는지 슬그머니 물어오는 것이었다.

이 방에 돌아와보니 역시 편하다며 군색한 말꼬리를 달았다.

그건 지나치게 작은 소망이다. 그가 머물길 원하는 이곳은 에덴이 아니기 때문이다. 바닥에 엎드리면 침대와 부엌과 화장실을 잇는 앙상한 동선 주위로 폭신폭신하게 쌓인 먼지가 보였다. 습기를 머금은 채 얼어버린 낡은 장판은 여기저기 금이 갔으며, 그 사이로 시커멓게 변색된 시멘트 바닥이 드러났다. 그리고 모든 것이 바싹 말라 있었다. 누가 감히 이곳을 꿈꿀 것인가? 이곳은 혹독하다. 이곳에 머물기 위해서는 충분히 거칠고 사나워져야 한다. 나는 그와의 추억을 잊어버리는 쪽으로 진화했고, 그래서 이곳에 젖어들 수 있었다. 그것이야말로 바로 살아남기 위해 내가 한 일이었다.

생각이 거기에 이르자 불현듯, 내가 어떤 지점에 놓여 있는지가 또렷하게 드러나는 것이었다. 하마터면 나는 이 청년을 받아들일 뻔했다. 그가 잠이 들면 슬그머니 일어나 냄새나는 양말을 톡톡 굴리며 놀거나 신발 끈을 질겅질겅 씹었을지 모른다. 한숨 자고 일어나면 어디로든 제가 있을 곳으로 돌아가리라 생각하며, 무심코 호의를 베풀었을지도 모른다. 하지만 청년이 부탁한 것은 단순히 몇 시간 또는 하룻밤이 아니었다. 그건 새로운 동거였다. 이 섬에 나와 함께 머물기를 원한 것이다. 그의 군색한 말꼬리는 이곳에 대한 집요한 미련을 암시하고 있었다.

그러나 우리의 마음 깊은 곳에는 여전히 서로에 대한 맹렬한 증오가 도사리고 있지 않은가? 그는 모든 걸 빼앗기고 보금자리에서 내몰린 일에 대해 나를 증오하며, 나는 약속을 어기고 나를 죽이려 했던 일에 대해 그를 증오한다. 어느 쪽이 다른 한쪽보다 강하거나 약하지 않다. 그건 동등한 증오다. 때문에 우리는 결코 이 팽팽한 균형을 깨뜨릴 수 없다. 지난 여러 해 동안 우리가 서로 마주치지 않았던 것은 우연의 장난이 아니라, 바로 그러한 이유에서였을 것이다. 청년이 포장마차에서 내게 말을 건 것과 내가 청년의 정체를 깨닫고 나서도 한참 동안 경청했던 건 그에게나 나에게나 대단한 용기가 필요한 일이었다.

그것으로 족하다. 어느 쪽으로든 더 이상 기울어지는 건 위험한 일이다. 파괴됨으로써 어떤 결과가 올지 전혀 짐작할 수 없는 그 위태로운 균형을 위해, 내게는 해야 할 말이 있었다. 나는 공손히 입을 열었다. 굳이 손님이라 칭하며, 새벽이 다 되어 이만 자야겠다고 말했다. 돌아가 달라는 말미에 언젠가 다시 만나자고 덧붙인 건, 그가 밖에서 오래 살아남지 못하리라는 걸 알고 있기 때문이었다.

속내가 훤히 드러나는 내 교활한 화법에 쓴웃음을 지으면서도 손님은 순순히 일어났다. 벽에 손을 대고는 느릿느릿 걸어 나갔다. 내가 우려한 것을 그 역시 걱정했으며, 내가 원한 것을 그 또한 바랐음이 분명했다.

문이 열리자 차가운 바람이 불어와 온몸의 털을 곤두세웠다. 혹한의 어둠은 납작 엎드린 신문지처럼 신음했다. 미세한 얼음의 조각들이 대기에 섞여 이리저리 흘렀다. 그러다 우둘투둘 일어난 피부에 닿는 족족 예리한 상처를 냈다. 쓸쓸함 말고는 아무것도 보이지 않는 자명한 어둠이었다. 나는 조용히 주먹을 움켜쥐어 손톱을 드러냈다. 봐라, 하고 대들 듯이 마음속으로 외쳤다. 이토록 거칠고 황량하다. 이 경이로운 곳에서 나는 살아남았고, 앞으로도 이곳에서 살아남겠다.

손님은 흔들리는 들풀처럼 문 앞에 서 있었다. 잠시 머뭇거리다 돌아보고는 가엽게 웃었다. 애써 재미를 꾸민 목소리로 말하길, 내가 새벽에 잠을 잔다는 건 이제껏 들어본 가장 멋진 농담이라나, 뭐라나?

영원한 작별을 의도한 터라 그의 칭찬이 기쁘지 않았다. 진화란 그처럼 무정한 것이다. 적당한 위로의 말을 찾지 못했기에, 기억에 남는 시간이 되었길 바란다고 고개 숙여 인사했다.

고양이 소설엔 고양이가 없다

김이은

기막힌 아이디어가 불쑥 솟았다. 소파에 길게 드러누워 티브이 채널을 돌리다가 우연히 해리 포터가 방영되고 있는 걸 보고 있을 때였다. 발치에는 두 마리 강아지가 똬리를 틀고 자고 있었다. 한쪽 다리를 들어 올려 몸의 각도를 바꾸자, 강아지들이 가슴팍으로 뛰어올라와 서로 등을 대고 누워 위치를 잡았다. 그러고는 내 호흡의 유동에 따라 몸을 같이 움직이며 코를 골았다. 사각 프레임 안에서 해리는 공중전화 부스 엘리베이터를 타고 막 호그와트 마법학교로 가고 있었다. 〈해리 포터와 마법사의 돌〉 편이었다. 미혼모였던 조앤 롤링이 한 다락방에서 추위로 언 손을 호호 불어가며 원고를 쓰고 있는 모습이 화면에 겹쳐져 떠올랐다. 폭풍 전야처럼 어둡고 습한 영국 하늘에서 끊임없이 농도 짙은 안개가 다락방 창문으로 밀려들고 있었을 것이다. 조앤은 불안과 공포에 떨면서 해리 포터를 통해 불가해한 세상을 재조립하고 있었을 테지.

솔직히…… 해리 포터 하나로 일약 세계적인 거부가 된 조앤 롤링을 보면서 글 쓰는 사람치고 안 부럽다면 날거짓말이다. 해리 포터로 재편성된 세상을 바라보는 조앤의 심정은 어떤 걸까, 상상해보고 있는데 코 골던 강아지들이 갑자기 끙, 소리를 냈다. 그와 동시에 떠오른 생각이 바로 '해리 봉지와 마루의 똥'이다. 그게 뭐냐면…….

나는 강아지 두 마리를 키우고 있다. 둘 다 요크셔테리어 수컷인데, 각각 열한 살과 여섯 살로 이름이 '봉지'와 '마루'다. 그 중 내가 봉지를 데리고 산책이라도 나갈라치면 사람들이 이렇게 묻곤 한다.

"어머나, 너무 귀엽다. 근데 이름이 뭐예요?"

"봉지요."

그러면 열에 아홉은 이런다.

"네? 공주요? 아, 공주. 이름도 예쁘네. 공주야, 이리 와봐. 쭈쭈쭈쭈……."

대부분 이렇게 대답해야 알아듣는다.

"아니, 아니요. 봉지요. 비닐 봉다리……."

40년 가까이 살아오면서 나 역시 봉지 말고는 봉지란 이름을 가진 강아지를 본 적이 없다. 사실 내가 봉지의 이름을 봉지라 명명한 이유는 간단했다. 봉지가 어릴 적, 전에 강아지를 키워본 경험이 없는 나는 계속 자라는 요크셔테리어 종의 머리털을 묶어주기 위해 따로 예쁜 고무줄 같은 걸 사야 한다는 사실을 미처 알지 못했다. 그래서 빵 봉지를 묶었던 금색이 나는 철끈으로 묶어주곤 했다. 그럼 탄성이 없는 끈에서 머리털이 삐져나와 금세 머리털은 쑥대밭이 되곤 했고, 그 모양새가 우스워 배꼽 잡고 웃다가 그냥 이름을 봉지라고 지은 것이다.

그래놓고는 사람들이 봉지의 이름을 듣고 깔깔거리면서 웃다가 왜 이름을 봉지라고 지었느냐 물으면 나는 또 천연덕스럽게 이렇게 대답한다.

"오정희의 「유년의 뜰」이라는 소설이 있잖아요. 한국어로 표현할 수 있는 극대치의 아름다움을 보여준 소설이죠. 그중 주인공 여자아이와 아이를 낳지 못하는 의붓 할머니가 함께 개울물에서 목욕하는 장면이 있는데 거기 이런 구절이 나와요. '할머니는 아름다웠다. 내 눈길을 느낀 할머니는 잇몸을 내보이며 흐흐 웃었다. 햇빛 아래 입을 벌리고 웃는 할머니는 마른 꽃잎 같았다. 봉지 봉지 꽃봉지. 할머니는 정말 새까맣게 여문 씨앗이 배게 들어찬 주머니와도 같았다.' 봉지란 이름은 거기서 따왔답니다. 꽃봉오리의 어감이 묻어나는 예쁜 이름이죠."

그러고는 속으로 빵 봉지를 생각하며 혼자 킥킥 웃곤 했다.

아무튼.

티브이 화면을 뚫고 해리 포터가 내게 던진 메시지는 우리나라의 애견 인구가 어느덧 5백만을 넘고 있다는 사실, 그리고 전 세계로 확장해서 생각해보자면 그 수는 해리 포터의 독자 수에 못지않을 거란 거다. 그 중 십분의 일, 아니 백분의 일만 생각해봐도 매번 책을 낼 때마다 초판 1쇄를 소화하기 힘든 나로서는 꿈같은 일이다.

봉지와 마루를 키우면서 내가 본 그들의 결투 현장, 그리고 그들이 거친 인간 세상에 나갔을 때 겪었던 숱한 무용담, 또한 그들과 나 사이에 벌어졌던 수많은 권력 쟁탈전에다가 봉지와 마루가 인간 세상에서 보고 느꼈을 삶의 애환까지. 그 서스펜스와 스릴은 인디아나 존스 저리 가라 할 만한 것이다. 특히 수도 없이 벌어지는 봉지와의 사투에서 패배한 뒤 밀려오는 스트레스와 자괴감, 그리고 자신을 둘째로 태어나게 한 세상에 대한 분노를 삭이지 못하고 가끔 제가 싸놓은 똥을 씹어 먹어 치워버리는 마루의 그 비참하고도 애처로운 견생사라니. 생각해보면 애견인들에게 엄청난 폭발력을 탑재하고 있는 이야기들이 아니겠는가. 나는 그냥, 단지 말이다, 쓰기만 하면 되는 거다.

그런 엄청난 프로젝트를 꿈꾸고 있는데, 문득.

아뿔사.

머릿속에서 해리 봉지가 윤기 나는 벨벳 망토를 두르고 낑낑 힘을 주면서 두 발로 멋지게 일어서는 장면을 상상하다 말고 소파 옆 탁자 위에 놓인 탁상용 달력을 가져와 들여다봤다. 그 바람에 봉지와 마루가 내 배 위에서 한 바퀴 굴러 내려오면서 소파 밑으로 떨어졌다. 깽.

*

잊고 있었다. 그 전에 먼저 단편소설을 하나 써서 넘겨야 한다는 사실을 말이다. 달력에 그려놓은 빨간 원 안의 숫자를 들여다보니, 딱 열흘 남았다. 마치 롤러코스터를 타고 우주를 향해, 저 멀고도 멀고

멋들어지기 짝이 없는 창공을 향해 쭉 쭉 날아오르다 갑자기 바닥으로 곤두박질친 기분이었다. 언제 이렇게 시간이 흘러버린 거지. 어젠 분명히 마감까지 한 달 가량 남아 있었는데. 하루 사이에 스무 날이 한꺼번에 날아가 버리다니. 시간이 엄청난 변동 폭으로 늘었다 줄었다 하는 통제 불가능의 적이란 건 살면서 이미 터득한 사실이지만, 또 한 번 제멋대로 춤추는 시간에 조롱당한 나는 그저 멍하게 달력에 박힌 숫자만 들여다볼 수밖에 없었다. 그러다 얼른 눈을 비볐다. 달력 위의 숫자가 내 눈을 정통으로 찔렀기 때문이다. 내 눈을 찌르고 공중으로 떨어져나간 숫자는 내 주위를 천천히 돌면서 내 몸 여기저기를 쿵 쿵 때렸다. 머리를 때려 두통이 일었고, 옆구리를 때려서 갑자기 옆구리가 결렸다.

고양이를 소재로 소설을 한 편 써달라는 청탁을 받았을 때부터 난감한 일이었다. 여차저차해서 거절할 수도 없는 노릇이어서 꼭 쓰겠다는 말을 습관적으로 뱉었지만, 나는 사실 고양이를 키워본 적도 없는 데다 더 큰 문제인 것은 내가 고양이를 별로 좋아하지 않는다는 것이다. 아니. 별로 좋아하지 않는 게 아니다. 나는 고양이를 싫어한다. 그리고 그 이유는 너무나도 평균적이다. 그러니까, 고양이가 가진 특징들 말이다. 차갑고 날카로운 고양이의 눈빛은 속에 무엇을 감추고 있는지 알 수 없게 의뭉스럽지 않은가. 사람으로 치자면, 상대방에 대한 적의를 품고 있지만 겉으로는 무표정한 얼굴로 자신의 공격성을 감추고 있는 사람 같다. 그리고 그 울음소리는 또 어떤가. 흡사 아이 울음소리와 비슷한 음역의 소리로 자기가 목적한 바를 손에 넣기 위해 듣는 사람이 도무지 이겨낼 수 없도록 귓바퀴를 자극하고 심장으로 바로 찌르고 들어오는 그 영악함. 그리고 특유의 비린내와 체취를 풍기는 강아지들과 달리 아무 냄새도 흘리지 않는 고양이의 그 지나친 청결함이 마음에 들지 않는다.

앞서 내가 봉지와 마루를 키우고 있다고 말했거니와, 나는 강아지의 체취를 좋아한다. 그 중에서도 봉지 몸에서 나는 냄새가 유독 강하다. 정확하게 말하자면 나는 봉지가 풍기는 그 비릿한 냄새를 미치도록 좋아한다. 그 비릿하고 은밀한 냄새는 봉지가 목욕을 한 지 3주가 지나면서부터 최대치가 된다. 그러면 나는 일부러 녀석을 한 달이 넘도록 목욕을 시키지 않고 밤이고 낮이고 할 거 없이 녀석의 몸에 코를 박고 지낸다. 긴 호흡으로 폐를 전부 다 사용한 들숨에 녀석의 냄새를 가득 채워 삼키니까, 녀석의 냄새를 맡는다기보다는 들이마신다고 해야 더 맞다. 들이마신 후에는 한참 동안 날숨을 내뿜지 않는다. 냄새가 내 온몸 구석구석에 퍼질 수 있도록 말이다. 그러면 사지에 힘이 빠지면서 전신이 나른해지고 근심걱정이 사라짐과 동시에 마냥 행복하다. 그리고 내가 세상 어떤 존재보다 더 봉지를 사랑하고 있다는 확신을 갖게 된다.

그건 내가 오감 중에서 후각에 유난히 예민하기 때문이기도 하다. 내 안 깊은 곳에 쌓여 있는 기억을 끄집어내 보자면 사람에 대해서도 마찬가지였다. 연애할 때 중요한 건 상대방의 냄새였다. 나는 연애를 시작하기 전에 꼭 상대방의 목덜미에서 나는 냄새를 맡아보곤 하는 버릇이 있었다. 그 체취에 나를 끌어당기는 어떤 요소가 포함되어 있다는 걸 확인하고 나서야 마음과 몸을 동시에 활짝 여는 것이다. 그리고 연애 상대에게서 마음이 떠나면 그 즉시 나는 그 사람의 냄새를 잃어버린다. 연애 상대를 얼마나 사랑했던가에 대한 척도는 그 사람의 냄새를 얼마나 더 오래 기억하느냐에 달려 있다고 해도 과언이 아니었다. 요는, 왠지 모르게 나는 냄새가 나지 않는 생명은 몸속에 따뜻하고 붉은 피가 흐를 것 같지 않다고 생각한다는 것이다. 그러니 내가 유독 깔끔을 떠는 고양이를 좋아할 리 만무하지 않은가.

거기다 고양이의 그 당당하고 도도한 태도라니. 가난한 비주류의 도시 빈민촌에서 태어나고 자란 나는 다 자라서도 여전히 열등감을 품고 지내왔다. 무슨 일을 하든 남의 눈치를 보고, 쉽게 주눅이 들며, 살면서 자존감 따위가 중요한 문제라고 생각하지도 않았다. 이제는 그것이 생래적인 성격이라 느껴질 정도다. 그래서인지 자신감에 차 있고 언제나 자신의 행동에 당당한 사람들을 보면 내가 평생을 노력해도 가질 수 없는 것을 태어날 때부터 가진 사람들 같아 마냥 부러운 눈으로 바라보게 되는 건 어쩔 수 없는 일이다. 사정이 이러하니 나를 깔보는 듯한 고양이의 도도한 태도를 보고 있자면 나는 고양이에게 일종의 시기와 질투 같은 감정을 갖게 되고 만다.

내가 강아지들 중에서도 작은 강아지를 선호하는 데는 그런 이유도 포함되어 있는 것이 사실이다. 강아지는 언제나 애원하는 눈빛으로, 자신이 약자임을 인정하는 듯한 몸짓으로 자세를 낮춰 내게 다가오니까. 공연히 센 척한다거나 도도한 표정을 짓는 일도 없다. 말하자면 나는 강아지에게 동질감 비슷한 걸 느끼는 건지도 모를 일이다. 반면 고양이가 가진 그 화려하고 날카로운 눈빛은 나와 다른 세계에 사는 귀족의 특성처럼 여겨지니까 말이다.

*

그런 사정인 데다 고양이와의 첫 인연을 떠올려보자면 나와 고양이가 친해질 수 없는 건 어쩌면 당연한 일인지도 모른다. 그건 벌써 40년이 가까운 시간 전에 일어난 일이고, 그래서 내 기억 속엔 있지도 않다. 왜냐하면 내가 태어나던 날에 벌어진 일이니까.

나는 왕십리에서 태어났다. 지금은 화려한 민자 역사에다 서울시의 뉴타운 정책으로 잘 가꾸어진 아파트촌까지 꾸며져 중산층이 사는 동네로 여겨지지만 내가 태어났던 70년대 초반에는 도시의 가난한 노동자들이 모여 살던 곳이었다. 당시 만삭이던 내 어미는 추운 겨울날 밤에 산통을 느꼈다. 우리집은 산동네 중에서도 거의 꼭대기에 있는 셋집이어서 병원에 가기 위해 택시라도 타려면 좁고 가파르고 더러운 계단을 수도 없이 밟아 내려와야만 했다. 하지만 어미가 집을 나서서 계단을 반도 채 내려오기 전에 이미 양수는 터져버렸고, 어미는 가랑이 사이로 흐르는 양수를 어쩌지 못하고 다시 집으로 돌아가야 했다. 아비는 급한 대로 동네 조산원으로 뛰어가 산파를 데려왔다. 그 당시에는 아직 아기를 받아내는 산파가 있던 시절이었으니까. 산파가 집에 도착하자마자 나는 어미의 다리 사이로 뚝 떨어졌다. 피 냄새와 땀냄새가 가득해 비릿한 방 안에서 산파는 산모와 아기에게 별탈이 없는 걸 확인하고는 그대로 돌아가버렸다. 뒤처리는 오로지 아비의 몫이었다. 내 아비는 방 안을 치우고 산모와 아기가 잠든 것을 확인한 뒤, 피범벅이 된 탯줄을 들고 나왔다. 그걸 어떻게 처리해야 할지 알지 못했던 아비는 검은 비닐봉지에 그때까지도 핏물이 흐르는 탯줄을 담아 집을 나섰다. 구멍가게에서 소주도 한 병 샀다고 했다. 그리고 아비는 한참을 고민했다. 세상으로 내려가는 유일한 통로인 좁고 가파른 계단에 아무렇게나 앉은 아비는 우선 소주를 병째 나발 불었다. 짐작해보면 복잡한 심경이었을 것이다. 가난한 살림에 아이가 하나 더 늘었으니 앞으로 살 길이 걱정되었겠지. 하지만 우선은 비닐봉지에 담긴 탯줄을 처리하는 일이 남아 있었다. 아직 따뜻한 온기가 남아 있어선지 그걸 들고 있던 아비 손은 그다지 춥지 않았다. 아비는 탯줄에서 풍기는 따뜻한 피비린내를 안주 삼아 소주를 다 비웠다. 그러고는 그걸 쓰레기통에 던져 넣었다. 달리 어쩔 수 있었겠는가. 그리고 뒤돌아서려는데 왠지 걸음이 떨어지지 않았다. 아비는 한참 동안이나 쓰레기통을 노려보고 있었다. 당시에는 집집마다 담벼락에 시멘트로 만들어놓은 쓰레기통이 설치되어 있었고, 그 높이가 어른 허리춤 정도 되었다. 얼마나 시간이 흘렀을까. 아비는 그날 보름달이 환해서 어둡지 않았다고 했다. 어디선가 고양이 한 마리가 나타났다. 음흉한 공격자의 눈빛으로 고양이는 살금살금 쓰레기통 쪽으로 향했다. 아비는 그때까지 멍하게 쓰레기통을 바라보고 있었다. 고양이가 가뿐하게 쓰레기통 위로 뛰어올랐다. 고양이 서너 마리가 더 모여들었다. 그러고는 열린 쓰레기통 입구로 쏙 들어갔다. 잠시 후. 바스락거리는 소리와 함께 피비린내가 진동했다. 그제서야 아비는 사태를 파악했다고 했다. 깜짝 놀라 뛰어갔지만 아비가 할 수 있는 건 아무것도 없었다. 쓰레기통 안에서 고양이들은 온기가 남아 있는 내 탯줄을 먹어치우고 있었다. 환한 보름달 빛에 온몸에 피가 묻은 고양이들이 섬뜩한 눈빛을 빛내면서 아비를 올려다보고 있었다고 했다.

사정이 이러하니 고양이라면 질색하지 않겠는가. 기억에 없는 일이라고는 해도, 어찌 됐든 나의 시작이자 내 근원의 상징이랄 수 있는 탯줄을 한순간에 먹어치워 버린 놈들이 아닌가. 고양이들이 피비린내가 풍기는 탯줄을 입안에 넣고 씹어 먹는 장면을 상상할 때마다 나는 지독한 오한을 느낀다. 한겨울 고양이들의 추위와 배고픔을 상식적으로 이해한다 해도 그건 나와 고양이 사이의 아주 개인적이고 깊디깊은 악연이다. 마치 차가운 빙하 세계의 크레바스처럼 절대 메울 수 없는 깊디깊은 골인 것이다.

*

언제 끝났는지 티브이 화면 속에서는 해리 포터가 사라지고 한 신인 여배우가 화장실 변기 위에 두루마리 휴지를 세 겹으로 깔고 있었다. 여배우는 그러고도 변기 위에 엉덩이를 대지 못한 채 기마 자세로 앉아 오줌을 누고 있었다. 독특하고 중성적인 음색의 여자 성우가 내레이션을 하고 있는데 잠깐만 봐도 킥킥 웃음이 새나왔다. 요즘 떴다는 〈남녀생활백서 화장실 편〉이었다. 온갖 깔끔을 떨면서 볼일을 보고 나온 여자에게 오줌이 묻은 손으로 김밥을 집어주는 남자와 그걸 받아먹고는 좋다고 웃는 여자의 얼굴을 보고 있으려니, 나는 또 잠깐 고양이나 소설 따위가 없는 다른 시공간으로 순간 이동했다. 낄낄거리다가 문득.

그때까지 손에 들고 있던 달력이 툭 떨어졌다. 앗! 열흘. 내가 잠깐 낄낄거리는 동안 벌써 30분이 흘러가고 있었다. 바닥에 떨어져 누운 숫자가 벌떡 일어나더니 점점 더 커져서는 저 높이 들고 일어나 나를 위에서 내려다보았다. 알았어. 알았다구.

고양이를 소재로 써야 하는 소설 원고의 마감은 열흘 남았다. 그리고 나는 고양이를 싫어한다. 그렇다면 뭐부터 해야 하지. 뜬금없이 언젠가 뉴스에서 봤던 호주 퀸즈랜드의 '꿈의 직업' 이벤트에서 선발된 벤 사우설이라는 남자가 떠올랐다. 벤이 몸을 담그며 활짝 웃고 있던 호주의 푸르디푸른 바다 빛과 바다와 구별 안 되는 하늘. 너무 맑아 바닥이 다 드러나 보이는 그 바다에 발을 담그고 아직 아름다운 지구를 가슴에 새기고 싶어졌다. 그 찬란한 태양빛을 기록하고 싶어졌다. 간절해졌다. 요는, 여기를 떠나 여행을 떠나고 싶은 심정이 된 것이다. 게다가 나는 추위에 너무나 약하지 않은가. 벌써 일주일째 한파가 계속되고 있다. 집 밖 출입을 하지 않은 지가 일주일 됐다는 얘기다. 여행이 안 된다면 따뜻한 나라로 이민을 가는 건 어떨까…… 생각하면서 이유 없이 시선을 거실의 가장 구석진 곳으로 돌렸다. 거실에 저런 구석도 다 있었나, 싶게 처음 보는 것 같은 그곳을 한참이나 들여다보고 있었다. 뭔가 잔뜩 뭉쳐 있는 게 눈에 들어왔다. 다가가 보니 오래된 먼지가 자기들끼리 모여 굴러다니고 있는 거였다. 먼저 청소부터 하기로 마음먹었다.

한 달여 만에 윙윙거리는 진공청소기 소음을 듣고 잔뜩 겁먹은 봉지와 마루가 방 안으로 들어가 숨었다. 녀석들은 겁이 많아서 청소기 돌리는 걸 싫어했지. 워낙 오랜만에 하는 청소라 그제야 기억났다. 거실뿐 아니라 집 안 구석구석에 먼지가 뭉쳐서 굴러다니고 있는 게 눈에 띄었다. 진공청소기의 집진통을 두 번 비워내고 나서야 먼지는 대충 사라졌다. 다음은 걸레질. 두 시간에 걸쳐 그야말로 꼼꼼하게 온 집 안 구석구석을 닦았다. 얼마만인지 모르겠는 땀이 등허리에 송글송글 맺혔다. 더워졌으니 더운 나라에 가야 할 이유가 사라져버렸다. 말끔하게 샤워를 하고 나서 드디어 책상 앞에 앉았다. 어느새 밤이 됐다.

*

텅 빈 모니터가 점점 더 커져서는 온 방 안을 차지하고 나섰다. 그 앞에서 '리틀 피플'이 된 나는 뭘 어째야 할지 몰라 헤매고 있었다. 밤이 됐다고 해서 낮에 안 오던 것이 갑자기 번득이는 건 아니니 말이다. 각종 고양이 동호회에 재밌고 기이한 이야기들을 찾는다는 메일을 보낸 건 뭐라도 해보자는, 말하자면 썩은 동아줄인지 지푸라기인지 잘 모르지만 어쨌든 뭐라도 잡아보자는 그런 심정에서였다. 머릿속에서는 계속 종소리가 울리면서 두통이 가실 줄 몰랐고 몸속 장기들조차 제멋대로 움직여 내 안에서 저마다 아우성치고 있었다. 그 중 쓸개는 계속해서 쓸개즙을 내뿜어대는 바람에 입안과 코끝에서 쓰디쓴 맛과 냄새가 떠나지 않았다. 그렇게 밤을 꼴딱 새고 나서 한낮이 되어서야 진하고 뜨거운 차를 몇 모금 마시면서 간신히 내 안의 모든 것들을 진정시키고 있는데 딩동, 초인종이 울리면서 "등기요" 하는 목소리가 문밖에서 들렸다. "등기 우편 왔어요" 하는 목소리가 거듭해서 들리고 나서야 종소리야 사라져라, 며 주먹으로 머리를 쿵쿵 때리면서 현관문을 열고, 사인을 하고, 등기 우편을 받아들었다.

겉봉에 쓰인 발신인은 내가 전혀 알지 못하는 사람이었다. 거듭 생각해봤지만 역시 모르는 사람이었다. 뜯어보니 안에는 놀랍게도 손으로 쓴 편지가 들어 있었다. 몇날 며칠을 고민해서 손편지를 쓰는 대신 그때그때 생각나는 대로 메일이나 문자, 그도 아니면 바로 전화를 해버리는 소통의 속도전에 익숙해진 나로서는 직접 쓴 편지를 받아보는 게 거의 백 년 만의 일인지라 공연히 설레는 마음으로 편지를 열어보았다. 그리고 화들짝, 놀랐다.

'죽음의 냄새를 맡는 고양이.'

제목이 그랬다. 죽음의 냄새를 맡는 고양이라니. 어떤 낌새가 확 끼치면서 동시에 두통과 종소리가 사라지고 쓸개즙의 분비가 멎었으며, 균형을 잃었던 모든 장기들이 순식간에, 소리도 없이 말이다, 제자리로 돌아갔다. 주먹을 쥐고 머리를 쿵쿵 때리던 손을 활짝 펼쳐 이마를 탁 쳤다. 이거다. 고양이는 확실히 죽음의 냄새와 잘 어울리는 데가 있다. 그래. 어딘지 모르게 고양이는 죽음의 냄새를 풍기지. 죽음의 냄새란 코로 맡는 게 아니라 온몸으로 느끼는 거잖아. 고양이의 차가운 눈빛, 또 사람에게 기대 살아가야 하는 처지임에도 알 수 없도록 도도한 그 태도하며. 고양이는 그럴 만하지 않은가.

나는 얼른 다시 한 번 봉투에 적힌 발신인을 들여다보았다. 혹시 내가 전화를 걸어 고양이 얘기를 물은 사람 중 누군가가 보낸 건 아닐까…… 모르겠다. 그럼 내가 메일을 보냈던 고양이 동호회 소속 사람인 걸까…… 싶기도 했지만 그것도 확실치 않았다. 그럼 누구지? 하는 생각도 잠시. 아무려면 어떠랴 하는 생각에 우선 내용을 읽어보고 싶었다.

평범하면서도 어딘지 유아적인 성격을 가진 사람이라고 짐작되는 글씨체였다. 초성을 크게 쓰고 중성과 종성을 작게 쓴 것으로 보아 화려하고 장식적인 것을 좋아하는 사람이 틀림없었다. 쉽게 생각하기에 이런 사람은 무채색보다는 선명한 원색의 옷을 더 좋아하고 활발한 성격일 것 같지만 오히려 그 반대가 더 많다. 발신인은 아마 오피스룩 같은 걸 주로 입고, 말수가 별로 없는 내성적인 성격인 데다, 드러내지 못한 은밀한 욕망이 가슴속에 가득한 사람일 것이다. 이런 사람은 겉으로는 순해 보이지만 때가 되면 폭발할 수 있는 컬트적 본능을 숨기고 있기 십상이다. 또한 편지지에 그어진 가로줄에 받침을 반쯤 걸쳐 쓴 걸로 봐서 질서나 효율보다는 개성과 자율성을 더 선호하는 성격 같았다. 그러나 꽉 짜여진 일상에 갇혀 드러나지 않는 우울증을 앓고 있을 가능성이 높다.

전체적으로 여자 글씨인 듯싶다가도 어느 부분에선가 아주 글씨가 날카로워지는 것이 일부러 필체를 섞어 쓰려고 노력한 흔적이 느껴졌다. 그건 자신의 정체를 밝히고 싶지 않다는 증거다. 봉투에 적힌 이름과 주소 또한 십중팔구 거짓이겠지. 발신인은 목소리가 아주 작은 사람일 것이다. 그리고 간혹 글씨들이 자신 있게 쭉쭉 뻗어나가지 못하고 흔들리고 있는 걸로 봐서 내게 편지를 보낸다는 행위 자체가 자신의 일상적인 룰에 위배되는, 말하자면 뭔가 위험한 일을 시도한 것이 분명하다. 짐작건대 발신인도 손글씨를 쓰는 것이 아주 오랜만의 일일 것이다……. 이런 상상을 하면서 편지를 읽었다. 내용은 '죽음의 냄새를 맡는 고양이'라는 제목에 대한 설명이었다.

'밝힐 수 없는 어떤 이유로 한 공간에서 지내는 수많은 사람들이 있다. 그리고 '냥이'라는 이름의 고양이가 이 공간에 같이 살고 있다. 냥이가 몇 살인지 언제부터 같이 살게 된 건지 알고 있는 사람은 아무도 없다. 이 공간에서는 여러 가지 이유로 종종 사람들이 죽는다. 그런데 죽기 하루 전, 냥이가 종일 그 사람 곁에 웅크리고 앉아 있는 것이다. 그러면 그 사람은 꼭 그다음 날 죽게 된다…….'

*

마침 고양이 소설을 써야 하는 나로서는 확 땡기는 내용이 아닐 수 없었다. 밤을 꼴딱 지새우면서 겪었던 모든 것들이 편지를 받음과 동시에 한꺼번에 사라지는 느낌이었다. 나는 편지를 손에 들고는 멍하게 서서 길고 지독했던 지난밤을 떠올렸다. 청소를 끝내고 책상에 앉자마자 가슴 깊숙한 곳에서 끌어올려진 길고 깊은 심호흡이 한동안 내 입을 통해 쏟아져 나왔다, 들어가곤 했었다. 숨을 고른 다음, 먼저 인터넷으로 고양이에 대한 자료들을 뒤지기 시작했다. 가장 많은 자료는 고양이 용품들을 구매하거나 고양이를 분양받을 수 있는 쇼핑몰, 길고양이에 대한 약간의 동정과 연민이 들어 있는 그렇고 그런 글과 사진들, 그리고 자신이 키우고 있는 고양이 사진과 얘기를 올려놓은 블로그들. 그러니까, 별거 없었다. 좀 특이하다고 해봐야 일본 고양이나 양쪽 눈동자 색깔이 다른 오드 아이를 가진 터키산 반고양이 정도? 그렇다고 열흘 안에 일본이나 터키를 다녀올 수도 없는 노릇이고 보면, 일본 고양이나 터키산 반고양이에 대한 얘기를 쓴다 해도 뻔한 이야기가 될 테고.

고양이가 나오는 영화와 소설들을 훑었다. 『나는 고양이로소이다』의 고양이는 너무 정치적이었고, 〈고양이를 부탁해〉에서는 고양이보다 영화의 전반적인 분위기를 좌우했던 철길만 기억에 남았다. 『묘한 고양이 쿠로』는 인간 세계에서 살아갈 수밖에 없는 고양이들의 이야기로 짐작 가능한 길고양이 수난사였고, 〈캣 우먼〉의 할리 베리가 입었던 검정 가죽옷은 지나치게 촌스러워 형편없었다. 그밖에도 고양이에 관한 수많은 자료들을 보고, 내가 아는 거의 모든 사람들에게 전화를 걸어 고양이와 관련된 재밌는 이야기가 없는지 물었고, 대부분의 사람들은 평소에는 연락 한 번 없다가 뜬금없이 전화해서는 그게 무슨 소리냐며 내게 핀잔을 줬다. 그러면서 나는 아주 작은 것이라도 물꼬가 트일 만한 어떤 것을 얻길 기대했고, 영감이 떠올라 '그분'이 강

림하시길 바랐으며, 근사한 스토리가 잡히길 원했다.

웬걸. 아무것도 잡히지 않았다.

정말 나와 고양이 사이에는 탯줄에 얽힌 악연 외에 사연이 없는 걸까. 평소 나는 내 소설의 모든 소재와 이야기들이 내 안에서 나오는 것이라고 믿어왔다. 어떤 괴상하고 황당한 이야기를 쓴다 해도 내가 살아온 삶을 관통하지 않는 것은 없다고 말이다. 나는 내가 살아온 시간들을 송두리째 되짚어보기 시작했다. 아주 작은 실마리라도 좋았다. 모든 위대한 것은 미세한 흔들림에서부터 출발하는 거 아니겠는가. 내 안에 새겨진 기억들을 뒤지기 위해 머리끝부터 발끝까지 나 자신을 샅샅이 훑기 시작했다. 눈동자를 통해 거꾸로 들어가 코와 입과 목구멍을 거쳐 늑골과 위장을 지나 간과 허파를 살펴보고 비장과 십이지장, 대장과 항문까지 쭉 훑어 내려갔다가 다시 거꾸로 되짚어 올라가 저 은밀한 깊은 곳을 지나 척추를 타고 오르고 목덜미를 거쳐 뇌의 아주 세세한 부분까지 다 뒤졌다. 40년 가까이 살아오면서 내 안쪽 깊숙한 어딘가에 고양이에 대한 기억 하나쯤 묻어 있겠지 싶어서였다.

그런데, 이런.

나를 아무리 샅샅이 헤집어보고 구석구석 들춰봐도 이렇다할 만한 '꺼리'는 없었다. 그야말로 젠장이었다. 그러느라 괜히 위장이 뒤집어져 쓴 노란 물이 식도를 타고 거꾸로 흘러나왔고, 들쑤셔놓은 대장이 뒤집어져 변비가 왔다. 설사약을 먹자, 이번엔 물설사가 끊이지 않고 이어져 밤새 화장실을 들락거려야 했다. 몸에서 똥 냄새가 하루 종일 가시지 않을 지경이었다. 그뿐인가. 내 몸과 내 기억, 그 깊은 속 안까지 다 들여다보느라 눈이 너무 무리해선지 눈에 핏발이 서고 따끔거리면서 급성 각막염이 찾아왔다. 변기 위에 앉아 아래는 힘을 주면서 위로는 계속 안약을 넣어대는 꼴이라니. 게다 과도한 스트레스와 엉망이 된 컨디션 난조 때문에 며칠 전 멎었던 생리혈이 다시 터져나왔다. 바지부터 갈아입고는 급하게 생리대를 찾았는데 아뿔사! 생리대가 다 떨어진 걸 미처 사다놓지 못한 게 아닌가. 하기야 그건 당연한 일인지도 모른다. 며칠 전에 끝난 월경이 다음 달이 되기도 전에, 불과 며칠 후에 말이다, 다시 시작될 줄 누가 알았겠는가. 이번 주말에 마트에 장 보러 가면서 사다 놓으려 했던 것이다. 나는 할 수 없이 츄리닝 바람에 점퍼만 걸친 채로 동네에서 15분 거리에 있는 편의점까지 뛰어갔다 와야 했다.

설사와 피를 동시에 흘리다 겨우 잠든 나를 깨운 건 머릿속에서 울리는 커다란 종소리였다. 고개를 좌우로 흔들어보자 밤새 머릿속에 에밀레종만 한 범종이라도 들어갔는지, 종소리는 방향 없이 머릿속을 돌아다니며 꿍 꿍 울려댔다. 소리도 소리지만 그 진동이 어마어마했다. 진도 6.5 이상은 될 것 같은 진동 때문에 도무지 정신을 차릴 수가 없었다. 내 안쪽을 들여다보니 밤새도록 시달리느라 모든 내장과 장기들이 온통 다 너덜너덜해진 상태였다. 급한 대로 나는 그것들을 대충 추슬러 원래 위치였다고 짐작되는 곳에 가져다놓은 다음, 밤샘 설사로 인한 탈수를 막기 위해 우선 찬물부터 찾아 마셨다.

소설을 한 편씩 쓸 때마다 되풀이되는 과정이기는 해도 그럴 때마다 익숙해지기는커녕 횟수가 거듭될수록 고통은 언제나 낯설었다. 매번 내 모든 삶의 기억을 다 끄집어내 되새겨보는 건 그다지 유쾌한 일이 아니다. 왠지 지난 시간들을 떠올릴수록 다른 건 모두 성긴 체를 통과하듯 빠져나가 버리고 아프고, 외롭고, 좌절하고, 슬퍼했던 기억들만 현재처럼 다시 나를 휘감으니까 말이다. 사실 그런 이유 때문에 나는 평소에 일기조차 쓰지 않는다. 일기라는 것이 그렇지 않은가. 혼자 깊은 밤에 자기만을 위해 글을 쓰다 보면 기쁘고 행복한 일들보다는 타인에게 드러낼 수 없었던 고통과 상처, 외로움과 절망을 주로 기록하게 되는 것이 바로 일기가 아닌가 말이다. 그러니 시간이 흘러 그 일기를 다시 들춰보면 어떻겠는가. 간신히 잊고 지냈던 고통과 상처만 되새겨질 뿐이다. 그러니까 내 생각은 이렇다. 이 도시에 살면서 매일 하루도 빼지 않고 일기를 쓰고, 또 규칙적으로 그 일기를 꺼내 읽다가는 길어진 평균 수명을 경험해보지도 못하고 만성 위장병이나 심각한 우울증에 시달리다 유명을 달리하게 되기 십상이라는 것이다. 그러니 소설을 쓴다는 거, 이거 안 하고 살 수 있으면 건강에는 그게 최고인 거다.

*

난 평생 건강하게 살긴 글렀군, 생각하는데 문득 이상한 느낌이 들었다. 나는 편지를 안팎으로 살폈다. 봉투와 속지는 그냥 쉽게 구할 수 있는 것이었지만 거기서는 희미하게 병원에서 드레싱할 때 쓰는 소독약 같은 냄새가 났다. 내게 손편지를 쓴 이유는 뭘까? 그건 메일을 보내거나 또는 컴퓨터를 사용해 타자한 것을 보내거나 했을 때 컴퓨터에 기록이 남는 걸 원하지 않는다는 뜻이 아닐까. 다시 말해서 그곳 내부 사람들에게 자신이 편지를 써 보냈다는 사실을 감추기 위해서 말이다. 그렇게 생각하니 점점 더 흥미로워졌다. 내용도 그렇거니와 그 내용을 둘러싸고 있는 감춰져 있는 어떤 진실이 궁금해졌다.

이거, 바로 소설인데…… 싶었다. 괜히 웃음이 새어 나오고 벌써 소설을 반쯤은 쓴 것 같은 기분에 사로잡혔다. 소설을 쓸 때마다 매번 이것이 내가 쓰는 마지막 소설이 될는지 모른다고 생각하고 있기는 했지만, 정말 이번이 마지막 소설이 된다면 나는 뭔가 굉장한 걸 건진 게 아니겠는가. 고양이에 얽힌 수많은 신화와 전설이 떠올랐고, 신화와 전설은 스스로를 확대 재생산하는 능력을 갖고 있다는 사실도 생각났다. 편지는 이렇게 이어지고 있었다.

'냥이에게는 분명히 죽음을 예측하고 그 전조의 냄새를 맡는 능력이 있는 것 같다. 그러나 사람들은 그것을 공개하고 싶어하지 않는다. 간혹 말기 암 환자나 다른 심각한 질병에 걸려 자연사하는 경우에도 냥이의 능력은 어김없이 발휘되지만, 사태는 점점 더 심각해져서 냥이가 하루 종일 자신의 곁에 머물다 가면 어떤 죽음의 증상도 없던 사람이 그다음 날 자살하는 일도 빈번하게 일어난다. 그 공포와 두려움으로 이곳의 사람들은 이제 냥이를 숭배한다. 심지어 이 도시의 유력 인사들이 줄줄이 찾아와서는 냥이에게 뭔가를 캐묻고 확인한다……'

나는 자꾸만 터져 나오려는 웃음을 간신히 참으면서 최대한 느린 호흡으로 쓸데없는 흥분을 가라앉혔다. 이건 시시껄렁한 사소설과는 차원이 다른 것이다. 마치…… 불가해한 세상에 숨겨져 있는 진실 한 끄트머리를 엿볼 수 있을 것 같은 기분이었다. 내 마음과 생각은 이미 그곳으로 찾아가 취재하고 있는 중이었다. 다만 몸이 아직 출발하지 않았을 뿐. 편지에도 내게 그곳으로 와달라고 쓰여 있지 않은가. 자신은 그 공간에서 나갈 수 없다고 말이다. 나는 당장 점퍼만 걸치고 가방을 메고는 편지를 손에 들고 집을 나섰다. 만약을 위해 휴대폰의 녹음 장치도 확인했고 책상 위에 편지에 적혀 있던 주소를 남겨두었다. 주소는 서울의 경계쯤 되는 곳으로 여기서 그다지 멀지 않은 곳이었다.

현관문을 나서자마자 턱 숨이 막혔다. 겨울의 저녁 무렵에 부는 바람은 생각했던 것보다 훨씬 더 매몰찼다. 오리털 솜을 넣은 점퍼쯤은 우습게 뚫고 들어와 몸속을 마구 헤집어놓았다. 한 걸음씩 옮길 때마다 체감온도와 체력이 뚝뚝 떨어졌다. 그러나 오늘 취재하고 돌아와 밤새 정리한 다음, 내일부터 죽자고 쓰면 마감일을 맞출 수 있다는 생각이 들어 이깟 추위쯤 대수랴 싶었다. 택시를 잡으려고 서 있다가 문득 연말의 도로 사정을 생각해보자면 가장 빠른 건 지하철이란 생각이 들었다. 왕십리역으로 막 들어서다가 봉지와 마루 저녁밥을 챙겨주지 않았다는 게 생각났지만 일단 다녀와서 늦은 저녁을 주면 된다고 마음먹었다. 퇴근시간이 지나선지 열차는 그리 혼잡하지 않았지만 그렇다고 좌석이 비어 있을 정도는 아니었다. 상왕십리역을 지나자 추위가 가시고 온몸이 나른해져 손잡이를 잡은 팔에 머리를 기대고 섰다. 열차가 신당역에 가까워지자 내 앞의 좌석에 앉아서 졸던 남자가 벌떡 일어나 출입구로 향했다. 나는 남자가 앉았던 좌석에 엉덩이를 내려놓으면서 무의식적으로 남자의 눌린 뒤통수를 쳐다봤다. 남자가 일어난 자리는 아직 남자의 온기가 남아 있었다…… 는 생각을 하다가 그만 동대문운동장역을 지나쳐버렸다. 4호선으로 갈아타야 하는데 낭패였다. 하는 수 없이 좀 돌아가기로 했다. 이대역과 신촌역, 홍대역에서 많은 사람들이 내리고 다시 탔다. 멍한 눈으로 출입문이 열리고 닫히는 걸 보고 있다가 문득 내가 쓸 소설의 제목이 떠올랐다.

'고양이 소설엔 고양이가 없다.'

언뜻 보기에는 고양이가 주인공인 소설로 읽힐 것이다. 하지만 자세히 뜯어보면 사실은 이 도시에 사는 사람들에 관한 이야기라는 걸 알게 된다. 뭔가 은밀한 비밀을 감추고 있는 듯한 고양이의 눈빛을 닮은 소설이 될 것이다. 소설의 첫 장면은 어떻게 할까. 고양이의 몸짓처럼 의뭉스럽게 시작할 것이다. 전혀 다른 이야기로 말이다. 예를 들면…… 내가 키우고 있는 봉지, 마루의 얘기로 시작하면 어떨까. 티브이에서 우연히 해리 포터 같은 걸 보고 있다가 봉지와 마루가 나오는 이야기를 상상하고, 그렇게 그 이야기에 빠져 있다가 문득 누군가에게서 편지를 한 통 받는다는 설정으로 말이다. 말하자면 이렇게…….

'기막힌 아이디어가 불쑥 솟았다. 소파에 길게 드러누워 티브이 채널을 돌리다가 우연히 해리 포터가 방영되고 있는 걸 보고 있을 때였다. 발치에는 두 마리 강아지가 똬리를 틀고 자고 있었다. 한쪽 다리를 들어 올려 몸의 각도를 바꾸자, 강아지들이 가슴팍으로 뛰어올라와 서로 등을 대고 누워 위치를 잡았다. 그러고는 내 호흡의 유동에 따라 몸을 같이 움직이며 코를 골았다. 사각 프레임 안에서 해리는 공중전화 부스 엘리베이터를 타고 막 호그와트 마법학교로 가고 있었다……'

전체적으로는 판타지 성격이 강하지만 세부 묘사는 아주 리얼하고 그 둘 사이에서 묘한 균형을 이루고 있어서 다 읽고 나면 왠지 처음부터 다시 읽고 싶다는 생각이 드는 기묘한 소설이 될 것이다. 집요할 만큼 구체적이고 사실적인 장면 묘사는 소설의 설득력과 완성도를 동시에 담보해줄 것이다. 내 손이 문장의 파도를 타고 리듬에 맞춰 너울대면서 더욱더 크고, 넓고, 깊은, 세계로 뻗어가겠지. 아마도 소설 곳곳에는 고양이를 닮은, 시니컬하고 능청스러운 프랑스식 유머가 자연스럽게 스며들게 될 것이다. 적절한 유머는 소설의 완급을 조절해서 때로는 빠르게 또 가끔은 천천히 읽는 이의 심장을 뛰도록 만들겠지. 누구든지 읽을 수 있는 보편성을 담고 있으면서도 아무나 읽어낼 수는 없는 특수한 이미지와 상징이 도드라질 것이다. 번역에도 견뎌낼 수 있는 문장을 염두에 두고 쓰는 것이 아니라 내 문장에 적합한 번역을 찾아내고 그렇게 번역된 내 문장을 읽고 파란 눈의 독자들이 새롭고 낯선 경험을 하도록 할 것이다.

대충 그런 생각을 하는데 열차가 내는 소음과 속력이 차츰 줄어들면서 사당역으로 진입했다. 어두운 철로를 지나고 들어온 역사는 눈부시게 환했다. 치익, 소리와 함께 열차 문이 열렸다. 늦은 시간이기 때문인지 서울 외곽의 환승역은 생각보다 썰렁했다. 타고 내리는 사람들 대신 승강장 근처에 고여 있던 먼지 섞인 바람만 열차 안으로 급하게 섞여 들었다. '열차 출발합니다.' 낮게 가라앉은 기관사의 목소리에도 어느덧 한밤의 노곤함이 묻어났다. 아차.

하마터면 못 내릴 뻔했다. 튕기듯 일어나 출입문을 빠져나오는 내 발뒤꿈치를 막 닫히는 출입문이 살짝 물었다 놓았다. 휙 둘러보았지만 사방 어디에도 내게 와 닿는 시선은 없었다. 저마다 침묵과 함께 어딘가로 걸어가거나 혹은 멈춰 있을 뿐이었다. 도시 외곽의 지하철역은 도심보다 더 황량하게 느껴졌다. 갈아탄 4호선도 한산하기는 마찬가지였다. 서울 남쪽에 있는 큰 고개라는 남태령역을 지나며 예전에 이곳에 여우가 많이 나오고 산적도 많았다는 얘기가 떠올랐고, 선바위를 지나면서 옛날에 맑은 개울 한가운데 커다란 바위가 하나 서 있는 것을 보고 '서 있는 바위'라고 불렀다던 얘기가 생각났다. 선바위는 마을 사람들의 휴식공간이자 득남을 기원하는 신성한 존재여서 예전부터 이곳을 지나는 사람들은 바위에 '고시래'를 했다고 한다. 경마공원역을 지나고 '다음 정차역은 대공원, 대공원역입니다' 하는 안내방송에 귀를 기울이고 있다가 이번에는 제대로 열차에서 내렸다.

겨울밤의 놀이공원 입구는 텅 비어 있었다. 저 멀리서 내가 가야 할 곳의 불빛이 희미하게 빛나고 있을 뿐, 어둠과 추위와 이유를 모르겠는 두려움만 내 옆에 바짝 따라붙었다. 사방을 둘러봐야 움직이는 거라곤 밤바람에 부대끼는 나뭇잎들뿐이었다. 택시가 운행하고 있을 리도 없고, 코끼리 열차는 내일 아침이나 돼서야 덜커덩거리는 엔진음을 내면서 달릴 것이다. 그저 홀로 걸어서 저 길을 갈밖에 다른 방법이 없었다. 막 바닥에서 발을 들어 올려 한 걸음 떼놓으려 할 때 문득 '내가 뭐 하고 있는 거지?' 하는 생각이 들었다. 고작 이상한 편지 한 장을 받아들고는 이 밤에 왕십리에서 서울 대공원까지 한달음에 달려온 거 아닌가. 편지에 적힌 내용이 신빙성이 있는 건지 여부는 따져보지도 않았다는 생각도 동시에 떠올랐다. 도무지 죽음을 예견하는 고양이가 있다는 게 믿을 수 있는 얘긴가 말이다. 만약 누군가 장난 편지를 보낸 거라면? 고양이 동호회를 비롯해 여기저기에 메일을 날렸으니 그걸 본 누군가의 장난기가 발동했을 가능성에 대해서도 꼼꼼히 따져봐야 했지 않은가. 좋은 소설감이 생겼다는 생각에 앞뒤 가리지 않고 덤벼든 내가 한심했다. 그런 생각을 하면서 한자리에 서 있자니 무지 추웠다. 어떡할까. 다시 집으로 돌아갈까. 어떡하지. 한참을 고민하는데 추위에 언 발가락이 딱딱해지는 느낌이었다. 그제서야 여기까지 온 마당에 직접 확인해보면 될 일이란 생각이 들어 가보기로 마음먹었다.

한 걸음 한 걸음 옮기는데 앞뒤로 바람이 몰아닥쳤다. 바람은 발톱을 세워 덤벼드는 고양이처럼 날카롭고 앙칼졌다. 고갯길을 넘어서 커브를 돌고 황량하기 짝이 없는 넓은 주차장을 지나갔다. 주차장에서 이어진 담 안쪽에서 불 꺼진 대관람차가 나를 내려다보고 있었다. 정지해 있는 롤러코스터와 바이킹을 올려다보고 있자니 기괴한 느낌이 들었다. 왠지 내가 점점 더 죽음의 냄새를 풍기는 곳으로 가까이

다가가고 있는 것만 같았다. 나뭇잎 바스락거리는 소리에 어깨가 움츠러들고 내 발자국 소리에 온몸에 소름이 돋았다. 춥기도 하고 왠지 무섭기도 해서 뛰기 시작했다. 바람에서는 잘 벼린 차가운 칼날의 냄새가 났다. 다리에 백 킬로 정도의 모래주머니가 매달린 것 같았다. 저 멀리 동물원에서 새어나오는 불빛을 보면서 저 옛날 별빛을 따라 걸었을 때는 행복했을까, 하는 쓸데없는 생각을 잠깐 했다.

드디어 서울 대공원 동물원 앞. 꼬박 3킬로는 뛴 것 같았다. 아니다. 지구를 횡단한 것 같았다. 그것도 혼자서 말이다. 정말 그런 기분이었다. 여기서는 또 어디로 오라고 했더라. 그래. 동물원을 오른쪽에 두고 국립현대미술관을 향해 오르막길을 따라 올라오라고 했었지. 정확하게 서른세 걸음을 올라오면 오른쪽으로 작은, 아주 좁디좁은 골목이 하나 나오고 그 골목으로 들어오라고……. 편지에서는 여기서 주의해야 한다고 했었다. 그곳은 넓은 길과 만나는 곳이어서 자세히 살피지 않으면 그 골목을 발견하지 못할지도 모른다고 말이다.

나는 천천히 걸음수를 세면서 또박또박 걸었다. 서두르지 않았다. 정확히 서른세 걸음을 걷고 난 뒤, 오른쪽을 돌아보았지만 골목길은 보이지 않았다. 왼쪽인가 싶었지만 그곳엔 미술관 광장이 떡 버티고 있었고, 혹시 내가 지나쳐왔나 싶어 뒤돌아 가봤지만 동물원을 따라 난 담벼락이 길게 이어지고 있을 뿐이었다. 그럼 못 미친 건가, 하는 생각에 5분쯤 더 걸어 올라갔지만 여전히 담벼락만 계속되었다. 애초에 골목 같은 건 없었던 것이다. 역시 장난 편지에 속은 건가. 누군가 키득거리며 장난으로 써 보낸 편지 한 장에 속아 이 추운 겨울밤에 아무도 없는 텅 빈 놀이공원에 와서 헤매고 있는 꼴이라니. 바짝 언 볼은 감각이 없어졌고 내 몸과 생각이 따로 놀았다. 어이없었다.

그래도 혹시나 싶은 마음에 편지를 확인해보기로 했다. 내가 놓친 부분이 있을지도 모르는 일 아닌가. 나는 편지를 꺼내 읽어보려고 주머니를 뒤졌다. 점퍼 양쪽 옆주머니와 안주머니, 그리고 안에 입고 있는 바지의 앞, 뒤 주머니를 다 뒤지고 가방을 열어 헤집어보았다. 없었다. 분명히 넣었는데. 집에다 두고 온 건가. 다시 한 번 찾아봤지만 편지는 어디에도 없었다. 누군가에게 전화를 걸어 물어볼 수도 없고 네이버 지식 검색을 할 수도 없는 일이었다. 어둠과 추위와 허탈감이 내 발목을 붙들었다. 그러다…… 갑자기 그런 생각이 들었다. 내가 편지를 받은 건 확실한가…… 하는. 혹시 어떤 소설 속의 한 구절을 읽었거나…… 또는 앞으로 내가 쓰려는 소설의 한 장면을 상상한 것이거나……. 지금으로써는 알 수 없는 일이다. 나는 방향을 돌려 온 길을 되짚어 걷기 시작했다.

*

집으로 돌아오는 길은 갈 때보다 삼백서른다섯 배는 더 먼 것 같았다. 당장이라도 소설을 쓸 수 있을 것 같았던 자신감은 고양이 발톱 같은 앙칼진 바람에 찢겨버렸고, 갑자기 뱃속이 요동치기 시작했다. 배가 무지 고팠다. 그제서야 점심때부터 종일 굶었다는 생각이 들었다. 지하철은 움직이고 있는 건가 싶을 정도로 느려 터졌고, 옆자리에 앉은 초로의 남자는 삼겹살 기름이 섞인 술냄새를 끊임없이 풍겨댔다. 배와 등까지의 최소 거리를 몸으로 체험하면서 당장 지하철에서 뛰어내리고 싶은 충동을 꾹 눌러 참고 있다가 어느 순간 깜박 졸았다. 가까스로 눈을 뜨니 왕십리역에 도착한 열차의 출입문이 막 열리고 있었다. 깜짝 놀라 내린 다음 우선 자판기를 찾아 커피를 뽑아 마셨다.

현관문을 열자마자 저녁을 굶은 봉지와 마루가 내게로 달려들었다. 강아지들의 저녁밥을 챙겨주고 라면을 끓였다. 밥을 하고 찌개를 끓이고 반찬을 챙기려면 또 얼마나 긴 시간이 나를 괴롭힐까 싶어서였다. 사실 우리집 강아지들과 나와의 공통점은 배고픈 걸 가장 참지 못한다는 것이다. 급하게 사료를 먹어치우다 목에 걸려 컥컥거리고 있는 봉지와 마루에게 미안했다. 라면을 반쯤 먹고 나서야 비로소 편지 생각이 났다. 벌떡 일어나 책상 위와 아래, 책꽂이와 거실, 심지어 식탁과 방 구석구석을 다 찾아봤지만 편지는 없었다. 알 수 없는 노릇이었다. 정말 내가 무슨 착각에 빠졌던 건지, 아니면 혹시나 편지를 손에 들고 나갔다가 잃어버린 건지. 소파에 엉덩이를 반쯤 걸치고 어깨를 축 늘어뜨리고 앉았다. 내 엉덩이 양쪽에 봉지와 마루가 각각 앉아 나를 올려다보고 있었다. 고양이 소설에 강아지를 쓸 수도 없는 일인데 어쩌나…… 생각하다가. 그렇지, 내겐 '해리 봉지와 마루의 똥'이 남아 있었지…… 싶었다. 그전에.

달력을 보니 지난 밤새 벌써 사흘이 훌쩍 어디론가 사라져버렸다. 그러니까 마감까지 남은 시간은 이제 6일.

캣츠아이 소셜 클럽

김서령

아, 입을 크게 벌리면 노리끼리하게 잘 구워진 곰장어 한 조각을 날름 넣어주는 그녀를 우리는 '이모'라고 불렀다. 주방에서 초벌구이를 해온 곰장어를 숯불 위에 늘어놓으면 양념 하나 바르지 않은 곰장어에서는 단내가 자르르 풍겼다. 이모는 테이블 옆에 짝다리를 짚고 서서 한 사람씩 차례로 먹여주었다. 뻐덕뻐덕 질감 거친 갓김치와 푸른 마늘종 한 도막도 함께 깻잎에 돌돌 만 것이었다. 먼저 온 친구들에게 인사도 채 건네기 전에 뜨거운 곰장어 쌈을 씹느라 바빴다. 스물서너 살부터 받아먹었으니 이 식당에 드나든 지 벌써 10년도 더 되었다. 우리는 이미 서른일곱 살이었고, 이모는 여전히 색깔도 다양한 플라스틱 슬리퍼를 깔짝깔짝 소리 내며 끌고 다녔다.

곰장어 식당을 들락거린 지는 10년 남짓이지만 우리가 만난 것은 그보다 훨씬 오래되었다. 우리는 '시인, 소설가, 시나리오 작가, 드라마 작가, 방송국 PD, 광고 카피라이터, 출판기획자, 신문기자, 잡지기자, 기업 홍보실, 대학교수'라고 학과 졸업 후 진로가 명시되어 있는 한 대학교 입학식장에서 처음 만났다. 학교의 홍보 책자가 아주 틀린 것만은 아니었다.

지금 꼬리가 다 타버린 곰장어 한 조각을 재떨이에 떨군 A는 프랜차이즈 치킨집의 영업과장이니 '기업 홍보실'과 크게 다를 바 없는 것이고 가끔 홍보 전단지에 '그녀를 혹 가게 한 닭다리'라든가 하는 카피도 쓰고 있으니 '광고 카피라이터'임에도 틀림없었다. K는 지난달까지는 여행 잡지사의 기자였다. 사장은 출근도 하지 않았고 편집장은 광고를 따낸답시고 늘 술을 먹으러 다녔으니 하나뿐인 기자 K가 사진도 찍고 기사도 쓰고 교열도 보았다. 주말에는 산행을 떠나거나 바다로 캠핑을 가는 여행 동호회 사람들을 취재해야 했기 때문에 지난 1년간 K는 단 한 번도 주말에 쉬지 못했다. 그만두게 된 건 학원강사였던 K의 아내가 몸을 푼 뒤 다시 출근을 하기 시작했기 때문이었다. 130만 원인 K의 월급은 아내의 월급에 댈 바가 아니었다. 조선족 출신 아주머니를 둔다 해도 최소 120만 원이라 했다. 그럴 바에야 K가 아기를 보는 편이 낫다고 합의를 한 거라고는 하지만 우리는 다들 눈치챘다.

"그러니까 나가서 돈을 더 벌어오라는 거 아냐!"

"모자란 녀석. 애를 보란다고 덜컥 집에 들어앉았다니. 당장 돈 더 주는 곳을 알아봐야 안 쫓겨날걸?"

K는 심란한 표정을 지었다.

모바일 솔루션 회사에 취직을 해서 야설을 쓰는 J도 소설가라 이름 붙이지 못할 것이 없었고 데뷔 이후 단 한 편의 시도 더 이상 쓰지 못한 L도 시인이 아닐 수는 없었다. 병아리 눈물만큼의 계약금만 받아놓고 밤낮 엎어지기만 하는 P와 S라고 해서 드라마 작가와 시나리오 작가가 아니라고 할 수는 없지 않은가 말이다.

곰장어는 변함없이 고소했고 곁들이로 나오는 콩나물국도 담백하고 시원했건만 우리는 금세 지루해졌다. 누군가는 하품을 했고 누군가는 술잔을 채워주지 않는다고 불평을 했다. 그러면 또 누군가가 나이 마흔을 코앞에 두고 아직 술잔 투정이냐고 빈정거렸다.

2차는 어디로 갈까? 요 앞에 시간 많이 주는 노래방 있는데. 노래방은 무슨, 애들도 아니고. 집에 가자, 집에. 애 감기 걸렸다고 아까부터 전화 오고 난리 났다. 네가 가면 애 감기가 떨어진다던? 아, 배부르고 졸려. 아이씨, 절대 못 가. 나 얼마나 오랜만에 밖에 나온 건지 알아? 술값 네가 낼 거면 2차 가고. 야, 나 일주일 용돈 만 원이야. 그래서 담배도 끊었다고. 난 먼저 간다. 마나님 문자 벌써 일곱 개 넘었다. 열 개 찍으면 죽음이다.

한때 우리는, 떼로 몰려 다니며 술을 먹지 않는 사람들은 도대체 무얼 하며 인생을 보낼까, 진심으로 궁금해 한 적이 있었다. 93학번 마흔 명의 동기들 중 술담배를 하지 않는 이는 단 두 명이었다. 그 중 하나는 일찌감치 학교를 그만두고 유학을 갔고, 나머지 하나도 신학대학으로 적을 옮겼다. 남은 서른여덟 명은 30대에 들어서도록 주당에 골초들이었다.

정말 세상의 어떤 남자들은 아침이면 아내가 내미는, 우유에 탄 선식을 들이켜고 출근을 할까. 회식이 있는 날이 아니면 꼬박꼬박 초저녁부터 집에 들어가 아이들과 놀아주고 한 달에 한 번은 시가엘, 또 한 번은 처가엘 다니러 가는 것일까. 월급 계좌의 비밀번호를 아내에게 알려주고 한 달에 20만 원의 용돈만 받아 쓰면서 전세금 대출을 갚아나간다는 것이 사실인 것일까. 거기다 한 직장에 무려 10년 넘게 다니면서!

여자 동기들의 궁금증도 우리와 다를 바가 없어서 그녀들은 담배 연기를 후우 길게 뿜으며 동그란 눈동자들을 굴렸다. 임신 중에는 차라리 담배를 하루에 두어 개비씩 피우는 게 낫대. 억지로 끊어야 한다는 심리적인 스트레스가, 담배를 피워서 뱃속 아기한테 가는 니코틴보다 오히려 더 나쁘다는 거지.

10년 가까이 한 직장을 다니는 모범 샐러리맨도 없고, 아이들을 돌보느라 초저녁부터 집에 들어가는 착한 아빠도 거의 없고, 현모양처 흉내를 내느라 조신하게 살림을 꾸리는 여자 동기들도 많지 않았지만 우리의 만남은 시들했고 또 뜸해졌다. 이유는 딱 하나. 그저 지루했기 때문이었다. 한 번 뭉치자는 전화가 오랜만에 걸려와도 시큰둥했다. 딱히 그리운 얼굴이 없었다.

문득, 눈이 심심하다.

그렇구나. 살집 넉넉한 팔뚝을 들어 주정꾼 친구를 품에 와락 안아 주던 그녀.

우리는 그녀를 '박 언니'라 불렀다.

치렁치렁하게 늘어진 긴 스커트는 두툼한 발목 즈음에 걸렸고 티셔츠의 깊이 파인 네크라인으로 흰 목과 어깨살이 드러났다. 목걸이 줄이 살에 파묻혀 보이지 않을 만큼 뚱뚱한 그녀였지만 박 언니는 우리들 중 누구보다 멋스러웠고 도회적이었다. 그녀를 떠올릴라치면 가장 먼저 눈에 그려지는 것이 브래지어 어깨끈이었다. 언제나 어깨가 반 넘어 드러나는 할랑한 셔츠를 입다 보니 브래지어 어깨끈은 액세서리처럼 드러났다. 기껏해야 희거나 검은 브래지어 끈만 상상하던 우리에게, 물방울무늬이거나 매듭 모양이 예쁘게 지어진 것이거나 가느다란 두 줄짜리 그것들은 몹시 신기하기만 했다.

"내 가슴이 보통 크기니? 한국에선 못 사. 외국에서 직접 주문을 해야 하거든."

박 언니가 그런 말을 하며 제 가슴을 통통 치면 부드러운 옷감 아래에서 우아한 물결이 일어났다. 93학번 동갑내기였던 우리들. 늘 그랬던 것은 아니지만 가끔 아랫도리가 천천히 일렁이기도 했다. 나뿐만이 아니었을 것이다. 한 번쯤은 그녀의 목에 얼굴을 파묻고 위로를 받았던 적이 있었고 한 번쯤은 아예 거치적거리는 옷가지 따위 다 벗어버리고 그녀의 품에 안겨버리고 싶다는 생각, 해본 적이 있었을 것이다.

껄끄럽고 부끄러운 일들도 그녀의 입에서 한 번 걸러지면 별것 아닌 사소한 일이 되었다. 낙천적인 그녀의 성향은 우리를 한없이 편안하게 누그러뜨려 주었기에 그녀 없이 만나는 자리는 극히 드물었다. 곰장어 식당에서 만나자는 이야기를 꺼내면 누구나 가장 먼저 물었다. 박 언니는?

아마도 그녀를 가장 매력적으로 보이게 만든 부분은 목소리였을 것이다.

부푼 몸피에 어울리지 않을 만큼 그녀의 목소리는 앳되고 새침했다. 조근조근 이어지는 그녀의 이야기는 아무리 시끄러운 장소에서도 홀로 도드라졌다.

"내가 말야, 폰팅 시절엔 그야말로 퀸카였다고! 다들 껌벅껌벅 넘어갔다니까!"

안 믿는 사람은 없었다. 그럴 만했다. 그녀가 이야기를 풀어놓는 시간이면 누구나 한 번쯤은 그녀와 사랑에 빠지고 싶다는 생각을 했으니 말이다.

그런 그녀가 사라진 지 오래였고, 어느 날부터인가 우리는 그녀의 행방을 더 궁금해 하지 않게 되었다. 다만 우리의 모임은 지루해졌고 드문드문해졌다. 그 이유가 박 언니의 부재로 인한 것임을 잊을 만큼 우리는 무심해져 가고 있었다. 아무도 그녀의 안부를 나에게 물어오지 않았다. 나조차도 그녀를 잊고 사는 시간이 훨씬 많았으니.

대학 졸업 후 나는 방송국 입사 시험을 보았다. 몇 곳에서 내리 낙방을 하느라 1년 반의 시간을 까먹기는 했지만 마이너 방송국의 라디오 PD로 입사할 수 있었다. 시나 소설에 애초 재능이 없었던 터라 다른 동기 녀석들에 비해서는 도리어 사회 진출이 빨랐다. 글을 쓰겠답시고 두문불출 방구석에 틀어박힌 날들이 없었고 친구들은 아예 눈 돌린 토익 시험도 꾸준히 준비했기 때문이었다. 나는 얄미운 배신자였고 부러운 왕따였다.

"야. 살기 빡빡하다. 좋은 건수 어디 없냐?"

오랜만에 걸려온 박 언니의 전화였다. 그녀는 새벽 경제 프로그램부터 심야 음악 프로그램까지 장르를 가리지 않고 라디오 원고를 써대고 있는 프리랜서 작가였다. 어떤 프로에서는 오프닝 멘트만 써주고, 어떤 프로그램에서는 외부인사 인터뷰만 땄다. 기업 홍보 영상 대본도 썼고 지방 콘서트 취재 대행도 하고 있다 들었다. 무얼 하건 제대로 돈 되는 일은 아니었다. 같이 일할 거리가 없느냐는 질문이라는 것을 눈치 못 챌 리 없었다. 그런 전화는 박 언니 말고도 숱했다.

"빡빡한 건 둘째 치고 인생 지루해서 못 살겠다. 이거야, 원."

멘트 자체야 소탈했지만 내 목소리에는 어느 정도의 거드름이 섞여 있었을 것이다. 마이너 방송국이라고는 해도 나는 동기들 중 유일하다시피 한 정규직 사원이었다. 〈성공 CEO 초대석〉이라는, 광고를 따내기 위한 잔꾀임에 분명한 프로그램을 만들고 있다고는 해도 200퍼센트의 상여금과 연말 보너스가 보장되는 직장에 다니고 있었던 것이다. 강남의 산부인과 원장부터 분당의 영어학원 원장, 홍대 앞 설렁탕 집 사장까지 나의 프로그램에 출연했다. 스물네 살짜리 작가는 사전 인터뷰를 나가 그들의 이야기를 천천히 다 들어준 이후에 제멋대로 대본을 썼다.

"오오. 이 부분은 내 경영 철학과는 어긋나요. 제왕절개 출산율이 14프로 미만이라는 것을 조금 더 부각시켜야지."

"대치동, 도곡동이 학원의 명문가라는 건 이제 한물간 이야기라고. 이젠 분당의 시대야, 분당. 분당의 시대를 열어가는 우리 학원 카피를 한 번 만들어보는 건 어때요?"

"도가니탕뿐만이 아니라니까요. 설렁탕 고기도 우린 무조건 한우라고. 그 얘길 왜 자꾸 빼지? 김 양이 내 말을 잘 못 알아듣는 것 같은데?"

김 양이라고 불린 말라깽이 작가는 끄덕끄덕하며 대본을 고쳐주었다. 그들은 큐 사인이 떨어지기 전에 몇 번이나 가래침을 뱉었다. 방송이 끝나고 나면 테이블 위에 쌓인 휴지 뭉치들을 손가락 끝으로 일일이 집어냈다. 그러니 지루하다 대답한 것은 빈말이 아니었다. 별수 없었기에 버티고 있을 뿐이었다.

그날 퇴근 후에 박 언니를 만나 한잔을 했는지 이런저런 흔한 인사만을 남긴 채 전화를 끊고 말았는지는 모르겠다. 오래된 일들은 이제 잘 기억나지 않는다. 지금에 와서 내가 기억하는 박 언니란, 그 일이 있기 이전과 이후의 몇 편린들뿐이다.

그 일, 그러니까 마이너 방송국의 라디오 프로그램 청취율로는 거의 기적에 가까운 4퍼센트를 기록하기까지 했던 〈캣츠아이〉를 시작했던 것은 박 언니의 전화를 받고 얼마 지나지 않은 일이었다.

"요즘은 1인 기업 시대라고. 다들 혼자서도 뚝딱뚝딱 프로그램 만들고 한다는데, 우리는 어떻게 떼거지에게 돈을 쥐여줘도 제대로 된 프로그램 하나 못 만드는 거지?"

떼거지라니! 피디 하나, 작가 하나 그리고 진행자 하나라면 더 이상 줄이려야 줄일 수 없는 인원이었다. 결국은 피디더러 원고까지 써내라는, 작가를 해고하라는 소리에 다름 아니었다. 국장은 걸핏하면 잔소리를 퍼붓고 사라졌다. 스물네 살 작가아이가 시퍼렇게 죽은 얼굴을 했다. 저 아이, 해고된다면 갈 데도 마땅찮았다. 파트타임 작가로 〈성공 CEO 초대석〉이나 쓰던 아이가 어딜 가서 제대로 된 이력서를 들이밀 수 있을까. 입을 꾹 다물고 앉은 작가가 두려워하는 건 국장이 아닌 나일 것이었다. 아무래도 안 되겠다, 내가 직접 원고를 쓰는 수밖에 없겠어. 내 입에서 그 말이 나올까봐 그녀는 고개를 더 깊이 숙이고 볼펜만 뱅뱅 돌려댔다.

하지만 별수 없다. 나는 맞춤법도 제대로 쓸 줄 모르는 작가아이를 해고해야 할 것이다. 누군가가 떠나야 한다면 불공평하지만 비정규직인 작가가 가야 할 것이다. 어쩔 수 없지 않은가. 내 고민은, 작가아이를 내보낸 후 도대체 그 원고를 내가 어떻게 메워나갈 것인지에 대한 막막함일 뿐이었다. 호올스 캔디를 입에 물고 빈둥거리기만 하는 진행자 녀석도 마음에 안 들기는 마찬가지였지만 그렇다고 내가 직접 마이크를 잡을 수는 없으니…… 에 생각이 미쳤을 때야 나는 박 언니를 떠올렸다.

"이 일 저 일 많이 해봤지만 라디오 진행이라…… 끌리는데?"

그녀는 눈을 바짝 접으며 웃어 보였다. 거절하지 않을 줄 알았다. 진행자로서의 페이는 따로 지급되지 않을 것이란 말도 했지만 그녀는 개의치 않았다.

'성공 CEO 초대석' 이라는 뼈대 자체를 손볼 수는 없었으므로 우리는 세부적인 콘셉트만 변경하기로 했다. 제 자랑만 해대는 학원 원장이나 어디어디 논문을 실었네, 떠들기 일쑤인 의사 선생을 초대하는 일 따위를 다 접고 젊은 소자본 창업주들이나 유명 기업의 임원들을 섭외하기로 했다. 오후 네 시, 회사원들이 커피 한 잔 들고 졸기 딱 좋은 시간대 방송이었다. 언제쯤 이 지겨운 월급쟁이 생활을 때려치우나, 하소연을 곱씹고 있을 그들을 좀 간질여보자는 의도였다. 국장은 갸우뚱 고개를 흔들었다. 박 언니는 뽀얗게 살이 오른 두 손을 번쩍 들어서는 국장의 양어깨를 그러쥐었다.

"저희, 정말 잘할 것 같죠? 제가 봐도 그래요. 이건 잘될 수밖에 없는 콘셉트거든요!"

사실 나는 고루하기 짝이 없는 국장이 발칵 화라도 낼까 가슴이 콩닥거렸다. 다행히도 국장은 푹신하게 어깨를 누르는 그녀의 손을 채 뿌리치지 못하고 어설프게 눈을 끔벅거렸다. 그녀가 환하게 웃으며 어깨를 놓아주자 손바닥 반만큼 이미 벗어지기 시작한 정수리를 멋쩍게 쓰다듬으며 일어섰다.

"하여간에…… 광고는 떨어뜨리지 말자고. 우리 회사 형편이 어떤 지는 최 피디가 잘 알잖아?"

긴 스커트를 펄럭이며 박 언니는 성큼성큼 방송국을 헤집고 다녔다. 엘리베이터에서 만나는 사람들마다 답숙, 인사도 우렁차게 또 커피 인심도 후해서 늘 동전이 가득한 헝겊지갑을 들고 다녔다. 순식간에 5층 스튜디오에서 그녀가 뽑아주는 자판기 커피를 마셔보지 않은 사람은 찾아보기 힘들 지경이 되었다.

사람들은 박 언니의 등장을 흥미롭게 지켜보고 있었다. 우리가 만드는 프로그램 따위에는 관심을 두지 않았으나 늘 하품만 찍찍 하며 조용히 제 갈 길만 걷는 사람들뿐이던 방송국 복도가 일단 소란스러워졌기 때문이었다. 그녀와 마주치고 나면 누구든 기분이 좋아졌다. 그래서 나는 공연히 우쭐했다.

"캣츠아이 소셜 클럽."

박 언니의 말에 나는 어리둥절했다.

"캣츠아이 소셜 클럽? 뭐가 그렇게 거창하고 부담스러워? 그냥 편한 이름으로……."

"거창할 것도 부담스러울 것도 없어. 깔끔하잖아. 날카롭고 명징하게 시대를 읽어내는 고양이의 눈인 거야."

그녀는 장난스레 눈을 깔고 고양이 흉내를 냈다. 글쎄. 〈성공 CEO 초대석〉에서 어느날 갑자기 〈캣츠아이 소셜 클럽〉이 된다는 것이 나는 몹시 껄끄러웠다. 그보다는 〈정오의 희망곡〉이나 〈한밤의 영화 음악 살롱〉 등에 익숙한 나였다. 그래 봤자 광고 하나 더 따내기 위한 프로그램인 것을. 변신이란, 꿈꿀 만하지만 버겁기도 했다.

첫 방송을 앞두고 섭외부터가 난관이었다. 이름도 요상한 마이너 방송국의 라디오 프로그램에 선뜻 출연하겠다고 응하는 이가 없었다. 몇 번의 섭외 실패와 맞닥뜨린 박 언니는 수입 목욕용품 브랜드 마케팅 이사에게 덜컥 섭외 메일만 띄워놓은 후 방송국 홈페이지에 들입다 사진들을 업로드하기 시작했다.

"이게 다 뭐야?"

바로 그 목욕용품들을 찍은 사진이었다. 그녀는 대여섯 종류의 목욕용품들을 늘어놓고 세세하기 그지없는 리뷰를 올리고 있었다. 인공계면활성제가 들어가지 않은 천연성분이라는 것을 침이 마르도록 칭찬을 하고, 사용하기 전의 퍼석한 피부와 사용한 후의 촉촉한 피부까지 클로즈업 사진을 찍어왔다. 결국 이렇게나 멋진 상품을 만드는 회사의 마케팅 이사를 첫 방송에 출연시키겠다는 선전포고를 청취자들에게 하고 있는 것이었다. 나는 그만 피식 웃고 말았다.

"이거 봐. 너무 애쓰지 말라고. 그러다 한 달도 안 되어서 진 빠져."

나뿐만이 아니었다. 〈트로트 전성시대〉를 만드는 김 피디도, 〈뮤직 토크〉의 송 작가도 한마디씩 던지고 갔다.

"그럴 시간 있으면 어디 가서 한 프로 더 뛰지?"

"놔둬. 저러다 말겠지. 우리도 옛날엔 저 정도 열정은 가지고 있었다고."

나는 물불 안 가리고 뛰어드는 초년병이 된 것 같아 떨떠름했다. 그런데도 한술 더 떠서 박 언니는 포털 사이트에 '캣츠아이 소셜 클럽'이라는 블로그까지 개설을 했다. 목욕용품 회사의 마케팅 이사 섭외를 성공시킨 직후였다. 홈페이지 게시판과 블로그에는 방송에서 편집되었던 뒷이야기까지 맛깔스럽게 실리기 시작했다.

두 번째 초대 손님은 11년간의 대기업 생활을 접고 커피숍을 창업한 30대 후반의 여자였다. 박 언니는 홍대 앞 그녀의 커피숍을 직접 찾아가 사진을 찍어왔다. 사진 속 여사장은 모든 일이 지루한 직장인 청취자들에게는 뜨거운 로망이 될 법도 했다. 그도 그럴 것이 몇 컷의 사진 안에 담기는 인생이란 극히 일부일 뿐이다. 렌즈 바깥의 세상에서 여사장은 막힌 화장실 변기를 뚫어야 하고 그라인더 주변에 흘린 커핏가루를 쓸어담기도 해야 하는 것이다. 더할 나위 없이 자유로운 삶을 즐기는 표정을 짓지만 대출금을 갚고 나면 아무것도 남지 않는 빈 통장에 대고 쓰디쓴 욕설을 홀로 뱉기도 하는 것. 박 언니는 깨금발을 뛰는 아이처럼 날렵하게도, 출연자들의 고고한 모습들만을 잘 포착해 나갔다.

3개월이 지나가자 '캣츠아이 소셜 클럽'은 인터넷 사용자들에게 꽤 영향력 있는 블로그로 자리를 잡을 수 있었다. 월요일부터 금요일까지의 방송분이 고스란히 실리니, 박 언니의 블로그에는 각종 패션 아이템들의 리뷰와 멋들어진 남녀들의 성공담이 수북하게 쌓였다. 라디오를 듣고 블로그를 찾아가는 것이 아니라 블로그를 먼저 본 사람들이 라디오도 한 번 들어보자는 식이었다. 컴퓨터엔 완전히 맹추에 가까웠던 나로서는 그저 입만 쩍 벌릴 뿐이었다. 그때쯤부터 박 언니는 그나마 제 돈을 주고 초대손님 회사의 물건을 사들이는 일 따위 하지 않을 수 있었다. 물품 협찬은 내가 주선했다. 긴가민가 머리를 굴리던 초대손님 측은 그녀의 블로그를 몇 번이나 정독한 이후에 물건을 내어주었다. 구두회사와 의류회사, 또 문구회사들을 그렇게 프로그램에 끌어들이고 있었던 것이다. 6개월이 넘어설 무렵에는 업체 스스로 우리에게 연락을 넣어왔다.

앱솔루트 보드카 한 병과 토닉워터 다섯 병, 그리고 레몬 두 개를 샀다. 논현동 그녀의 원룸은 엘리베이터가 없는 4층. 종아리 뒤쪽이 알싸하게 당겨왔다. 박 언니는 손에 일회용 비닐장갑을 끼고서 문을 열어주었다. 짭쪼롬한 간장 냄새가 풍겨왔다. 큼직한 프라이팬 위에서 잡채를 볶고 있는 중이었다.

"보드카를 사올 거면 미리 말을 하지. 다른 안주를 준비했을 텐데."
나는 혼자 산 지 열 해를 넘겼다. 토마토와 모짜렐라 치즈를 송송 썰어넣은 샐러드 안주보다는 잡채를 훨씬 좋아했다. 무엇이건 손이 많이 간 음식에 얄궂게도 애정이 쌓일 시기였던 것이다. 그녀는 아무렇게나 쌓아올린 책더미를 턱짓으로 가리켰다. 잡채가 완성될 때까지 책이나 뒤적이며 기다리라는 의미였다.

원룸은 좁은 편이 아니었다. 방 한쪽을 가린 파티션 저편으로 퀸 사이즈의 침대가 놓여 있었고 작은 발코니로 통하는 거실 창이 나 있었다. 책상으로 쓰이는 목조 테이블이 방 한가운데 놓였고 작업용 의자 한 개와 손님을 위한 빨간 안락의자 한 개. 몇 겹으로 쌓인 책장을 들여다보던 나는 웃음을 터트렸다. 그녀의 책장과 내 것의 공통점이 보였던 거다. 신간이라고는 도통 찾아볼 수 없다는 것. 또 책장 가장 아랫칸에는 어김없이 시커먼 《창작과 비평》 영인본이 꽂혀 있다는 것. 할부금이 얼마였는지는 기억나지 않지만 학교에 영인본을 팔러 온 세일즈맨에게 동기 녀석들은 겁도 없이 사인을 했다. 아르바이트를 해서 번 돈으로 메꾸다 메꾸다 결국은 독촉장이 고향집으로 날아가는 바람에 등짝을 얻어맞은 이는 나뿐만이 아니었다.

그리고 도스토옙스키 전집이 있었다. 화투 내기를 했다가 내가 지는 바람에 박 언니에게 꼼짝없이 사주어야 했던 거다. 그때에는 갖고 싶은 것이 정말 그것들이었을까. 지금 갖고 싶은 것과는 많이 다르구나, 하는 생각에 나는 감히 그 책을 뽑아볼 수 없었다. 그저 얼굴이 조금 홧홧했다.

그리고 바로 거기, 책장과 싱크대 사이 모퉁이.

1제곱미터도 안 될 듯한 그 공간은 원룸 안에 동동 뜬 작은 섬 같았다. 딱 그쪽 벽에만 발라둔 물방울 무늬 시트지와 벽면에 오종종 걸린 조그만 패브릭 인형들. 작은 유리 테이블은 초록색 반들반들한 천으로 덮여 있었고 독특한 모양의 소품들이 올려져 있었다. 낯익다. 그녀가 홈페이지며 블로그에 업로드하는 사진들이 다 거기서 찍힌 것들이었다. 주얼리 회사의 대표를 섭외할 때엔 그 회사에서 나온 커플링을, 온라인 커피 쇼핑몰의 대표를 섭외할 때엔 커피 봉지를 올려두고 찍었다. 여드름 전문 화장품일 때는 한쪽 볼에 화장품을 발라놓고 그곳을 배경으로 사진을 찍었다. 얼굴 반쪽만 교묘하게 찍힌 사진 안에서 그녀는 전혀 뚱뚱해 보이지 않았다. 네일아트 아카데미 원장을 초대했을 때도 마찬가지였다. 그녀는 원장에게 네일아트를 받은 손을 쫙 펼치고 그곳에서 사진을 찍었다. 〈캣츠아이 소셜 클럽〉은 방송국 스튜디오가 아닌, 바로 1제곱미터도 안 되는 그 작은 공간 안에서 만들어지고 있었던 것이다.

잡동사니들이 너저분하게 늘어진 책상을 대충 치우고 그녀가 잡채 접시를 올렸다. 당면은 오래 데쳐 퉁퉁 붇긴 했지만 먹을 만했다. 나는 보드카와 토닉워터를 섞은 뒤 레몬 한 조각을 띄워 그녀에게 내밀었다. 잔을 가득 채운 얼음들이 차갑게 서걱이는 소리를 냈다.

"미안해."

"뭐가?"

그녀가 나를 쳐다보았다. 그래, 나는 무엇을 미안해하고 있었을까.

"음…… 격 떨어지는 일 시키면서 돈도 많이 못 챙겨주고."

보드카 유리잔을 입술에 댄 채로 그녀는 나를 향해 픽 웃어 보였다. 나는 시간이 흘러 그녀를 다시 만나지 않게 된 지금에 와서도 그날을 생각하면 얼굴이 화끈거리곤 한다. 내가 그녀에게 미안하다는, 그런 뜬금없는 말을 꺼낸 것은 돌이켜보면 참으로 치졸하기 짝이 없는 행동이었다. 예전 프로그램 시절, 초대손님들의 출연이 광고로 막상 이어지지 않았을 때는 느낄 수 없었던 자책들이 스멀스멀 등을 타고 올라왔는데 그건 몹시 불편한 기분이었다. 광고를 따내려 우왕좌왕하는 처지는 이전과 다를 바 없으나, 그럴듯한 성과를 내지 못했을 때에는 회사의 싸구려 경영방식에 대해 밤이 새도록 까댈 수 있었다. 하지만 상황은 달라졌다. 나는 회사의 가장 충복스러운 직원이 되었다. 결국 나는 스스로의 처지를 다소나마 박 언니 탓으로 돌리고 싶었던 것이다. 그녀는 나에게 속아주었다.

"무슨 소릴. 내가 좋아서 하는 일인데."

그때 박 언니는 무슨 생각을 했을까.

1년이 지나자 나는 연봉이 올랐다. 펀드 한 계좌를 더 틀 수 있는 정도였다. 여전히 비정규직인 박 언니의 급여는 그대로였지만 대신 그녀에게는 새로운 것들이 생겼다. 바로 인터넷 안에서 그녀를 지켜보는 수많은 시선들이었다.

초대손님의 환심을 사기 위해 시작했던 블로그는 이제, 그녀가 이끌어가는 어엿한 사교 무대가 되어가고 있었다. 가진 것 없었던 이들이 모든 것을 가지게 된 이야기, 박봉의 무역회사를 그만두고 공무원 시험에 내리 5년을 낙방했던 노처녀가 인터넷 구두 쇼핑몰로 성공을 한 이야기는 세상에 널리고 널린 백수들을 설레게 했다. 사장의 놀라운 안목을 설명하기 위해 박 언니는 스튜디오로 구두를 다섯 켤레나 배달시켰다. 다리가 미끈하게 뻗은 〈국악 마당〉의 작가를 데려다가 구두를 차례로 신겼다. 물론 미끈한 다리는 박 언니의 다리로 소개가 되었다.

"생각을 해봐. 내 뚱뚱한 발에다 구두를 신겨봐야 제대로 된 그림이 나오겠어?"

쑥스러워 하는 〈국악 마당〉의 작가를 앉혀놓고 그녀는 수십 번 셔터를 눌러댔다.

그러니까 구두 쇼핑몰 사장의 출연이 결정되었기 때문에 구두를 신어본 것이 아니라 놀랍도록 아름다운 구두를 발견했기 때문에 그 사장을 초대했다는 것이 박 언니의 콘셉트였다. 숱한 키스에도 지워지지 않는 립스틱이 대단히 마음에 들어, 캐어보니 립스틱 만들기에 인생을 온통 바친 대표이사가 있더라, 하는 식이었다. 사람들은 이 화려한 성공담에 매료되었고 날카로운 눈으로 이들을 찾아내는 캣츠아이, 즉 박 언니에게 당연하게도 깊은 애정을 표했다. 캣츠아이 소셜클럽이라는 이름이 결코 과하지 않았다는 것을 나는 인정할 수밖에 없었다.

"청담동이야. 좀 나와봐."

방송이 없는 일요일 오후였다. 잔뜩 골이 난 목소리로 박 언니는 다디단 내 낮잠을 깨웠다. 로데오 거리 앞의 규모가 큰 미용실이었다. 과하게 웨이브 파마를 한 그녀의 몸피가 더 부풀어 보였다. 그녀는 나를 미용실 의자에 억지로 앉혔다. 원장이 가위를 들고 다가왔다.

"무슨 일이야? 갑자기 머리는 왜?"

"업데이트를 해야 하는데, 아무리 각도 틀면서 사진을 찍어봐도 어깨가 너무 넓게 나와. 최 피디가 오늘은 모델을 좀 해줘야겠어."

원장은 내 머리를 아이돌 스타처럼 만들어놓았다. 왁스를 덕지덕지 발라 한껏 꼬부라뜨린 머리에다 나는 선글라스를 끼고 카메라 앞에 앉았다.

"남자친구 머리하러 온 거라고 하면 돼. 잘 어울려. 그렇게 인상 쓰지 말라고."

그녀의 말에 원장이 눈을 깜박이며 호들갑을 떨었다.

"우리 숍이 원래 남자 연예인들한테 유명해요. 바깥으로 나가면 연예인들 사진 많은데 그것도 좀 올려주시구요."

미용실에서 나와 커피숍에 자리를 잡고 앉았는데도 박 언니는 노트북에서 눈을 떼지 못했다. 그런 모습은 이제 익숙했다.

"자꾸 오프라인 모임을 가지자고 야단들이야."

그녀가 웅얼거렸다.

"하면 되지, 뭐. 지원금 내놓을 의사 있으니까 말만 해."

흥, 그녀가 코웃음을 쳤다. 하긴, 블로그 속 그녀는 곧게 뻗은 다리를 가졌고, 고양이를 닮은 이지적인 눈매에 기능성 화장품으로 잘 가꾼 피부를 가진 여자였다. 움푹 파인 여드름 흉터와 콧등의 검은 피지, 널찍한 등짝을 바꾸어줄 현실 속 포토샵은 존재하지 않으니 오프라인 모임은 결코 열릴 리 없었다. 라디오에서 흘러나오는 매끄러운 목소리를 제외하고는, 실제의 그녀가 없었다. 가끔 나도 스튜디오의 문을 열고 들어오는 거대한 그녀에게 깜짝깜짝 놀랄 때가 있었다.

나는 그날, 그녀와 함께 잤다. 두 번째 섹스였다.

첫 번째가 프로그램을 이만큼 이끌어와 준 그녀에 대한 감사의 의미였다면, 두 번째는 다소 풀 죽고 지쳐 보이는 그녀에 대한 위로였다. 나는 심심하고 재미없는 남자였다. 그녀에게 마음을 표현하는 방법이 기껏 그 정도였다. 그녀의 두툼하고 흰 목을 내 팔에 뉘어놓고 이제 그만 그녀와 살아버릴까, 생각을 했다. 나는 그녀가 만들어주는 잡채를 좋아하고 이틀에 한 번 꼴로 머리를 감는, 그녀의 적당한 게으름도 마음에 들었다. 가끔 한물간 작가들의 소설을 조목조목 짚어가며 헐뜯는 쾌감도 함께 느낄 수 있을 것이며 침대에 누워 담배를 피워도 그녀는 절대 잔소리를 하지 않을 것이었다. 그 정도면 거의 완벽한 조건이 아닌가, 나는 혼자 뿌듯했다. 게다가 나와 결혼을 한다면 그녀는 절대 〈캣츠아이 소셜 클럽〉을 그만두지 않을 것이고, 나는 그 공로를 인정받아 어쩌면 임원으로의 승진까지도 가능할지 몰랐다. 이미 우리의 프로그램은 방송국 내에서 1위 청취율을 기록하고 있었다.

급작스러운 프러포즈에 대한 갈망으로 나는 가슴이 콩콩 뛰었다. 반지도 없이, 이렇게 침대에 누운 채로 고백을 해도 되는 것일까. 학과 친구들은 와아 환호하며 우리의 결혼을 축하해주겠지. 흔해빠진 뷔페 식사 대신 시집 한 권씩을 결혼식 답례품으로 해도 좋겠다. 박 언니도 분명 동의할 것이었다.

뒤척이는가 싶던 그녀가 몸을 일으켰다. 지레 놀라 나도 반쯤 일어났다.

"그냥 자. 물이라도 마실까 해서."

그녀는 벗어던졌던 티셔츠를 꿰어 입었다. 육중한 엉덩이가 흔들, 창밖에서 새어들어 온 가로등 불빛에 노랗게 반짝였다. 냉장고 문을 열고 그녀가 물 한 컵을 다 들이켜는 동안, 나는 그녀의 어두운 방을 둘러보았다. 미처 느끼지 못했던 것이었는데 그녀의 원룸이 많이 변해 있었다.

　사진을 찍기 좋도록 화이트 월을 붙여놓은 벽, 새로 들여놓은 화장대 위에는 메이크업 제품들이 가득했고 촬영용 옷들을 보여주기 위한 바디 마네킹도 검고 흰 것으로 두 개나 있었다. 예전 작은 유리 테이블이 포토존의 전부였다면 이제는 카메라를 어디다 들이대도 완벽한 그림이 나올 것 같았다. 책은 다 어디다 처박아둔 것일까. 책장이 있던 자리에는 유리로 짠 진열장이, 그 안에는 단 한 번도 신지 않은 것이 분명한 윤기 흐르는 구두들이 가득했다. 무채색 일색이던 그녀의 긴 스커트와 히피들이나 신을 법했던 그녀의 플랫슈즈들은 어디다 꽁꽁 숨겨둔 것일까. 요사이 그녀가 무얼 신고 다녔지? 매일 보는 그녀였는데도 나는 잘 기억해낼 수가 없었다.

　물컵을 개수대에 내려놓은 그녀가 내 쪽을 돌아보았는데, 그게 말이다. 참 이상하게도 낯설었다.

　협찬받은 옷을 입는 모델은 총무부의 두 여직원이었다. 가끔은 목걸이도 걸어주어야 했고 머리띠도 아이섀도 모델도 해주어야 했으므로 박 언니와 나는 종종 그녀들에게 밥을 샀다. 그날도 우리는 이태리 레스토랑에 모여 앉아 홍합을 까먹고 있었다. 박 언니는 의자에 깊숙이 등을 대고 앉아 있었다. 피곤한 얼굴이었다. 유달리 말이 없었다.

　"박 작가님, 어디 아파요? 말도 없고."

　대꾸하기 싫다는 듯 박 언니가 고개를 요란하게 흔들었다. 나도 걱정이 되어 몇 마디 보태었다.

"왜 그래? 너 좋아하는 홍합이잖아. 좀 먹어봐."

급기야 그녀가 짜증을 냈다.

"말 시키지 마. 아무 말도 하기 싫어."

우리는 그다음 그녀의 말에 기함을 하고 말았다.

"여기 사람들 많잖아. 내 목소리 알아들으면 어떡해."

이것 봐, 박 언니. 그래 봐야 우린 마이너 방송국이야. 아무리 우리 끼리 청취율 1위라고는 해도, 당신의 목소리를 알아들을 사람은 여기 없어. 명동이나 강남역 나가서 큰 소리로 떠들어보라고. 단 하나 너를 알아챌 사람은 없을 테니까…… 나는 그렇게 깐죽거리려고 했다. 하지만 그럴 수 없었다.

그녀는 진심으로 두려워하고 있었다. 브래지어 어깨끈이 파묻히는 펑퍼짐한 어깻살을 들킬까봐, 시원찮기 짝이 없는 학벌을 들킬까봐, 협찬받은 침구 세트를 들추면 스프링이 두 개는 꺼진 볼품없는 침대 매트리스가 나올 뿐이라는 것을 들킬까봐, 또 카메라 앵글이 조금만 비껴나가도 군데군데 곰팡이 슨 오래된 벽지며 담뱃불로 구멍 난 자국이 있는 빨간 의자를 들킬까봐.

나는 그녀에게 아무 말도 할 수가 없었다. 그리고 프러포즈 따위도 할 수 없었다. 이미 〈캣츠아이 소셜 클럽〉은 만 2년을 채워가고 있었다. 그날 밤, 우리는 또 함께 잤다. 그녀는 옷을 다 벗지 않았다. 내가 그녀의 푸진 가슴에 코를 묻는 것을 좋아하는 걸 알면서도 그녀는 브래지어조차 끄르지 않았다. 나는 그녀의 몸 위에서 몇 번 숨을 몰아쉬다가 싱겁게 내려왔다.

초등학생들의 피아노 레슨을 다니는 지금의 아내를 만나 청첩장을 돌리게 되었을 때 나는 박 언니를 찾아보아야 하지 않을까 잠깐 고민했지만 곧 마음을 접었다. 나는 그녀에게 할 말이 없었다. 네가 떠난 뒤 우리 프로그램은 사라졌어. 네가 없는 〈캣츠아이 소셜 클럽〉이 존재할 수나 있겠니. 그렇게 말을 할 수 없었기 때문이었다.

박 언니의 블로그는 모조리 삭제되었다. 하지만 〈캣츠아이 소셜 클럽〉은 청취율이 떨어졌을지언정 계속 유지되었다. 진행자를 새로 들이고 원고는 내가 직접 썼다. 홈페이지와 블로그에 글들을 업데이트하지 않아도 섭외에 큰 문제가 없었다. 나도 예상하지 못한 일이었다. 그녀를 따르던 숱한 추종자들은 감쪽같이 사라졌다. 그녀를 찾는 글들이 한동안 홈페이지 게시판을 뒤덮기는 했으나 오래 가지는 않았다. 그럼 그동안 박 언니와 나는 무얼 했던 것일까, 의심이 들 정도였다.

나는 야망이 큰 남자가 아니어서 청취율 1위를 지키지 못한 것이 그리 아쉽지는 않았다. 설사 지켜냈다 할지라도 방송국의 임원으로 승진하는 일 따위는 없을 거라 깨달았고, 또 그것에 크게 낙담하지 않았다. 나는 그저, 아내 될 여자가 피아노를 가르치는 사람이니 외벌이로 고생하지 않아도 된다는 사실에 만족하는 평범한 사내일 뿐이었다.

박 언니는 몇 번이나 발목을 접질렸다. 10센티 하이힐이라니. 나는 혀를 찼다. 스커트 자락 사이로 언뜻언뜻 비추던 그녀의 흰 발목을 내가 얼마나 좋아했었는지 그래, 사실 나도 잊었다. 굽 낮은 플랫슈즈가 바닥을 사뿐하게 딛는 소리가 얼마나 우아했는지 그녀도 나도 다 잊었다. 박 언니는 뒤꿈치와 새끼발가락에 반창고를 붙이고 매일 하이힐을 신었다. 치렁치렁하게 늘어진 금속 귀걸이는 자꾸 머플러 올에 걸렸다. 스튜디오에는 나와 박 언니 둘뿐이었으므로 나는 하루에도 몇 번씩 머플러에 걸린 귀걸이를 빼주어야 했다. 식욕 억제제를 먹기 시작한 그녀는 온종일 맥 빠진 얼굴로 앉아 있었다. 어느 날은 한쪽 눈에만 초록색 콘택트렌즈를 끼고 오는 바람에 기겁을 하기도 했다.

"뭐야, 그게!"

놀란 마음에 소리부터 버럭 질렀다.

"오드 아이 몰라? 고양이들 중에는 양쪽 눈 색깔이 다른 오드 아이가 많대. 오묘하지 않아?"

나는 대꾸할 말도 찾지 못하고 한숨만 쉬었다. 처진 살 때문에 더 늙어 보인다며 얼굴에 지방분해 주사를 맞고 오는가 하면 뒷목부터 허리께까지 브이자로 파진 드레스를 입고 나타나 할 말을 잃게 만들기도 했다. 하루의 대부분을 스튜디오에서 보내던 그녀는 이제 자주 없어졌다. 한 번에 15만 원 넘게 지불을 해야 하는 고급 스파에 가서 마사지를 받고 오거나 수입 자동차를 사겠다고 딜러를 만나러 다녔다. 나와의 마지막 두 달을 그녀는 그렇게 보내고 있었다.

"너는 소셜 클럽의 필자지, 주인공이 아니라고. 정신 차려."

박 언니의 눈이 파랗게 빛났다. 그놈의 한쪽 렌즈를 내 손으로 잡아 빼고 싶었다.

"소셜 클럽이 누구 건데? 캣츠아이 거야. 나, 캣츠아이."

날선 그녀의 대답에 나는 더 할 말이 없었다. 그만, 그녀와 헤어지고 싶었다. 큰 가슴이 아둔해 보인다고 압박붕대로 친친 싸매고 다니는 그녀를 보며 나는 진저리를 치고 있었던 거다. 왜 나는 그때, 그렇지 않다고, 너의 가슴에 내가 애정을 담아 입 맞추고 싶다는 고백을 하지 못했을까. 때를 놓친 고백은 하지 않는 편이 나았다. 그래서 나는 입을 다물기로 했던 것이다.

생각해보면, 나는 다 알고 있었다.

컴퓨터 속 세상에서 잔뜩 뺨이 달아오른 그녀가 카메라 셔터를 쉼없이 눌러댈 때부터, 아니 사실은 그보다 더 앞서 그녀가 인터넷 계정을 새로 만들던 때부터 나는 우리의 결말을 짐작하고 있었을 것이다. 그럼에도 불구하고 입을 다물고 내내 모르는 척, 그녀가 수척해져 가는 과정을 지켜만 보고 있었던 거다.

나는 이미 다 식어버린 커피잔을 바닥에 내동댕이쳤다.

"그만두자, 다 그만둬. 이런 꼴같잖은 광경, 지겹다. 정말."

자판기 종이컵은 픽, 소리를 내며 구겨졌다. 처음부터 향기로운 커피는 아니었다손 쳐도 바닥에 얼룩을 그린 커핏물은 금세 오물이 되었다. 지독한 하수구 냄새. 구역질이 치밀 것 같았다.

파르르 속눈썹을 떨던 그녀가 노트북을 열었다. 아이디와 비밀번호를 넣은 뒤 그녀는 노트북을 들고 나에게로 다가왔다. 자그마한 모니터 안에서, 하루 3천 명의 사람들이 '캣츠아이 소셜 클럽'을 다녀가는 중이었다.

"이걸 없애줘."

그녀의 목소리가 잠겼다.

"무슨 소리야."

그녀의 손가락이 터치패드 위에서 허둥거렸다. 손가락이 멈춘 곳은 '블로그 삭제' 버튼이었다.

"네가 눌러줘. 다 지워달라고."

나는 바람 빠지는 소리를 내며 웃고 말았다.

"이걸 내가 왜 삭제해?"

그녀의 표정에는 변화가 없었다. 이미 퀭해진 눈빛, 더 달라져야 한다고 나는 기대했던 것일까.

"네가 만든 거야. 직접 없애."

그래서는 안 되는 거였다. 다른 사람이라면 몰라도 나는 결코 그녀에게 그런 식의 반응을 해서는 안 되는 것이었다. 나는 알면서도 자꾸 그녀에게 잔인해지려 하고 있었다.

"나도 내가, 어디에 닿으려고 이러는지 모르겠어. 그러니 네가 없애 줘. 나 대신. 너에게는 어려운 일이 아니잖아. 네가…… 그 정도는 나에게 해줄 수 있지 않니?"

내가 벌떡 일어나 그녀의 손목을 그러쥐고, 터치패드를 내리쳐 버린 건, 그녀의 이야기를 더 듣기 싫었기 때문이었다. 오래 기억에 남을 것 같은 순간은 애초에 만들고 싶지 않았다. 그녀는 본능적으로 손을 오므렸지만 내가 빨랐다. 그녀의 손가락에 아무렇게나 두들겨 맞은 터치패드는 정확하게 작용했다. 2년에 몇 달을 더 보태어 꾸려왔던 '캣츠아이 소셜 클럽'이 따르륵 소리를 내며 단 몇 초만에 삭제되었다.

"네가 만든 거야. 그러니 끝을 내는 것도 네 몫이야."

나는 처음부터 이 일에 관여하지 않은 사람처럼 시치미를 떼고 싶었다.

나는 아주 오랫동안 그녀가 그립지도, 궁금하지도 않았다. 1년 정도 더 〈캣츠아이 소셜 클럽〉을 만들었고 이후 건강정보 프로그램으로 자리를 옮겼다. 하품 나는 방송이지만 그다지 머리 나쁘지 않은 파트타임 작가를 고용했고 정규직 아나운서가 진행을 맡았다. 연봉은 제자리걸음이었다. 아내는 아기를 낳고 딱 석 달만 쉬었을 뿐 다시 레슨을 뛰러 다녔다. 한 달에 한 번 정도 친구들을 만나 곰장어를 먹었지만 이제 그들은 더 이상 박 언니의 안부를 나에게 묻지 않았다. 함께 치기 어려웠지만 나만 무사하다는 사실이 두렵게 느껴질까봐 그녀를 서둘러 잊었는지 모르겠다.

아내가 잔소리를 하지 않아도 날이 추워지면 내복을 스스로 챙겨입는 나는, 이제 서른일곱 살이 된 것이다. 잊을 건 골라 잊고, 기억할 건 골라 기억했다.

집으로 가는 버스는 이미 끊긴 시각이다. 나는 택시에 올라타, 그녀가 살고 있지 않을 것이 뻔한 논현동으로 가자 했다. 그러고 보면, 나는 참 끝까지 치졸한 셈이었다. 초봄이라지만 바람이 찼다.

고양이 대왕

김설아

나에게도 아버지가 있습니다. 그냥 평범한 중년 남자입니다. 아니, 이제 평범하다고 할 수 없지만 불과 석 달 전까지만 해도 아침에 일어나면 회사에 가고 저녁이 되면 집으로 돌아와 잠드는 40대 남자였습니다. 그런 그가 이상해진 것은 석 달 전 주말, 회장님 댁에 초대를 받아 다녀온 날 뒤부터였습니다.

그날은 아침부터 온 가족이 분주했습니다. 목욕을 다녀온다, 청소를 한다, 옷을 고른다 하는 등으로 한나절이 어떻게 지나갔는지 모르겠습니다. 다섯 시가 다 되어가자 부모님은 안방으로 들어가 문을 잠그고는 낮은 목소리로 속삭였습니다. 나는 문에 기대어 대화를 들으려 애썼습니다. 부모님께서는 내게 단지 회장님 댁에 식사하러 가는 것뿐이라고 말씀하셨지만 아무래도 그 '뿐' 만은 아닌 것 같았습니다. 그렇다면 온 가족이 초긴장 상태로 하루를 보낼 까닭이 없으니까요. 어머니는 불길하다며 갱생 프로그램이라지만 이상한 것으로 변했다는 직원들 얘기를 들었다 하셨고, 아버지는 그래 봐야 천 명에 한 명 꼴이지 않느냐고 괜찮을 테니 걱정 말라고 조심스레 달랬습니다. 그 소리가 어찌나 다정하고 믿음직했는지 나까지 안심이 되었습니다. 아버지는 그런 사람이었습니다. 어떤 상황에서도 누구에게나 소리 한번 지르는 법 없이 웃는 낯으로 대하셨습니다. 때론 지나치다 싶을 정도로 공손하게 구시는 통에 분통이 터질 때도 있었지만 아버지는 예절과 배려는 인간 사이를 지켜주는 울타리이며, 모든 사람은 귀중한 존재라고 늘 말씀하셨습니다. 아버지가 유일하게 화를 내실 때는 내가 그런 것들을 지키지 않을 때뿐이었습니다.

이윽고 저녁 일곱 시. 우리 셋은 집까지 모시러 온 으리으리한 차를 타고 커다란 저택에 도착했습니다. 차 문이 열리자 우리는 긴장한 채로 아름다운 무늬가 새겨져 있는 철문을 지나 수십 개의 돌계단을 올라 집 안으로 들어갔습니다.

끝이 보이지 않을 정도로 넓은 실내는 고요하고 어두웠습니다. 그리고 추웠습니다. 우리는 집사 복장의 늙은 남자를 따라 높은 문이 달린 방 안으로 들어갔습니다. 커다란 방 가운데 기다란 식탁이 놓여 있었습니다. 세로가 너무 길어 우리 가족이 일렬로 눕는다 해도 남을 정도였습니다. 식탁 위에는 양 끝에 놓인 고급스러운 은제 촛대 두 개에 꽂힌 초들이 밝게 타오르고 있었을 뿐 아무것도 없었습니다. 의자는 여덟 개로, 여섯 개는 세로로 세 개씩 놓여 있었고 두 개는 양쪽 끝에 놓여 있었습니다. 우리가 나란히 앉으려 하자 집사는 고개를 젓고 중간에 앉은 아버지더러 반대편을 가리켰습니다. 한마디도 하지 않았지만 엄숙한 표정 때문에 지시에 따를 수밖에 없었습니다. 그렇게 우리는 아버지가 꼭짓점인 삼각형 구도로 앉아 있었습니다. 가만히 있으려니 몸이 저절로 움츠러들었습니다.

잠시 후 문이 열리고 청년 둘이 은색 수레를 몰면서 들어왔습니다. 종업원 복장인 그들의 얼굴은 생기가 없고 창백했습니다. 식탁 옆에 수레를 멈춘 그들은 자리를 돌면서 조심스레 하얗고 깨끗한 수건과 접시, 은 식기, 크리스털 컵 등을 놓았습니다. 그동안 우리를 안내한 늙은 집사가 돌아와 구석에 놓여 있던 벽난로에 불을 붙였습니다. 안에다 나무 토막 몇 개를 던져넣자 탁탁 타는 소리가 나면서 방 안에는 미미한 온기가 감돌았습니다. 그러자 긴장이 조금 누그러지는 바람에 나는 저도 모르게 깜빡 졸고 말았습니다.

누군가 팔을 툭 쳐서 눈을 떴을 때는 이미 식사가 시작되고 있어서 깜짝 놀랐습니다. 식탁에는 김이 모락모락 나는 음식이 차려져 있고 비어 있던 의자에는 사람들이 앉아 있었습니다. 내 옆에 앉은 사람은 기묘한 분위기의 사내였습니다. 나이는 채 스물이 되었나 싶기도 하고 아주 오래 산 사람 같기도 해서 도무지 종잡을 수 없었습니다. 앳

된 얼굴에는 어두운 표정이 떠올라 있었고, 고급스러운 복장과 넓은 어깨에도 불구하고 행동은 장난스러웠습니다. 시선을 느낀 사내는 조용히 하라는 듯이 손가락 하나를 입에 갖다 댔습니다. 부드러운 동작이었지만 묘하게 강압적이었습니다. 시키는 대로 하지 않으면 안 좋은 일이 벌어질 것만 같았습니다. 나는 고개를 끄덕이며 침을 꿀꺽 삼켰습니다. 뱃속에서 꾸르륵 하는 소리가 들렸습니다.

포크와 나이프를 들고 하얀 접시에 놓인 음식을 먹기 시작했습니다. 으깬 감자와 더운 야채 샐러드, 잘 구운 스테이크용 고기. 수프와 검은 빵. 그리고 오렌지 주스와 우유와 물. 더할 나위 없이 만족스러운 메뉴였습니다. 맛도 좋았습니다. 침묵 속에서 음식을 먹는 동안 나는 맞은편에 앉아 있는 가무잡잡한 얼굴의 소년이 짓궂은 표정으로 혀를 내미는 것을 보았지만 못 본 체했습니다. 아버지 옆에는 할머니가 앉아 있었는데, 소리 없이 흐느끼고 있었습니다. 무척 격렬하게 흐느끼고 있어 어떻게 그런 일이 가능한지 신기할 정도였습니다. 양 끝에는 회장님 내외가 앉아 있었습니다. 그런 자리에는 으레 집주인들이 앉는 법이니까요.

그런데 회장님의 얼굴은 매우 신기했습니다. 극적으로 벌어진 입이며 웃고 있는 눈, 새빨간 볼까지 아무리 봐도 사람의 얼굴 같지 않았습니다. 필시 가면이거나 인형으로밖에 보이지 않는 얼굴이었습니다. 한편 맞은편에 앉아 있는 부인은 사람이 아니었습니다. 아무리 봐도 모자였습니다. 검은색에 둥그스름한 모양새가 예전에 할아버지가 자주 쓰시던 모자 같았습니다. 중절모라고 하던가요. 이토록 해괴한 내

외였지만 뚫어져라 쳐다보면 실례일 것 같아 얼른 시선을 거두었습니다. 아니나 다를까 아버지도 나를 보고 있었습니다. 크게 뜬 두 눈으로 강력하게 경고를 보내고 있었습니다. 그 엄한 눈빛은 아버지가 이전에 장애자나 술주정뱅이를 오래 쳐다봐서는 안 된다고 말하던 때와 똑같았습니다.

어떻게 해서든 조용히 식사를 마치려고 애쓰는데 뭔가가 허공에서 날아와 얼굴을 탁 하고 치고는 접시에 떨어졌습니다. 완두콩 한 알. 고개를 들자 또 한 알이 비비탄처럼 볼을 쌩 하고 스치고 지나갔습니다. 그제야 반대편에 앉아 있던 소년이 혀를 내밀고 포크에다가 콩을 장전하고 있는 것이 보였습니다. 나는 조용하지만 재빨리 쏟아지는 콩들을 피했습니다. 콩 세례는 다행히 거기서 그쳤습니다. 요리에 든 것이 그것뿐이었기 때문이지요.

무사히 식사를 마치고 하녀가 가져다준 티라미수 케이크를 먹으며 코코아를 마시고 있을 때였습니다. 달콤한 맛에 마음이 놓인 나는 무심코 고개를 들고는 할머니를 보았습니다. 그때 아직까지 울고 있던 할머니의 눈알 하나가 소리 없이 커피잔 안으로 떨어지는 것이 보였습니다. 나는 짧게 숨을 들이삼켰습니다만 시선은 뗄 수 없어 쳐다보자, 남은 눈알 하나도 커피잔 안으로 떨어졌습니다. 이어 틀니가 떨어지고 얼굴 전체가 녹아내리더니 상체까지 모두 녹아 의자 아래로 흘러내려 버렸습니다. 고개를 숙이고 아래를 보고 싶은 충동을 겨우 억누른 나는 아버지의 시선에 정신을 차리고 포크를 놓았습니다. 더 이상 먹을 수가 없었습니다. 발치에서 뭔가가 끈적거리는 것 같았기 때문입니다.

후식을 마쳐갈 즈음이었습니다. 나는 아버지를 보았습니다. 아버지는 내가 예전에 어린이 마라톤 대회에 나갔을 때 길에 서서 응원하던 것과 같은 표정으로 바라보고 있었습니다. 그래, 조금만 더 견디면 된다. 잠시 후면 모든 것이 끝나고 나는 누추하지만 편안하고 아늑한 우리 집으로 돌아갈 수 있다. 그 소망이 너무 컸던 나머지 나는 식탁 아래에서 두 손을 모으고 기도를 드렸습니다. 이 세상 어딘가 있을 신에게요. 그때 누군가 내 손을 탁 하고 건드리는 것이 느껴졌습니다. 목덜미의 솜털이 곤추설 정도로 차가운 감촉에 놀란 나는 고개를 들어 옆을 보았고 사내와 눈이 마주쳤습니다.

그때 놀라운 일이 일어났습니다. 놀랍다기보다는 정말로 이상하고 끔찍한 일이었습니다. 그 사내는 분명 나를 보고 있었는데, 몸이 천천히 휘발되듯 투명해지는 것이었습니다. 그러고는 마침내 하얀 연기의 형태가 되더니 무서운 포효를 내지르며 허공으로 산산이 흩어지는 것이었습니다. 아니, 대체. 도대체 이게 뭐지? 나는 귀신에라도 홀린 것처럼 멍해진 상태로 입을 딱 벌리고 앉아 있었습니다.

연기가 걷히자 나타난 것은 얼굴에 검버섯이 가득하지만 어깨가 넓고 정정한 할아버지였습니다. 이상하게도 방금 전까지 그곳에 앉아 있던 사내와 행동거지며 얼굴이며 분위기가 왠지 매우 닮은 모양새라 마치 그가 몇 초 만에 노인이 되어버린 것만 같았습니다. 만약에 그런 일이 실제로 가능하다면 말입니다. 하지만 대체 왜 그런 일을 한 것일까요. 단지 심심해서? 재미 삼아서? 아니면 자신이 보통 사람이 아니라는 것을 보여주기 위해서? 노인은 어느새 그를 빤히 쳐다보고 있던 나를 보며 빙긋 웃더니, 두 눈을 번뜩이며 손가락 두 개를 튕겨서 딱 하는 소리를 냈습니다.

"자. 이제 식사를 마쳤으니 소화도 시킬 겸 게임을 하도록 하지. 게임은 왕 게임이고 선택의 여지는 없어. 왜냐하면 왕 게임이니까."

노인이 장난스러운 표정으로 둘러보자 사람들은 아직까지도 낯설고 불편한 분위기에서 벗어나지 못한 터라 눈치를 보면서 마지못해 하, 하 하고 웃었습니다. 나도 억지로 몇 번 웃었습니다. 노인은 조용하게 박수를 치고 있던 늙은 집사에게 말했습니다.

"카드를 가져와라. 요셉."

"예. 회장님."

집사인 요셉의 대답에 나는 흠칫 놀랐습니다. 그렇다면 이 노인이 회장님이란 말인가. 그는 요셉이 가져온 것을 내게 주었습니다. 그러곤 더없이 부드럽지만 거부할 수 없는 목소리로 말했습니다.

"잘 섞어서 모두에게 나눠줘라."

"네."

저절로 대답을 한 나는 카드를 몇 번 섞어 사람들에게 나누어주었습니다. 내가 모자 앞에서 머뭇거리자 회장님은 검지를 들며 모자 안을 가리켰습니다. 안은 검고 깊었습니다. 나는 그곳에 카드를 떨어뜨렸습니다. 모두가 주황색 카드를 한 장씩 받자 회장님이 말했습니다.

"카드를 뒤집어보지. 누가 왕일까?"

나는 카드를 뒤집었습니다. 뒷면과 같은 주황색 바탕에 7이라고 써져 있었습니다. 회장님이 킥킥거렸습니다. 사악하면서도 어린애처럼 천진난만한 웃음소리였습니다.

"내가 왕이네."

모두의 얼굴에 미심쩍은 표정이 스쳐 지나갔습니다만 조작일 리 없었습니다. 누구보다 내가 잘 알았습니다. 회장님이 말했습니다.

"자, 그럼 숫자가 잘 보이도록 이마에 카드를 붙이도록. 이렇게."

회장님이 카드를 이마에 붙이자 카드는 놀랍게도 빛나는 주황색 왕관으로 변했습니다. 무의식적으로 카드를 이마에 갖다 대자 미처 손쓸 새도 없이 찰싹 하고 붙어버렸습니다. 단순한 종이에 불과해 보였는데 다시 떼려고 해도 떨어지지 않을뿐더러 천천히 녹아버렸습니다. 회장님을 제외한 모두의 이마에 반짝이는 숫자가 새겨졌습니다. 모자에도요. 좌중을 흐뭇한 표정으로 둘러본 노인은 즐거워 죽겠다는 듯이 킥킥거렸습니다. 두 눈이 번쩍번쩍 빛나는 것이 살짝 정신이 나간 사람처럼 보이기도 했습니다. 가까스로 웃음을 멈춘 회장님이 턱을 쓰다듬으며 중얼거렸습니다.

"음. 뭘 시켜볼까? 그래. 그게 좋겠군."

회장님은 검지로 나를 가리켰습니다. 나는 침을 꿀꺽 삼켰습니다.

"7번이."

이번에는 몸을 휙 돌려 어머니를 가리켰습니다. 그리곤 나지막하면서도 으스스한 목소리로 말했습니다.

"4번을 죽인다."

노인의 말을 들은 나는 잠시 멍해졌습니다. 응? 잘못 들은 건가. 그럴 리가. 서서히 정신이 돌아오면서 온몸에 오싹 소름이 끼쳤습니다. 회장님은 이글이글 타오르는 눈동자로 나를 보고 있었습니다. 어서 해, 빨리 하란 말이야라고 부추기는 것처럼. 장난이 아니었습니다. 어머니의 얼굴 역시 하얗게 질려 있었습니다. 잠자코 기다리던 회장님이 입을 열었습니다.

"못하겠어? 에이, 재미없어. 옛날의 왕들은 노예들이 말을 듣지 않으면 그 자리에서 죽여버리기도 했다는데."

그 말에 모두의 얼굴이 하얗게 질렸습니다. 노인의 목소리는 여유롭고 심드렁했지만 무섭기 짝이 없었습니다. 식욕 없는 상태에서 먹이를 장난 삼아 희롱하는 사자처럼 말입니다. 침묵을 깰 사람도 회장님밖에 없었습니다.

"자, 그럼 벌칙으로 넘어가지. 이건 어떨까."

회장님은 검지로 모자를 가리켰습니다. 모자는 그대로 놓여 있을 뿐이었습니다.

"6번이,"

이번에는 앞을 가리켰습니다.

"1번이 된다."

노인이 가리킨 것은 아버지였습니다. 모두의 시선이 회장님에게로 쏠렸습니다. 그 시선은 이렇게 말하고 있었습니다. 어떻게? 그러자 회장님이 말했습니다.

"모자 안에 손을 넣어보게."

그 말에 아버지는 몸을 약간 옆으로 움직여 모자 안으로 손을 뻗었습니다. 혹시 마법사의 모자처럼 안에서 토끼가 나올지도 모를 일이었습니다. 긴장된 표정의 아버지는 갑자기 손을 확 빼며 짧은 비명을 토하셨습니다. 비명 소리와 함께 모자 안에서 튀어나온 것은 흰 고양이 한 마리였습니다. 새하얗고 풍성한 털에 가벼운 몸놀림, 모자 테두리 위에 서 있는 모양새가 몹시 우아하고도 날렵해 보였습니다만 허리를 곧추세우고 이빨을 드러내고 있어 사납기 그지없었습니다. 고양이의 작은 머리 위에도 숫자 6이 주황색으로 빛나고 있었습니다. 누가 자신을 불렀냐는 듯 좌중을 노려본 고양이는 식탁 위로 사뿐히 뛰어올라 한 걸음 한 걸음 아버지에게로 다가가더니, 마침내 앞에 동그마니 서서 하늘색 눈동자로 아버지를 뚫어져라 쳐다보았습니다. 아버지가 움찔하는 순간 고양이가 네 발을 크게 펼치며 그의 품 안으로 달려들더니, 연기처럼 옅어지며 순식간에 흡수되어버리고 말았습니다. 무슨 일이 일어난 것인지 몰라 멍한 침묵을 깬 것은 발작적인 웃음소리였습니다. 회장님은 아버지의 얼떨떨한 얼굴을 손가락질하며 침이 튀는 것도 아랑곳하지 않고 미친 듯이 킬킬거렸습니다. 겨우 웃음을 그친 노인이 검버섯 핀 두툼한 손으로 박수를 두 번 치자, 모두의 이마에서 카드가 툭 떨어졌습니다. 숫자 역시 사라졌고요.

"오늘 초대는 이걸로 끝! 요셉! 집까지 정중하게 모셔다 드려라."

집으로 돌아온 우리는 한동안 거실 소파에 앉아 있었습니다. 그러던 차에 아버지가 일어나시더니 엎드린 채로 바닥을 기어 다니셨습니다. 그러곤 야옹 하는 소리를 내고는 우리를 봤습니다. 어머니의 얼굴이 일그러지며 웃는지 우는지 모를 표정을 지었습니다.

"여보, 장난치지 말아요. 진지하기만 하던 사람이 하필 지금."

아버지는 무슨 소리를 하냐는 듯이 눈을 끔뻑이며 다시 한 번 야옹하고 울었습니다. 심상찮은 광경에 정신이 든 나는 어머니에게 대체 무슨 일이 일어난 거냐고 다그쳤습니다. 이제까지 얌전하게 참고 있었지만 이렇게 된 이상 어린이로서 감당하기 힘든 사실까지 알아야겠다, 진실을 안다면 자식인 내게도 당연히 알려줄 의무가 있다고 또박또박 말했습니다. 어머니는 내 말에 놀란 것 같다가 잠시 아득한 표정이 되더니 이윽고 입을 열었습니다.

이야기는 이랬습니다. 아버지는 존중하던 상사의 잘못을 뒤집어쓰고 주변에서 온갖 질책과 압박을 받아오다가, 지병인 위염이 심각해져 쓰러지는 바람에 일주일간 회사를 결근하신 적이 있었다고 했습니다. 내게는 출장이라던 것이 실상은 그랬던 것입니다. 겨우 출근을 하자마자 사장님에게 호출을 받아 갔더니 갱생 프로그램을 권유받았다고 했습니다. 갱생? 치약 이름 같은 그 단어를 잘 기억해두었다가 나중에 국어사전으로 찾아보았더니 마음이나 생활태도를 바로잡아 발전된 삶을 살게 되는 것이라는 뜻이었습니다. 과거의 삶에서 벗어나서 제2의 새로운 삶을 살게 되는 것이기도 하구요. 회사 내에서도 비밀리에 시행되고 있는 그 프로그램은 사원 개개인의 잠재적 성향을 끌어내어 부족한 점과 넘치는 점 간의 균형을 맞추는 일종의 성격 개조 프로그램이라고 했습니다. 때문에 회장님 댁으로 초대를 받았다는 것입니다. 회장님은 성격 개조의 전문가라나요. 가족 전원이 초대받은 까닭은 프로그램의 진행을 위해서였다고 합니다. 이야기를 듣는 동안에도 아버지는 태어난 지 얼마 되지 않은 아기처럼 바닥을 기어다니거나 높은 데로 오르려고 애썼습니다. 장난이라기에는 너무도 진지했고 우스꽝스러울 정도로 천진난만했습니다.

다음 날 아침 나는 학교에 가고 아버지는 회사에 출근하고 어머니는 집안일을 돌봤습니다. 고양이가 되었다 해서 출근하지 않는 것은 아니었습니다. 더군다나 회사의 프로그램 때문에 그렇게 되었으니까요. 회장님 댁에 다녀오고 난 지 일주일이 지난 후 회사에서 어머니와 나를 초청했습니다. 이른바 업무 참관이었습니다. 학부모들이 자식의 수업을 참관하듯, 가족들도 가장이 일하는 것을 참관할 권리가 있다나요. 우리는 내심 집에서는 고양이처럼 굴어도 회사에서는 그렇지 않을 것을 기대했으나 당치도 않았습니다. 우리가 보는 줄 알면서도 아버지는 천연덕스럽게 중요해 보이는 서류에 손도장을 찍었으며, 그걸로 부장에게 혼나고도 오히려 그를 넘어뜨리고 배를 깔고 앉아서는 두 손으로 그 얼굴을 찰싹찰싹 때리기까지 했습니다. 두 눈에는 평소 볼 수 없는 장난기까지 가득 담고 있었습니다. 어머니와 나는 문제아를 둔 부모처럼 내내 한숨을 쉬고 얼굴이 빨갛게 달아오른 채로 어쩔 줄을 몰랐습니다.

　아버지가 안팎으로 점점 변해가는 것을 두고 볼 수만은 없어 어머니와 나는 회장님 댁으로 찾아가 간청을 해보기로 결심했습니다. 하지만 저택 위치를 알 수가 없었습니다. 식사 초대 당시에도 리무진이 집 앞까지 와서 우리를 데리고 갔고, 창문에는 검은 커튼이 내려져 있었습니다. 운전석과 좌석 사이는 벽처럼 칸막이가 가로막고 있어 앞도 볼 수 없었고요. 회사에 전화를 해서 물어보아도 그들은 모르쇠로 일관했습니다. 막막해진 우리는 어찌할 바를 몰랐습니다. 결국 눈먼 말처럼 달려갈 수밖에 없는 신세가 되고 만 것이었습니다. 어쩌면 그것은 식사 초대를 받아 가던 날부터 정해져 버린 운명이었는지도 모릅니다. 우리에게 남은 것은 무력하게 아버지를 지켜보는 것뿐이었습니다. 그러던 어느 날, 마침내 회사에서 해고 통보를 받고 말았습니다. 전화 속 담당자의 목소리는 '갱생 프로그램이 실패했다, 야성에 눈을 뜨고 말았다' 단지 이 말만을 전했고 마지막 월급과 퇴직금이 계좌로 입금되었습니다.

　처음에는 좋았습니다. 늘 바쁘다고 하시던 아버지가, 회사에서 늦은 밤까지 일하다가 지친 모습으로 돌아오시던 아버지가, 주말이면 죽은 시계처럼 잠을 자던 아버지가 하루 종일 집에 계셨으니까요. 뿐만 아니라 여러 가지 재미있는 동작도 하셨습니다. 변기 위에 올라앉아 등을 곧추세우고 오줌을 누며 부르르 떤다거나 가방이나 봉지 속에 들어가 계시는 모습은 깜찍하기까지 했습니다. 때론 아버지를 껴 안고 '아이고, 귀여워'라고 해버릴 때도 있었지만 그럴 때도 아버지 는 당황하지 않고 지그시 나를 보며 천천히 눈을 감았다 떴습니다. 몇 번이고. 그게 무슨 뜻인지 몰랐는데 우연히 본 TV 동물 프로그램에서 그러더군요. 일명 고양이 키스로 고양이가 애정을 표시하는 방법이라 고요.

반면 매우 정신 사납고 이해가 되지 않는 동작도 있었습니다. 한밤 중에 우당탕 하고 소리를 내면서 내 얼굴을 밟고 방 안을 가로질러 달 려간다든가, 두 다리를 모으고 마룻바닥을 데굴데굴 구르는 등의 동 작이었습니다. 첫 번째 것은 그저 얼굴이 아플 뿐이었지만 두 번째는 상당히 간절하게 호소하는 몸짓이었기 때문에 걱정이 된 나는 짝인 주리에게 넌지시 물어보았습니다. 고양이를 키운다는 소리를 들은 적 이 있기 때문입니다. 주리는 쿡 하고 웃더니 귀에다 소곤거렸습니다. 나는 되물었습니다.

"발정기가 뭐야?"

소리가 컸던지 담임선생님이 우리를 불러 일으켜 세워 방금 전에 했던 말을 그대로 하도록 시켰습니다. 발정기라는 말에 아이들 중 크 게 웃는 녀석들이 몇 명 있었습니다. 그 틈을 타 뒤에 앉은 녀석은 연 필로 등을 꾹 찌르며 속삭였습니다. 미숙한 녀석. 선생님은 소란을 가 라앉히고 칠판에 커다랗게 세 글자를 쓴 다음 천천히 설명해주셨습니 다. 발정이란 동물들이 교미를 해야 하는 시기를 말한단다. 웃던 녀석 들이 목소리를 돋우어 되물었습니다.

"교—미가 뭐예요?"

"새끼를 낳는 과정이란다."

선생님은 간단하게 대답하고 수업을 끝내버리셨습니다.

집으로 돌아온 내가 이 이야기를 해드리자 어머니는 얼굴을 붉히셨습니다. 그러고는 급히 목욕탕에 다녀오셨습니다. 저녁을 먹을 때 보니 머리 손질도 하신 것 같았고 그윽한 향기도 났습니다. 그날 밤 안방에서 어이없을 정도로 크고 애교가 넘치는 교성이 연신 터져 나와 커다란 음악이라도 틀어놓은 것처럼 집 안이 온통 울릴 지경이었습니다. 이 집에 있는 사람이라고는 나와 어머니 그리고 아버지뿐인데 내가 내는 소리가 아니라면 누가 내는 소리일까요? 처음에는 하나의 목소리이던 것이 사흘날 밤 즈음에는 커다란 두 개의 목소리로 변해 있었습니다.

나흘째 되던 밤, 교성은 바깥에서 들려왔습니다. 아이, 아니 아이 같은 어린 여자가 목 쉰 소리로 으앙 으앙 우는 것 같은 특이한 교성은 담벼락 너머 골목길에서 사방팔방 울려 퍼지고 있었습니다. 놀란 나는 잠옷 바람으로 얼른 밖으로 나가보았습니다. 그리고 길 한가운데서 발가숭이가 된 채로 뒹굴고 있는 아버지를 보았습니다. 더욱 충격인 것은 아버지는 혼자 뒹굴고 있는 것이 아니라 처음 보는 흰 고양이 한 마리와 뒹굴고 있었다는 것입니다. 헌데 그들은 또 어찌나 사이좋고 다정해 보였는지 보는 사람마저 왠지 모르게 찌릿하게 흥분이 될 정도였습니다. 그전까지 까맣게 몰랐던 것을 어렴풋 알 것도 같았습니다. 그러니까 '교미'라는 것을요. 하지만 그들은 곧 떨어져야 했는데 어느새 달려 나온 어머니가 빗자루를 들고 둘을 마구 때렸기 때문이었습니다. 아버지와 흰 고양이는 담벼락 위로 훌쩍 뛰어올라 어디론가 사라져버렸습니다.

가출해버렸던 아버지가 돌아온 것은 그로부터 일주일이나 지난 후였습니다. 그새 부쩍 마른 몸은 상처투성이였고 어디서 났는지 누더기 비슷한 털옷을 걸치고 계셨지만 어쨌거나 나의 아버지가 틀림없었습니다. 아버지는 어쩐지 나른하게 보이면서도 예전보다 훨씬 생기가 넘치고 날씬해지셨습니다. 불룩하던 배도 쏙 들어가 있었고 손톱과 발톱은 더럽기는 했지만 한층 날카로워져 있었습니다. 눈빛도 강렬하게 반짝거렸고요. 시장에서 돌아와 아버지를 발견한 어머니는 처음에는 흥, 하고 외면했지만 곧 밥을 가져다주었습니다. 그러나 아버지는 캔 참치와 사료가 섞인 밥그릇을 탁 하고 엎어버리더니 야옹 하며 어슬렁거리다가 부엌으로 들어가 장바구니에 든 고등어를 꺼내서 굽지도 않고 그대로 드셨습니다. 입가에 번들거리는 기름이 묻었고 손에 피가 뚝뚝 흘렀지만 개의치 않고 너무나도 맛있게 드셨습니다. 음미하는 듯이 눈을 지그시 감으신 채로요. 깜짝 놀란 어머니는 또다시 빗자루로 때리려 했지만 이번에는 아버지도 가만히 있지 않았습니다. 빗자루를 마구 할퀴어 엉망으로 만든 그는 어머니를 쓰러뜨리고 배 위에 올라앉았습니다. 그리고 의기양양한 시선으로 나를 바라보았는데 마치 내가 왕이다, 라고 말하는 것만 같은 표정이었습니다. 예전에는 한 번도 본 적이 없는 표정이라 놀랐습니다. 하긴 예전이라면 꿈에라도 이런 일들을 저지르지 않을 뿐만 아니라 혹여 어쩔 수 없이 그랬다 하더라도 상대방이 지칠 때까지 미안하다고 사과를 하셨을 것입니다.

아마도 그날부터였던 것 같습니다. 밤만 되면 밖에서 수군거리는 소리가 나서 나가보면 감쪽같이 조용해지곤 하던 게요. 그래서 아버지처럼 발소리를 내지 않고 살금살금 까치발로 걸어 거실로 나가봤습니다. 베란다로 통하는 창문 커튼을 살짝 젖히자 담벼락에 앉아 있는 아버지가 보였습니다. 조금 더 젖히자 옆에 있는 고양이가 보였습니다. 그런데 세상에나 그 새까만 털하며 샛노란 눈하며. 한눈에도 불길하게 생긴 녀석이 아버지와 함께 시시덕거리고 있는 것이 아닙니까. 달빛을 받은 그들의 모습은 사이좋은 한 쌍의 악마 같았습니다. 나는 베란다 문을 확 열어젖혔고 놀란 그들은 일제히 나를 보았는데 네 개의 눈동자는 사람의 것이 아니었습니다. 심지어 나마저 잠깐 헷갈릴 정도였습니다. 그만큼 아버지의 눈동자는 고양이와 흡사했습니다. 살이 빠져 예전보다 훨씬 커진 눈의 동공은 세로로 길게 늘어나 있었고 홍채는 어둠 속에서도 밝게 빛났습니다. 흠칫 놀란 나는 아버지가 들어오시도록 문을 열어놓은 채 방으로 돌아왔습니다. 그러고 보면 요즘 아버지는 나에게 고양이 키스도 해주지 않고 걸핏하면 밖으로 나돌며 집에 있을 때도 내내 잠만 자곤 했습니다. 마치 집이 여관이라도 되는 것처럼, 자신이 잠시 머물다 가는 손님에 불과하다는 듯이.

이제 더 이상 다정하고 가정적이던 아버지의 모습은 찾아볼 수 없었습니다.

한층 서늘한 기운을 느낀 것은 그로부터 며칠 후였습니다. 학교를 파하고 집으로 돌아왔을 때 마당에 쪼그리고 앉아 있는 어머니가 보였습니다. 뭔가를 태우고 계셨는데, 날씨가 시원해지기는 했지만 아직 늦여름이었기 때문에 낙엽이 아니라는 것은 분명했습니다. 편지 혹은 서류, 사진첩도 아니었습니다. 다가가자 인기척을 느낀 어머니가 고개를 들었습니다. 얼굴은 연기에 그을려 온통 검댕이 묻어 있었고 쉴 새 없이 흐르는 눈물이 그을음을 절반쯤 씻어내고 있었습니다. 어머니는 나를 와락 끌어안으며 말했습니다.

"현수야, 이제 어쩌니? 우리 이제 어떡하니?"

어머니의 말에 따르자면 점심 무렵 빨래를 널려고 마당에 나왔는데 누군가 사납게 대문을 두드리더라는 겁니다. 주먹으로 쾅쾅쾅 하고. 놀란 어머니가 문을 열자 동네 애완동물 가게 주인이 잔뜩 화난 얼굴로 서 있더란 겁니다. 아버지의 목덜미를 꽉 쥔 채로요. 그 가게 주인이라면 나도 알고 있습니다. 덩치가 산만 한 주인은 꼭 TV의 다큐에서 보았던 그리즐리 베어처럼 생겼습니다. 그런 모습으로 어떻게 조그만 고양이나 강아지, 고슴도치나 햄스터 따위를 팔 수 있는지 모르겠지만 어쨌거나 내가 어릴 때부터 있던 가게였습니다. 주인은 얼굴이 시뻘건 채로 악을 쓰며 이렇게 말했다고 합니다.

"이 미치광이, 당신 남편이요?"

그러곤 온통 물어뜯긴 햄스터들을 바닥에 던지며 이자가 난데없이 들어와 이래 놓았다고, 다 물어내라고 했다는 겁니다. 놀라고 당황한 어머니는 계속해서 죄송하다고 하며 돈을 물어주고 손이 발이 되도록 빌고 나서야 아버지를 돌려받았다고 합니다. 그런데도 아버지는 그런 인간사 따위는 우습다는 듯 거만한 표정을 짓고 있었고, 주인이 돌아가자마자 또 어디론가 나가버렸다는 겁니다. 이에 주저앉은 어머니는 계속해서 울다가 겨우 정신을 차리고 쥐를 태우고 있었다는 겁니다. 어머니가 태우고 있었던 것은 햄스터들이었던 것입니다.

　다음 날 우리는 익명의 투서를 받았습니다. 요즘은 초등학생도 다 칠 수 있는 워드 문서로, 신명조체 11포인트로 이렇게 적혀 있었습니다.

　'우리는 미치광이와 한 동네에 살 수 없다. 미치광이는 정신병원에 있어야 마땅하다. 그가 이렇게 버젓이 활개치고 돌아다니는 것을 더 이상 참을 수 없다. 당신들은 이사를 하든지 아니면 그 미치광이를 병원에 입원시키도록 해라. 아니면 이 사실을 동네 사람들에게 모두 소문내버리겠다. 당신들이 자발적으로 떠날 수밖에 없도록. 기한은 2주일을 주겠다.'

　거구와 달리 집요하게 투서를 보내던 그는, 그런 집요함으로 고슴도치의 가시도 다듬어주는 모양입니다만, 2주가 넘어서자 마침내 편지 쓰기를 그만두었습니다. 우리가 어떤 행동도 취하지 않고 무시하는 데 화가 난 모양이었습니다.

침묵은 무서운 보복으로 돌아왔습니다. 낡았지만 깨끗하던 우리 집 담벼락에 누가 '프릭Freak'이라고 스프레이로 써놓았습니다. 외국 과 자이름 같은 그 단어를 주니어 영한사전으로 찾아보니 기형, 변종, 괴 물이라고 적혀 있었습니다. 학교의 내 책상에는 누군가 못생긴 고양 이를 그려놓았습니다. 아이들이 한데 모여 있다가 내가 지나가면 수 런거리며 손가락질을 했습니다. 하교 길에 으슥한 곳으로 끌려가 생 전 처음 보는 중학생 형들한테 신나게 두들겨 맞았습니다. 형들 중 하 나가 이기죽대며 너희 가족은 이스트 카운티로나 이주해가라고 말했 습니다. 거기가 어디냐고 물었더니 미국으로, 고양이가 되려고 하는 아니 고양이가 되어야만 하는 괴짜가 사는 곳이라고 했습니다. 나는 이를 악물며 원해서 된 것이 아니라고, 제멋대로 구는 괴짜여서가 아 니라 오히려 너무 고분고분해서 고양이가 되어버리고 말았다고 마음 속으로 원통해했습니다.

집에서는 온갖 종교단체의 방문을 받았습니다. 아버지에게 악령이 씌었다며 엑소시즘을 하겠다는 신부님도 있었고, 고양이의 저주를 풀 기 위해 굿을 하는 수밖에 없다던 무당도 있었습니다. 길거리에서 얻 어맞거나 쫓기고 있는 아버지를 보는 것도 부지기수였습니다. 밤이면 만신창이가 된 채 잠들어 있는 아버지의 손을 잡고 묻곤 했습니다. 왜 얌전하게 있지를 못하냐고, 왜 다른 고양이들처럼 집에 가만히 있으 면서 평화롭게 사람들과 더불어 살아가지를 못하냐고. 아버지는 아무 런 대답도 하지 않았고 한 번은 사나운 눈빛을 하고 나를 할퀸 적도 있습니다. 지금에 와서 돌이켜 생각해보니 그 전까지 있었던 어떤 일보다 그때의 눈빛과 손톱의 날카로움이 아버지에 대한 생각을 바꿔준 것 같습니다. 그 시선은 마치 이렇게 말하는 것 같았습니다. 자신은 애완동물이 아니라고. 이렇게 답답한 곳에서는 더 이상 살 수 없다고. 그 모습에서 나는 이제 그가 사람이 아니라는 것을 마음속으로 인정하고 있었는지도 모릅니다. 게다가 온갖 인간들에게 시달리다 보니 차라리 고양이가 나을지도 모른다는 생각마저 들 정도였습니다.

너무나 외롭던 차에 말을 걸어온 것은 짝인 주리였습니다. 처음에는 갠 줄도 몰랐습니다. 아침에 신발장 문을 여는데 쪽지가 들어 있었습니다. 거기에는 단지 이렇게 써 있었습니다. 화단 세 번째 나무 아래. 나무 아래에 쪽지가 있었습니다. 방정환 동상 손바닥 위. 어렵사리 올라가 보았더니 또 쪽지가 있었습니다. 옥상으로. 옥상으로 가 보았더니 한 소녀의 뒷모습이 보였습니다. 문을 닫자 소녀가 뒤돌아보았습니다. 얼굴이 둥글고 볼이 사과처럼 반짝이는 주리였습니다. 주리가 말했습니다. 오랜만에 들어보는 다정한 목소리였습니다.

"네 아버지가 정말로 고양이니?"

소녀의 해맑은 두 눈에는 순수한 의문만이 파란 하늘의 구름처럼 떠올라 있었습니다. 나는 바람 빠지는 풍선 같은 목소리로 대꾸했습니다.

"그래."

"굉장하네! 아버지가 고양이라니!"

"그런가."

나는 단조로운 어조로 반문했습니다. 여러 인간들에게 넌더리가 난 나머지 만사가 지겹고 우울하기만 했습니다. 나를 보던 주리가 물었습니다.

"너희 아버지, 혹시 금산 실업에 다니셨니?"

아버지 회사 이름 정도는 알고 있었습니다. 그 회사는 아이들도 다 알 정도로 유명한, 해외에도 지사를 두고 있는 대기업이었으니까요. 내가 고개를 끄덕이자 주리의 두 눈이 반짝 하고 빛났습니다.

"역시 그랬구나."

"왜?"

주리는 침을 꿀꺽 삼키더니 나지막한 목소리로 말했습니다.

"우리 아버지도 금산 실업에 다니셨는데…… 일주일 전에 변신하셨어."

"뭐로?"

잠깐 침묵이 흐른 뒤, 주리는 회장님 댁에 갔던 이야기를 들려주었습니다. 나의 방문 때와 다른 것이라고는 강낭콩을 던지던 남자아이가 식빵을 잘게 뭉쳐 던지는 여자아이였던 것과 모자에서 나온 것이 흰 비둘기였다는 것뿐이었습니다. 왕 게임과 집에 돌아온 후 아버지가 변한 것까지 꼭 같았습니다. 이야기의 끝에 주리가 말했습니다.

"보고 싶니?"

물론 보고 싶었습니다. 하교 후에 주리네 집으로 갔습니다. 어머니는 안 계셨습니다. 친구 어머니 얼굴에 떠오를 당혹감과 난처함, 내가 친구를 데려갈 때면 어머니의 얼굴에 떠오르곤 하는 그 안쓰러운 표정을 보지 않을 수 있어서 다행이었습니다. 우리는 맘 놓고 주리의 아버지를 관찰했습니다. 과연 그 애의 아버지는 양복 차림으로 입술을 내밀고는 뽁뽁, 하는 소리를 내시며 새처럼 뒤뚱뒤뚱 걸어 다니셨습니다. 나는 갑자기 궁금해져서 물었습니다.

"날아다니려고 하시진 않니?"

"언제 한번 경사진 풀밭 같은 데서 날아보시도록 도와드릴 예정이야. 아직은 적당한 곳을 못 찾아서."

무심코 고개를 돌렸을 때 주리의 아버지는 거실에서 베란다로 통하는 유리문 앞에 서서는 먼 하늘을 올려다보고 계셨습니다. 아득한 시선은 동경과 그리움으로 가득 차 있었습니다. 나는 충동적으로 주리의 손을 잡으며 말했습니다. 작고 따뜻한 손이었습니다.

"지금 가볼래?"

"어딜?"

"적당한 곳을 알고 있어."

도착한 곳은 우리 집 근처의 넓은 공터였습니다. 국가 소유지인 그곳에는 넓은 녹지가 조성되어 있었는데 한참 걸어가면 길게 비탈진 곳이 있었습니다. 새파란 풀이 잔뜩 깔려 있어 넘어지더라도 아프지 않은 곳입니다. 언젠가 화창하던 일요일, 아버지와 함께 골판지로 미끄럼을 탄 적이 있기 때문에 잘 알고 있습니다. 나는 그때가 그리워서 눈가에 눈물이 솟았습니다. 주리는 환하게 웃었습니다.

"와. 괜찮은데. 여기라면 할 수 있을 것 같아."

"그렇지?"

나는 몰래 눈물을 삼키며 대꾸했습니다. 과연 주리의 아버지는 뿍뿍 하고 걸어 다니시면서 가끔 두 팔을 푸드득거리셨습니다. 우리는 주변에 굴러다니던 골판지 위에 그를 태우고 경사진 길 아래로 밀었습니다. 꾸에에엑 하는 괴상한 소리를 내면서 신나게 팔을 푸드득거린 그는 아주 조금 날았나 싶게 픽 하고 풀밭에 쓰러졌지만, 다가가보니 발갛게 달아오른 얼굴에 생기가 가득 넘쳤습니다. 그 모습을 보며 나는 아버지가 차라리 새가 되었으면 어땠을까 하고 잠시 아쉬워했습니다. 고양이는 새처럼 얌전한 동물이 아니었습니다. 그때 주리가 말했습니다.

"언제 네 아버지도 보고 싶다. 나 고양이 좋아하는데 아버지가 무서워하셔서…… 다른 집에 줘버렸어."

나는 난처해하며 대답했습니다.

"응. 근데 요샌 집에 잘 안 들어오셔서……."

아쉽게도 주리는 아버지를 보지 못했습니다. 어느 날 훌쩍 집을 나간 아버지는 어머니와 내게서 감쪽같이 모습을 감추었고, 다시는 나타나지 않았습니다. 어쩌다 전해들은 소식으로는 야산을 헤치며 고양이 무리를 이끌고 가는 거대한 고양이의 뒷모습을 봤다던가, 그 고양이 대왕이 꼭 사람만 하더라 하는 정도뿐이었습니다. 가끔 아버지가 그립습니다만 찾지는 않을 생각입니다. 그는 우리와 함께 살고 싶어 하지 않았고, 서로 그것을 암묵적으로 인정했기 때문입니다. 다만 활기차던 그 몸과 반짝거리던 눈빛, 더 없이 도도하고 당당하던 걸음걸이를 떠올리며 어디서든 잘살고 있기를 바랄 뿐.

건강하세요, 아버지.

자작나무를 흔드는 고양이

염승숙

'다크 오픈'이라는 말이 있다. 연극에서, 조명이나 불을 꺼 무대를 어둡게 해둔 채로 막을 여는 것. 돌이켜 보면 그날의 우리는, 어둑한 무대 위에서 거리를 둔 채 떨어져 앉아 연극을 시작하는 주인공들 같았다. 매번 같은 시간, 같은 공간에서 똑같은 내용의 연기를 펼치는 배우들처럼 여자도, 나도, 적당한 긴장감과 불편함을 스스로 삭이고, 다독여야만 했다.

연극의 내용은 오래된 연인의 이별이었으나 대화는 많지 않았다. 아직 해가 나지 않은 새벽녘의 좁은 방은 어두웠고, 무거운 침묵만이 공기 중의 밀도를 더욱 단단히 조여오고 있었다. 나는 등을 돌리고 누운 여자를 말끄러미 바라보며 하릴없이 생각했다. 이 여자는 어쩌자고, 어쩌면 이토록 아무렇지도 않게, 목소리를 눈물처럼 흘리는 걸까,

하고.

"헤어지자"라는 건조한 단어를 촉촉하게, 내뱉은 여자의 숨소리가 너무도 멀게 느껴졌다. 입술이 바짝 말라와 아무런 대꾸도 나는 차마 할 수 없었다. "어디로 갈 거야?"라고, 목소리는 여전히 여자의 등 너머 어딘가에서 불어왔다. 눈이 따끔거려 불현듯 견딜 수 없을 만큼 마음이 서글퍼졌지만, 아무것도 걸치지 못한 나는 차가워지는 채로 입을 다물었다. 정적이 연기처럼 스멀스멀 피어올랐고, 누구 하나 그 어떤 움직임도 있어서는 안 될 것 같은 기분만, 자꾸 들었다.

손바닥을 크게 펼쳐 지끈거리는 머리를 감싸 쥐고, 나는 애써 천천히 비좁은 방 안을 휘돌아보았다. 다크 오픈. 짐작건대 무대는 쉬이 밝아지지 않을 테고, 연극은 발단과 동시에 결말로 치달을지도 몰랐다.

여자의 방은 내가 살고 있는 방과 별다를 바가 없었다. 원룸이라 불리는 모든 공간이 그렇듯 방 한 칸에 욕실과 부엌이 딸린 것이 고작이었는데, 개인의 기호와 취향이 반영된 소소한 가구와 이불과 같은 것들만 차이가 있을 뿐, 기본적인 사양이랄까 하는 것들은 거의 비슷했다. 잔잔한 꽃무늬가 프린트된 이불만 없었다면 침대와 책상, 텔레비전이 있는 이 방은 내 방이라고 생각해도 무방할 정도인 것이다. 무미건조한 공기와 먼지만이 부유하는, 딱히 도드라질 만한 특징도 특색도 없는.

침대 맞은편 탁자 아래에선 여자가 키우는 고양이 한 마리가 나른히 엎드려 있었다. 희고, 긴 수염을 매단 고양이의 입이 크게 벌어졌다가는 천천히 닫혔다. 멍한 표정으로 오래도록 움직이지 않는 나를,

고양이가 말끄러미 바라보다가는 몇 번이고, 다시 잠에 빠져들었다. 바닥에 바투 고개를 떨어뜨린 고양이의 그 무거운 눈꺼풀이라니.

나 역시 아직 온기가 남아 있을 이불을 뒤집어쓰고 의식의 세계로부터 충분히 멀어지고픈 마음뿐이었다. 뾰로통한 얼굴로나마, 여자도 내 곁에서 함께 잠들어준다면 좋을 텐데. 나는 여자가 이별을 고한 상황에서 간절히, 그것만을 바랐다. 하지만 돌아누운 여자의 등은 손댈 수 없이 차가울 거였다. 끝내 여자의 어깨를 돌려세우지 못할지도 모른단 예감이 밀려왔다.

문득 고양이의 보드라운 턱과 목덜미를 쓸어준 적이 없구나, 하고 나는 생각했다. 여자를 만나온 지도 꽤나 오랜 시간이 흘렀는데, 그동안 단 한 번도 다정히 안아주거나 이름을 불러준 적도 없다는 사실을 깨닫자 어쩐지, 미안한 마음마저 들었다. 그러나 나는 곧 천천히 머리를 흔들었다. 여자에게 이 얘길 털어놓는다면 분명, 이런 감정마저 나의 이기심에서 비롯된 것이라고 새침한 표정으로 쏘아붙였을 것이다.

사실 나는 그랬다. 고양이를 싫어하는 것은 아니었지만 그렇다고 그다지 좋아한다고도 볼 수 없었다. 하지만 특별히 고양이에 관해서만 그런 것은 아니다. 나란 인간은 애초부터 다정다감한 성격이 못 될 뿐더러, 동물이든 사람이든 먼저 친근히 다가가는 편도 아니었던 것이다. 그러니 여자의 고양이에게도 마찬가지였다. 먼저 손을 내밀어 등허리를 쓰다듬어주는 일은 없지만 고양이가 내 종아리 부근에 다가와 제 턱을 들이밀거나 혀를 내밀면 싫은 기색을 보이지도, 또 되레 피하지도 않는 정도였다. 아마도 개였다면, 내게 이빨을 보이거나 꼬리를 흔들거나 둘 중 하나의 반응을 보였겠지만 고양이였기 때문에, 나는 별다른 행동을 취해야 한다는 부담이 없었다. 고양이는 빳빳이 고개를 들어 나를 한 번 바라보곤 천연덕스레 제가 선호하는 자리에 앉아 혀로 뱃가죽을 핥아댄 뒤, 창가로 사뿐히 뛰어올라가 날아다니는 새들을 바라보는 일로 소일하면 그만이었으니까.

그런 면에서 고양이는 '거리'에 관한 감각은 타고난 동물이다. 심리적인 거리감을 본능적으로 알아채는, 그러나 그것을 상대에게 드러내지 않고 도도히, 물리적인 거리마저 유지하려 든다. 그것이 고양이의 생활 방식이다. 친밀함을 강요하지 않고, 사랑을 갈구하지 않는다. 중요한 것은 오로지, 자기의 욕망. 먹고 자고 움직이는 제 자신의 생존 요건이 충족되고 함께 살고 있는 누군가와의 적당한 거리만 유지된다면, 고양이에겐 그것이 바로 아름답고 안전한, 삶의 세계이다. 적당함. 고양이의 미美적 세계란, 바로 그런 것이다.

이따금 여자는, 내가 지닌, 고양이와 같거나 비슷한 습성들에 대해 말했는데, 그건 대체로 투덜거림이나 힐난에 가까운 것이어서 언제나 작은 말다툼으로 이어지곤 했다.

"고양이를 싫어하면서 왜 고양이와 비슷한 행동을 하는 거야?"

"고양이와 비슷한 행동이라니?"

"지나치게 자기중심적일 때가 있어. 기분 나쁘도록 말이야."

"무슨 소리야. 그렇다고 내가 무슨 피해를 주기라도 했어?"

"······."

"왜, 뭐 또."

"방금, 그런 거야, 그런 말, 연인이 아니라 지나는 행인한테나 할 법한 그런 말을, 아니 그래서 지금 제가 당신께 무슨 폐라도 끼쳤단 말입니까, 하고 아무렇지도 않게 내뱉는 거, 그렇게 내 감정을 상하게 하는 것이 나한텐 피해야."

"사람 참 피곤하게 한다."

"피곤해?"

"그래."

"지금, 피곤하다고 했어?"

"그래, 매사 재고 따지고 지적하는 게 정말이지 피곤해 죽겠어. 그냥 좀 편하게 지내면 안 되는 거야?"

"말 참 쌀쌀맞게 한다니까. 이러니까 내가 당신이 고양이 같다고 하는 거야."

"쌀쌀맞긴 뭐가 쌀쌀맞아, 제발 꼬투리 좀 잡지 마. 피곤하지도 않아?"

"연애는 원래 피곤한 거야! 몸과 마음이 다 상대방에게로 기울어지는 게 연애니까! 온종일 기울어져 있는데, 까딱하면 중심을 잃고 흔들리는데, 피곤하지 않고 배겨? 피곤한 게 연애야. 편해지는 그 순간 연인 관계는 끝이라고! 그러니까 제발 좀 피곤해줘. 피곤하지 않으려면 평생 벽 보고 혼자 살란 말이야!"

"아니, 내 말은."

"내 말은 뭐! 그렇게 정 편하고 싶으면 저기 저 담벼락을 걸어가는 길고양이한테나 가서 우리 이제 좀 편하게 지내요, 하고 말하라고!"

"……."

"뭔데, 왜 그렇게 빤히 쳐다보는 건데?"

"나 원……, 참. 그러면서 어떻게 고양이를 키워?"

"고양이는 키우는 게 아냐, 함께 사는 거지."

"그래, 그럼 다시 묻지. 그러면서 어떻게 고양이랑은 같이 사는 거야? 고양이의 습성을 좋아하지도 않으면서?"

"그래서 지금, 당신이 진짜 고양이라도 된다는 거야 뭐야?"

"……."

다툼은 대개 이런 식이었다. 여자와 말로 싸우기엔 불가능하다는 걸, 나는 그래서 주기적으로 깨닫곤 했다. 어쩔 땐 그렇기에, '지는 것이 이기는 것'이라는 말은 여자와의 말싸움에서 이기지 못하는 남자들이 자조적으로 만들어낸 말이 아닌가라는 생각이 들 정도였다. 그러니 지금, 고양이와 함께 살며 고양이적 기질을 가진 나를 끔찍하게 여겼던 여자가, 탁자 아래 나른히 엎드린 탓에 한껏 휘어진 고양이의 흰 수염 앞에서 내게 이별을 통고했다는 사실을, 나는 받아들이기가 어려웠다.

세상 어디에도, 함께 살던 고양이가 싫어졌다고 해서 고양이에게 "헤어지자"고 말하는 여자는 없다. 그리고 함께 살던 여자가 등을 돌리고 누운 채로 "어디로 갈 거야?"라고 물었대서, "응, 일단 음식물 쓰레기통을 좀 찾아봐야겠지. 앞으론 내 입맛에 맞는 사료 따위, 쉽게 맛볼 수 없을 테니까" 하고 대꾸할 고양이도 없을 것이다.

"어디로 갈까?" 하고, 그래서 나는 여전히 얼굴을 보이지 않고 있는 여자에게 되물었다. 하지만 "내가 어디로 갔으면, 좋겠어?"라는 나의 물음이 나로서도 순간 바보같이 느껴져, 나는 후회했다. 조금 더 분위기를 부드럽게 만드는 이야기를 했어야 했는데 여자의 원망과 수치심만을 더 키웠겠구나, 하는 생각이 들었다. 나는 어떤 말을, 했어야 했을까. 이별의 순간에, 이렇게 저렇게 행동하라는 지침서라도 있다면 당장 한 권 사서 볼 텐데, 하는 마음으로 나는 잠시 어깨를 떨었다.

여자는 대답 없이, 다만 이불을 코끝까지 끌어당겼을 뿐이었다. 그러고는 길고도 막막한, 침묵. 입을 꼭 다문 여자에게선 더 이상 아무런 건조함도 혹은 촉촉함도, 불어오지 않았으므로, 나는 더욱 자괴감에 휩싸였다. 두통도 그치지 않고 계속 이어졌다. 창밖으로부터 날아드는 자동차의 경적 소리가 간헐적으로, 잠든 고양이의 귓불을 쥐고 흔드는 새벽녘이었다. 챙챙. 눈을 감지도 않았는데, 어디선가 저 멀리의 자작나무숲에서 쉬지 않고 잎사귀가 흔들려 떨어지는 소리가 들려오는 것 같았다. 나는 주섬주섬 옷가지를 챙겨들고 느리게 걸어 욕실로 향했다. 여자의 몸 뒤채는 소리에, 마른 입술이 한결 더 바싹 타들어간 걸, 들키지 않기만을 바랐다.

어째서, 이렇게까지 된 것일까. 나는 샤워부스 안에서 곰곰 머리를 굴렸다. 무엇이 저토록 여자의 마음을 상하게 한 것인지, 되짚어볼 필요가 있었다. 서로가 바쁘다는, 흔하디흔한 이유를 들어, 어제는 실로 오랜만의 데이트였다. 그동안 보름 정도의 기간을, 전화기를 통해 목소리를 듣는 것이 다였다. 그래서였을까, 얼굴을 보았을 땐 고향에서 오래된 첫사랑을 만나기라도 한 듯 반가운 심정이었다. 여자도 비슷한 기분을 느꼈는지 가쁜 숨을 몰아쉬며 "뭐 맛있는 거 먹을까?"라고 말한 뒤 부드럽게 팔짱을 껴왔었다. 팔에 닿는 여자의 따뜻한 가슴이, 실로 말할 수 없이 내게 평온함을 준다는 사실을 나는 불현듯 깨달았다.

그러나 오래된 연인의 데이트가 으레 그렇듯 어두운 영화관에서 그저 그런 액션 영화를 보고 밖으로 나왔을 때, 우리의 들떴던 기분은 쉬이 가라앉아 있었다. 영화가 상영되는 내내 아무도 큰 소리로 웃거나 울지 않아서였을까. 오랜만에 만나, 더더욱 오랜만에 표를 끊고 영화관에 들어가서 본 영화가 마냥 우습거나 슬프지 않아서였을까. 심장의 일부분을, 감정의 끈이나마 건드리지 못해서였을까. 밖으로 나온 우리는 이제 막 소개팅에서 만난 남녀처럼 데면데면해져 있었다.

주말이었고, 사람 많은 신촌의 거리에서 어딘가 비집고 들어가 음식을 먹어야 하는 일이, 그래선지 조금도 달갑게 느껴지지 않았다. 무엇보다 주말인데도, 나로서도 딱히 설명하긴 어렵지만, 그토록 많은 사람들이 북적이는 것에 비해 거리는 지나치다 싶을 정도로 고요하다는 느낌이었다.

"이상하지 않아?"

"뭐가?"

여자가 고개를 치켜들며 나를 바라보았다.

"뭔가."

"뭔가?"

"응. 이 많은 사람들이 다 숨조차 쉬지 않고 있는 것 같은걸."

순간 내가 느끼기에도, 내가 잠시 아주 연극적인 표정을 지었을 거란 생각이 들어서 나는 조금 머쓱해졌다. 여자는 설핏 웃으며 "지금 무슨 소릴 하는 거야"라고 대꾸했다. "하늘이 흐려서 그럴지도 몰라"라고 중얼거리며, 여자는 곧 날 바라보던 눈을 들어 위를 올려다보았다. 높이 솟은 고층 건물들 사이로 보이는 한 줌의 하늘이, 어딘지 모르게 어두워 보이기는 했다.

그러는 사이에도 사람들은 구둣발 소리를 내지 않고 우리 곁을 지나치고 있었다. 짧은 시간에, 곳곳에서 흰 마스크를 쓰고 걸어가는 사람들이 부쩍 눈에 띄었다. 그들은 반들반들한 눈빛을 하곤 생쥐처럼 빠른 속도로 사람들의 틈 사이사이로 빠져나가기 일쑤였다. 두어 번쯤 발뒤꿈치를 밟혔으므로, 나는 슬슬 짜증이 일었다.

"저 사람들 뭐지?"

내가 물었고, "요즘 바이러스가 유행인가봐" 하고 여자가 답했다. 바이러스라니. 단지 그 이유만으로는 바짝 곤두선 신경이 가라앉을 것 같지 않았다. 흰 마스크를 쓴 생쥐들과, 그 생쥐들을 숨죽여 좇는 듯 보이는 고양이들 곁에서, 여자와 나는 신촌의 한복판에 머물러 있었던 것이다. 나는 짐짓 "오늘 비 온단 얘기는 못 들었는데"라며 아무렇지 않은 척하려 애썼지만, 명치끝을 파고드는 이물감을 떨쳐버릴 수는 없었다.

"집으로 가는 게 좋겠어."

내 말에 여자는 잠시 주변을 휘둘러보았다. 그러고는 금세 "그래, 그러지 뭐" 하고 동의해주었다. 나는 여자의 걸음을 재촉해 바삐 집으로 돌아왔다. 돌이켜 보면 "그래, 그러지 뭐" 하는 순간에 잠깐 아랫

입술을 깨물었던 것도 같지만 나는 어서 빨리 숨통을 트이고 싶다는 생각만으로, 그런 여자의 행동은 쉽게 시야에서 털어내버렸지 싶다. 어쨌거나 그것이 여자와 나와의 연애 방식이라고, 나는 줄곧 그렇게 여겨왔으니까.

우리는 동갑이었지만, 여자는 제 주장을 내세우거나 의견을 관철시키려 들지 않았다. 그저 언제나 내가 하자는 대로 따라주었고, 내 의견이나 생각을 먼저 물어봐주고 존중해주었던 것이다. 어쩌면 그랬던 여자의 방식이, 나로 하여금 자꾸만 여자의 의견을 묻지 않거나 묵살해버리게 만드는 습관을 들이게 한 것인지도 모르겠지만, 그래도 그때는, 그런 것까지 고려할 심적 여유는 없는 상태였다.

그러니 나는 여자의 손을 잡고 서둘러 지하철역으로 향했던 것이다. 만원 지하철의 틈바구니에서도 예의 그 생쥐들과, 고양이들이 빚어내는 고요함은 거리에서와 마찬가지였다. 나는 숨이 막혔는데, 여자는 대수롭지 않게 여기는 듯해 내게는 그것이 더 의아하기만 했다.

어쩌면 나는, 발을 밟거나 어깨를 밀치며 지나가면서도 무례함을 무심함으로 가장해 바쁜 걸음을 옮기는 사람들 틈바구니에서, 다만 견딜 수 없이 피로해지고 있었을 뿐인지도 모른다. 생쥐고 고양이고, 바이러스고 뭐고, 그런 것들일랑 그저 한낱 핑계거리에 불과한 것이었는지도 모른다. 꽤 오랜만의 데이트였지만, 그런 것을 생각해 여자와 함께 좀 더 데이트다운 데이트를 즐기려 하기보다는, 어째서 주말에 사람 많은 시내 한복판에서 만나 영화 따위를 보자고 했을까 하는 후회와, 당장 이 숨 막히는 곳을 벗어나고 싶다는 바람만이 거친 손길로, 내 의식을 쥐고 흔들었던 것이다. 그리고 나는 내 욕망에 충실해, 곧장 여자의 손을 움켜잡고 집으로 도피했을지도 모르는 일이다.

같이 본 영화가 그저 그런 액션 영화가 아니라, 흥미롭고 아름다운 내용의 로맨스 영화였다면, 어쩌면 우리는 영화관을 나섰을 때 조금 더, 심장이 데워져 있을 수도 있었을까? 집으로 곧장 돌아오지 않았다면, 조금 더 신촌의 거리를 팔짱을 긴 채 걸으며 노점 가판대 위의 액세서리들을 구경하거나 커피숍이라도 들어가 그간 만나지 못한 날에 서로가 지내온 이야기를 자근자근 나누었다면, 새벽녘 돌아누운 여자에게서 "헤어지자"는 말일랑, 듣지 않았을까? 정말이지 그랬다면, 이토록 정수리가 지끈거리는데도, 여자가 서랍을 뒤져 찾아주곤 했던 두통약 한 알 삼키지 못하고 도망치듯 욕실로 들어와, 정수리를 향해 차가운 물만 들이붓고 있지 않아도, 됐을까? 샤워기에서 쏟아지는 물을 틀어놓고 선 채 그래서 나는 자꾸만 머릿속을 비집고 나오는 온갖 경우의 수에 대해, 고민하지 않을 수 없었다.

말하자면 영화를 보고, 여자의 집에 들어와 음식을 배달시켜 먹고, 음악을 듣거나 텔레비전 채널을 돌리거나 고양이의 보드레한 털을 빗겨주거나 하다가, 우리는 잠이 들었던 것이다. 여느 날과 다름없는, 우리가 보고 나온 액션 영화처럼 그것은 그저 그런, 일상적인 데이트였다고 말할 수 있는 것이다. 여자의 집에 들어와, 손발을 씻은 뒤 소파에 널브러져 숨을 돌리고, 뭘 시켜 먹을까 잠깐의 고민 끝에, "피자!" 하고 둘 중 누군가 소리치고, 또한 둘 중 누군가 익숙한 프랜차이즈 피자 전문점의 전화번호를 눌러 주문을 하고, 20여 분쯤 지나

'딩동' 하고 벨을 누른 배달부에게서 피자를 받아들며 '응? 이자도 마스크를 썼군. 유행인가?' 하고 속으로 중얼거리며 그것의 값을 치르고, 텔레비전을 보며 먹고, 쓰레기를 치우고……. 우리의 연애는 어느덧 5년을 넘어가는 긴 시간 동안 지속되고 있었으므로, 더 이상 특별할 것도 새로울 것도 없는 시간들이었다. 덧붙이자면 특별하거나 새로운 것이 도리어 더 번잡스럽고 새삼스럽게만 느껴지는, 그런 연애의 시간.

그렇다고 우리의 관계가 권태로운가 하고 누군가 물어온다면, 그렇다고 딱 잘라 말할 수는 없었다. 여자와 나는 서로 상반된 성격을 지녔지만 나름 공통의 취향이랄지 성향이랄지 하는 것들을 갖고 있어서 흔히 이야기하는 성격차이 같은 것도 없었고, 의견의 충돌이 그다지 잦지도 않았다. 또, 나는 평소 말이 별로 없는 편이었지만 여자의 영향으로, 그녀 앞에서만은 자근자근한 수다를 늘어놓는 것을 어느덧 습관처럼 즐기게 되었으므로 내가 속내를 보이지 않는다는 그런 류의, 소통의 어려운 점은 전혀 없었다. 외려 어느 날엔 내가 어디선가 듣고 기억한 우스갯소리나 잡설 비슷한 것들을 여자에게 쏟아낼 때면 "그런 얘긴 또 어디서 주워듣고 오는 거야. 하여튼 많이 수다스러워졌어"라며 여자는 배를 잡고 깔깔거리기도 했던 것이다.

"어, 화 안 내네?"

"화라니."

"예전엔 수다스럽다고 말하면 살짝 뾰로통해졌었단 말이야."

"안 그랬어."

"안 그러긴?"

"난 원래가 부드러운 남자라고."

"핫, 말도 안 돼."

"그래서 결론은 말이야."

"응, 응."

"돌고래는 인간보다 적어도 열여섯 배나 더 빨리, 자신의 메시지를 상대에게 전달할 수 있다는 거야."

"물속에서도?"

"응, 물속에서도."

"그럼, 나중에 내가 SOS를 치면 적어도 다른 사람보다 열여섯 배는 빨리, 구하러 와야 돼. 응?"

"너, 지금 날 뭐라고 생각하는 거야?"

"돌고래."

"……"

수다의 끝에서는, 돌고래가 되기도 했던 것이다. 연애란 그런 것. 돌고래보다 적어도 열여섯 배는 더 느리게, 메시지를 상대에게 전달할 수밖에 없는 현실일지언정 결국 돌고래가 될 수밖에는 없는 것이다. 대화의 결론이 왜 이렇게 되는 거냐고 묻는다 해도, "웃겨, 내가 무슨 돌고래야?" 하고 따진다 해도, 어쩔 수 없이, 그냥, 돌고래가 될 수밖에 없는 것. 돌고래가 되는 게, 이성을 지닌 인간이길 고집하기보다 더 마음 편한 것. 다른 사람보다 열여섯 배는 더 빨리, 여자를 구하겠노라고 약속하는 것. 그리고 시간이 흐를수록, 정말로 그럴 수 있을

지도 모른다고 고개를 주억거리게 되는 것. 수다스러운 연애의 실상이란, 고작해야 그런 것이다.

한 여자와 오랜 연애를 한 남자라면, 아마도 공감하리라고 보는데, 자신이 지녀왔던 원래의 '것'들이 아주 천천히, 흐무러지는 경험을 하게 된다. '것'이라는 건 일종의 '무엇'과 같은 의미로, 가령, 내가 무언가 '이것만은'이라고 여기거나 행동해왔던 것들이 '이것쯤이야' 정도는 아니더라도, 적어도 '아무려면 어때' 싶은 정도까진 내려가게 되는 것이다. 여자가 내게 "하여튼 많이 수다스러워졌어"라고 말을 해도 그것이 불쾌하다기보다는, '아무려면 어때' 하고 생각해버리고 마는 것. 열패감이 아닌 안도감이 느껴지는 순간, 오랜 연인에게 길들여져 너무도 유연하고 온유해진 자신을 발견한다.

그런데 어째서, 우리는 이렇게까지 된 것일까. 제아무리 곰곰 머리를 굴린다 해도 나로선, 그 어떤 해답이나 결말도 낼 수 없을 거란 생각만이 지루하게도 반복됐다. 더 이상 물줄기를 맞고 있을 수만은 없어서, 나는 옷걸이에서 풀썩 흘러내린 옷가지처럼 볼품없는 꼴로 욕실을 빠져나왔다.

코끝까지 끌어당겨졌던 이불은 이제 여자의 이마까지 뒤덮고 있는 터였다. 여자가 SOS를 치고 있다고 해도, 차마 그 언어를 알아들 수는 없을 만한 두께의, 이불이었다. 기실 나는 돌고래도 아니므로, 그 어떤 메시지도 열여섯 배나 빠르게 수신할 순 없겠지만. 그래도 막상 그러고 있는 여자의 모습을 마주하니, 출구 없는 비상구를 맞닥뜨린 것처럼 힘이 빠졌다. 빠져나왔다, 고 믿은 순간에 '돌아나가시오'라고 써진 팻말과 맞닥뜨린 기분이었다. 졸음 가득한 눈을 하곤 몸을 웅크리는 고양이를 하염없이 바라보는 것밖에는, 내가 할 수 있는 일이 아무것도 없는 듯했다.

여자의 집을 나서기 전, 머뭇거리던 나는 그래서 마지막으로 여자의 작은 냉장고 문을 열었던 것 같다. 냉장고 문이라도 열지 않으면, 그 어디에도 빛이 들어오는 출구란 존재하지 않을 것 같은 기분이었다. 환한 오렌지색 불빛이, 낮은 포복으로 엎드려 기어오는 적병처럼 어둔 부엌의 바닥을 향해 스륵스륵 전진했다. 냉장고 문을 연 나는 쭈그리고 앉은 채 한동안 꼼짝하지 못했으므로, 내 발등은 금세 발그레하게 물이 들었다.

텅 빈, 냉장고 안엔 한 알의 사과만이, 그저 덩그러니 놓여 있었다. 우습게도 먹을 것이라곤 다른 아무것도 없이 단 하나, 그 붉은 사과뿐이었다. "곰팡이가 피었다"라고 나는 나지막이 중얼거렸다. 사과를 손에 쥐고 이리저리 궁굴려보았지만 이미 반 이상 썩어 들어간 터라 그것을 입으로 베어 물 수는 없을 것 같았다.

다른 날 같았다면 평소와 다름없이 여자의 무심함과 게으름에 대해 타박하듯 이야기하고, 여자 또한 무안한 표정으로 "요즘 사과는 금방 형편없어진단 말이야!"라며 되레 뜻 모를 화를 내고, "알았어, 알았어"라며 그런 여자를 웃으며 달래고, 뭐 그런 대화와 행동을 주거니 받거니 했겠지만 그 시간만큼은, 그럴 수 없었다. 단지 곰팡이 핀 사과를 바라보며 말 없는 주홍빛 한숨만을 내쉴 수 있었을 뿐. 썩은 사과를 마주하자 깔깔했던 혀는 더 매서워졌다. 마른침이 자꾸만 넘어갔다. 무언가 썩어들어갈 때, 그 광경과 조우하는 일은 힘겹다. 더구나 사과는 동물의 살점과는 달라서, 악취도 거의 나지 않으니까. 손에 쥐고 마냥 궁굴리면서, 그러나 나는 생각했다.

스스로의 부패를, 이토록이나 선명히 드러내 보일 줄 아는 자의 용기란 얼마나 당당한 것인가. 지금 이 순간 나의 내부에서 일어나고 있을 마모와 부패를, 나는 볼 수 없다. 내장과, 혹은 혈관세포 각각에 흐르는 핏물에 슬어 있을 곰팡이마저도. 그러니 어쩌면 나는 결국, 아무것도 보지 못하는 자인 것이다.

그런 생각에 이르자 나는 걷잡을 수 없이 나 자신이 비겁하고, 부끄러운 존재처럼 느껴졌다.

부패가 진행되어가는 사과를 손에 들고 있자니, 나는 불쑥 그 옛날의 내 작은 방을 떠올리지 않을 수 없었다. 창문이 없었으므로, 언제고 눅눅한 습기와 곰팡내만이 진동하던 방. 차마 숨조차 쉬고 싶지 않았던 방. 그래서 그 방 안에 들어가 몸을 누일 때면, 나 또한, 한 덩이 곰팡이 된 자격으로 장판 위에 달라붙어 있는 것만 같았던, 그런 방.

대학 입학을 위해 서울로 올라온 첫날, 나를 기다리고 있던 건, 창문이 없는 어둑한 하숙방이었다. 이불 한 채, 그리고 컴퓨터 한 대만이 내가 지닌 전부였다. 나는 그것들만으로, 타지에서의 낯선 공간에 적응해야 했다. 일종의 과제처럼, 적응해야 한다는 그 사실 자체로 나는 부담감을 느꼈다. 수업을 듣고, 도서관에서 리포트를 쓰고, 친구들과 함께 어울린 술자리로 꽤 불콰해진 얼굴을 하고도 나는 틀림없이 내 방으로, 돌아가야만 했던 것이다.

"괜찮니?"

매캐한 담배 연기를 삼키듯 바다의 소금기를 매일 들이마시는 부모님은 이따금 전화해, 내게 그렇게 묻곤 했다. 아무 말도 하지 않고 있다가도, 괜찮으냐는, 그 안부가 놀랍도록 서글퍼지는 순간에서야 나는 "네" 하고 대답하곤 했다. 때로 아버지가, 자주 어머니가, 번갈아 전화를 걸어왔다.

"괜찮니. 경수야, 괜찮니?"

주머니에서 징징 울려대는 전화기를 꺼내들 때마다, 그래서 나는 매번 머리가 지끈거렸다. "괜찮지 않아요"라고 말할 수는 없었으므로, 나는 매일, 괜찮아야 했으므로. 전화를 끊고 나면, 손바닥 가득 짠내가 배어 있곤 했다.

내가 매일 들어서는 공간은 분명 집이었으나 내게 주어진 공간은 언제나 방뿐이라는 사실이, 나는 늘 갑갑했다. 테이프를 붙여놓은 작은 상자 속에 웅크려 있기라도 한 듯 나는 마음 편히 발을 뻗거나 쉬이 잠들 수 없었다. 옆방에서 큰 소리로 통화하는 소리도, 그러다 울먹이는 소리도, 누군가 좁은 복도를 지나며 내는 삐거덕한 마룻바닥 소리도, 내게는 하나같이 다 버겁고, 힘에 부친 일이었다. 괜찮지 않을 때마다, 그래서 나는 언제고 어렸던 기억에 의지해 아련히 잠에 빠져들곤 했다.

"만지지 마, 독버섯이야."

물이끼가 새카맣게 긴 바위 틈새에서 유년의 나는 늘, 키 작은 경애에게 그런 잔소리만을 반복했었다.

"먹으면, 오빠, 먹으면 나도 독이 돼?"

"응?"

어린 경애가 또랑또랑한 눈으로 물어오면 나는 천연덕스럽게 "그럼, 독버섯을 먹으면 독버섯이 되지" 하고 대답해주었다. 별다른 놀이나 재밌는 얘깃거리도 없던 시절에, 경애가 자꾸만 독버섯을 입에 가져다 대는 걸 막기 위해서, 나는 물이끼로 얼룩진 경애의 손을 닦아주며 그런 거짓말을 하곤 했던 것이다.

"독버섯을 먹으면 어떻게 되는데?"

"먹으면 안 된다니까 자꾸 그래."

"그래도 먹게 되면? 모르고 먹게 되면? 응?"

경애는 호기심이 많았고, 한번 궁금한 것은 꼼짝없이 대답을 얻어내고야 말았으므로, 나는 알고 있던 것들을 조합해, 아무렇게나 이야기를 지어내야 할 때가 많았다.

"독을 치료하려면 멀리 가야 돼."

"멀리?"

"응, 아주 멀리."

"어디? 응? 거기가 어딘데, 오빠?"

"자작나무숲."

왜 그런 대답이 튀어나왔는지는 모르겠다. 자작나무숲, 이라는 낱말이 내 입에서 튀어나온 순간엔 나로서도 놀라움을 느꼈던 것이다.

"자작나무숲?"

경애가 고개를 갸우뚱거리며 되묻지 않았다면, 나는 내가 무엇을 말했는지조차 의심스럽게 여겼을 터였다. 그러나 곧 자작나무숲은 정말이지 어딘가에, 조금은 먼 거리에 우뚝 존재해 있을 것만 같이 생각되었고, 그렇게 생각하자마자 더 많은 이야기들이, 실패가 돌듯 술술 풀려나왔다.

"응. 자작나무는 몸속에 퍼진 독을 없애주는 고마운 나무거든. 하지만 무엇보다 독버섯을 가까이 하지 않는 게 좋아. 여기서 자작나무숲은 너무나 멀리 있으니까 말이야. 혼자서 찾아가기란, 불가능해."

아주 멀다는 시늉으로 양팔을 크게 벌려 보이면, 잔뜩 겁먹은 얼굴의 경애는 곱게 탄 정수리의 가르마가 선명히 보이도록 고개를 끄덕이곤 했다. 까맣던 바다와, 마찬가지로 까맣던 바위와, 물이끼를 밟은 듯 한없이 미끄러지던 유년의, 새까만 나날들이었다.

자주, 그래서 나는 홀로 방에 누울 때마다 이불을 뒤집어쓰고는, 보이진 않지만 분명 어딘가에 떠 있는 달을 상상하거나, 또는, 세상에 빛을 주고 병자들을 치유하며 더러움을 제거해준다는 자작나무를 떠올리곤 했다. 그럴 때면 꿈속에서나마 나는 휘황찬란하게 밝은, 크고 둥근 달이 뜬 자작나무숲을 거닐었다. 온통 희고, 고요한 공간이었다. 그리고 자작나무가 빼곡하게 심어진 그 공간의 끝에서는 늘, 고양이 한 마리가 나를 맞아주었다.

하늘색 눈동자의, 잿빛 줄무늬 털옷을 입은 고양이는, 나와 눈이 마주치면 노래하듯 짧은 울음을 울고는 흰 나무껍질을 타고 올라가 잎사귀를 흔들었다. 고양이는 자작나무의 꼭대기에 앉아 잠을 자고, 혀로 뱃가죽을 핥다가는, 어느새 또 지치지도 않고 다시 잎사귀 흔들기를 반복했다. 끝이 뾰족하고, 가장자리가 짧은 톱니처럼 생긴 자작나무의 잎사귀들이 서로 맞물리며 '쳉챙' 소리를 낼 때면 심장이 뛰듯 온 우주가 떨리는 것만 같은 기분이었다. 나 홀로 흔들리는 게 아닌 세계의 전부가 기우뚱거리는 느낌. 그리고 이 모든 흔들림이, 단 한 마리의 고양이가 자작나무숲을 흔드는 데서 나온다는 사실을, 나는 믿고 싶었다.

"마셔."

때때로 고양이는 무덤덤한 표정으로, 두 앞발에 모아 쥔 술잔을 내 턱밑으로 바투 들이밀곤 했다. 자작나무 줄기에 상처를 내어 받은 말간 수액이었다.

"뭔데?"

"마셔두는 게 좋을 거야. 네 눈을 밝게 해줄 테니."

술처럼, 그것은 곧 취기가 돌았다. 나는 조금쯤 벌게진 얼굴로 "너, 말할 수 있는 거야?" 하고 묻거나 "왜 자꾸만 숲을 흔드는 건데" 하고 혼잣말을 했지만 고양이는 빈 술잔을 거두어간 뒤에는 다시 별다른 대꾸 없이 나무 위로 올라가버렸다. 꿈이라는 걸 알면서, 하필이면 왜 고양이일까 의아해하면서, 그러나 나는 술기운에라도 뜨끈히 몸이 데 워지는 기분이 싫지만은 않아서 해죽해죽 웃었던 것 같다. 나답지 않게, 고양이의 저 보드라운 털에 조심조심 뺨을 대고는 끝도 없는 수다를 늘어놓고 싶다고도 생각하면서.

믿기지 않지만, 고양이가 있는 힘을 다해 자작나무를 흔드는 밤에는 그래서, 조금 덜 춥고, 덜 외로웠던 것이다. 가능하다면, 언제까지고 고양이와 함께 자작나무를 흔들고 싶은 마음뿐이었다. 볕 한 줌 들어오지 않고 바람도 통하지 않는, 곰팡이 슨 방에 누워 다만 간절히, 자작나무숲과 자작나무를 흔드는 고양이에 관해서만 상상하고 싶었을 정도로 말이다.

하지만 현실에서 자작나무숲을 찾기란 어려운 일이었고, 더불어 자작나무의 잎사귀를 흔들어대는 줄무늬 고양이도 물론 내 곁에 존재하지 않았다. 그러니 대학을 졸업하고, 취직을 하고, 다시 회사를 그만두고, 오랜 연애를 하며 이끌어온 나의 20대에, 방 아닌 공간을 차지할 운은 아직껏 누려보지 못했다는 사실만이, 나는 그저 우습게 느껴지는 것이다.

"이 사과, 가져가도 될까."

물었지만, 내 목소리는 너무 작아서 아마도 여자에겐 닿지 못했을 테다. 냉장고 문이 닫히는 소리에 다만 고양이가 번득 고개를 들었다가는 이내 늘어지게 하품을 한 뒤 다시 눈을 감았다. 여자의 대답을 듣지 못했지만 상관없다고 나는 생각했다. 아무런 망설임도 없이 나는 썩은 사과를 겉옷 주머니에 쑤셔넣었다. 여자에게서 전부랄 수 있는, 여자가 냉장하고 있던 단 하나의 그 무엇을 빼앗은 것만 같은 기분마저 들었지만, 되돌려주어야 한다는 마음은 들지 않았다.

"갈게"라고 말했지만, 이불을 뒤집어쓴 여자도, 냉장고 앞의 나도, 탁자 아래 배를 깔고 엎드린 여자의 고양이도, 여전히 요지부동이었다. 이별의 순간에 절실해지거나 처절해지지 않는 나를, 여자는 혹시 원망하고 있을까. 달려가 안아 일으킨 뒤 "미안. 잘할게. 알잖아, 네가 없으면 난"이라고 목메어 말한다면, 여자는 하는 수 없다는 태도로 마음을 풀겠다 다짐하며 여짓여짓 아랫입술이라도 깨물지 않을까.

그러나 이별하는 삶도, 이별하지 않는 삶도 불행하긴 매한가지일 것이다. 사랑하는 삶과 사랑하지 않는 삶이 똑같이 외로운 것처럼. 그러니 아주 조금의 미련이나 동정 따위도, 남겨서는 안 되는 게 아닐까. 다만 나는 여자에게 "괜찮니"라고 묻고 싶은 충동에 휩싸였다. 서울로 올라오기 위해 짐을 꾸리던 날, 얼굴이 빨개진 채로 어깨를 떨고 있는 경애에게 "괜찮니"라고 물었던 때처럼, 여자에게도 마찬가지로 똑같이 물어야 할 것만 같은 기분이 들었다.

때로 아버지가, 자주 어머니가 내게 물었던 것처럼, 내가 어린 경애를 두 팔에 안아 들고 물었던 것처럼, 여자에게도 허리를 굽혀 물어봐야 했던 건 아닐까. 그러니 그러지 못했던 그 순간을 후회하며, 이제와 나는 뒤늦게 깨닫는 것이다. 괜찮으냐는 말은, 세상 그 어떤 언어보다도 깊고 무거운 말이어서, 그것이 놀랍도록 서글픔을 느끼게도, 또 머리가 지끈거리게도 하는 것이라고. 괜찮니, 라는 말을 하는 사이라는 건 그렇기 때문에, 한없이 짙고 따스한 연민을 포옹처럼 나누는 이들을 가리키는 것이라고.

등 돌린 여자를 말끄러미 바라보며 나는 어쩔 수 없이, 천천히 등을 펴고 일어섰다. 여자가 울고 있을지도 모른단 생각이 들었지만, 이불을 들춰낼 용기가 나질 않았다. 문을 열고 나오자 정수리가 깨질 것만 같은 통증이 몰려왔다. 여자와, 여자의 고양이와, 여자의 방으로부터 빠져나와 걷는 새벽의 골목은 나뒹구는 낙엽 한 장 없이, 홀로 을씨년

스러웠다.

이봐. 이러니 결국, 우리의 깊이는 딱 이 정도야. 마음에 들지 않으면 언제든 깨끗이 정리될 관계. 확신도, 정의도 없는데 오로지 당장의 편의와 외로움만을 공유하는. 정작 자신의 아픔을 두려워하는 사람이 누구지? 스스로 상처를 남기지 않고 상대를 지우려, 틈만 나면 등을 보이고 돌아서는 사람이 누구지? 응? 이렇게 소리 죽여 당신을 원망하는 내가 지겨워. 놀랍도록, 서글픈 우리야. 지구가 폭발해버렸으면 좋겠어.

문을 열고 집으로 들어서자 정체되었던 공기가 재빨리 내게서 한 발짝쯤 멀어지는 듯했다. 그 언젠가 내가 연락도 없이 여자로부터 잠적해버렸을 때 그녀가 빈집에 찾아들어와 거친 편지 한 장을 남겼던 것이, 불현듯 떠올랐다. 지구가 폭발해버렸으면 좋겠다고, 여자는 말했었다. 내 집에 머무는 공기마저 이렇게 한 발 물러나는 서운함을, 여자도 느꼈을까 생각하니 어쩐지 뼈마디가 으스스할 정도로 몸에 한기가 돌았다.

돌아보건대 당시의 나는 지쳐 있었고, 알 수 없는 공허함에 시달리고 있었다. 자작나무의 새하얀 껍질을 벗겨낸 뒤 그것을 배처럼 타곤 먼바다로 그저 달아나고픈 생각 외엔 그 어떤 것도, 나를 사로잡지 못했던 때였다. 사회적으로 주어지는 일말의 책임이나 역할도 떠안고 싶지 않았다. 할 수만 있다면 고양이를 대신해, 온종일 자작나무를 흔들고만 싶었다. 그것이 조금 덜 춥고, 외로운 일이었으므로.

지금도 나는 그것이 어떤 허약함이거나, 나태함이거나, 유치함으로 규정되지 않길 바라지만 어쨌든 군을 제대하고 돌아와 대학을 졸업한, 스물여섯 겨울의 나는, 그랬다. 누구도 대신해줄 수 없는 나의 무력無力이 너무도 그저 쓸쓸하기만 해서, 타인의 온기조차 용납할 수 없었던 것일까.

허둥지둥 짐을 챙겨 떠났지만, 그러나 나는 목이 마른 고양이처럼 어깨를 늘어뜨리고 돌아왔다. 온순히 멈춰 서서 내게 잡혀줄 쥐는 어디에도 없었다. 그러니 결국 아무것도 달라지거나 달라질 것이 없다는 것을, 떠나본 뒤에야 그리고 집에 내려가서야 깨달았다. 부쩍 작아져버린 부모님과, 사춘기에 접어들어 새침해진 경애와, 닳고 닳아버린 마룻바닥에 앉아 함께 밥을 먹으며 나는 그 사실만을 생각하고 또 생각했던 것이다. 달라진 것도, 달라질 것도, 아무것도 없구나, 하는 것. 변화를 바란다는 것은 굉장히 무력한 일이구나, 하는 것. 갈망이란 이처럼, 쓸쓸한 것이구나, 하는 것.

"괜찮니."

어머니가 밥공기를 내밀며 내게 묻고, 아버지와 경애가 나의 대답을 기다리는 밥상 앞에 앉아서, 그래서 나는 "네"라고밖에는, 아무것도 더 말할 수 없었다. 어쩔 수 없었다, 라는 표현이 더 알맞을지도 모르겠다. "네" 이외의 그 어떤 대답도, 나는 갖고 있질 않았던 것이다. 그 언어의 가난함이, 나를 울적하게 만들었다.

"독버섯 따러 갈까?"

밥상을 물리고, 어머니는 설거지를 하고, 아버지는 그물을 손질하는 그 시간에 나는 부러 장난스럽게나마 경애의 머리칼을 흩뜨렸다. 그러나 돌아오는 대답이란 고작 "치. 오빠, 아직도 내가 어린앤 줄 알아?"라는 것이었다. 나는 소리 내지 않고 빙긋 웃었고, 경애도 살짝 눈을 흘기며 웃었지만, 어린 날 눈을 빛내며 질문을 퍼붓던 경애는 분명, 그 자리엔 없었다. 열여섯의 경애가, 여섯의 경애를 대신하기란 불가능한 거니까. 마찬가지로 경애에게도 스물여섯의 오빠는, 열여섯의 오빠와는 분명 다른 것일 테니까.

모든 게 어쩔 수 없다고 생각하면서도, 불시에 꼬리를 잘린 듯 외로워져서, 나는 기껏해야 열흘쯤을 집에 머물렀을 뿐이었다. 나는 다시 육지로 나가는 배를 탔고, 터덜터덜 서울로 돌아왔다. 달라진 것은 아무것도 없었다. 그저 시간만이, 물이끼처럼 미끌미끌해져 있었다. 그러나 그 미끌미끌한 시간에 누군가는, 독버섯 같은 시간을 먹이처럼 집어삼키기도 하는 것이다. 소파에 주저앉은 채로 마주한, 여자의 그렇듯 전언 같은 편지라니.

휘갈겨 쓴 손글씨에 배어 있던, 그 분노와 슬픔의 무게에 심장이 찌르르했었다고, 나는 기억한다. 그때의 나는 진심으로, 나의 의지에 의해 여자에게 되돌아갔던 것일까. 인생이란 그저 점토처럼 손 가는 대로 빚어야 하는 거라고, 나는 그저 돌아오는 뱃머리에 서서 나 스스로를 설득시켰던 것은 아니었는지 모르겠다. 흥미도 적성도 맞지 않는 중소기업에 원서를 넣어 취직을 하고, "괜찮니" 하고 묻는 부모의 질문에 "네"라고 대답하고, 지루한 출퇴근을 반복하며 여자와의 연애

역시 지속하면서도, 그러니 나는 언제나 도피를 꿈꿀 수밖에 없었는지도. 그랬으므로, 내가 나임을 자신하며, 사회의 건강한 일꾼임을 가장하며 살아온 날들엔 피로를 내세워 커튼을 치고 방으로 숨어드는 시간이 더 많았을 것이다. 그러며, 아주 잠시 반질반질해졌던 마음도 점차 모서리가 낡아갔던 거겠지.

적막의 방. 고개를 돌리면, 여자의 고양이가 꼬리를 세우고 고무공처럼 바닥으로 툭, 떨어져 내릴 것만 같은 방. 그러나 너무도 명백히, 이 방엔 여자도, 여자의 고양이도 없이 나 혼자뿐인 것이다. 부러진 칼날처럼 나는 꽂히듯 차갑게, 소파에 누웠다. 그리고 여자와, 마지막으로 여자에게서 빼앗아온 썩은 사과 한 알에 대해 생각했다.

주머니에 넣고 돌아온 그것을 나는 꽤 오랜 시간 손 안에서 궁굴리고, 냄새 맡았다. 씻어야 한다거나, 무엇을 먹어야 한다거나, 잠을 자야 한다는 마음은 전혀 없이 오로지 부패한 사과의 풍경만을 주시했다. 썩는다는 건 무얼까. 이토록 고요히, 몸체가 균에 잠식당해가는 기분이란 어떤 것일까. 부패란 과연 주체의 몰락일까, 외부의 폭력일까. 나는 썩어가는 사과에 말 걸고픈 마음마저 들었다. 할 수만 있다면, 그것이 가능하기만 하다면, 나 또한 이처럼 아무런 비명도 지르지 않은 채로 유유히, 파괴당하고 싶었다.

"어디로 갈 거야?"

새벽녘, 스물여덟의 나는, 여자에게 이런 질문을 받았던 것이다.

"어디로 갈까?"

되물었지만, 답은 돌아오지 않았다. 닳아빠진 부메랑처럼, 침묵은 마냥 흉물스러웠다.

"내가 어디로 갔으면, 좋겠어? 응?"

답할 기회도, 답을 들을 기회도 이제 내게 남아 있지 않은 걸 보면 결국 나는 나 자신만을, 사랑했던 것이었을까. 그렇다면 나 자신과 이별할 이도 세상 오롯이, 나 하나뿐일 것이다.

나는 힘겹게 허리를 일으켰다. 손을 대면 베일 듯 신경은 유리 조각처럼 날카로워져 있었다. 나는 잠시 멍하니 앉아 시간을 보냈다. 그리고 썩은 사과를 들어 입으로 가져갔다. 혀에 닿아 입안 가득 번지는 부패의 찰나가 어쩐지 향긋하게만 느껴졌다. 나는 성심을 다해 베어 물고, 씹고, 삼켰다. 누군가의 치명적 독毒을 삼키는 일이, 한 세계에서의 사랑과 이별을 독獨하게 끊어내는 의식인 것만 같았다. 독버섯을 삼키면 독버섯이 되냐고 묻던 어린 경애의 목소리가 어디선가 들려오는 듯, 이 사과의 부패를 삼키면 나 또한 한 덩이 균사체로 소멸해버릴 수 있지 않을까, 오로지 그 바람만이 간절했던 것이다.

그러나 그럴수록 한 입 베어 문 크기만큼 나는 어딘가로 떨어지고, 떨어지고, 또 떨어지는 기분이 들었다. 나는 나인데 나를 보고 있는 내가, 나는 나인데 나로 가로막혀 있는 내가, 끊임없이 어딘가로 떨어져 내렸다. 나락의 늪에 잠겨 드는 기분이었다. 그제야, 사방에서, 여자의 SOS가 날아드는 것만 같았다. 나는 이 메시지를, 타인보다 열여섯 배 빠르게 알아들은 것일까, 아니면 타인보다 열여섯 배 느리게 알아들은 것일까. 나는 그 누구보다 열여섯 배 빠르게, 여자를 구하러 가겠다고 약속했는데, 이제, 어째야 하지? 무대 위 조명은 여전히 켜

지질 않고, 연극은 결말이 나질 않은 채 언제까지고, 다크 오픈으로 시작된 발단 부분만이 무한히 반복되고 있는 듯했다.

웃으려 했으나, 끝내 썩은 사과를 입에 문 채 내 얼굴은 일그러졌다. 나는 목소리를 눈물처럼 흘리던 여자의, 이제는 영원히 알 수 없게 돼버린 표정에 대해 생각하기 시작했다. 지구가 폭발해버렸으면 좋겠다고, 여자는 다시금 그렇게 중얼거리며 지금, 저 홀로 어깨를 떨고 있지나 않을까. 그 희고 가냘픈 어깨에서 호드득, 새파란 곰팡이재가 바스러져 내리는 광경만이 눈을 감았는데도 선명히 떠올라, 나는 부끄러웠다.

나는 썩은 사과를 모조리 먹어치웠다. 눈이 따끔거리고, 머리가 지끈거렸다. 과육이 모조리 떨어져 나간 채로 바닥에 내던져진, 이빨 자국만이 선명한 사과의 뼈대만이 가물거려 보였다. "어디로 갈 거야?"라고 묻던 여자의 질문이 다시금 떠올랐다. 여자의 고양이가 귀를 쫑긋거리거나, 흰 털로 뒤덮인 배를 무방비하게 드러낸 채 가릉거리는 소리도, 공중을 노니는 털 뭉치처럼 의식의 저편에서 뒤엉켜 들려왔다. 한없는 무력감이 몰려왔다. 팔을 들어 얼굴을 감싸려는 순간 나는 소파에서 떨어졌다. 바닥에 닿은 그대로 몸의 살과 뼈가 움푹 꺼져들었다. 그리고 비명을 지를 새도 없이 나는 한 알의, 부패한 사과가 되었다. 아무런 고통도 없었으나 다만 울음소리를 잃어버렸다는 사실만이, 괴롭게 느껴졌다. 그리고 의식의 저편에서, 자꾸만 잿빛 줄무늬의 고양이 한 마리가, 하염없이 자작나무숲을 흔드는 소리만이 쳉쳉 들려왔다.

흙, 일곱 마리

명지현

압착된 철근 더미가 차례로 들려졌다. 쾅! 쾅! 쾅! 짓누르던 것들이 가벼워지면서 작은 부품들이 13의 몸 위로 와르르 떨어졌다. 요란한 굉음과 날카로운 쇳소리. 세상 밖의 희미한 빛이 그가 웅크리고 있었던 어둠 속을 파고들었다. 아차, 하는 순간에 철심이 그의 팔뚝을 관통했다. 뭐야, 이건. 아쉬워서 붙잡는 건가. 철심을 간신히 뽑아내자 이번에는 용수철 모양의 부품들이 쉼 없이 쏟아졌다. 다시 앞으로 들려 나간다. 철근 더미에 거꾸로 매달린 13은 작은 틈에 얼굴을 바싹 붙였다. 전에는 볼 수 없던 것들이 훤히 보였다. 포클레인 기사에게 수신호를 하는 사람과 뿌연 먼지, 저 위의 새파란 하늘. 13은 굉음에 실려 점점 앞으로 끌려 나갔다. 밖에는 길이 있다. 트럭에 실리면 나갈 수 있고, 여기서 나가면 집으로 돌아갈 길이 보일 것이다.

13은 꽤 오랫동안 철근 골조 더미에 깔려 있었다. 길이 보이지 않는 완벽하게 옥죄인 나날이었다. 얼마나 긴 시간이 지났는지 알아낼 방법은 없었다. 트럭이 오는 주기를 기준으로 어설픈 계산을 해보기도 했다. 손가락과 발가락을 움직이며 숫자의 형상을 떠올렸다. 숫자란 참으로 묘한 것이다. 나는 13. 나는 열세 번째. 열이 열 개 모이면 백. 백이 백 개가 모이면 뭐더라?

온갖 쓰레기가 널려 있는 폐기물 처리장에도 정해진 규칙이 있었다. 엿새에 한 번은 거대한 트럭에 폐 콘크리트가 실려와 먼지를 흩날리며 쏟아졌고 그 며칠 뒤에는 압축 플라스틱 더미가 도착했다. 처음에는 뭐가 뭔지 몰랐으나 어지간히 세월이 흐른 뒤에야 13은 알아챘다. 이곳에 적재된 모든 것들은 모양이 아닌 재질로 분류된다는 사실. 타이어, 철근, 플라스틱, 콘크리트와 부서진 대리석 조각들은 각각 분류되어 따로 놓였다.

13은 그것들과 대화를 나누려고 애썼다. 너희는 앞으로 어떻게 되는 거야? 여기 오기 전에는 무슨 일을 했어? 네 부모가 누군지 기억나? 대개의 폐기물들은 버림받은 상처에서 헤어나지 못한 상태라 묵묵부답이었다. 가끔 트럭 기사들의 목소리만 저 멀리에서 들렸다. "헐값이라도 할 수 없어, 그냥 넘겨. 여긴 꽉 찼어." 그런 외침이 들린 뒤에는 폐기물을 옮겨 싣는 소음이 우르릉 쾅쾅, 요란하게 울렸다.

어둠 속에서 혼자 지내는 동안 13은 자신의 허벅지 살을 조금씩 떼어냈다. 비에 흠뻑 맞은 날이면 옆구리나 겨드랑이에서 무른 흙덩이가 슬며시 떼어졌다. 주먹만큼 모은 진흙으로 13은 갖가지 모양을 만들었다. 촉촉한 질감을 손끝으로 감지하며 만족할 만한 찰기를 얻기까지 손바닥에 대고 계속해서 치댔다. 13의 손가락은 찰기와 점성을 질감하며 어떤 형태를 갈구했다. 흙이 마르면 철근에 고여 있는 빗물에 담가 다시 반죽을 시작했다. 뭔가를 만드는 동안은 가족들과 함께 있는 것 같았다. 그들을 떠올리며 조몰락조몰락. 그때 그 일이 있고 난 다음 다들 어떻게 되었을까. 군복을 입은 사람들은 참으로 포악했다. 아버지들의 절박했던 외침이 13의 귓가를 떠나지 않았다. 도망쳐! 절대로 붙잡히지 마!

숨어 있는 동안 13은 철근 더미의 틈새로 밖을 내다봤다. 비가 오면 붉은 녹물이 강처럼 흘러나갔고 눈이 오면 요란한 낙서판 같은 이곳을 하얗게 덮어버렸다. 무시무시한 광풍이 불던 날, 처리장에 있던 모든 적재물들이 요란한 소리를 내며 아우성을 피웠다. 우당탕퉁탕 압착된 플라스틱 더미가 낱낱이 흩어져 날아다니자 철근들은 짐승처럼 울었다. 13도 지지 않고 고함을 질렀다. 그러다가 점점 캄캄해졌다. 적재물이 쌓이고 쌓여 어둠이 빛을 삼켜 먹었다. 틈새조차 보이지 않는 완벽한 어둠은 죽음처럼 안락했다.

해가 뜨면 13은 모래처럼 자잘한 빛에 기대 진흙을 조몰락거렸다. 자신의 몸을 떼어내 달걀의 동그란 모양이나 숫자의 생김새, 어머니의 신발 따위를 쉼 없이 만들었다. 부모들이 귀여워했던 새끼 고양이는 연습용으로 제일 만만했다. 좀 더 정교하게 좀 더 섬세하게. 고양이의 삼각형 귀와 굴곡이 아름다웠던 다리를 만들며 놈들이 얼마나 날렵했는지를 떠올렸다. 부위별로 형태가 완성되면 그것으로 만족하고 곧 뭉쳐버렸다. 몸통 전체를 만들기에는 진흙이 늘 부족했다. 홀로 지내는 동안 그의 만들기 실력은 눈부시게 향상되었다. 이런 재미조차 없었더라면 고적한 철근 더미에서 그토록 오래 버티지 못했을 것이다.

철근 더미와 작별한 13은 이동 중인 트럭에서 뛰어내렸다. 오랫동안 몸을 사용하지 않아 걷는 일이 쉽지 않았다. 잡초 더미에 걸려 넘어지거나 평평한 길에서도 허우적거리기 일쑤였다. 폭우를 만나면 몸이 닳을까봐 부랴부랴 지붕 아래로 숨었고 군부대의 행렬에 놀라 허둥지둥 숨기도 했다. 고속도로를 달리는 차량의 무시무시한 속도는 한참을 구경해도 질리지 않았다. 선한 달빛 아래 좁다란 오솔길에서는 아름다운 풍경과 하나이고 싶어 되도록 천천히 걸었다. 눈동자가 맑은 노루를 만났고 검은 하늘에 박힌 수많은 별들은 소금을 뿌린 것처럼 환했다.

길은 친절하지 않았다. 느닷없이 등장한 막다른 길 덕분에 13은 머리를 긁적이며 멈춰 섰고 터벅터벅 걷던 길이 어느 순간 사라져버리면 어쩔 줄 몰라 두리번거렸다. 13에게 있어 길이란 시간이라는 개념과 비슷했다. 길을 무시하고 아무렇게나 걷다 보면 어느새 길 한가운데였고 시간 따위 상관없다고 믿었으나 세상은 전혀 딴판으로 변해 있었다. 그래도 잊지 않았다. 세상의 모든 길은 그의 집을 향해 있지 않은가. 어디로 가든 집으로 데려다줄 것을 믿었기에 그는 길을 따라 걷고 걸었다. 길 위에서 계절의 변덕을 겪어보니 안온했던 철근 더미가 그립기도 했다.

숲속의 그 집은 폐허 한가운데서 간신히 버티고 있었다. 산뜻하던 노란 벽면은 먼지국물이 흘러내리는 시커먼 자국 때문에 몹시 지저분 했다. 마치 슬픔에 잠긴 집이 눈물을 흘리는 것 같았다. 닭장은 문짝이 부서진 채 거미줄투성이였고 자갈 밟는 소리가 경쾌했던 바닥은 썩은 낙엽으로 질척거렸다. 다들 아직 돌아오지 않았구나. 그가 축축한 낙 엽을 밟으며 언덕을 오르자 숲에서 새 떼가 일제히 날아올랐다. 검은 깨가 허공에 뿌려진 것 같았다. 나무들은 건재했다. 건재한 것 이상으 로 어마어마한 우량아가 되었다. 부모들이 사다 심었던 그 조그마한 묘목들이 넓고 큰 가지를 사방에 늘어뜨리고 있었다. 13은 거대해진 느티나무 밑에서 입을 쫙 벌리고 외쳤다. 으아, 너 몰라보겠어.

현관문에 다가가자 집 안에서 라디오 소리가 들렸다. 희미한 음악 소리를 따라 13은 후닥닥 안으로 들어갔다. 안개가 낀 것처럼 먼지로 뿌연 거실은 예전의 구조 그대로였다. 늘 그리워했던 바로 그 공간이 었다. 꿈에 나타나지 않아 늘 원망했던 갈색의 계단과 마호가니 책장, 콘솔. 13은 눈에 보이는 가구마다 손으로 어루만지며 반가움을 표시 했다. 뿌연 먼지 위로 동그란 손자국이 찍혔다. 주방 옆 동그란 식탁 이 놓여 있던 자리에 침대가 보였다. 라디오 소리는 그곳에서 흘러나 왔다.

13이 다가가자 침대에 기대앉은 노인이 한숨 같은 목소리로 웅얼거 렸다.

"목이 마르다. 물 좀 다오."

부엌을 차지한 판자를 넘어 물이 담긴 주전자를 발견했다. 13은 컵을 받쳐주며 노인의 얼굴을 살폈다. 장님 노인은 예전의 안경 쓴 아버지를 닮았다. 못생겨 정이 안 붙었던 눈, 코, 입. 그 아버지의 아버지인가? 쑥 들어간 눈자위에 광대뼈가 불쑥 솟아, 거친 선을 덧댄 듯 험상궂어졌지만 주물 담당 안경 아버지가 분명했다. 집 안의 가구와 사물들은 그대로인데 안경 아버지는 노인이 되었다. 사람은 쉽게 자라고 금세 망가지고, 또 새로 태어나고. 사람이란 변화가 너무 빨라 그 속도를 맞추기가 힘들다. 13은 컵을 붙잡은 아버지의 기이한 손을 바라보았다. 손가락이 전부 잘려나가 주걱처럼 뭉툭한 손이었다. 왜 손을 잘랐을까.

"와, 이게 누구야?"

뒤에서 날아든 목소리에 13이 고개를 돌렸다. 많이 달라진 20이 그에게 달려들었다. 20과 13은 부둥켜안고 마룻바닥에서 데굴데굴 굴렀다. 쿠당탕 툭탁, 둘이 서로를 붙들고 구르는 힘에 허약한 집이 비명을 질렀다. 천장에서 먼지가 쏟아지고 탁자 위 그릇이 떨어지자 침대 위의 노인이 고함을 질렀다. 시끄러! 시끄러워 잠을 잘 수 없구나! 그 목소리는 예전에 형제들을 야단치던 음성 그대로였다. 형제들은 부모들에게 늘 꾸중을 들었다. 부모들은 메가폰을 동원해 소리를 질러도 말을 듣지 않으면 최후의 병기인 사이렌을 울리곤 했다. 그 뾰족한 소리가 귀를 찔러야 형제들은 놀기를 멈추었다.

13은 부모가 일곱이라는 이유로 7이라는 숫자를 좋아했다. 7은 키가 큰 사내처럼 생겼다. 부모들은 서로를 머저리 1, 2, 3, 4, 5, 6, 7로 불렀다. 세상에게 당하기만 하는 머저리 부모들은 세상과 담 쌓은 외골수들이었다. 좋은 직장, 좋은 기회도 마다하고 그저 흙에 미쳐버렸다. 가끔 이런 얘기도 했다. "너희도 우리하고 같아. 너희가 잘났더라면 다른 주검의 들러리가 되었겠느냐."

참으로 오래전, 남쪽 지방 어딘가의 고분에서 순장된 인골과 유물들이 다량 채취되었다. 고고학자 중 한 사람이 고분의 흙을 가져다가 재미삼아 몇 가지를 만들었고 그 과정에서 믿을 수 없는 사실을 발견하였다. 흙으로 만든 개구리가 슬그머니 눈을 뜨고 둔하게나마 움직였던 것이다. 그다음에는 어설프게 사람의 형상을 만들었다. 결과는 놀라웠다.

고고학자 강 선생이 부모 1인 셈이다. 그는 극비리에 골격 전문가와 특수 분장사, 복원 예술가 등, 각 분야의 전문가들을 불러 모았다. 분야별로 하나의 팀을 구성해 연구팀을 발족시켰다. 다들 자신의 재산을 털어 숲속의 작업실을 구했고 함께 합숙하며 길고 어려운 작업을 진행시켰다. 사람의 육신을 디지털화하고 실리콘으로 뼈를 만들어 조립한 다음 진흙으로 근육과 피부를 만들어냈다. 뼈에 근육을 붙여 인조 지방과 인조 피부를 덮는 정교한 과정으로 신체 각 부위를 완성해나갔다. 얼굴 근육은 특히 섬세하고 정교한 작업이라 시간이 오래 걸렸다.

그들은 진흙인간의 탄생을 영혼의 복원이라 불렀다. 고대인의 혼이 이 모든 작업을 가능하게 했다는 말이다. 제 수명을 다하지 못하고 권력자의 주검에 들러리가 되어야 했던 분함이 생명의 기운이 된 것이라 믿었다. 진흙인간 하나를 만드는 데 평균 두 해 정도가 소요되었다. 일시에 여러 개의 틀을 만들어 제작하고 깨어나는 속도는 저마다 각각이었다. 성공보다 실패가 많았다. 아홉 개를 실패한 다음 얻은 첫 번째 성공작 10번은 그야말로 환희의 번호였다. 숫자는 매우 중요했다. 진흙인간들의 외모를 어리거나 늙게 만든 탓에 혼돈이 잦았다. 때문에 만들어진 순서를 서열 기준으로 삼아 이름으로 붙여주었다.

사람과 꼭 같은 완벽한 외모에 정상적인 인격체를 만드는 것이 목표였다. 바른 생각을 가지지 않으면 엄청난 파괴력을 갖게 될 것이다. 외모보다 중요한 건 인간다운 정서가 아닌가. 부모 1, 2, 3, 4, 5, 6, 7은 자식을 키우듯 그들에게 공을 들였다. 가르치는 작업에 진이 빠지기도 했지만 진흙인간들에게 간소한 집안일과 농사짓는 일을 가르치자 연구소는 더욱 활기차게 돌아갔다. 생각해보면 꿈결 같은 나날이었다. 그 시절은 아름다웠고 서로의 온기로 늘 따스했다.

"넌 몰랐지? 저 안경 아버지가 부모들 전부를 밀고한 거야. 그 덕분에 혼자 살아남았지만 아직도 자책이 심하니까 뭐라고 하지 마. 부모들 얘기만 하면 화를 벌컥 낸다고."

20은 13의 뺨에 붓질을 하며 당부했다. 살갗의 피부와 칠이 벗겨져 군데군데 흙빛이 드러난 13의 얼굴은 손볼 필요가 있었다. 13은 안경 아버지의 상태가 믿겨지지 않았다.

"눈이 안 보인다니 왜 그런 거야? 내 눈을 줄까? 손은 왜 잘라졌어?"

"놈들이 그런 거야. 지금은 멍한 상태지만 전에는 참 난폭했어. 더 늙어야 정신을 차릴 거야."

다른 부모들이 모두 죽었다는 말에 13은 벽에 걸린 사진을 둘러봤다. 모두들 사진 속에서 환하게 웃고 있다. 다들 저기 있었다. 아무렇지 않게 저기에. 20이 들려준 얘기는 참으로 끔찍했다. 부모들 전부그들에게 당했다. 다시는 뭔가를 만들지 못하게 하려고 시력을 빼앗고 손가락마저 하나하나 잘랐다는 것이다. 그들은 더 많은 형상을 만들어내길 강요했고 그것이 최고 권력자나 돈 많은 재벌의 모습이기를 원했다. 놈들은 그럴듯한 음모를 꾸며냈으나 부모들은 협조하지 않은 것이다. 머저리들이니까. 부모들은 세상과 등진 머저리들이라 끝내 저항했을 것이다.

13은 20의 얘기를 듣고서야 자신의 계산보다 철근 더미에서 지낸 시간이 훨씬 길었음을 알았다. 10년이 지났다니. 그게 뭔지, 얼마나 긴 기간인지 짐작도 가지 않았다. 20은 칠이 군데군데 벗겨져 지저분해진 13의 손등에도 붓질을 하며 말했다.

"구해야 해. 구하러 가야 해."

"누가 또 있어?"

"11은 정말 불쌍해. 부대에서 사내들에게 계속 능욕당하고 있어. 매일매일 이놈 저놈이 그애에게 그짓을 했어."

20이 흥분을 한 탓에 13의 왼손은 구릿빛인데 오른손은 흰색에 가까운 섬섬옥수가 되었다. 11의 모습을 기억한다. 13이 제일 따랐던 곱슬머리 어머니의 어릴 적 얼굴이 바로 11의 얼굴이다. 토실토실한 볼에 둥글고 큰 눈. 그 어머니의 얼굴이 그렇게 당하고 있다. 놈들에게.

"나도 이젠 소녀가 아냐, 완벽한 사나이라고. 사람이란 것들은 여자에게 잘해주지만 결국 원하는 건 하나야. 더러운 짓. 나도 몇 번인가 놈들한테 끌려가서 몇 번이고, 몇 번이고⋯⋯. 그래서 원래 있던 가슴을 떼어 어깨에 붙였지. 이렇게 목젖도 만들었고."

턱이 네모져야 더 사내처럼 보일거야. 해줄까? 13이 20의 가녀린 얼굴을 만지자 20은 강하게 고개를 저었다. 더 못생겨지는 건 싫어!

낡은 집에서의 일상은 평온하게 이어졌다. 13은 매일 밤낮으로 집안 청소에 매달렸다. 부모들과 함께했던 많은 흔적이 먼지로 더럽혀진 게 못마땅했다. 천장부터 바닥까지 빼곡하게 들어찬 책들, 여러 대의 컴퓨터와 실리콘으로 만든 뼈들, 골격 모형들로 발 디딜 틈이 없는 작업실. 팔, 다리며 각종 신체부위, 여러 가지 표정으로 만든 얼굴들은 남녀노소, 인종별, 연령별로 한가득이었다.

13은 키 큰 아버지와 잠이 많았던 어머니가 줄곧 티격태격했던 동쪽 방을 깨끗이 치워두었다. 꽃을 좋아했던 반죽 담당 아버지와 3층 방의 어머니. 13은 그들을 떠올리며 슬며시 웃었다. 컴퓨터를 잘 만지던 2번 아버지는 싱거운 농담을 잘했다. 모두들 책을 들고 성우처럼 재미있게 읽어주는 7번 어머니의 방으로 모여들었다. 13은 곱슬머리 어머니가 달걀을 좋아한다는 걸 알아 매일 밤 닭장에 쪼그리고 앉아 달걀이 나오기를 기다렸다. 따스한 달걀을 손에 들고, 잠든 어머니를 얼마나 깨웠던가. 나왔어요, 나왔어. 빨리 먹어요!

집 안을 청소하고 나면 20과 13은 번갈아가며 안경 아버지 곁을 지켰다. 때때로 안경 아버지는 13에게 탁자 위 낡은 사진을 보여달라고 했다. 사진 속 소녀가 어떻게 생겼는지 말해달라고 졸랐다. 햇살 아래서 눈을 찌푸리고 있는 소녀의 얼굴은 안경 아버지와 비슷한 눈매를 갖고 있었다. 안경 아버지는 같은 말만 반복했다. 생사만이라도 알았으면, 어디서 잘 살고 있는지만 알면 좋겠다. 딸을 그리워하는 그의 눈에서 눈물이 주르륵 흘러내렸다.

13은 주걱처럼 뭉툭한 안경 아버지의 손에 진흙으로 만든 손가락을 뜯어 붙여주었다. 정성껏 붙여 곱게 칠해주어도 손가락은 말라빠진 흙이 되어 툭 부러져버렸다. 망가진 손보다 주름투성이가 되어버린 안경 아버지를 볼 때면 사람으로 산다는 게 몹시 피로한 일이라 생각되었다. 사람의 속도는 참으로 빨랐다. 사람은 계속 변한다. 순간순간 키가 자라고, 얼굴이 변하고, 수염이 나고, 주름이 늘어나고, 벌판의 꽃처럼 피고 진다. 새로 핀 꽃은 예전의 그 꽃이 아니어도 언제나 꽃이었다. 사람은 늘 사람으로만 태어나는 걸까.

달걀을 좋아하는 어머니가 언젠가 이렇게 말했었다. 죽음은 끝이 아니다. 변화하지 않는 것은 죽은 것이고 끊임없이 모습을 바꾸는 것이 생명의 증거라. 영원한 소멸이란 없다. 너희들이 바로 그 증거가 아니냐고 말했다. 13은 어머니의 말을 되뇌었다. 내가 증거다, 우리 형제들이 바로 생명의 증거다. 13은 죽은 부모들이 새로 태어나 이 자리에 돌아올 때까지 이곳을 지킬 결심이었다. 우리는 죽지 않으니 언젠가는 반드시 만날 것이다.

세월은 잘도 지났다. 13은 부모들에게 배웠던 것처럼 농사일에 매달렸고 20은 라디오를 즐겨 들었다. 침대를 벗어난 안경 아버지는 투덜거리는 버릇이 점점 심해졌다. 13과 20은 마루 밑 금고에서 많은 책과 서류를 발견했다. 가야 고분에 대한 인터뷰 기사와 학술 잡지에 부모들의 사진이 실려 있었다. 둘은 심심하면 그것들을 끄집어냈다. 부모들이 저술한 책에는 진흙으로 인간의 형상을 만드는 방법, 그것을 숨 쉬게 하는 원리가 들어 있었다. 놈들이 찾고자 했던 바로 그것이었다. 안경 아버지의 손을 만들고 싶은 13은 부모들이 남긴 기록물을 펼쳐 들었다. 알 수 없는 용어투성이였으나 쉼 없이 읽고 또 읽었다. 자료를 읽을수록 의문이 많아졌다.

어느 날, 텃밭을 돌보고 있는 13의 뒤로 군인들이 들이닥쳤다. 군인들은 그의 어깨에 커다란 칼을 내리꽂았다. 사람처럼 아픈 척을 했어야 했는데 13은 잡초를 뽑느라 바빴다. 군인들은 어깨에 칼이 박힌 채 호미질만 하는 13을 난타하고 포박했다. 20도 소리를 지르며 집 안에서 끌려 나왔다. 안경 아버지가 군인들과 뭐라고 얘기를 나누었다. 트럭에 던져지면서도 13의 눈길은 줄곧 자신이 만들어낸 텃밭을 향해 있었다. 엉성한 울타리로 구분을 해둔 토마토와 오이, 감자. 곧 있으면 수확해야 할 것들이었다.

트럭은 쿨렁이며 어딘가를 향했다. 오랏줄에 묶인 20이 투덜거렸다.

"미리 말해줬으면 먹을 것을 준비해주고 갈 텐데. 또 밀고를 한 거지. 우리를 팔아넘기면 딸을 돌려받을 줄 아나본데, 죽은 딸을 어디서 데려오겠어. 바보, 바보. 혼자서는 밥도 못 먹으면서."

20의 생각은 사람다운 구석이 있었다. 사람과 비슷한 방식으로 사람의 처지를 먼저 생각했다. 13이 밖을 내다보며 말했다.

"집에 가자. 팔이나 다리를 끊어내면 되잖아. 감자는 제때 캐지 않으면 썩어."

이것들이 말도 할 줄 아네? 사병들은 그들이 신기한지 손가락과 머리카락을 잡아당기며 시시덕거렸다. 구구단 외워봐. 너희들 교미를 하면 한 마리가 더 만들어지는 거냐? 저희들끼리 웃고 떠드는 왁자지껄한 틈을 타 20은 13에게 속삭였다.

"어차피 이렇게 된 거, 모른 척 따라가자. 가서 형제들을 구해내야지. 다들 데리고 와야 해."

13은 고개를 끄덕였다. 아무래도 좋았다. 형제들을 만나고 싶었다. 13은 트럭이 지나는 길을 찬찬히 살폈다. 휙 지나치는 이정표를 외워두고 황량한 길가의 작은 흔적도 눈여겨보았다. 꼬부라지거나 직선으로 흐르는 길들은 던져진 두루마리 휴지처럼 트럭 뒤로 재빠르게 풀려나갔다. 13은 찰칵 셔터를 누른 것처럼 집으로 돌아갈 길, 그 길들을 자신에게 각인시켰다. 자신의 미세한 흙 입자 하나하나에 그 길이 완벽하게 새겨지기를 바랐다.

셀 수 없이 많은 사람을 죽였다. 사람을 죽이는 일이 13에게 주어진 임무였다. 초반에는 자신이 죽인 사람들의 숫자를 세어보았지만 그런 일은 점차 무의미해졌다. 전쟁터는 그런 곳이었다. 때로 자신이 누군지 잊어버리기도 했다. 사병들과 같은 군복을 입은 뒤로는 그들과 다를 게 없다는 착각에 빠졌다. 그래서 혼자 중얼거렸다. 나는 13. 나는 열세 번째. 13은 자신이 죽인 사람이 몇인지는 잊어버렸지만 자신의 몸에 박힌 총알의 수는 잘 알고 있었다. 몸에 박힌 여든아홉 발의 총알은 여든아홉 개의 목숨이었다. 사람이라면 그 총알로 죽었으리라. 여든아홉 개의 목숨을 몸에 넣고 다니느라 전쟁터를 누비는 그의 발걸음은 늘 무거웠다.

기억하고 싶지 않은 시간들이 멈춰버린 길처럼 정지되어버렸다. 잊기 위해 하루를 살고 기대할 것은 아무것도 없었다. 몸은 격렬하게 움직여 전장을 겪고 있지만 마음은 철근 더미에 갇혀 있을 때와 흡사했다. 13은 아군도 죽였다. 정상적인 군인이라면 군법 재판에 회부될 사건이었으나 상부에선 그에게 의도가 있었는가를 우선적으로 추궁했다. 그는 부인했다. 아군이든 적군이든 아무 의도가 없지 않은가. 상부에서도 그의 뜻을 받아들였다. 사고하지 않는 기계의 단순 오작동으로 치부했다. 상급자는 그에게 몸조심하라는 충고를 아끼지 않았다.

"폭탄이 터지면 너희도 별수 없더라. 흩어진 흙은 모아봤자 다시 복원이 안 되니까 몸 사려. 너희는 꽤나 비싼 물건이라고."

그의 말을 곰곰이 생각한 끝에 13은 형제 중 몇이 전쟁터에서 폭사했다는 걸 알아차렸다. 형제들은 바람으로 돌아간 것이다. 바람이라, 바로 이 바람 속에 형제들이 숨어 있을까, 그런 생각을 하며 13은 손을 들어 허공을 어루만졌다. 가끔은 자신도 그렇게 되기를 바랐다. 참으로 지겨운 시간, 잊어버려야 마땅한 경험들. 전투지는 매번 바뀌었고 여기저기를 떠도는 동안 그의 몸체는 너덜너덜해졌다. 13은 자신에게 지급된 무기의 총구에 대고 나직이 물었다. 너희는 이 일이 좋아? 여기 오기 전에는 무슨 일을 했어? 네 부모가 누군지 기억나? 뜨끈하게 달아오른 무기들은 솔직한 대답을 해주지 않았다.

전투가 끝나면 13은 다시 독방으로 들어갔다. 감옥은 아주 단순한 구조였다. 철창문 너머로 복도가 보였고 지저분한 세면대와 변기가 그의 곁을 지켰다. 철근 더미에 갇혀 있을 때처럼 그는 자신의 몸을 떼어내 조금씩 뭔가를 만들었다. 안경 아버지를 생각하며 손가락을 만들거나 조그마한 동물의 형상을 만들기도 했다. 고양이는 언제나 만만한 대상이었다.

정교한 모양에 집중할 때면 흐릿해진 결심들이 거짓말처럼 명료해졌다. 집으로 돌아가는 길이 바로 눈앞에서 펼쳐지곤 했다. 저 멀리에 놔두고 온 꼬부라진 길, 직선의 길, 길들. 13은 늘 그 길을 생각했다. 길이란 시간과 비슷하다. 멈췄다가도 어느새 스르르 풀리곤 하지 않았나. 지금은 막혀버린 시간과 사라진 길 위에 서 있다. 예전의 그날로 돌아갈 길은 없는 것인가. 놓친 것들을 만들어낼 수 없을까. 진흙 더미를 주무르는 13의 손끝은 그 길을 만들어내려는 듯 몹시 분주했다.

어느 날 13은 분대장의 명령에 따라 높은 망루에 올랐다. 빙글빙글 돌고 도는 계단을 따라 위로 오르자 그를 끌고 가는 사병의 목소리가 메아리처럼 쩡쩡 울렸다. 망루의 감옥은 아주 오래전부터 골칫덩이들을 수용하던 장소라고 했다. 분대장은 13에게 형제들을 설득할 임무를 주었다. 쓸데없이 저항하는 네 형제 때문에 분란이 끊이질 않는다. 고의적으로 아군을 죽이는 너희 종류들을 처벌하라고 유족들이 소송을 걸었어. 같은 일이 다시 일어난다면 다 같이 폭사시켜야 하는 상황이라고. 책임감을 갖고 대화로 설득할 자신이 있느냐는 분대장의 물음에 13은 목청을 울려 대답했다. 아무래도 상관없다는 생각이었다. 형제들과의 만남을 허락해준 것만으로도 충분히 기뻤다.

고층 망루에 자리한 감옥으로 하나씩 호송되어 들어왔다. 단 하룻밤만 허락된 해후였다. 다들 몹시 망가져 있었다. 20은 두 다리를 잃어 허벅지 밑에 바퀴를 부착한 상태였고 11은 어깨의 반이 떨어져 있었다. 다 떨어진 군복을 입은 17은 괜히 실실 웃기만 했다. 13만이 크게 파손된 곳 없이 멀쩡한 축에 끼었다. 형제들은 한참 동안 서로를 끌어안고 있었다. 여러 감정이 북받쳐 아무 말을 할 수 없었다. 그토록 오랫동안 흩어져 있었음에도 구차한 설명을 더할 필요가 없었다.

"너희를 본 것만으로 나는 만족해. 이제 나를 해체시켜줘. 더 이용당하기 싫거든. 재미도 없는 노예 생활 정말 지긋지긋해."

11은 먼지바람이 되어 함께 날아가자고 했다. 놈들에게 오랫동안 능욕당했던 분노를 쏟아내면서 11은 미친듯이 제 몸을 뜯어냈다. 벗겨진 피부 아래 덩어리진 진흙 근육이 실리콘 뼈대에서 뭉텅뭉텅 뜯겨나왔다. 몸속에 박혔던 총알들도 툭툭 바닥으로 떨어졌다. 형제들은 누가 더 많은 총알을 지니고 있는가를 자랑했다. 바닥에 뭉글뭉글한 진흙덩어리가 수북하게 쌓이자 11은 점점 형체를 잃어갔다. 안 돼, 안 돼. 20이 바퀴를 타고 빙글빙글 돌면서 외쳤다.

"얼마나 어렵게 얻은 목숨인데! 천 년이나 기다려서 얻은 몸을 왜 버려? 이제 헤어지지 말자, 이제는 헤어지지 말자고."

헤어지지 않을 방법이 있기는 한가. 오늘밤이 지나면 다시 돌아가 같은 짓을 되풀이하게 될 것이다. 또 사람을 죽이고, 죽이고. 전쟁터는 도처에 있다. 세계 각국 전쟁터를 떠돌며 불사의 용병으로 사용되다가 운이 나빠 폭사하면 흙바람이 될 것이다. 그렇게 바람이 되어 세상 전부를 구석구석 구경하는 것도 나쁘지는 않겠지만.

13은 망루 밖을 내다보았다. 저 숲을 지나 한참을 달리면 집에 도착한다. 집으로 가는 길. 층계 쪽에는 보초들이 떠들고 있었고 망루는 등대처럼 높았다. 이 철창을 어떻게 통과할 것인가. 13은 세면대에 물을 받아 11이 뜯어낸 진흙을 담가두었다. 반죽을 뭉쳐 고양이를 만들 생각이었다. 그로선 가장 자신 있는 형체였다. 물기로 축축해진 진흙 반죽을 열심히 짓이기며 13은 형제들에게 설명했다. 다른 몸이 되어 이곳을 빠져나가자. 형태를 만드는 것보다 너희가 알아둬야 할 것이 있어.

13은 부모들이 남긴 공책을 통해 어떤 이치가 있음을 깨달았다. 진흙으로 형상을 만드는 방법, 그것을 숨 쉬게 하는 원리. 13은 안경 아버지에게 어떻게 생명의 빛을 불어넣는지를 물었다. 그는 고개를 절레절레 내저었다. 13은 포기하지 않았다. 지치지도 않고 잊을 만하면 묻고 또 물었다. 안경 아버지는 가래가 잔뜩 낀 목소리로 혼자서는 할 수 없는 일이라고 말했다.

"잊어버리면 된다. 그전의 생애를 잊어버려. 영혼을 지닌 자는 자유의지를 갖고 있지. 너희들을 만들 때 우리는 그전의 기억을 버리라는 주문을 끊임없이 반복했지. 눈을 떠라, 눈을 떠. 너를 사랑하는 가족들이 여기 있어. 단순한 흙덩이인 너희에게 우리는 번갈아가며 말했지. 눈을 뜨고 일어나라고 계속해서 말했어. 천 년 동안 흙이었던 기억을 버리지 못하는 놈들은 결국 눈을 뜨지 못했어. 제아무리 멋진 형체를 줘도 눈을 뜨지 못하는 자는 여전히 흙이었지. 누구나 망각의 자유를 실천하면 새것이, 다른 것이 될 수 있어. 인간은 죽은 다음에야 가능하지만, 네가 다른 것이 되고 싶으면 지금 지닌 기억을 버려. 네가 되고자 하는 것의 감성으로 생각해. 새로운 것으로 깨어날 수 있도록 이름을 불러주는 누군가가 필요해. 따끈한 목소리가 생명을 불러 일으키지 않는다면 도로 흙이 되어버릴거야."

13은 형제들에게 새로운 것이 될 마음의 준비를 해야 한다고 일렀다. 그 과정과 이치를 세세하게 설명하며 손으로는 부지런히 흙덩어리를 주물렀다. 확신에 찬 어조로 말했지만 13의 마음이 편치만은 않았다. 고양이가 되면 그 길을 잊게 된다. 집으로 돌아가는 길, 그 길과 그 집들. 그 길은 여전히 눈앞에 선했다. 그 집에 두고 온 파릇한 야채들과 붉은 열매가 달린 나무를 떠올렸다. 다시 태어난 부모들이 언젠가는 그 집으로 돌아올지 모른다. 그 집을 어떻게 잊겠는가.

"빨리 도망치기에는 고양이보다 새가 낫지 않겠어?"

고양이의 세모난 귀를 만들던 13의 손가락이 멈칫했다. 형체에 대해서는 깊이 생각하지 않았다. 그저 자주 만들었던 것, 자신 있는 것으로 하룻밤 사이에 만들어낼 생각만 앞섰다.

"흙으로 만든 새가 무거워서 날아갈 수 있을까? 고양이들은 높은 데서 떨어져도 끄떡없어."

이런저런 논의가 진지하게 오고갔다. 전부가 고양이 형태가 되기를 동의한 건 아니었다. 11은 여전히 바람으로 돌아가기를 원했다. 13의 손가락이 생각만큼 빨리 움직이지 않았다. 형제들은 각자의 몸통에서 떼어낸 진흙덩이를 물속으로 첨벙첨벙 집어넣었다. 누르스름한 흙탕물이 바닥에 흥건해졌다.

"아깝네. 기억을 버리려니 아깝네. 좋았던 때가 자꾸 생각나."

"고양이는 어땠는지 잘 생각이 나지 않아."

"예전에 마당에서 키우던 고양이를 생각해봐. 그 얄미운 울음소리, 햇살 아래 늘어져 자던 그 기다란 몸통, 그놈의 혓바닥은 사포처럼 까슬까슬했잖아. 뭔가를 다 아는 것처럼 거만한 표정에다가 성질을 부리면서 할퀴어댈 때면 다들 슬금슬금 피했지. 나는 바람에 나부끼던 그놈의 털가죽을 부러워했어."

진흙덩어리는 원래의 소속을 따지지 않고 이리저리 한데 합해졌다. 20의 몸통과 13의 다리로 뭉친 덩어리가 첫 번째 고양이의 몸통이 되었고 17의 왼쪽 팔뚝이 나뉘어 다리로 만들어졌다. 머리통만 남은 형제들은 완성된 첫 번째 형태에 대고 간절히 외쳤다. 일어나라, 일어나라, 너는 첫 번째 고양이야. 그래도 꿈쩍을 하지 않아 고양이만의 언어를 동원했다. 야옹, 야옹!

첫 번보다 두 번째를 만들기는 조금 수월했다. 13은 자신의 늑골에서 빼낸 실리콘 뼈대를 고양이의 척추로 삼아 말랑말랑한 진흙덩어리들을 재빨리 붙여나갔다. 몸통은 거칠고 투박해도 세모 모양의 귀와 가느다란 입술은 섬세하게 공을 들였다. 두 번째 고양이의 자태가 앞선 것보다 완성도 면에서 훨씬 나았다. 두 번째 고양이의 몸체를 완성할 즈음 첫 번째 고양이가 하품을 하고 길게 기지개를 켰다. 모두들

숨죽여 탄성을 질렀다. 바람이 되고 싶다던 11도 고양이의 날렵한 동작에 매료되었다. 나도 작은 고양이가 되어 바람 속을 달리고 싶어. 그런 말을 반복하는 11의 얼굴은 낱낱이 분해되어 누르스름한 흙덩어리로 남았다. 나머지 형제들도 분주하게 해체되었다. 다들 진흙이 되었다.

컴컴했던 밤은 서서히 푸른빛을 띠며 시시각각 밝아졌다. 동이 트기 전에 떠나야 한다. 13의 기계적인 손놀림은 조금씩 느려졌다. 그럼에도 하나, 둘, 셋, 넷, 다섯, 여섯 개의 고양이가 차례대로 만들어졌다. 이제 만들기 시작한 마지막 고양이는 크기나 모양이 가장 형편없었다. 13은 이제 몸도 얼굴도 없는 두 개의 손으로만 움직였다. 형제들은 고양이의 몸이 되었고 깨어난 여섯 마리의 고양이들은 자신의 거친 몸을 핥느라 바빴다.

손만 남은 13은 일곱 번째 고양이를 깨울 자신이 없었다. 잘 만들고 있는지 눈으로 확인할 방법도 없었다. 그저 습관적으로, 손으로 느끼고 손으로 확인하고 손으로 무게균형을 감각해 고양이를 완성해나갔다. 마침내 한쪽 손마저 반죽에 보태야 했다.

13의 오른손이 왼손을 가차 없이 뭉그러뜨렸다. 탁자에 대고 반죽을 비벼 길쭉하게 만든 다음 움푹한 손바닥을 이용해 고양이 다리의 곡선을 조각했다. 한손으로만 조몰락거리는 탓에 균형 잡힌 다리를 만들어 붙이는 것만으로도 시간이 꽤 오래 걸렸다. 동글동글한 발바닥은 방점과 마찬가지라 13이 손톱 끝을 정교하게 움직여 마지막 힘을 쥐어짜는 동안 저 멀리에서 기상나팔 소리가 울렸다. 들키지 않게 빠져나가려면 모두들 서둘러야 했다.

망루 밖으로 노란 불빛이 하나둘 켜졌다. 13의 손은 완성된 일곱 번째 고양이의 목덜미를 계속 쓸어주었다. 아무래도 꿈쩍을 하지 않았다. 초조하고 초조한 시간. 지쳐버린 13의 손은 축 늘어져버렸다. 일곱 번째 고양이가 깨어나기 전에 고양이 한 마리가 폴짝 뛰어 철창을 빠져나갔다. 옹기종기 모여 철창 밖을 내다보는 고양이의 눈빛에 서늘한 새벽빛이 스며들었다.

고양이들이 서로 먼저 철창을 빠져나가려고 야옹야옹 울었다. 나가고 싶다, 나가고 싶다. 그 소리에 반짝 눈을 뜬 일곱 번째 고양이는 눈을 감은 채로 야오옹 하며 길게 울며 화답했다. 13의 손은 완전히 지쳐 축 늘어져버렸다. 제일 작은 고양이는 물음표 모양의 둥근 등을 곧게 펴고 기지개를 쫙 켰다. 하품을 길게 한 다음 자신의 몸을 핥아댔다. 그렇게 한참 부산을 떨다가 천천히 철창으로 향했다. 막내 고양이는 지저분한 흙투성이 감옥 안을 둘러보았다. 13의 오른손이, 그런 고양이의 동작을 바라보았다. 둘은 서로를 마주 보았다. 자신이 만들어낸 고양이와 자신을 만들어준 손가락.

어물거리던 고양이는 13의 손을 덥석 입에 물었다. 그러고는 날렵하게 철창을 빠져나가 앞선 고양이들이 타 넘은 돌을 밟고 밑으로, 밑으로 뛰어내렸다. 망루가 제아무리 높다고 해도 고양이들에게는 식은 죽 먹기였다. 능숙하게 착지하고 가볍게 일어서고. 어설펐던 몸동작은 움직이면 움직일수록 점점 능숙해졌다. 트럭의 타이어를 교체하던 병사가 돌담을 뛰어넘는 고양이 떼를 힐끗 쳐다봤다. 고양이들은 뽀얀 먼지를 일으키며 부대를 빠져나갔다. 일곱 번째 고양이가 물고 있는 13의 손가락이 검지를 곧추세워 일정한 방향을 알려주었다. 조금만 더 달리면 숲이 나타나고 강을 지나 쉼 없이 달리고 달리다 보면 언젠가는 그 길이 나타날 것이다. 집으로 향하는 그 길, 꼬부라지거나 평평한 직선의 길, 길들. 13에게는 절실한 방향이었으나 그 의미를 알 수 없는 고양이들은 무심했다. 기억에 없는 말끔한 새 길, 전혀 다른 시간들이 그들을 기다리고 있었다. 일곱 마리의 고양이들은 바큇자국이 뚜렷한 흙길에 발자국을 찍으며 새로운 길을 개척해나갔다. 온 천지에 가득한 길들이 그들의 발자국을 달갑게 받아들였다. 놀란 새들이 나뭇가지에서 일제히 날아올랐다.

캐비닛, 0913

강 진

그곳이 깊은 우물 속이라는 것을 안 것은 당신이 꿈을 꾼 지 며칠이 지난 뒤였다.

당신이 갇혔던 그곳은 습하고 어두웠으며 간간히 물 떨어지는 소리가 들리기도 했다. 꿈속이었지만 자신이 어딘지도 모르는 곳에 있다는 두려움에 당신은 고개를 무릎 사이에 파묻고 몸을 웅크렸다. 물 떨어지는 소리에 이어서 누군가 당신의 이름을 부르는 소리도 들렸다. 고개를 들어 사방을 둘러보았지만 어두워서 아무것도 보이지 않았다. 겁에 질린 목소리로 당신이 누구냐고 물었던 것 같다.

다시 당신의 이름을 부르는 소리가 들렸을 때 꿈에서 깨어났다.

*

    지하철역에 설치된 캐비닛을 빌린 것은 당신이 우물 속에 갇힌 꿈을 꾼 며칠 뒤, 꿈속에 당신이 갇혀 있던 곳이 깊은 우물 속이라는 것을 알게 된, 그날이었다.

*

    캐비닛을 빌린 다음 날부터 당신은 매일 캐비닛이 있는 지하철역까지 갔다. 그리고는 당신이 빌린 캐비닛을 열어보고 돌아오곤 했다. 캐비닛에 아무것도 넣지 않았으므로 무엇이 들어 있을 리 없었지만 매일 당신은 캐비닛 문을 열어봤다. 그 속이 텅 비어 있음을 확인한 다음에야 당신은 안심했고 그제야 문을 닫을 수 있었다.

*

    꿈속에서 봤던 우물은 어린 시절 당신이 살았던 집 한가운데에 있던 것이었다. 어두운 그림자와 맑은 하늘을 함께 담고 있었던 우물. 당신은 그 우물을 그렇게 기억하고 있었다.

당신보다 세 살 많았던 당신의 언니는 우물가에서 노는 것을 좋아했다. 맨발로 우물을 빙빙 돌며 춤을 추었고 무슨 말인지도 모르는 노래들을 흥얼거렸다. 비슷한 곡조가 반복되어 결코 끝날 것 같지 않게 이어지는 노래들이었다. 당신의 언니는 이렇게 말하곤 했다. 어른이 되면 나는 먼 나라에서 살거야. 뜨겁고 건조한 바람이 부는 사막이라면 좋겠어.

우물가에서 놀던 언니가 우물에 빠져 죽은 것은 우연한 사고였다.

언니는 우물 속에서 마지막으로 누군가의 이름을 불렀다. 그때 당신의 언니가 부르던 것이 당신의 이름이었는지 아니면, 다른 사람의 이름이었는지 알 수는 없었다.

어린 당신은 언니가 죽고 나서 언니가 그랬던 것처럼 맨발로 우물가를 돌며 끝날 것 같지 않게 길게 이어지는 노래들을 흥얼거렸다.

머지않아 그 우물은 아버지에 의해 메워져 버렸다.

우물이 없어진 뒤에 당신은 늘 목이 말랐고, 늘 배고팠으며, 늘 채워지지 않았다.

우물이 없어진 지 3년 만에 식구들이 모두 흩어졌고, 우물이 없는 그 집엔 당신의 아버지만 남게 되었다. 당신은 오랫동안 그 우물을 잊기 위해 살았고, 그 우물은 진짜 당신의 기억 속에서 사라진 듯했다.

당신이 다시 그 집을 찾은 것은 당신의 아버지 장례식 때였다. 모여든 식구들은 자신들이 살았던 집이 폐가처럼 변해버린 것에 놀란 눈치였으나 아무도 우물에 대한 이야기는 꺼내지 않았다. 우물이 있었던 자리는 우물의 흔적이 지워졌고, 어쩌면 우물 같은 것은 처음부터 없었던 듯 보였다.

*

메워져 버렸다고 생각했던 우물이 여전히 당신 속에서 출렁이고 있음을 당신이 안 것은 언니의 죽음 뒤 몇 십 년이 지난 어느 날이었다.

그러니까 그 우물이 당신에게는 세상 어떤 우물보다 깊은 우물이었다.

*

어미가 돌아오지 않은 이레째 되던 날, 새끼 고양이 세 마리가 죽었다.

당신이 어딘지도 모르는 곳에 갇히는 꿈을 꾼 얼마 뒤, 그곳이 당신이 어렸을 적 살았던 집에 있던 우물 속이었다는 것을 알게 된 날로부터 얼마 뒤, 당신이 지하철역에 설치된 캐비닛을 빌린 얼마 뒤, 고양이 세 마리가 죽은 것이다.

그들의 주검은 아파트 일층, 당신의 집 거실에서 바라다보이는 화단에서 발견되었다. 세 마리 새끼 고양이들의 몸은 서로 엉켜 있었다.

동백나무 아래였다. 붉은 동백꽃 몇 송이가 그 옆에 흩어져 있었기 때문이었을까. 당신의 눈에 녀석들은 마치 인형처럼 보였다.

어미 고양이가 낳은 네 마리 고양이 중 한 마리만 보이지 않았다.

*

당신은 당신의 집 베란다에서 화단으로 이어져 있는 돌계단을 내려갔다. 우물가에서 춤을 추던 언니처럼 당신은 맨발이었고, 손에는 꽃삽과 검은 비닐봉투가 들려 있었다. 당신이 서두를 필요는 없었다. 새끼 고양이들은 더 이상 배가 고프지 않을 것이며 춥지 않을 것이며 어미를 그리워하지도 못할 것이기에.

당신의 눈은 바람에 하늘거리는 새끼 고양이들의 배냇털을 보았고, 누군가 놓고 간 스티로폼 접시 주위로 흩어져 있는 소시지를 봤다. 또 녀석들의 벌어진 입가에 남아 있는 토사물의 흔적을 봤다.

소시지에 묻은 독극물이 여린 창자를 뒤틀리게 하고, 그 고통은 감각을 느낄 수 없는 지점에 이르기까지 녀석들을 괴롭혔을 것이다.

스티로폼 주위에 흩어져 있는 소시지를 보고 당신은 짐작했다. 새끼 고양이들의 마지막 만찬이었던 소시지에 그들에게 치명적인 독극물이 묻어 있었을 거라고. 새끼 고양이들은 소시지를 씹으면서도 주위를 두리번거렸을 것이다. 어디선가 들려오는 작은 소리에 긴장하고 촉각을 곤두세우고, 사람의 발자국 소리라도 들리면 잠깐 몸을 피했다가 먹기를 계속했을 것이다. 더 이상 어미가 자신들을 보호해줄 수 없다는 것이 그들을 극도로 긴장하게 했을 것이다. 하지만 그 순간 그 어떤 의심스러운 소리보다도 그들이 좋아하는 소시지가 더 위험하다는 것을 새끼 고양이들은 몰랐을 것이다. 새끼 고양이들이 의심한 것은 놓여진 소시지가 아니라 다가오는 사람들의 발자국 소리였을 것이다.

아마 새끼 고양이들은 죽는 순간까지도 어미가 돌아오기를 기다렸을 것이다.

감기지 않은 새끼 고양이들의 눈은 투명하고 맑았으며 아직 물기를 머금고 있었다.

토파즈 같다고, 죽은 새끼 고양이들의 눈이 깊고 푸른 빛깔을 가진 토파즈 같다고, 당신은 생각했다.

맨발로 우물을 빙빙 돌며 춤을 추던 당신의 언니처럼 당신은 새끼 고양이들의 주검 주위를 몇 바퀴 돌았다. 올 겨울 들어 체감 온도가 가장 낮은 날이었고, 당신의 발은 이미 얼어서 아무 감각도 없었다. 당신의 발밑에 동백꽃이 밟혔지만 당신은 그것을 느낄 수 없었다. 한쪽 발을 들어 죽은 고양이의 몸통을 쓰다듬어보기도 했지만 그 부드러움도 당신은 느낄 수 없었다.

모든 의식이 끝난 듯 당신은 꽃삽으로 새끼 고양이들의 주검을 들어 올려 검은 비닐 봉투에 넣었다.

당신은 생각했다. 이 세상에서 새끼 고양이들이 살다간 시간을 무게로 환산한다면 지금 당신의 손끝에 느껴지는 그 가벼움, 딱 그 정도일 것이라고.

언니가 살다간 시간을 무게로 환산한다면…….

당신의 생각이 멈췄다.

*

나중에 알게 되었지만 당신의 집 앞 화단에서 발견된 고양이 말고도 그날 아파트 단지 안에서 죽은 채 발견된 길고양이들은 스무 마리가 훨씬 넘었다. 지어진 지 오래된 아파트는 고양이들이 숨어 지내기 좋은 장소였지만 또한 점점 위험한 곳이 되어가고 있었다.

*

당신이 어미 고양이를 처음 만난 날, 서울 지역에는 많은 눈이 예보되어 있었다.

당신은 동창 모임에 나가기 위해 외출을 서두르고 있었다. 집을 나서기 전 마지막으로 문 잠김을 확인하러 앞 베란다 쪽으로 갔다. 그때, 고양이 한 마리가 화단 가장자리에 심겨진 회양목 사이를 뚫고 안으로 걸어 들어오고 있었다. 아주 느린 걸음이었다. 당신과 눈이 마주

쳤고 순간 그 고양이는 멈칫했다. 당신은 그렇게 느꼈다.

걸음을 옮길 때마다 땅에 닿을 듯하던 뱃가죽과 듬성듬성 털이 빠져 흰 속살이 들여다보이는 등. 그나마 남은 털도 윤기가 없었다. 그러나 눈빛엔 독기가 서려 있었다.

베란다 유리문을 사이에 두고 당신과 어미 고양이는 서로를 살폈다. 잠시 뒤, 어미 고양이는 당신의 눈을 피했고 유유히 화단을 벗어나 길 쪽으로 나갔다. 위엄을 잃지 않으려는 것이 역력히 느껴졌다. 당신은 단번에 그가 새끼 낳을 곳을 찾고 있다는 것을 알았다.

외출을 미룬 채 당신은 화단에 있는 커다란 빈 화분에 신문과 담요를 깔았다.

그날 밤, 어미 고양이는 빈 화분 안에 네 마리의 새끼를 낳았다.

예보대로 밤부터 눈이 내렸다. 폭설이었다.

*

새끼 고양이들은 어미가 돌아오지 않는다는 것을 언제쯤 알았을까. 그들의 주검이 화단에서 발견되기 전날 밤, 새끼 고양이들의 울음소리가 밤새 계속되었다. 그것은 배가 고파 울어대던 소리와는 다른 소리였다. 분명 다른 울음소리라고, 당신은 확신했다. 녀석들은 가냘프지만 애절한 울음소리를 냈다. 누구도 그런 울음을 가르쳐주진 않았지만 새끼 고양이들은 누구보다 깊고 높은 울음을 울 줄 알았다.

그 소리에 밤새 당신은 몸을 뒤척였다. 얼핏얼핏 잠이 들었고, 당신은 또다시 우물 속에 갇힌 꿈을 꾸었다.

*

춤을 추던 언니가 우물 속으로 들어간 것은 스카프 때문이었다. 춤을 출 때 이리저리 흔들어대던 스카프가 바람에 날려 우물 속으로 들어갔다. 언니는 맨발로 우물 안 돌들을 밟으며 내려갔다. 돌에는 푸른 이끼가 끼어 있었다. 우물 속으로 내려가면서도 언니는 노래를 흥얼거렸다. 노래가 멈추고 마지막 어떤 소리가 들렸다. 그것은 꼭 당신의 이름처럼 들렸다.

*

밤마다 고양이 사료와 소시지를 아파트 곳곳에 놓고 다니는 사람에 대한 이야기를 당신도 들은 적이 있었다. 사람들이 모이는 곳에는 그 사람에 대한 얘기들이 흘러나왔다. 그 사람은 늘 검은 옷을 입고 모자를 깊게 눌러 쓰고 늦은 밤에만 돌아다닌다고 했다. 그의 뒷모습을 본 사람은 있지만 정작 그의 얼굴을 정확히 본 사람은 없다고 했다. 어떤 사람은 그가 남자라고 했고 어떤 사람은 그가 여자라고 했다. 길고양이들에게 먹이를 주는 것은 아파트 분위기로 봐서 드러내놓고 할 수 있는 일은 아니었다.

이미 많아질 대로 많아진 길고양이들 때문에 불편을 호소하는 사람들의 목소리가 점점 커지고 있었다. 고양이들 때문에 아파트 전체 난방이 중단된 일이 있고 나서 주민들의 항의가 거세졌다. 지하 밸브실에 고양이들이 들락거리며 레버를 움직인 것이 사고의 원인이었다. 밤새 추위에 떨던 주민들은 그것이 고양이들 때문이라는 것을 알고 임시 반상회를 열었다.

고양이를 보호해야 한다는 사람들의 말은 대체로 무시되었다. 중성화 수술을 시켜야 한다거나 쥐약이나 독극물을 놔서라도 길고양이의 수를 줄여야 한다는 사람들의 목소리만 커졌다. 길고양이들을 그대로 둘 수 없는 것은 받아들여야 하는 현실이 되고 있었다. 어떤 방법을 선택하느냐가 결정되지 않았을 뿐이었다. 쥐약이나 독극물을 먹이에 묻혀 곳곳에 놔두는 것이 가장 간단한 방법이었다. 하지만 어린아이를 키우는 사람들이 반발했다. 중성화 수술은 비용이 문제였다.

*

당신은 얼굴을 창 가까이 들이밀고 화단을 살폈다. 유리문 안에서 밖이 잘 보이지 않았다. 밤마다 고양이 사료와 소시지를 곳곳에 놓고 다닌다는 사람을 당신은 기다렸다. 그 사람이라면 어미가 낳은 네 마리 고양이 중 한 마리의 행방을 알 것만 같았다. 살아 있는지, 살아 있다면 어디에 숨어 있는지 그 사람만은 알 수 있을 것만 같았다.

다시 우물 속에 갇힌 꿈을 꾸고 난 뒤에는 우물 속에서 들렸던 당신을 부르는 소리와 당신의 베란다 밖에서 나는 고양이 울음소리가 머릿속에서 뒤섞였다. 어미 고양이가 낳은 네 마리 새끼 고양이 중 아직 살아 있을지도 모르는 한 마리의 새끼 고양이를 꼭 찾아야 한다고 당신이 생각한 것은 그 우물에 대한 꿈, 우물 속에서 들렸던 소리 때문이었다.

당신이 아무리 기다려도 밤마다 고양이 사료와 소시지를 놓고 다닌다는 그 사람을 볼 수 없었다. 하지만 아침이면 화단엔 스티로폼에 담긴 고양이 사료와 소시지가 놓여 있었다.

*

당신의 남편은 당신이 우물에 갇히는 꿈을 꾸는 동안에도 독일어 공부에 몰두해 있었다. 법학을 전공한 사람이라면 다 아는 유명한 학자인 당신의 남편은 번역된 책들이 어설프다며 직접 독일어 공부를 시작했다. 벌써 몇 년 전 일이었다. 그날 이후 남편의 서재에서는 독일어로 책을 읽는 소리가 새어나왔다. 시간이 갈수록 당신의 남편은 모국어를 잊어가고 있는 듯했다. 혼잣말도 독일어로 내뱉었다.

어느 날 문득 당신은 그런 생각을 했다. 당신의 남편은 생각조차도 독일어로 하고 있을지도 모른다고.

*

아파트 각 동 알림판에 안내문이 붙었다. 독극물을 사용해서 고양이들을 잡을 것이라는 내용과 그 날짜가 나와 있었다.

사람들은 말을 아꼈다. 누가 자신의 편이고 누가 자신의 편이 아닌지 알 수 없어서 불안해했다. 당신은 아파트 단지 안을 돌아다니며 두리번거리는 횟수가 늘었다. 어미 고양이가 낳은 네 마리 새끼 중 살아 있을지도 모르는 한 마리, 만약 그 한 마리가 살아 있다면 그 고양이를 빨리 찾아야 한다고 당신은 생각했다.

*

아파트 주차장에서도, 화단에서도, 보일러 밸브실에서도, 경비실 앞에서도 길고양이들의 주검이 발견되었고 치워졌다. 될 수 있으면 사람들은 밖으로 나가지 않았으며 경비실에는 주민들이 인터넷으로 주문한 택배 상자들이 쌓여갔다.

어미 고양이의 네 마리 새끼 중 살아남아 있을 거라고 생각한 그 한 마리를 당신은 찾지 못했고, 그 고양이를 잊어갔다.

당신은 우물가에서 언니가 흥얼거렸던 곡조와 비슷한 음악을 우연히 듣게 되었다. 그 음악은 당신을 맨발로 춤추게 했다. 벗은 발을 다른 사람들에게 보이는 것은 부끄러운 일이라고 생각하던 당신이 양말을 벗고 춤을 췄다.

*

당신이 배꼽을 드러내놓고 거울 앞에 섰다.

*

밸리 버튼이 배꼽이잖아요. 밸리 댄스는 배꼽이 보여야 해요. 통 넓은 하렘 바지와 힙 스카프, 배꼽이 훤히 드러나는 짧은 탑을 입고 서있는 모습이 어색해서 당신은 거울을 똑바로 바라볼 수 없었다. 늘어진 살갗과 울퉁불퉁한 뱃가죽, 긴장감이 없는 근육들. 거울 속에 보이는 당신의 모습이 당신에게는 낯설었다.

음악이 나오자 주위 사람들은 자연스럽게 힙을 움직였다. 몸의 중

심은 그대로 두고 힙만 움직여 보세요. 아주 쉬워 보였지만 당신에겐 어려웠다. 이미 퇴화될 대로 퇴화되어버린 몸을 일깨우는 것은 쉬운 일일 것 같지 않았다.

자, 양말을 벗고 발로 스피커의 진동을 느껴봐요. 그 진동을 온몸에 전달하는 겁니다.

누군가 그렇게 외치는 소리가 들렸다.

당신은 양말을 벗고 온 신경을 발바닥에 집중했다. 그렇다고 스피커의 진동이 느껴지는 것은 아니었다. 음악은 앞서가고 엉성한 동작이 뒤따랐다. 사람들이 힙을 움직일 때마다 힙 스카프에 달린 수많은 코인이 쩔렁 쩔렁 쩔렁 소리를 냈다.

코인이 흔들리는 소리는 조금씩 당신을 흥분시켰다. 힘 있게 힙을 움직여보았다. 당신 힙 스카프에 매달린 코인들이 살짝 움직였다. 스피커를 통해 나오는 가사를 알 수 없는 아랍 음악은 언니가 우물가에서 흥얼거리던 그 곡조와 흡사했다.

*

당신은 맨발로 음악을 느꼈다.

거울 속 당신은 양팔을 옆으로 뻗어 팔을 부드럽게 움직였다. 당신은 사막을 가로질러 곡선을 그리며 유유히 나아가는 뱀을 상상했다. 붉은 노을을 배경으로 끝도 없는 모래 사막을 걸어가는 쌍봉낙타의 등을 상상했다.

힙을 움직일 때마다 힙 스카프에 매달린 코인이 일제히 한 방향으로 솟구쳐 올랐다. 그 힘에 몸의 중심이 코인들이 솟구치는 방향으로 쏠렸다. 짧은 순간이지만 그 힘이 어디든 당신을 데려갈 것만 같았다.

*

당신이 매일 캐비닛을 확인하는 것은 당신에게는 일종의 의식이었다. 지금까지 살아왔던 방식을 버리고 새로운 삶을 살기 위한 의식.

캐비닛이 설치된 지하철역에 내려 역무실을 지나고 '행복 다락방'이라는 간판이 붙은 문 앞에 이르는 동안 당신은 당신의 캐비닛을 생각했다. 그 캐비닛은 당신이 떠나고 싶을 때 언제든지 떠날 수 있게 필요한 물건들로 채워질 것이었다.

지문 인식이 끝나면 문이 열렸다. 열린 문을 밀고 안으로 들어가면 양 옆으로 붉은 캐비닛이 늘어서 있었다. 당신은 사이즈가 가장 큰 것 중 하나를 빌렸다. 당신이 선택한 캐비닛 번호는 0913, 군대에 있는 아들의 생일 9월 13일을 떠올리며 지정한 것이었다.

우물에 갇힌 꿈을 꾸고 나서부터 당신은 당신의 언니가 그리워했던 뜨겁고 건조한 바람이 그리웠다. 우물가에서 언니가 추던 동작들이 생각났고 흥얼거리던 곡조가 떠올랐다. 당신은 보릿대춤도 못 춘다고 생각했는데 언니처럼 맨발이 되면 당신의 몸은 저절로 리듬을 따라 움직였다.

당신은 떠나고 싶었다. 밤이면 눈에 불을 밝히며 돌아다니던 야생의 길고양이들이 사라진 아파트는 더 퇴락해 보였다.

*

아니, 누구도 알아채지 못했지만 당신은 알고 있었다. 오래전부터 작은 물길들이 우물을 향해 조금씩 흘러들어 오고 있었다는 것을, 우물을 메워버렸지만 거기엔 아직 우물이 남아 있음을. 당신도 알아채지 못하는 시간에도 물길은 우물을 향해 흘러들어 오고 있었음을.

그러니까 당신의 언니가 빠져 죽은 그 우물은 당신에게 있어 세상 어느 우물보다 깊은 것이라는 것을.

*

당신은 산에 오른다. 콘크리트길이 끝나고 흙길이 이어지는 곳에서 당신은 신발을 벗고 양말을 벗었다. 맨발이 숲길에 익숙해지면 당신의 발걸음은 리듬을 탔다. 어느 순간엔 자연스럽게 몸을 바람에 맡기고 천천히 몸을 흔들기도 했다. 몸통은 움직이지 말고 힙만 움직여야 해요. 앞, 뒤, 왼쪽, 오른쪽. 당신은 마음속으로 박자를 외쳤다. 그리고 눈을 감고 발바닥으로 전해오는 땅의 감촉과 바람을 느끼려 했다. 몸이 자연스럽게 움직이면 음악이 떠올랐다. 끝날 듯 끝날 듯 끝나지 않고 이어지는 아랍의 음악에는 아주 뜨겁고 건조한 바람이 묻어 있었다.

당신은 신의 구원을 갈망하며 신전 앞에서 춤을 추던 무희가 된 것처럼, 우물가를 맴돌며 춤을 추던 언니처럼 춤을 췄다. 사막의 모래폭풍이 당신을 덮친다 해도 꼼짝 않고 춤을 출 것만 같은 자세로 당신은 춤에 빠져들었다.

당신은 생각했다. 언니가 우물 속으로 들어간 것은 우물에 빠진 스카프를 줍기 위한 것이 아닐지도 모른다고. 춤에 빠져들었던 언니의 발바닥은 달궈진 사막 한가운데 뜨거운 모래를 딛고 서 있었을지도 모른다고, 그 뜨거움을 견디지 못하고 이끼 낀 돌을 밟으며 우물 속으로 들어갔는지도 모른다고.

*

발가락 사이사이 비집고 들어오는 흙의 간지럼힘을 당신은 알게 되었다. 발밑에서 버스럭거리는 마른 잎이 당신의 죽어 있던 감각들을 깨운다는 것도 당신은 알게 되었다. 발로 느껴지는 새로운 세계가 있다는 것에 놀랐다.

당신의 맨발, 거기서 당신의 새로운 삶이 시작되고 있었다.

당신의 캐비닛에 물건들이 채워지기 시작했다.

*

맨 먼저 당신이 캐비닛에 넣은 것은 책이었다. 당신이 정말 떠날 수 있게 된다면 당신은 모국어로 대화할 수 있는 사람이 없는 곳으로 가고 싶었다. 그곳에서 당신은 매일 소리 내어 책을 읽고 싶었다. 당신은 모국어로 된 책을 소리 내어 읽고 싶었다. 남편의 서재에서 독일어로 책 읽는 소리가 흘러나왔듯이.

책의 내용이 무엇이건 상관없을 것이다. 어떤 페이지부터 읽어나가도 괜찮을 것이다. 한글을 처음 배우던 때처럼 당신은 또박또박 정확한 발음으로 책을 읽으며, 당신은 그 소리가 의미가 사라지고 그냥 소리로만 남게 될 때를 기다릴 것이다. 그때가 되면 당신은 비로소 깨달을 것이다. 돌아가기엔 당신은 이미 너무 멀리 떠나왔고, 그렇기 때문에 비로소 당신의 삶이 누구의 것도 아닌 온전히 당신의 것이 되었음을.

*

어미 고양이가 낳은 네 마리 고양이 중 살아남은 한 마리가 당신의 집 앞 화단에 나타났다. 새끼 고양이들이 죽은 지 반년이 지난 뒤였다.

이제 당신의 캐비닛은 빈자리가 없을 정도로 꽉 채워져 있었으며 사람들은 더 이상 길고양이를 화제로 삼지 않았다. 그동안 고양이들의 주검이 자루에 담겼고 밤마다 사료와 소시지를 놓고 다닌다던 사람에 대한 이야기도 떠돌지 않았다. 여전히 남편의 서재에서는 독일어로 책 읽는 소리가 들렸다.

그러던 어느 날 오후, 녀석이 당신의 베란다 앞 화단에 나타난 것이다. 몸집은 커졌지만 흰 바탕에 검은 얼룩 무늬를 가진 녀석을 당신은 한눈에 알아봤다.

처음에는 녀석이 당신과 눈도 마주치지 않았지만 얼마 후엔 오랫동안 눈을 맞추었다. 녀석은 자신이 태어났던 빈 화분 속에 들어가 한참 앉아 있다가 어딘가로 떠났다.

그리고는 다음 날도, 그다음 날도 찾아왔다.

맨발로 당신이 계단을 내려갔다. 다가가도 녀석은 도망가지 않았다. 대신 당신 발목에 얼굴을 비비댔다. 두 발 사이를 오가며 빙빙 돌았다. 따뜻하고 부드러운 녀석의 털이 당신의 발등에 느껴졌다. 머리를 쓰다듬어도 땅에 엎드린 채 녀석은 가만히 있었다. 등을 토닥거리면 그릉그릉 소리를 냈다.

*

　당신은 캐비닛, 0913에 있던 물건들을 하나씩 꺼냈다. 티셔츠들, 점퍼, 플랫슈즈, 머플러와 모자, 화장품들, 책들과 비디오 테이프, 시디 몇 장과 사진들, 편지 꾸러미와 금반지, 손톱 깎기……. 캐비닛을 빌린 뒤, 당신이 갖다 넣은 물건들이었다.

　지금까지의 삶을 버리고 떠난다고 상상했을 때 아무것도 가지지 않고 떠날 수 있을 것만 같았다. 그러나 당신의 캐비닛은 빈틈이 없을 정도로 물건들로 꽉 차고 말았다.

　바닥에 흩어진 물건들이 당신이 지금까지 살아온 삶을 말해주는 듯했다. 당신이 챙겨놓은 물건들처럼 너저분하고 탐욕스러운, 당신이 아무리 사막의 뜨거운 바람의 유혹을 느껴도 결코 떠날 수 없을 것 같은 삶을 보여주는 듯했다.

　당신은 캐비닛에서 꺼낸 물건들 하나하나를 쓰레기 봉투에 넣었다. 떠나기로 했다면, 거기가 어디든 지금껏 당신을 붙잡고 있던 것들을 모두 버려야 하지 않을까. 우물가에서 맨발로 춤을 추던 언니처럼, 맨발로 이끼 낀 돌을 딛고 깊은 우물 속으로 들어갔던 언니처럼.

*

　다시 캐비닛은 텅 비었다. 당신이 캐비닛을 빌려 처음 문을 열었을 때처럼 캐비닛 안에는 아무것도 없다. 당신은 당신 품에 안겨 있는, 어미 고양이가 낳은 네 마리 새끼 고양이 중 유일하게 살아남은 한 마리 고양이를 캐비닛에 밀어넣었다. 녀석은 저항은커녕 마치 오래전부터 익숙하게 지내온 장소처럼 캐비닛 안에 자리를 잡고 앉았다. 녀석의 눈을 바라본다. 물기를 머금은 녀석의 눈이 토파즈 같다고 당신은 생각했다.

　당신의 캐비닛, 0913의 문을 닫자 안에서 녀석의 소리가 들렸다.

　야아옹.

　우물 속에서 들렸던 언니의 마지막 소리와 닮았다고, 당신은 생각했다.

*

　거리를 걷고 있는 당신은 이미 맨발이었다. 이제 당신은 보도블록에서도 아랍의 리듬을 느낄 수 있었다. 귓가에는 수없이 많은 코인들이 흔들리는 소리가 들렸다. 찰랑, 찰랑, 찰랑. 힙의 움직임을 따라 코인들은 일제히 한 방향으로 쏠렸다. 그 무게가 당신 몸을 잠깐 동

안 황홀하게 만들었다. 그 소리가 뜨겁고 건조한 사막의 바람을 불러
왔다.

*

당신의 캐비닛, 0913에는 이제 새끼 고양이 한 마리만, 어미를 잃은
새끼 고양이 한 마리만 들어 있다. 당신은 생각했다. 어디론가 떠나서
새 삶을 살고 싶다면 챙겨가야 할 것은 지금 당신의 캐비닛에 있는 새
끼 고양이 한 마리로 충분하다고.

수요일의 아이

최은미

형제자매들은 모두 떠났다.

동요의 내용대로라면 목요일의 아이는 길 위에 있을 것이고 일요일의 아이는 친구와 있을 것이고 토요일의 아이는 일을 하고 있을 것이다. 소녀는 햇빛이 원을 그린 소파에 혼자 앉아 떠나간 형제자매들을 걱정한다. 얼굴이 예쁜 월요일의 아이가 나쁜 사람을 만나지 않을까 걱정하고 토요일의 아이가 생활비를 버느라 건강을 해치지 않을까 걱정한다. 사랑스러운 금요일의 아이가 마음을 다치는 건 아닌지, 빛이 나는 화요일의 아이가 시기를 받는 건 아닌지, 혹 그들이 모두 돌아오지 않는 건 아닌지. 소녀가 그들을 걱정하는 건 수요일에 태어났기 때문이다. 수요일의 아이는 근심이 많다.

소녀는 극장에 앉아 비상구 안내 영상을 본다. 극장의 통로는 미로와 같다. 안내 영상은 미로 속에 놓인 비상구와 소화기의 위치를 짧은 시간밖에 보여주지 않는다. 소녀는 몇 초 안에 미로 속 자신의 현재 위치와 탈출 동선을 확인해야 한다. 그게 머릿속에 정확히 입력되지 않으면 소녀는 영화에 집중하지 못한다. 누군가 금연 구역인 극장에서 담배를 핀다. 불이 번진다. 사람들은 출입문을 향해 뛰다가 문 근처에 오글오글 모여 쓰러진다. 그들 중 가장 먼저 숨이 막히는 것은 소녀다. 소녀는 언제나 영화를 끝까지 보지 못하고 다른 생각을 하다 미로를 빠져나온다.

지하철을 탄 소녀는 누구도 쳐다보지 않고 조용히 앉아 책을 읽는다. 다리를 저는 남자아이가 나타나 사람들 무릎에 종이를 올려놓는다. 소녀는 그가 혹시 목요일의 아이는 아닌지 살핀 뒤 계속 책을 본다. 공기에 떠돌고 있는 정보들이 소녀에게 온다. 객차 내 이산화탄소 농도는 1,805피피엠, 코에서 걸러지지 않고 폐로 직행하는 초미세먼지 농도는 340마이크로그램. 손잡이를 잡고 선 남자의 겨드랑이털에 서식하는 박테리아의 숫자와 선로 밑에서 찍찍 대는 설치류의 진동수, 남자아이의 종이에 붙어 이동하는 바이러스의 움직임. 소녀는 기침을 한다. 무릎에 있던 종이가 바닥으로 떨어진다. 종이를 거두던 남자아이가 소녀를 노려본다. 일부러 그런 게 아니다. 소녀는 변명이라도 하고 싶지만 남자아이는 다른 칸으로 가버린다. 소녀는 더 이상 책에 집중하지 못한다. 소녀가 자신을 무시해 일부러 종이를 팽개쳤다고 생각한 남자아이가 소녀를 따라 내린다. 어두운 골목에서 나타난 남자아이는 품속에서 커다란 쿠션을 꺼내 소녀의 얼굴에 대고 누른다. 생각만 해도 숨이 막힌다.

소녀는 집에 오는 내내 주위를 살핀다. 믿을 수 없게도 남자아이가 정말로 소녀를 따라오고 있다. 소녀는 태연한 척 정상 보폭으로 걷다가 모퉁이를 돌기 전 빠르게 뒤를 본다. 눈빛 광선 두 개가 멈칫 멈춰 선다.

일요일 정오가 되면 소녀는 도시락을 시켜 먹는다. 소파에 퍼져 있던 새우도 일주일에 한 번 도시락이 오는 시간엔 몸을 움직인다. 도시락집의 일요일 점심 메뉴는 사람과 고양이가 같이 먹을 수 있는 별미로 구성된다. 소녀와 새우는 다진 고기를 버무린 국수사리를 반씩 나누어 먹는다. 소녀는 도시락을 먹으면서 도시락을 배달하는 소년을 생각한다. 소년은 손등에 커다란 반점이 있다. 소년은 도시락을 건네주면서 소녀에게 '혼자 있어요?' 라고 물었다. 네. 소녀는 대답했다. 그러나 대답만 하고 가만히 있자 소년은 그냥 가버렸다. 소녀는 새우를 본다. 새우가 정정해준다. 소년은 '혼자 있어요?' 가 아니라 '잔돈 있어요?' 라고 물었어.

다음부터 소녀는 일요일이 되면 잔돈을 준비한다. 그러나 소년이 다시 잔돈이 있냐고 묻는 일은 없다. 배달맨들은 늘 잔돈을 준비해 다닌다. 어쩌면 소년은 '혼자 있어요' 나 '잔돈 있어요' 가 아니라 '코막혔어요' 라고 말한 것도 같다. 소년과 만나는 것은 일주일에 한 번, 1분 정도의 시간이지만 소녀는 안다. 마르고 갈라진 입술, 비정상적으로 튀어나온 턱과 입, 콧등과 눈자위의 색깔, 숨 쉴 때 입에서 뿜어져 나오는 공기의 세기만으로도 소녀는 알 수 있다. 소년은 소녀와 같은 병을 앓고 있는, 소녀와 같은 족속이다. 지구인의 20퍼센트가 앓고 있는 병, 죽을 때까지 나을 수 없는 불치병, 후각과 미각을 잃는 대신 식스센스를 얻을 수 있는 병. 병의 이름은 비염이다.

세상은 고양이를 좋아하는 사람과 싫어하는 사람으로 나뉜다. 코가 막힌 사람과 코가 막히지 않은 사람으로 나뉘고, 윗도리를 벗길 때 만세를 시키는 엄마를 두었던 사람과 한쪽 팔씩 차례차례 벗겨주는 엄마를 둔 사람으로 나뉜다. 엄마는 목욕 시간이 되면 소녀와 동생을 나란히 앉혀놓고 만세! 라고 외쳤다. 엄마는 자주 옆단추를 끄르지 않고 만세를 시켜 소녀와 동생을 윗도리의 암흑 속에서 허우적거리게 만들었다. 옆에는 새우가 있었다. 새우만이 소녀가 저녁마다 그 시간을 얼마나 공포스러워했는지 안다. 사람들은 입이 막히면 코로 숨을 쉬면 되지만 비염인들은 입이 막히면 숨이 막힌다. 친척 할머니가 큰 시루떡을 입에 덥석 물려주거나 잘 끊어지지 않는 기다란 냉면을 먹어야 할 때, 코 점막이 부어오른 날 양치를 해야 할 때, 소녀는 공포를 느낀다.

새우는 소녀가 태어나기 얼마 전에 소녀의 집으로 왔다. 아빠는 퇴근길에 길에서 발견한 새끼 고양이 한 마리를 집으로 데려왔다. 잿빛 털에 오렌지색 눈을 가진 고양이였다. 엄마가 반찬을 하려고 꺼내놓았던 마른 새우를 다 먹어치워 이름이 새우가 되었다. 엄마는 곧 배가 불렀다. 엄마는 부른 배 위에 얹듯이 새우를 안고 다녔다. 잿빛 털이 항상 반짝거리는 데다 사람을 좋아해 새우는 동네에서 금세 인기를 차지했다. 동네에는 빈 유모차를 끌고 좀머 씨처럼 하루 종일 마을을 돌아다니는 여자가 있었다. 여자는 엄마만 보면 함박웃음으로 다가와 새우를 쓰다듬으며 말했다. 예뻐라. 아기 낳으면 저 주실 수 있나요? 엄마는 뿌듯한 표정으로 대답했다. 글쎄요. 신랑이 워낙 예뻐해서. 새우의 말에 따르면 그때 여자가 달라고 한 것은 고양이가 아니라 뱃속의 아기였다. 새우는 소녀가 놀이터에 가서 놀 만큼 컸을 때에도 유모차 여자가 지나가기만 하면 소녀 옆에서 털을 부풀리며 여자를 경계했다.

비강에 들어찬 코 때문에 소녀가 눈을 비벼대며 울면 새우는 메뚜기와 지렁이를 잡아다 소녀에게 주었다. 소녀는 좋아하는 남자애가 그네를 타러 오면 그네 밑의 모래에 지렁이를 수북이 묻어놓아 아이를 기절시키곤 했다. 기절한 그애를 간호해주는 상상은 늘 감미로웠다. 그때 소녀에겐 곱슬머리로 태어난 동생이 있었고, 엄마와 아빠와 새우가 있었고, 여름마다 자두가 별처럼 열리는 자두나무가 있었다. 코가 막히는 것을 빼면 모든 것이 좋았다.

지금 소녀에겐 새우만 있다. 소녀는 내년에 성년이 되고 새우는 내년에 스물한 살이 된다. 스물한 살이면 고양이 세계에서는 오래 산 나이다. 관절이 안 좋아진 새우는 이제 전기장판에 배를 깔고 앉아 몸을 지지는 것 말고는 아무것도 하지 않는다. 다 늙어서 누군가의 젖을 먹는 건 이상하다고 우유도 먹지 않는다. 다이옥신이 쌓인다고 참치 캔도 먹지 않는다. 먹지 않아도 신장이 안 좋아서 살이 찐다. 소녀처럼 만성은 아니지만 호흡기가 나빠져서 밤에는 코를 곤다. 그래도 소녀에겐 새우뿐이다. 새우는 존재 자체로 여전히 소녀를 사로잡는다. 선천적으로 타고난 큰 눈과 단단한 앞발과 꼿꼿하면서도 느긋한 자태를 보면 기꺼이 복종하지 않을 수 없다. 코가 헐어가는 것을 빼면 소녀는 지금도 나쁘지 않다고 생각한다.

소녀는 접시에 물을 붓고 소금을 탄 뒤 코를 박는다. 코로 소금물을 빨아들여 입으로 내뱉자 피가 나온다. 소녀는 코에 거즈를 대고 입으로 숨을 쉬면서 옥상 난간에 선다. 소녀의 옥탑방에서는 마을을 한눈에 내려다볼 수 있다. 옆 건물인 교회 지붕이 눈높이로 보일 정도로 높은 곳이다. 교회는 얼마 전에 십자가탑의 네온을 교체했다. 전기세를 70퍼센트 절감할 수 있는 제품이었지만 밝기만 밝고 온기는 이전보다 덜했다. 밤마다 교회 지붕 위로 몰려드는 고양이들의 생김새를 하나씩 뜯어보다가 소녀는 자리에 눕는다.

백 원짜리 신권이 나왔다. 이전 것보다 훨씬 조그맣고 훨씬 반짝거린다. 소녀는 출근하자마자 은행으로 달려가 동전을 한 꾸러미 바꿔왔다. 해변에서 모래알갱이들을 주워 온 것처럼 소녀는 마음이 설렌다. 소녀는 이 동전을 소년에게 줄 생각이다. 소년은 어디를 다니고 있을까. 코편한 한의원? 코목귀 이비인후과? 소년의 합병증은 어느 정도일까. 소녀는 전표 입력을 하면서 계속 소년을 생각한다. 사무실에서 소녀에게 말을 거는 사람은 없다. 소녀는 업무에 필요한 대답 외에는 누구와도 대화를 하지 않는다. 소녀는 자신의 몸속에 들어찬 코와 가래에서 하수구 냄새가 난다고 생각하고 있다. 스스로 그 냄새를 못 맡기 때문에 소녀의 두려움은 더 크다. 소녀는 30분에 한 번씩 입속에 구강 스프레이를 뿌린다.

공원관리사무소에는 소장이 새로 부임했다. 새로운 소장이 추진하는 첫 번째 사업은 밝고 활기찬 도시 환경 조성을 위해 지역민의 위생과 안전을 위협하는 야생동물을 솎아내는 일이었다. 소장은 구청의 녹지과 과장과 자주 회동을 했다. 새우는 소녀가 이곳으로 출근하는 걸 좋아하지 않는다. 그러나 소녀에겐 고등학교 졸업 전에 어디에라도 취업을 하는 게 중요했다. 이곳이 아니었다면 소녀는 새엄마 집에서 독립을 하지도 못했을 것이고 길에서 살고 있던 새우를 다시 데려오지도 못했을 것이다.

지금은 사무소의 임시 경리직이지만 소녀는 언젠가는 시설관리공단에 정규직으로 들어가 가로등 관리팀에서 일하는 것이 꿈이다. 소녀는 얼마 전에 공단에서 가로등 원격관리 제어시스템을 들여놓은 것도 알고 있다. 마을의 가로등을 관리한다는 것은 얼마나 멋진 일인가. 열심히 일을 해 가로등 관리팀의 팀장이 되면 소녀는 가로등의 조도를 대폭 개선해 밤거리를 좀 더 어둡게 만들고, 가로등 옆에는 취객을 위한 오바이트 통도 만들 생각이다. 한밤이나 새벽 거리에 홀로 서서 속에 있는 것을 게워 올리는 건 세상에서 제일 외로운 행위 중 하나다. 그러려면 가로등이든 가로수든 전봇대든, 뭔가 지탱할 게 필요하다. 고속도로 휴게소에 명언을 코팅해 붙이듯이 소녀는 가로등마다 문구를 붙일 것이다. 저를 잡고 토하세요.

소녀는 퇴근을 하면서 습관처럼 이비인후과에 들른다. 의사도 습관처럼 고주파 레이저를 들고 소녀의 코 점막을 지진다. 소녀의 콧속은 세균들의 서식지가 된 지 오래다. 알레르기 비염의 만성화로 소녀의 후각 신경세포는 대부분 손상됐다. 어려서부터 꾸준히 항생제와 항히스타민제를 복용해 치료약에 내성이 생긴 소녀 같은 환자를 병원에선 악성 비염인으로 분류했다. 악성 비염인들은 대부분 유전적으로 알레르기 체질을 물려받았고 중이염, 축농증, 천식, 아토피 등 비염에 따라오는 합병증과 알레르기 질환을 고루 앓고 있었다. 악성 비염인은 무엇보다 면역 치료나 근본 치료 기회를 놓치고 빠른 시간 안에 후각을 잃은 사람을 뜻했다. 그들은 코가 아닌 입으로 호흡을 하기 때문에 턱관절과 입이 튀어나온 아데노이드형 얼굴을 하고 있었고 몸에 항상 염증이 있어 보통 사람보다 기초체온이 높았다.

체온이 높으면 그 체온을 유지하기 위해 열이 필요했다. 소녀는 온기가 있는 곳이라면 난로든 라디에이터든 불구덩이든 어디에라도 뛰어들 수 있었다. 겨울이 깊어지면서 소녀는 피부와 머리카락을 자주 그슬렸다.

이비인후과에서 나온 소녀는 호흡학원에 간다. 호흡학원은 원래 호흡명상을 하는 정신수련원이었지만 호흡 질환자가 늘어나면서 보습학원보다 수가 많아졌다. 그들은 숨 쉬는 게 세상에서 제일 쉬운 거라고 강조했다. 실패한 치료법과 검증되지 않은 약재 속에서 헤매느니 썩어가는 코 점막에 의식을 집중하는 것이 더 빠른 치료법이라고 했다. 증상이 나아지지는 않았지만 소녀는 호흡학원이 그중 마음에 들었다. 병원은 의료보험 혜택이 되고 당장의 통증을 덜어준다는 것 외엔 다른 것이 없었고, 한의원은 체질을 바꿀 수 있다는 희망을 끈질기게 주입하면서 많은 돈과 인내심을 요구했다.

그들은 서로의 치료법을 비방했지만 한 가지 공통점이 있었다. 비염이 있는 아이들이 공부를 잘하는 것은 불가능하며 키 또한 클 수 없다는 주장이었다. 자신의 아이가 공부를 못하게 되거나 키가 클 수 없다는 것만큼 부모들을 두렵게 하는 것은 없었다. 더구나 비염인의 부모들은 생명이 생명답게 살 수 있는 최소한의 조건인 면역력을 아이에게 주지 못했다는 죄책감에 시달리고 있었다. 그들은 아이의 비염을 낫게 할 수 있다면 무덤도 팔 수 있었다. 코 관련 업종은 무조건 성황을 이루었다.

호흡학원에서 돌아온 소녀는 새우와 저녁을 간단히 먹고 깔때기처럼 생긴 산소 네블라이저를 입에 대고 마무리 호흡기 치료를 한다. 그렇게 코에 장악된 하루를 끝내고 나면 소녀는 녹초가 된다. 소녀가 한탄할 데는 새우밖에 없다.

"새우야. 내 몸에서 코가 없어졌으면 좋겠어. 그러면 이렇게 고통스럽지도 않을 텐데."

그러면 새우는 소녀를 위로해준다.

"좋게 생각해. 코끼리가 아닌 게 얼마나 다행이야."

소녀는 빗으로 새우의 털을 빗겨준다. 뭉친 털이 많아 소녀는 조심조심 빗질을 한다. 고양이 카페에 들어가 새로 후기가 올라온 고양이

용품을 둘러보고 필요한 몇 개를 주문한다. 얼마 전까지는 새우의 사진을 올리기도 했지만 이젠 글을 직접 올리지 않는다. 고양이 커뮤니티에 고양이 사진 하나만 올렸을 뿐인데도 소녀의 쪽지함은 유근피와 홍갈초와 돌뜸이 비염에 좋다는 광고로 가득 찼다.

새우를 빗겨준 뒤 소녀는 자신의 머리를 오래 빗는다. 소녀는 길고 찰랑거리는 머리카락을 가지고 있다. 소녀가 월급에서 가장 많은 지출을 하는 것은 머리다. 소녀는 정기적으로 볼륨매직을 한다. 풍성하고 매끈한 머리카락을 만지고 있어야만 소녀는 자신의 몸이 살아 있다는 느낌을 받는다. 볼륨매직을 하고 남은 돈으로 월세를 내고, 식료품을 사고, 호흡학원에 등록하고 이비인후과 진료비를 낸다. 일주일에 한 번 도시락을 시키고, 소소한 고양이 용품과 네블라이저 리필 깔때기를 주문한다. 저축도 조금 한다. 소녀는 백만 원이 안 되는 월급으로 이것들을 다 할 수 있다. 그러고도 돈이 남으면 소녀는 교회에 헌금을 한다. 소녀는 교회를 다니고 있지 않지만 헌금액이 조금이라도 늘어야 교회가 십자가탑의 네온을 이전 것으로 교체할 거라고 소녀는 생각하고 있다. 새우가 꼬리로 몸을 감싸고 잠들면 소녀는 머리카락으로 얼굴을 감싸고 잠이 든다.

며칠 전부터 골목에 다른 공기가 떠돌고 있다. 그것은 한 시간에 5.4회 꼴로 일어나는 지진의 진동도 아니고 천둥을 예고하는 양이온도 아니다. 뭔가 엄청난 일의 전조를 품고 있는, 한 번도 접해본 적이 없지만 저절로 알 수 있는 그런 종류의 공기다. 불행하게도 소녀는 동네를 떠돌고 있는 그 공기를 모두 느낄 수 있다.

마을은 가시 거리가 2킬로미터 이하인 무거운 연무 상태가 한 달 이상 지속되고 있다. 공기 중엔 미세먼지와 스모그가 가득했고 바람은 전혀 불지 않았다. 구청에서는 대기 오염도와 그에 따른 행동요령을 하루에 두 번 일괄문자로 전송했다. 뉴스에서는 오존 중대경보가 내려진 지역과 호흡기 질환 사망자의 숫자를 하루별로 내보냈다. 유치원과 초등학교는 휴교령이 내려진 지 오래였다. 이런 날 호흡기 환자가 외출을 하는 것은 미친 짓이었다.

소녀는 옥상에 서서 골목을 내려다본다. 날이 저물고 있는 골목을 소년이 도시락 배달통을 들고 달리고 있다. 동네는 옥상과 지붕으로 빽빽하게 얽혀 있다. 그 사이를 뚫고 골목이 혈관처럼 이어진다. 좌측 외곽에는 컨테이너 공터가, 바깥쪽에는 형체가 희미한 아파트가 산맥처럼 둘러져 있어 동네는 고립된 미로와 같다. 소년은 미로 속에서 쉬지 않고 달린다. 사람들이 실내에 있는 시간이 늘면서 소년의 일도 많아졌다. 옥상의 노란색 물탱크들을 거점으로 소녀는 사다리 타기를 하는 것처럼 골목에 선을 그린다. 그 선 사이를 소년이 달리고, 소년 위로 어스름이 내린다. 해가 지면 비염 환자들은 코 점막이 부어오르고 길고양이들은 활동을 시작한다. 소년이 신호를 보내며 달리는 것처럼 골목에 가로등이 하나둘 켜진다. 어둠이 한 꺼풀 더 내리자 노란색 물탱크가 지워지고 그 자리에 눈빛 광선들이 떠다니기 시작한다. 비염은 외로운 병이다. 코가 막히는 건 세상으로 통하는 통로 하나가 막히는 것이다. 그래서 소녀는 소년도 외로울 거라는 걸 안다. 소년이 오토바이를 타지 않고 뛰어서 배달을 하는 건 뛰어야 조금이라도 코가 뚫리기 때문이다. 소녀는 소년에게 말해주고 싶다. 자신에게 반짝거리는 동전이 얼마나 많은지, 자신이 엑셀을 얼마나 잘하는지, 언제 코가 완전히 뚫리는 느낌이 들었었는지. 소녀는 모두 말해주고 싶다.

새우가 옆에 와서 옥상 난간에 올라선다.

"소년에게 말해줘. 니 배란일을."

"뭐?"

소녀는 깜짝 놀라 대답한다.

"그런 건 숨기는 게 아니야. 너도 사실은 말해주고 싶잖아?"

새우가 나오자 옥상과 십자가 밑에 모여 있던 고양이들이 눈빛 광선을 낮추고 조용해진다. 새우는 소녀와 소년의 관계에 관심이 많아졌다. 둘의 관계뿐 아니라 뭔가를 중얼거리는 시간도 많아졌다. 소녀와 새우는 소년에 대해서 몇 마디 더 주고받는다. 고양이들은 소녀와 새우의 대화를 들을 수 있지만 사람들에겐 둘의 대화가 들리지 않는다. 소녀와 새우가 인간의 가청 범위 밖의 주파수로 얘기하고 있기 때문이었다. 못을 밟고부터였다. 소녀는 고양이의 말을 알아들을 수 있게 되었고 고양이에게 의사를 전달할 수 있게 되었다.

아빠가 망치를 들고 나무 식탁을 고치던 날이었다. 소녀는 아빠한테 뛰어가다가 못을 정통으로 밟았다. 못이 발바닥 중앙을 뚫고 들어오는 순간 소녀는 코가 뻥 뚫리는 느낌이 들었다. 소녀는 태어나서 한 번도 코가 시원해본 적이 없었기 때문에 순간 꿈을 꾸고 있다고 생각했다. 소녀의 몸은 공중으로 솟아올랐다. 머리부터 발끝까지 한 번에

뚫리는 느낌. 온 존재가 비틀리며 하늘과 땅의 비밀을 알아버린 느낌. 비명과 함께 나동그라지며 착지한 세상은 이미 달라져 있었다.

못은 코가 막고 있던 통로 대신 새로운 통로를 열었다. 그러나 그건 못을 밟고 나서 갑자기 열린 게 아니었다. 오랫동안 누적되어온 것이 못을 계기로 터져나왔다고 보는 것이 더 정확했다. 새우는 소녀가 두 돌일 무렵부터 소녀를 특정 소리에 길들였다. 여러 패턴의 소리를 반복해 들려주면서 그것을 행동과 연관지어 보여주는 것부터 시작했다. 소녀에게 그보다 재미있는 놀이는 없었다. 새우는 자신의 입을 직접 벌려서 고양이 세계에 존재하는 다양한 소리들과 그것을 전달하는 방법을 알려주었다. 새우는 목구멍 뒤쪽 후두부에서 다른 속도로 공기를 밀어냈는데 입 근육을 어떻게 움직이느냐에 따라 다른 파동이 나왔다. 소녀는 이 방법을 어렵지 않게 익힐 수 있었다. 새우는 그게 비염 때문에 후두부의 구조가 변해서 가능한 일이라고 했다. 소녀는 놀라서 물었다.

"그럼 비염인들은 다 고양이와 얘기할 수 있어?"

"아니, 그건 고도의 훈련이 필요한 일이야. 너는 재미였겠지만 나는 너한테 말 가르치느라 참 힘들었어. 하지만 무슨 일을 하려면 일단 의사소통이 되어야 하는 게 우선이지."

고양이와의 의사소통 외에 소녀에겐 몇 가지 변화들이 더 생겼다. 소녀는 일기장에 '지렁이의 통곡 소리를 들었다', '햄스터의 방귀 소리를 들었다'고 쓰게 되었다. 선생님들은 소녀의 상상력을 칭찬해주었지만 그건 상상이 아니었다. 왠지 비가 올 것 같은 느낌에 귀를 문

지르고 있으면 비가 왔고, 어느 집에선가 가스가 새고 있는 낌새가 느껴지면 거기서 정말로 사고가 일어났다. 공기 중엔 여러 정보를 담은 분자들이 떠다녔고 소녀에겐 그것들이 보내오는 신호가 읽히기 시작했다. 새우는 그런 변화를 누구에게도 얘기하지 못하게 했다. 세상엔 그런 걸 알면서도 말하지 않고 살아가는 사람이 더 많다고 했다. 참을성 없이 떠벌이는 사람들을 위해 생긴 곳이 정신병원이라고 했다. 코가 뚫린 채 존재했던 찰나의 시간을 맛본 뒤 소녀는 배로 힘들어졌다. 그 느낌을 잊을 수가 없어서 소녀는 못만 보면 가슴이 진정되지 않았다.

"불안해. 곧 일이 일어날 거야. 아직은 고양이들이 너무 불리해. 아직은, 너무 불리해."

새우가 계속 중얼거렸다. 날은 완전히 어두워졌고 소년은 보이지 않았다. 어두운 허공에 십자가와 가로등 불빛이 도드라졌다. 그 사이로 눈빛 광선들이 희미하게 떠다니고 있었다. 아무래도 가로등이 너무 밝아. 소녀는 고개를 저었다.

연이은 오존 중대경보로 사람들이 집에 있는 시간이 늘면서 마을은 불안한 공기로 부풀어 올랐다. 사람들은 조그만 일에도 감정표현을 격하게 하고 있었다. 집집에서 치고 박고 아우성치는 소리가 소녀의 옥상까지 들려왔다. 늦겨울은 고양이들의 발정이 1년 중 가장 많은 시기였다. 실내에서 아우성치던 사람들은 고양이 울음소리에 민감해지기 시작했다. 촘촘히 주차된 차들 밑에 암고양이들이 자리를 틀고 새끼를 낳아, 그 새끼들이 구더기처럼 주택 난간을 타고 오른다고 치를 떨었다. 사람들은 자신들의 불만을 자연스럽게, 징그러운 번식력으로 수를 늘려 골목에서 득시글거리는 고양이에게 돌렸다. 대기가 불순한 것도 고양이 탓이고 주가가 폭락하는 것도, 동네 집값이 떨어지는 것도 모두 고양이 탓이었다.

누군가 쓰레기 봉투에 쥐약을 바른 치킨을 넣어 내놓았다. 고양이에게 밥을 주던 한 여자가 머리채를 잡혔다. 여자가 먹이를 놓던 자리엔 독약 사료가 놓였다. 철근에 맞아 죽은 고양이 사체들이 골목 여기저기서 발견되었다. 그러나 대놓고 고양이를 죽이는 사람은 일부였다. 대부분은 자신이 직접 죽이면 부정을 탈 수 있다는 생각에 누군가 대신 죽여주기를 바랐고, 그 바람이 행정적인 절차로 정당화될 수 있게 구청에 끈질기게 민원을 넣었다. 그보다 더 많은 사람들은 자신이 매일 지나다니는 골목에서 누군가 굶어 죽고 맞아 죽고 있다는 사실에 전혀 관심을 두지 않았다.

새우는 이 모든 상황을 안 보는 척하면서 다 내려다보고 있었다. 골목에서 어떤 일들이 벌어지고 있는지 새우는 누구보다도 잘 알고 있었다. 중간에 소녀와 헤어진 뒤 10여 년을 길에서 산 새우였다. 집고양이는 15년도 20년도 살 수 있었지만 길고양이의 평균 수명은 3년이었다. 너도 나도 죽어나가는 골목에서 새우가 어떻게 죽지 않고 10여 년을 살아남았는지는 알 수 없었다. 길에서 사는 동안 딱 한 번, 일곱 마리의 새끼를 낳은 적이 있다고 새우가 말한 적이 있었지만 병원에선 새우의 몸 상태로 봐서 끊임없이 새끼를 낳았을 가능성이 크다고 했다. 반복되는 그 고리가 고통에 가까웠을 거라고도 했다. 생존의 위협을 느낄수록 번식력은 높아졌다. 10년은 긴 세월이었다. 어쩌면 저 골목에 있는 고양이들은 다 새우가 퍼뜨린 새끼의 새끼의 새끼들인지도 몰랐다.

"인간들이 왜 고양이를 싫어하는지 알아?"

새우가 눈을 가늘게 뜨고 골목을 내려다보았다.

"새우야. 세상엔 고양이를 좋아하는 사람도 많아."

"고양이가 써온 누명에 비하면 그건 표도 안 나지. 고양이를 좋아하는 것도 싫어하는 것도 다 두려움에서 나온 거야. 우리는 오래전부터 인간 옆에서 너희를 지켜봐 왔어. 너희는 부정하고 싶어서 별짓을 다 해왔지만 인간들 무의식엔 고양이가 두렵다고 깊이 각인되어 있지, 여전히."

"어째서?"

"고양이가 인간의 비밀을 알고 있기 때문이야. 내가 니 비밀을 알고 있는 것처럼."

새우가 소녀를 정면으로 쳐다봤다. 소녀는 새우가 그 얘기를 직접적으로 한다는 것에 놀랐다.

"새우야. 난 니가 좋아. 두려운 거랑은 다르다고."

"아니, 넌 두려워해. 내가 죽지는 않고 오래 아프기만 할까봐 두려워해. 니 비밀을 말해버릴까봐 두려워해. 니 얼굴은 언제나 수심이 가득하지. 청승맞은 계집애. 내가 너를 그렇게 키웠어. 니 엄마가 니 천식 동생한테 매달려 있을 때 지렁이 잡아주고 메뚜기 잡아주면서 내가 너를 키웠어."

새우가 하악 하고 입김을 내뿜었다.

소녀는 아직도 선명하다. 동생의 곱슬머리. 어깨선은 수면 같다. 세상은 어깨선을 기준으로 윗도리 위와 윗도리 아래로 나뉘고, 동생은 수면 위로 머리와 두 팔만 내놓은 채 허우적거린다. 소녀는 아무리 생각해도 이상하다. 동생을 죽인 것은 엄마인데, 소녀는 동생과 나란히 앉아 만세를 불렀을 뿐인데, 소녀가 동생을 내려다보며 윗도리를 벗기기라도 한 것처럼 동생의 곱슬머리와 두 손은 늘 생생했다.

동생도 소녀와 같은 알레르기 체질이었다. 비염에서 심해진 축농증과 천식이 특히 심했다. 동생이 새벽에 기침을 한 번 시작하면 온 식구가 잠을 자지 못했다. 누런 코가 계속 목 뒤로 넘어가서 동생이 입만 벌리면 락스 냄새가 났다. 동생이 제일 먼저 배운 말은 '엄마'가 아니라 '코'였다. 동생은 일어나자마자 코, 코, 하고 손가락으로 미간을 가리키면서 답답하다고 울어댔다. 울음소리에서도 쌕쌕거리는 소리가 났다. 눕혀놓으면 코가 막혀서 깼기 때문에 엄마는 몇 시간이고 동생을 안아서 재웠다. 동생은 곱슬머리에다 눈도 크고 귀여웠지만 늘 신경질을 달고 다니며 징징댔다. 그런 동생을 엄마가 죽였다. 엄마들이란 마음만 먹으면 1분 이내에 아이를 죽일 수 있는 존재였다. 자고 있는 아이의 베개를 고쳐주다가, 머리를 감기다가, 윗도리를 벗기다가, 그들은 손쉽고도 고통 없이 아이를 죽일 수 있었다.

그러나 다시 생각해보면 동생이 죽던 시간에 엄마는 마당에서 빨래를 널고 있었다. 새우는 햇빛이 드는 양지에서 비닐봉지를 구기는 행위에 열중하고 있었고 소녀는 동생과 함께 엄마 놀이를 하고 있었다. 엄마가 흥얼거리는 소리가 들려왔다. 소녀와 동생에게 가끔 불러주던 동요였다.

월요일의 아이는 예쁘고요, 화요일의 아이는 의젓하네요. 수요일의 아이는 수심이 많아. 목요일의 아이는 길을 떠나고, 금요일의 아이는 사랑스럽지. 토요일의 아이는 고생이 많고, 일요일의 아이는 귀엽고 착하고 명랑하지요. 엄마가 노래를 하면 새우가 후렴구처럼 뒤를 이었다. 나는야 비염인으로 점지된 수요일의 아이, 매일매일 훌쩍거리지. 그러면서 소녀를 보고 씩 웃었다.

소녀가 좋아하는 엄마 놀이는 옆단추를 끄르지 않고 동생에게 만세를 시킨 뒤 윗도리 끝을 잡고 동생을 질질 끌고 다니는 놀이였다. 그날도 그랬을 뿐이었다. 엄마가 바구니의 빨래를 다 널기 전인 짧은 시간이었다. 내려놓고 보니 동생은 숨을 쉬지 않았다. 입술과 손톱 끝이 새파래져 있었다. 새우가 심상치 않은 기운을 느꼈는지 소녀에게 다가왔다. 소녀는 겁이 났다. 동생을 이렇게 만든 것을 알면 엄마는 정말로 소녀를 죽일 수도 있었다. 소녀는 새우와 함께 일단 동생을 옮겼다. 자두나무 옆 풀숲에 소녀와 새우의 비밀공간이 있었다. 소녀가 오들오들 떨고 있자 새우는 동생 같은 아이는 급성 천식발작으로 아무 때나 죽을 수 있다면서 소녀를 위로했다.

소녀가 조금 진정이 되자 새우는 한 가지 제안을 했다. 고통 속에서 살던 동생에게 마지막 안식을 주자고 했다. 고양이들이 신처럼 대접받던 고대 이집트에서는 미라라는 걸 만들었고, 그래서 고양이들은 지금도 미라 만드는 법을 잘 알고 있다고 했다. 미라를 만들려면 일단 내장과 뇌수를 제거해야 했다. 새우는 소녀에겐 충격적인 장면일 수 있으니 뇌수를 제거하는 것만 잠깐 보여주겠다고 했다. 도구는 새우가 준비해왔다. 긴 쇠꼬챙이 같은 갈고리였다. 새우는 갈고리를 동생의 콧속으로 집어넣었다. 얼굴을 망가뜨리지 않게 조심하면서 새우는 동생의 뇌를 살살 긁어냈다. 그런데 동생의 코로 나오는 것은 뇌가 아니라 코였다. 동생의 머릿속엔 뇌보다 몇 배는 많은 코가 꽉 차 있었다. 고름덩어리 같은 찐득찐득한 코가 동생의 머리에서 계속 빠져나왔다.

"와, 진짜 시원하겠다."

소녀는 감탄했다. 얼마나 시원할까. 죽어서라도 코가 뚫리게 된 동생을 보자 소녀는 위안이 되었다. 나머지 과정은 새우가 알아서 했다. 뇌수와 내장을 긁어낸 동생의 몸에 모래를 가득 채운 뒤 아마포 천으로 감고 또 감아 자두나무 밑에 묻었다고 새우는 말했다.

그리고 모든 것이 달라졌다. 빨래를 널고 보니 아이 하나가 사라져 있었고 엄마와 아빠는 반쯤 미친 사람이 되었다. 동생은 사과를 씹어서 뱉어놓는 버릇이 있었는데 동생이 사라진 지 한참이 지났는데도 동생이 씹어놓은 시커먼 사과가 집 안 구석구석에서 나왔다. 그때마다 엄마는 비명을 지르며 졸도했다. 소녀의 가족이 뿔뿔이 흩어지는 건 빠른 시간 안에 일어났다. 엄마가 아빠와 이혼하고 요양원으로 간 뒤 소녀는 아빠를 따라 새엄마 집으로 가야 했다. 새엄마는 동물이라면 질색을 했기 때문에 새우는 데려갈 수 없었다. 새우는 보호소나 다른 집 입양이 아니라 길에 남는 걸 택했다.

집을 떠나기 전날 밤, 소녀는 새우와 지붕에 나란히 앉아 별을 바라보았다. 소녀가 코가 막힐 때마다 새우가 데려와 하늘을 보여주던 곳이었다. 손을 뻗으면 닿을 듯이 하늘엔 별이 가득했고 자두나무 우듬지가 동생의 곱슬머리처럼 가까이 보였다. 소녀는 며칠 동안 울어서 눈이 퉁퉁 부어 있었다. 태어나서 그때까지, 소녀는 한시도 새우와 떨어져본 적이 없었다.

"새우야. 저 별에서도 누군가 우리처럼 살고 있을까?"

소녀가 울음을 매단 목소리로 물었다.

"그럼."

"정말?"

"모든 별에는 생명체가 있어. 그게 별들의 존재 이유라지."

"정말? 그럼 내 동생도 저 별 어딘가에 가 있을까?"

새우가 움찔 놀라며 소녀를 쳐다봤다.

"바보야. 니 동생은 자두나무 밑에 묻었잖아. 너 지금 나를 의심하는 거야? 내가 우주인들하고 짜고 니 동생을 해부해 인간의 후각기관을 연구하고 있다고 의심하는 거냐고."

새우는 갑자기 성을 냈고 소녀와 새우는 그렇게 헤어졌다.

새엄마는 괜찮은 사람이었다. 소녀를 보며 웃어주기도 했고 맛있는 반찬을 만들어주기도 했다. 한 가지 힘든 건 새엄마가 벨벳광이라는 것이었다. 커튼도 벨벳, 소파도 벨벳, 이불도 벨벳, 옷과 가방은 물론 테이블보, 실내화, 행주까지. 새엄마는 집 안을 온통 벨벳으로 꾸며놓았고 벨벳은 집먼지 진드기가 살기에 아주 좋은 곳이었다. 소녀는 집에만 들어서면 코가 미칠듯이 간질거리면서 콧물이 눈물처럼 줄줄 흘러나왔다. 새우가 발톱을 갈기엔 참 좋겠구나, 벨벳 카펫 앞에서 무너지며 소녀는 새우를 그리워했다. 하루에 두루마리 휴지 하나를 다 쓰면서 재채기를 만 번쯤 하고 늘어져 있으면 새엄마는 지나가면서 한마디했다. 어쩜, 너는 감기를 달고 사니.

소녀가 중학교에 올라가기 전 새엄마는 알레르기 면역치료를 받아보지 않겠느냐고 물었다. 4년에 걸쳐 주사 열 대를 맞고 2백만 원 정도 내는 치료였다. 콧속의 물혹 제거 수술만으로도 소녀는 치료비를 계속 쓰고 있었다. 아빠는 다른 직장을 알아보느라 잠정 실업 상태였고 집안 가계는 새엄마가 이끌고 있었다. 소녀는 괜찮아요, 라고 말했다. 새엄마는 두 번은 묻지 않았다.

소녀는 학교에서 돌아오는 길에 항상 새우를 찾았다. 새우가 소녀가 사는 동네를 영역으로 삼아 살고 있다는 걸 알기 때문이었다. 잿빛 고양이가 보이면 바로 쫓아갔지만 고양이는 소녀를 봐도 아는 체를 하지 않았다. 분명 새우가 맞는 것 같았지만 털 색깔이 워낙 지저분해 새우가 아닌 것도 같았다. 사료를 주머니에 넣고 다니다 새우를 닮은 듯한 아기 고양이들에게 나누어 주면 새우인지 아닌지 알 수 없는 고양이는 소녀에게 하악질을 하며 으르렁댔다. 그리고 아기 고양이의 다리를 물어뜯었다. 먹이 주려는 것들은 의심부터 하라고 했지! 길에서 살아남으려면 무조건 인간을 경계하라고 했어 안 했어! 아기 고양이들은 다리를 절며 골목을 걸어다녔다. 소녀가 알던 새우는 어디에도 없었다.

어느 집의 애완조 두 마리가 물려 죽었다. 같은 날 생선가게의 생선이 한꺼번에 털렸고 그 생선들이 내장을 드러낸 채 몇몇 집 앞에 놓였다. 범인은 길고양이로 지목되었다. 정말로 고양이가 그랬는지 아닌지는 중요하지 않았다. 상황은 고양이에게 불리하게 돌아갔다. 그 사건을 신호탄으로 구청에서는 용역을 고용해 길고양이들을 닥치는 대로 잡아들이기 시작했다. 고양이 한 마리당 5천 원을 주었기 때문에 아이들도 너나없이 고양이 잡기에 가세했다. 소녀는 그 결정을 소장과 녹지과 과장이 며칠 전 도미회를 먹으면서 했다는 것을 알고 있었다.

길고양이 소탕은 다른 마을에서도 여러 번 있었지만 모두 실패로 돌아간 작전이었다. 한 지역의 고양이를 몰살하면 그곳은 먹이환경이 좋은 곳이 되어 다른 지역의 고양이가 대대적으로 유입되었다. 보통은 개체수가 몰살 전보다 배로 늘었다. 지구상의 고양이를 한꺼번에 몰살하지 않는 한 한 지역의 고양이만을 없애는 것은 불가능했다. 구청에서 고양이 진공효과를 모를 리 없었다. 그들은 진공효과를 해결하기 위해 무슨 수라도 쓰려 할 것이다. 애초에 불가능한 수이기 때문에 무식한 방법이 될 가능성이 컸다.

소녀는 불안한 마음으로 퇴근을 했다. 지하철에서 내려 골목으로 들어서자 익숙한 소리가 들렸다. 소년이 도시락통을 들고 달리는 소리였다. 소녀는 소년을 뒤따라갔다. 소년은 한적한 골목에 이르자 주위를 살피더니 도시락통을 내려놓았다. 그러고는 보일러통 위로 한 번에 뛰어올랐다. 소년은 보일러통에 손과 발과 뺨을 비비기 시작했다.

"너 거기 어떻게 올라갔어?"

소녀를 보자 소년은 당황한 듯 동작을 멈추더니 이번에는 사람처럼 어렵게 보일러통에서 내려왔다. 소녀와 소년은 마주 보고 빙빙 돌며 잠시 상대를 탐색했다.

"너도 악성 비염인 맞지? 너도 체온이 높고 막 추워? 너도 고양이 말이 들려? 솔직히 말해줘. 널 키운 건 누구지?"

소년은 아무 대답 없이 도시락통을 들더니 서둘러 걸음을 뗐다. 소녀는 소년의 손을 낚아채 손바닥을 혀로 마구 핥았다.

"뭐 하는 거야!"

소년이 기겁을 했다.

"어때? 깔깔하지? 고양이처럼 혀에 돌기가 생겼어. 너도 그렇지?"

소년은 자신 같은 사람이 또 있다는 것에 놀란 눈치였다. 소녀는 소년이 도시락 배달을 마칠 때까지 몇 미터 뒤에서 따라 걸었다. 소년은 관심이 없는 듯 걸어가면서도 모퉁이를 돌 때마다 소녀가 따라오는지 아닌지 곁눈으로 살폈다. 그렇게 한참을 걷고 나자 소녀는 소년과 먼 여행을 다녀온 기분이 들었다. 소년도 조금 누그러진 듯했다. 마지막 배달을 마친 뒤 둘은 담 위에 올라앉았다. 어둠이 내린 마을엔 어느새 가로등 빛이 떠 있었다.

"저기, 너한테 말해주고 싶은 게 있어."

소녀는 손을 비볐다.

"……"

"난……, 극장에 가는 걸 싫어해."

"……."

소년은 반응이 없었다. 한참을 망설이던 소녀는 소년에게 못을 밟았던 얘기를 해주었다. 전에도 이후에도 느껴본 적이 없는 단 한 번의 뚫림에 대해서. 내내 말없이 앉아 있던 소년은 못 얘기에만은 관심을 보였다. 소년도 태어나서 지금까지 한 번도 코가 시원해본 적이 없는 게 분명했다.

"아직도 못을 찾아다녀?"

소년이 물었다.

"아니. 〈살인의 추억〉을 본 다음부터는 안 그래."

소년은 조금 실망하는 눈치였다.

"니가 아무리 코 때문에 힘들어도 파상풍으로 다리 잘리는 것보단 못하다는 거네."

"난 코 썩는 것도 싫고 다리 썩는 것도 싫어. 둘 다 무서워."

"난 섬으로 갈 거야. 이제 도시락은 다른 사람이 배달할 거야."

소년이 점퍼의 모자를 올려 썼다.

"섬이라면 고양이가 점령했다는 섬? 거긴 위험해. 거긴 사람 수보다 고양이 수가 더 많아. 고양이들은 지금 날카로워져 있어. 어쨌든 우린 아직, 인간이야."

"난 확인해야겠어. 정말 고양이들이 어망과 생선을 다 찢어놔서 사람들 생계를 위협하고 있는지. 아니면 고양이들을 몰아내기 위해 인간이 꾸민 음모인지. 확인하지 않으면 아무것도 못하겠어."

"마을은 폐쇄될 거야. 사람들은 진공효과를 막을 수 있는지 시험해 보려고 일주일이든 한 달이든 마을을 폐쇄하려고 해. 넌 섬에 갇히게 될 거야."

소년이 자리를 털고 일어났다. 소녀는 소년의 팔을 붙잡았다.

"가지마. 우리 옥상으로 와. 내 방엔 소파도 있고 밥솥도 있어. 저녁 마다 고등어 구워 먹으면서 나랑 살아. 응?"

"난 너랑 아이를 낳을 생각이 없어."

"왜? 난 니가 좋아. 너도 도시락 건네줄 때부터 나한테 관심이 있었 다는 거 알아. 난 가로등 관리팀장이 되면 월급도 많이 받게 될 거야."

"비염은 유전인 거 몰라? 양쪽 다 비염이면 아이가 비염 체질이 될 확률은 70퍼센트야. 하루하루가 전쟁터인 골목에서 또 비염인으로 살 아가라고? 우리가 아이를 낳는 건 죄를 짓는 일이야."

소년은 떠났고 마을은 폐쇄되었다.

공원관리사무소에서는 마을 폐쇄 기간 동안 소녀에게 휴가를 주었 다. 마을에 살면서 다른 마을의 직장에 다니는 사람들이 모두 소녀처 럼 휴가를 받았다. 고양이와 살고 있는 사람들은 다 같이 숨을 죽였 다. 자신의 고양이가 창문가에만 가도 바로 끌어내렸다. 구청에서는 길고양이를 잡아들여 안락사를 시킨 뒤 마을 외곽의 컨테이너 공터에 서 소각을 하고 있었다. 몇몇 건강한 길고양이만이 관절염을 앓는 사 람들이 드나드는 건강원에 넘겨졌다. 대기를 뒤덮은 온실가스 위로 매일같이 소각 연기가 솟아올랐다. 고양이 몰살에 동조를 하던 사람들도 단백질 타는 냄새에는 다들 코를 싸쥐었다. 십자가와 가로등 불빛은 여전히 마을의 밤을 밝혔지만 그 사이로 떠다니던 눈빛 광선들은 보이지 않았다.

새우는 며칠째 아무것도 먹지 않았다. 끊임없이 중얼거리기만 했다.

"너는 나한테 맨날 투덜댔지. 냄새를 맡고 싶다고. 과일이 익어가는 냄새, 초여름의 풀숲 냄새, 비 온 뒤의 흙냄새, 그리고 김이 모락모락 올라오는 닭찜 냄새. 후각을 잃고 나선 한 번도 황홀해본 적이 없다고 했어. 너는 실제로 좋은 냄새를 맡지 못하지. 그렇지만 과일이 문드러지는 냄새, 니 동족의 시체가 썩어가는 냄새, 여름마다 쉬어터지는 반찬 냄새 또한 맡지 않아도 돼. 후각이 없으면 무미건조하긴 해도 평화로울 수 있지. 소각장에서 들리는 비명 소리가 힘드니? 소리는 냄새에 비하면 아무것도 아니야."

소녀는 마음이 아팠다. 새우는 모든 걸 포기하거나 초탈한 것처럼 표정이 없었다. 소녀의 뒤쪽 허공을 뚫어지게 바라보다가 다시 초점을 흩트리며 중얼거리기를 반복했다.

"니가 우울한 건 후각을 잃어서가 아니라 후각을 완전히 잃지 않아서야. 후각이 불러오던 모든 것에서 헤어나지 못해 생긴 우울. 니 기억도 니 욕망도 냄새에서 와. 기억과 욕망은 모든 고의 근원이지. 니 근심의 근원. 어때? 난 니가 후각을 철저히 잃게 해줄 수가 있어. 우리 쪽으로 넘어올래?"

"넘어가다니?"

소녀는 머리를 빗다가 새우를 쳐다봤다. 그때 누군가 옥상으로 뛰어들어 왔다. 머리가 피투성이가 된 남자아이였다. 쫓기고 있는 것 같았다. 남자아이는 냉장고쪽 구석으로 가 귀를 바짝 눕힌 뒤 새우를 바라봤다. 남자아이는 다리를 절고 있었다. 소녀는 급한 대로 남자아이 얼굴의 피부터 닦았다. 각목으로 여러 차례 맞았는지 이마 뼈가 으스러져 있었다. 삼색 무늬의 전형적인 코리아 숏헤어였다. 머리를 다쳐서인지 남자아이는 계속 토했다. 토하면서도 먹을 걸 달라고 냉장고 문을 긁었다. 며칠을 굶은 티가 역력했다. 소리도 없이 다가온 새우가 갑자기 남자아이의 목덜미를 물어뜯었다. 소녀는 비명을 질렀다.

"무슨 짓이야! 이러면 죽어!"

"죽으라고 문 거야. 여기서 그냥 죽어!"

남자아이는 밤새 앓았다. 새우는 소파에 아무렇지 않게 엎드려 있었지만 등뼈를 따라 뻗친 털들이 신경을 온통 곤두세우고 있다는 걸 말해주고 있었다. 잠깐 잠이 들었다 일어나 보니 남자아이는 없었다. 대신 새우가 문 앞에 앉아 그루밍을 하고 있었다. 평소처럼 얼굴과 귀를 닦는 데서 끝나는 게 아니라 앞발을 끊임없이 핥으면서 피부가 떨어져나가도록 털을 물어뜯고 있었다. 스트레스가 선을 넘었을 때 하는 행동이었다. 그루밍을 말리자 새우는 발작을 하는 것처럼 몸을 뒤틀더니 소녀의 팔에서 튕겨나갔다. 그러고는 사지가 뻣뻣해질 때까지 바닥에서 버둥거렸다. 새우가 감정 표현을 이렇게 격렬히 하는 것은 처음이었다. 소녀는 새우에게 남자아이가 무슨 요일에 태어났는지 차마 묻지 못했다.

새우는 사흘 정도 죽은 듯이 앓더니 몸이 회복되지 않은 채로 소녀를 불렀다.

"지금부터 내가 하는 말 잘 들어. 그냥 지나가면 좋았겠지만, 더 이상은 견딜 수 없는 상태가 왔어. 나한텐 시간이 얼마 없어. 그러니 다 얘기해줄게. 사람들이 지금은 고양이를 죽이고 있지만 다음은 너희 악성 비염인 차례야. 너희도 머지않아 인간들에게 추방당할 거야."

"왜? 우리는 쓰레기 봉투를 헤집지도 않고 짝을 찾느라고 울어서 예민한 인간들의 심기를 건드리지도 않아. 입맛이 없어서 밥도 조금씩만 먹는걸."

"너흰 코 호흡을 못하잖아. 어려서부터 코로 호흡을 하지 못하면 대뇌변연계가 발달하지 못해. 대뇌변연계는 정서를 관장하는 곳이지. 변연계가 성숙하지 못하면 인격 장애가 온다고 그들은 생각해. 인간들이 자신의 무리를 길들이기 위해 지어낸 어떤 감동 스토리에도 반응하지 않는 인간. 다른 인간들과 대화를 전혀 안 하는 메마르고 난폭한 인간. 그건 사회악의 씨앗이 되는 걸 뜻해. 어려서부터 비염을 앓으면 정서장애가 온다는 말, 그 말의 진짜 뜻은 그거야. 그러니까 정신 차려. 병에 따라오는 사회경제적인 비용이 문제가 되는 게 아니야. 비염은 병 자체로 사회악이 되는 위험한 병으로 분류될 거야."

"새우야. 난 니가 겁주지 않아도 충분히 겁나. 비염이 걸리면 공부도 못하고 키도 못 큰다고 겁주던 사람들. 그 사람들 말이랑 뭐가 달라?"

"달라. 그들은 완치가 아니라 완화라고 했지만 난 너를 완치해줄 수 있어. 아니, 아예 다른 삶을 살게 해줄게."

새우가 집요한 눈길로 소녀를 쳐다봤다. 식은땀을 흘리면서도 새우는 어느새 몸을 세우고 앉아 있었다.

"니 몸에 비밀스런 기관이 하나 있어. 모든 포유류와 파충류가 갖고 있는 기관이지. 인간들은 그게 콧구멍 안쪽에 있지만 고양이들은 입천장에 있어. 악성 비염인들은 그 기관이 고양이처럼 목 뒤로 내려오고 있지. 정확히 말하면, 악성 비염인 중에서도 너처럼 어려서부터 후두부 훈련을 받은 사람. 크크."

소녀는 홀린 듯이 새우를 쳐다봤다.

"그 기관을 발달시키면 넌 포식자가 아무 냄새 없이 다가와도 본능적으로 몸을 숨길 수 있어. 인간의 후각이 없어도 짝을 구하고 먹이를 찾을 수 있지. 아주 강한 생존력을 갖게 되는 거야. 그리고 니가 의지만 있다면, 직관도 얻을 수 있어. 저쪽 의식체가 도와줄 거야. 어때? 기억과 욕망이 지배하는 삼차원에서 벗어나서 직관을 얻는 삶. 멋지지 않아? 그건 인간도 고양이도 못하는 거야. 너희 악성 비염인만이 할 수 있어."

새우는 웃는 건지 찡그리는 건지 알 수 없는 표정으로 수염을 파르르 떨었다. 소녀는 새우가 왜 아픈 몸을 억지로 세우고 앉아 이런 얘기를 하고 있는지 알 수 없었다. 새우가 시선으로 소녀의 턱을 돌려세웠다.

"소년을 잡아. 그리고 소년과 아이를 낳아. 그 아이부터야. 너와 소년이 아이를 낳으면 그 아이의 호르몬 분비 주기는 인간이 아니라 고양이 수컷 페로몬의 영향을 받게 될 거야. 너희는 인간의 외양을 하고 있지만, 인간과는 전혀 다른 종으로 진화해가는 거야. 그리고 서서히 고양이의 세계로 유입되는 거지."

"새우야. 난 고양이를 좋아하지만 고양이가 되기는 싫어."

"왜? 너희는 고양이라면 눈도 빼줄 수 있는 애묘인이잖아. 기꺼이 하인이 돼서 우리를 떠받들잖아? 우린 아무나 선택하지 않아. 악성 비염인 중에서도 고양이와 10년 이상을 산 사람만 자격이 있어. 악성 비염인을 배출한 건 인간이야. 인간의 후각기관을 연구할 수 있게 기꺼이 형제를 죽여 바친 것도 너희야. 분명히 말하는데 선전포고는 인간이 먼저 했어. 우리랑 같은 땅에서 살 수 없다고 발악을 하고 있는 건 인간이잖아! 이런 때가 오지 않으면 좋았겠지만, 온 걸 어떡하니? 우리는 오래 준비해왔어. 인간이 지구상의 수많은 생물들 중에 오직 자기들만 바깥 세계와 교신할 수 있다는 착각에 빠져 있을 때, 우린 이미 그들과 함께 너희 부모의 퇴근길을 지키고 있었다고. 복수라고 생각해도 상관없어. 우리도 살아야겠어."

새우는 그 말을 끝으로 꼿꼿하게 세웠던 몸을 풀었다. 그리고 사라졌다. 어디인지는 알 수 없었지만 소녀는 새우가 죽을 곳을 찾아간 거라는 걸 알았다.

소녀는 혼자 남았다. 새우도 소년도 떠나고 없는 빈 골목을 소녀는 며칠이고 내려다보았다. 골목은 겨울이 가느라 눈이 녹아 질척거리고 있었다. 사무소에서 출근을 하라는 전화가 왔다. 소녀는 사무소를 그만두겠다고 말했다. 마을 폐쇄 실험은 실패로 돌아갔다. 구청에서는 사람들의 불만이 구청으로 돌아오는 것을 막기 위해 신청자에 한해 고양이 침입방지 발판을 무료로 설치해주고 있었다. 소녀는 옥상에서서 담마다 뾰족한 못이 촘촘히 세워지는 것을 바라보았다.

콘크리트 블록을 뚫고 꽃들이 피어나는 것이 보였다. 봄이 오고 있었다. 옥상에 비석처럼 서 있던 소녀에게 소리가 들려왔다. 소년의 발소리였다. 소녀는 달려가 문을 열었다. 흠뻑 젖은 상처투성이 소년이 문 앞에 서 있었다. 소녀를 한참 바라보던 소년이 윗입술을 말아올리며 공기를 내뿜었다. 소녀는 대답했다. 응, 코가 막혀. 정말 막혀. 소년이 다시 윗입술을 말아올리며 아르르르, 소리를 냈다. 소녀는 주머니에서 백 원짜리 동전을 수북이 꺼내 소년에게 주었다. 소년이 눈물인지 콧물인지 바닷물인지 알 수 없는 것을 흘리면서 야아옹, 울었다. 소녀는 고개를 끄덕였다. 응, 혼자 있어. 나 혼자야. 소년은 소녀의 발앞에 풀썩 쓰러졌다.

소년은 계속 몸을 떨었다. 상처에 염증이 심했다. 콧속에 이상한 것이 가득 차서 호흡곤란 증세도 보이고 있었다. 소녀가 네블라이저 깔대기를 대주자 그제야 조금씩 숨을 쉬었다. 소녀는 날이 밝을 때까지 소년을 무릎에 누이고 앉아 있었다. 코 점막을 지진 지 오래되어서 소녀의 콧속은 실 하나 통과할 공간도 남아 있지 않았다. 편도선이 부어서 입으로 숨을 쉬는 것도 쉽지 않았다. 아침이 되자 주인 여자의 목소리가 들렸다. 소녀는 소년을 부축해 일단 옥상 문 뒤로 몸을 숨겼다.

"여기다 먹을 거 갖다놓지 말랬지. 도둑고양이들이 자꾸 모여들잖아."

주인 여자가 딸을 혼내는 소리였다. 여자는 봄도 왔으니 날을 잡아 옥상 대청소를 하자고 했다. 옥상에 있던 소파와 냉장고와 밥솥에 동사무소 스티커가 붙여졌다. 옥상은 금세 허허벌판이 되었다.

소녀와 소년은 계단을 걸어 내려왔다. 밖은 봄이었다. 대기를 뒤덮은 황사 먼지 사이로 꽃가루들이 떠다니고 있었다. 소녀와 소년은 옷자락으로 얼굴을 감쌌다. 소녀는 소년이 무엇을 원하는지 알고 있었다. 소녀는 입천장으로 내려온 비밀스런 기관을 활짝 열어 공기 중의 정보를 탐색했다. 고양이 침입방지 발판은 경고용으로 제작된 플라스틱 못이었지만 몇몇 집에서는 특수 제작한 진짜 쇠못을 두르고 있었다. 소녀와 소년은 못이 부르는 곳으로 걸어갔다. 둘은 쇠못 발판이 내려다보이는 곳에 올라섰다. 날카로운 못 수십 개가 허공을 벼르고 있었다.

"한 번이라도 코가 뚫릴 수만 있다면."

소년이 말했다.

"훌쩍거리지 않을 수만 있다면."

소녀가 말했다.

한 번 날아올라 착지만 하면 되었다. 소녀는 소년의 손을 잡았다. 소년의 손은 차갑고 축축했다. 소녀가 떨고 있자 소년이 소녀의 손을 그러쥐었다. 둘은 입을 벌리고 숨을 크게 한번 들이켰다. 그리고 동시에 발판을 향해 뛰어내렸다. 소녀는 눈을 감았다. 소녀는 벽과 벽 사이의 좁은 골목을 달리고 있었다. 혈관 같은 골목을 따라 올라가자 코는 없고 뇌수만 있는 뇌가 펼쳐졌다. 사람의 가장 순수한 기억이 저장된다는 대뇌 깊은 곳. 그곳은 코가 뚫린 채로 존재할 수도 있는 전혀 다른 세상이었다. 소녀는 탄성을 질렀다. 착지와 동시에, 혈관에 가득 차 있던 코들이 소녀와 소년의 살을 뚫고 뿜어져 나왔다.

토미타미

정용준

토미의 방문 앞에 타미가 서 있다. 타미는 20분째 부동의 자세를 유지하고 방문만 노려보고 있다. 방문의 회색 페인트는 악성 무좀에 시달리는 발바닥처럼 쩍쩍 갈라져 있고 그 위로 전단지가 포스트잇처럼 닥닥닥 붙어 있다. 타미는 눈으로 전단지의 개수를 셌다. 아홉 개다. 검지손가락으로 전단지를 툭툭 들춰 보다 한 장을 떼어냈다. 유리 테이프에 페인트가 쩍 달라붙어 떨어진다. 같은 층에 있는 열 개의 방문이 다 이런 식이다. 토미의 방문이 한 장의 커다란 싸구려 전단지 같다는 생각이 들어 마음이 슬쩍 젖으려던 타미는 고개를 흔들고 인상을 구기며 눈을 치켜떴다. 당장이라도 눈알이 앞으로 툭, 빠질 것 같다.

　타미는 자신도 들리지 않을 만큼 작은 소리로 웅얼거리며 속으로 꾹꾹 다짐했다. '웃어주지 말자, 무슨 말이든지 무조건 차갑게 대꾸하자, 같잖게 웃거나 그때 그 일을 아무렇지도 않게 말한다면 턱에 주먹을 날려주자.'

  언젠가 한 번쯤은 만나게 되리라, 생각했다. 타미는 모든 상황에 대비해 지속적으로 이미지 트레이닝을 해왔다. 기역 자로 꺾어진 으슥한 골목에서 갑자기 마주쳤다. 주위에는 아무도 없고 머저리 같은 토미가 입을 멍하니 벌리고 당황해하고 있다. 소리 없이 주먹을 말아 쥔다. 어색한 상황을 모면하기 위해 토미가 미소를 지으며 입꼬리를 올린다. 가차 없다. 바로 그곳이 과녁이다. 날아간 주먹은 한 치의 오차도 없이 토미의 입술에 명중한다. 붉은 피를 분수처럼 공중에 흩날리며 쓰러지는 토미. 고통에 일그러진 비열한 그 얼굴 위에 한 줄기 침을 찍— 뱉어주는 것도 잊어서는 안 된다. 하지만 망했다. 느와르적인 액션은 완전히 물 건너갔다. 기습적으로 걸려온 수신자 부담 전화 한 통화로 타미는 무너졌다.

  타미냐?
  네?
  타미구나.
  어?…….
  타미야. 난데 시간되면 잠깐 올 수 있냐?
  어…… 어디로.

우리 집.

그때, 그?

응. 그럼 오면 연락해. 아니, 그냥 들어와.

⋯⋯응.

'네가 지금 무슨 낯짝으로 전화를 하고 지랄이야? 너! 내가 다시는 만나지 말자고 했지. 내 말이 말 같지 않아? 개자식! 끊어!!'라고 했어야 했는데. 타미는 따뜻한 음정으로 "응"이라고 대답해버렸다. '응, 이라니. 응,이라니.' 타미는 스스로에게 화가 나 견딜 수 없었다. 분명히 절교를 선언했는데 14개월 만에 아무렇지도 않게 전화를 걸어온 토미의 뻔뻔함에 타미는 분노했다. 다시 전화를 걸어 안 간다고 말하고 확 끊어버릴까, 생각했지만 왠지 구차했다. 복잡하고 진지한 분노의 감정을 단순하고 유아적인 방식으로 처리하고 싶지는 않았던 것이다.

'격하게 문을 열어젖히고 토미의 턱에 어퍼컷을!!' 타미는 허공을 향해 헛주먹을 날렸다. 그 순간, 문이 벌컥 열렸다. 좁디좁은 고시원 방 한가운데 전체적으로는 말랐지만 아랫배 부분만 집중적으로 살이 찐 토미가 사각팬티만 걸친 채 멀뚱하게 타미를 바라보며 서 있었다. 이보다 더 적나라한 오픈이 있을까? 현관도 없이 시작되는, 그리고 그걸로 그냥 끝나버리는 토미의 방. 원룸이라고 하기에는 너무나 많은 것들이 부족하고, 그저 방이라고 하기에도 너무나 많은 것들이 꽉 꽉 들어차 있는 2평 남짓한 저렴한 고시원. 잡동사니가 뒤섞인 커다란 서랍이 있다. 그 서랍이 뒤집혀 내용물이 우루루루루 바닥으로 쏟아졌다. 말하자면 토미의 방 풍경은 그런 것이었다. 답답하고 도무지 대책이 없는.

왔냐? 들어와, 얼른.

어.

공격할 타이밍을 놓쳐버린 타미는 서둘러 주먹을 거두고 어영부영 신발을 벗어들고 토미의 방에 들어갔다. 토미는 타미의 신발을 건네받고 한쪽 구석에 구겨져 처박혀 있는 이불 위에 올렸다.

간만이네. 어디든 대충 앉아.

토미는 멀뚱히 서 있는 타미를 향해 씨익— 웃었다. 다짐대로라면 지금 이 상황에 주먹을 날렸어야 했는데, 타미는 그러질 못했다. 대신, 급하게 먹어 목구멍에 걸려 있는 뜨거운 탕수육이 쑤욱 내려가듯 타미의 마음이 느슨해졌다.

*

토미와 타미를 잘 모르는 사람들은 둘을 이란성 쌍둥이일 것이라 생각한다. 생김새는 다른데 서로에게서 느껴지는 딱히 뭐라고 집어내기 힘든 동질감이 친구 사이의 그것과는 다르기 때문이다. 토미와 타미를 잘 아는 사람들은 둘이 함께 있는 모습을 보며 게이일지도 모른다는 막연한 두려움과 거부감을 느낀다. 말하자면 토미와 타미는 절교를 하기 전까지만 해도 자타가 공인하는 베스트프렌드였다. 둘의 관계는 보편적인 남자들이 나누는 우정의 방식과는 좀 달랐다. 일례로 작년 여름에 토미와 타미는 허벅지나 발바닥 같은 남들 눈에 띄지 않는 곳에 'Tommy'라는 문신을 새겨넣자는 의견에 합의했다. 물론 문신이 새겨지는 과정을 알고 나서 겪을 고통이 무서워 감행하지는 못했지만 대신, 팔뚝에 유성 매직으로 'Tommy'라고 써넣고 나시 차림으로 자랑스럽게 거리를 활보했다. 고등학교 때부터 짝꿍이었던 토미와 타미는 서로에게 그림자 같은 존재였다. 둘은 키도 비슷하고 성격도 비슷하고 성적도 비슷했다. 성적과 취향이 비슷한 고등학생들이 대개 그렇듯 대학도 같은 학교에 나란히 진학했다. 토미와 타미는 그것을 운명의 끈이라 여기며 남들과 비교할 수 없는 영원한 우정의 역사를 만들어가리라, 다짐했다. 시도 때도 없이 발기하는 소년의 그것처럼 대학교 새내기들의 갈망은 뚜렷한 목표도 목적도 없이 그저 막 솟구친다. 하지만 갈망이라 해봐야 사실 별것이 없는데 단순화시키면 두 가지 정도로 압축된다. 어른스럽게 노는 것과 뜨거운 연애를 하는 것. 토미와 타미는 밤마다 이기지도 못할 술을 전투적으로 마셨다. 다음 날 숙취에 시달려 죽을 것 같았지만 성숙의 고통이라 여기며 수행하는 마음으로 이겨냈다. 정신이 돌아오면 수업의 출석과 상관없이 끈 풀린 강아지마냥 캠퍼스를 어슬렁거리며 뭔가 의미 있고 재미있는 일은 없을까, 하고 돌아다녔다. 물론, 그런 일은 어디에도 없었다. 예쁜 여학생들이 지나갈 때마다 슬쩍 훔쳐보며 저런 애들하고 사귀는 놈은 어떻게 생겼을까, 궁금해하다 누군지도 모르는 그를 막연히 부러워했고 동시에 저주했다. 그러던 어느 날, 토미와 타미는 게시판에 붙어 있는 동아리 홍보 포스터를 하나 발견했다. '초보자에게 무료로 기타를 가르쳐줍니다. 잘생긴 오빠와 귀여운 여동생들과 함께 무대에 설 주인공은 바로 당신입니다.' 토미와 타미의 눈빛이 공중에서 부딪 쳤다.

토미와 타미는 '불타는 아르페지오'라는 어쿠스틱 기타 동아리에 가입했다. 노래도 못하고 기타의 기본 코드조차 모르는 토미와 타미를 동아리 구성원들은 열렬히 환영했다. 딱 봐도 학구열은 낮고, 시간은 많고, 할 일은 없어 보였다. 이런 친구들이 학점은 무가치하게 여기며 동아리에는 헌신하는, 위대한 일꾼이 되는 것이다. 동아리의 회원들은 전통적으로 예명을 사용했다. 위대한 뮤지션들의 이름을 사용함으로써 그 혼을 전수받는다는 취지였다. 그리하여 불타는 아르페지오에는 지미 헨드릭스의 '지미' 에릭 클랩튼의 '에릭' 리처드 막스의 '리처드' 등등, 듣기만 해도 가열차고 반짝반짝 빛나는 별들이 우글우글했다.

토미와 타미도 예명을 지어야 했는데 아는 기타리스트가 없었다. 동아리에 들어오기 전까지만 해도 널리 알려져 있는 기타 연주곡 〈로망스〉가 곡의 이름인지 연주자의 이름인지조차 구분하지 못했다. 그때 마침, 세계적으로 유명한 핑거 스타일 기타리스트 Tommy Emmanuel의 내한 공연이 있었다. 동아리는 단체로 공연을 관람했다.

가느다란 여섯 줄 위의 현란한 손가락과 무대매너, 쏟아지는 관중들의 함성. 토미와 타미의 영혼은 그날, 완전히 Tommy Emmanuel에게 물들고 말았다. 기타가 이렇게 아름답고 위대한 악기였던가. 둘은 서로의 얼굴을 쳐다보며 감동의 표정을 주고받았다. 공연이 끝나자마자 토미가 선포했다.

내 이름은 이제 토미다.

타미는 당황했다. 자신도 토미라고 이름 지을 생각이었던 것이다.

안 돼. 내가 토미라고 할 거야.

어쩔 수 없어. 내가 먼저 말했으니까. 내 이름이 토미야.

타미도 물러설 수 없었다. 타미의 마음은 Tommy Emmanuel의 영혼을 전수받고 싶은 열망으로 까맣게 타들어가고 있었다.

안 돼. 절대 안 돼. 내가 토미라고 할 거야.

너 이런 경우에는 상식적으로 먼저 말한 사람이 이기는 거 몰라? 김춘수의 「꽃」이라는 시 안 배웠어? 먼저 이름을 부르면 의미가 된다잖아. 내가 먼저 불렀잖아.

타미는 갑자기 할 말이 없었다. 듣고 보니 그럴듯했다. 「꽃」은 교과서에도 나오는 훌륭한 시가 아니었던가.

정 하고 싶으면 너는 '엠마뉴엘' 하면 되겠네.

엠마뉴엘, 타미는 잠깐 고민했다. 하지만 그것은 아무리 생각해도 사나이가 사용할 이름이 아닌 것 같았다.

그래. 너 토미해. 나는 타미로 할 거니까.

뭐야. 그게?

Tommy! 토미나, 타미나, 터미나, 튀미나 다 똑같잖아. 몰라. 몰라. 무조건 나는 타미야.

둘은 토미와 타미가 됐다. 지미와 에릭은 타미가 토미 같고 토미가 타미 같고 이놈이 그놈인 것 같아 헷갈렸지만 따지고 보면 둘은 비슷했으므로 상관은 없겠다고 생각했다. 지어놓고 보니 토미와 타미는 그 이름이 내심 마음에 들었다. 토미와 타미라, 이건 마치 사이먼 앤 가펑클이나 엠마와 루이스 같잖아. 둘은 은근히 서로를 자랑스러워했다. 그래서일까, 둘은 갈수록 말투나 행동 심지어 웃음의 코드까지 비슷해졌다. 어느 순간 서로의 영혼이 뒤바뀌어도 아무 상관이 없을 정도로. 하지만 모든 것을 함께 좋아할 수는 없는 법. 어쩌면 절교라는 비극적 결말은 Tommy라는 영혼을 둘이 공유함으로부터 시작되었는지 모른다.

*

타미는 방 한가운데 서서 앉을 자리를 찾았다. 바닥이 보이지 않았다. 뒤집어 벗어놓은 티셔츠 위에 책이 놓여 있고, 그 책을 구겨진 속옷과 양말이 덮고 있고, 그 위로 덜 마른 수건이 놓여 있는, 그야말로 시궁창 같은 방. "아 시팔, 더러워서 앉을 자리가 없네"라고 궁시렁댔지만 타미의 마음은 누군가 무거운 돌을 집어 던진 것처럼 쿵 내려앉았다. 타미는 지저분한 것을 나름의 남자다움이라 생각했지만 토미는 달랐다. 가방에 칫솔도 가지고 다녔고, 속옷도 날마다 갈아입었으며, 셔츠에 김칫국물이 묻으면 분노할 줄도 알았다. 토미는 분명 깔끔한 녀석이었다. 토미는 위태롭게 쌓여 있는 책을 발로 툭 건드렸다. 책들이 와르르 바닥으로 쏟아졌다. 『형법』『민사소송법』『경찰행정학』 같은 참고서들이 바닥에 장판처럼 깔렸다.

일단 책 위에 앉아. 치운다고 치웠는데 보다시피 졸라 좁아서.

토미는 조금 부끄러워하며 손바닥으로 배를 벅벅 문질렀다. 타미는 시큰둥한 표정을 유지하며 주위를 둘러봤다. 좁은 방을 사선으로 가로질러 걸려 있는 노끈에는 탈수가 덜 된 빨래가 걸려 있었고, 책상 위에는 경찰시험에 필요한 각종 서적이 어질러져 있었다. 책상 밑에는 셀 수도 없이 많은 컵라면 용기가 차곡차곡 겹쳐 있었고 바닥에는 맥주병과 주먹만 한 크기로 구겨진 화장지가 뒹굴고 있었다.

더런 놈아. 좀 치우고 살아. 쓰레기 같은 자식.

토미는 타미의 말을 못 들은 척하며 바닥에 깔려 있는 옷을 주섬주섬 집어 책장 위로 휙휙 던졌다. 듣기 싫거나 대답하기 곤란한 질문 앞에서 안 들린 척하는 것은 토미의 오래된 특기였다. 타미는 벽에 붙어 있는 대형 브로마이드 사진을 쳐다봤다. 토미와 타미의 우상. Tommy Emmanuel. 익살스러운 표정의 노장 기타리스트는 기타를 품에 안고 가지런한 치아를 드러내며 활짝 웃고 있었다. 타미의 방에도 붙어 있는 이 브로마이드를 구하고 토미와 함께 기뻐했던 시절이 생각나 타미는 마음이 조금 먹먹해졌다. 타미는 잠깐 헛기침을 하고 고개를 돌렸다. 그때, 정체불명의 검은 물체가 책장에서 휙 떨어졌다.

어! 타미는 깜짝 놀라 몸을 뒤로 젖혔다.

아. 인사해. 내 룸메이트.

뭐냐?

고양이.

그러니까. 뭐냐고?

고양이가 고양이지 뭐긴 뭐야.

토미는 고양이를 품에 안았다. 노랗고 검은 털이 맥락 없이 뒤섞여 있는 고양이는 애완용으로 기르기에는 무리가 있을 만큼 생김새가 불량했고 성질이 더러워 보였다. 토미의 손길이 귀찮은지 눈구멍을 좁히며 잔뜩 인상을 쓰고 쉼 없이 그르렁거렸다. 발톱을 세우고 버둥거리며 빠져나오려 몸부림치는 고양이를 보고 타미가 말했다.

네가 주인이냐? 널 싫어하는 거 같은데?

뭐, 좋아한다고는 볼 수 없지. 녀석이 워낙 깐깐해서.

기어이 고양이가 토미의 품을 벗어나 책상 밑으로 기어 들어갔다. 그리고 털썩 주저앉아 귀찮고 번거롭다는 표정으로 시니컬하게 타미를 쳐다봤다. 어떻게 보면 타미를 깔보는 것 같은 태도였다.

병 걸린 거 아냐? 왜 고양이가 털이 저렇게 지저분하고 듬성듬성해?

그런 건 아냐. 내가 좀 잘라줬는데, 이상해?

넌 저게 괜찮아? 고양이 털을 쥐새끼처럼 다 파먹어 났네.

토미는 이해할 수 없다는 듯, 고양이를 쳐다봤고 타미는 그런 토미를 쳐다봤다. 뭔가 이상했다. 그게 뭘까 곰곰이 생각하다 타미는 그것이 토미의 이상한 머리 스타일 때문이라는 것을 깨달았다.

야. 너 머리 좀 이리 돌려봐. 너 머리가 왜 그래?

토미의 앞머리는 눈썹 위로 자를 대고 반듯하게 자른 듯 가지런했고 옆머리는 과도하게 각이 져 있었다. 뒷머리는 어깨까지 내려올 정도로 길었다. 80년대 유행했던 맥가이버 스타일이라고 말하면 맥가이버가 발끈할 만한 참으로 이상한 머리였다.

맞다. 안 그래도 너 부른 이유가 그거야. 나 뒷머리 좀 잘라줘.

토미는 타미가 있는 쪽으로 머리를 홱 돌렸다. 기름에 번들거리는 뒷머리가 젖은 수건처럼 펄럭거렸다.

뭔 헛소리야! 미용실 가.

아니. 그게 아니라 네가 좀 잘라줘. 내가 자를 수 있었으면 벌써 잘랐는데 뒷머리는 못 자르겠더라고.

뭐? 너…… 네 머리를 네가 잘라?

응. 그런 지 한참 됐어.

네가 진짜 미쳤구나. 안 그래도 네가 나한테 전화한다는 게 이상했어. 네가 미치지 않고서야 나한테 전화를 할 리가 없지.

아니. 그런 게 아니라. 뭐, 잘라 보니 괜찮더라고. 돈도 절약하고. 백수 주제에 매달 꼬박꼬박 머리 자른다고 만 원씩 쓰는 것도 아깝고. 사실 네가 보다시피 앞머리랑 옆머리는 괜찮잖아. 이것도 자르다 보니까 실력이 좋아지더라고.

안 괜찮아. 거지 같아.

토미는 못 들은 척하고 뒷머리를 만지작거렸다. 타미는 깨달았다. '토미가 정말 미쳤구나.'

야 이 새끼야. 도대체 뭐 한다고 네 머리를 네가 잘라. 중도 제 머리 못 깎는다는데. 거울을 봐. 그게 사람 머리야? 병신 같아. 병신아!

토미는 말없이 뒷머리를 만지작거리며 심통 난 고양이 얼굴을 발가락으로 톡톡 건들었다. 고양이는 귀찮아 죽겠다는 표정으로 피하지도 않고 눈만 꼭 감았다.

*

타미가 토미에게 절교를 선언했다. 그때부터 토미는 고시원에 처박혀 나오지 않기 시작했다. 이왕 시작한 공부, 빨리 합격해버리자는 표면적인 목표는 있었지만 시험에 붙을 것이라고는 토미 자신도 기대하지 않았다. 경쟁률은 매 시험마다 40대 1을 넘었다. 그것을 쉽게 표현하면 1번부터 40번까지 있는 반에서 1등을 해야 합격한다는 말이었다. 반에서 15등 이상 해본 적이 없는 토미는 터무니없는 낙관을 하는 성격은 아니었다.

타미도 만날 수 없고 불타는 아르페지오도 더 이상 나갈 수 없게 된 토미는 만날 사람이 아무도 없었다. 그림자를 잃어버린 사람처럼 토미는 밝은 날에는 움직이지 않았다. 오후 늦게 일어나 컵라면을 먹고 공부 좀 하다가 멍하니 누워 'Tommy Emmanuel'을 쳐다봤다. 그리고 다시 컵라면에 물을 부어 저녁을 해결하고 저녁에는 맥주를 마시거나 스낵을 씹었다. 토미의 유일한 취미는 바이러스가 잔뜩 감염된

USB 메모리스틱을 컴퓨터에 꽂아 컴퓨터를 감염시키는 것이었다. 그리고 곧바로 바이러스 퇴치 프로그램을 가동해 바이러스를 찾았다.

'총 34개의 바이러스를 찾았습니다. 치료하시겠습니까?'

아무리 쳐다봐도 도대체 어디에 숨어 있다는 것인지 이해하기 힘든 복잡한 경로 안에 바이러스들은 숨어 있었다. 토미는 치료 버튼을 눌렀다. 치료 과정을 보여주는 게이지 버퍼링이 올라가며 바이러스들이 빠르게 화면에서 사라져갔다. 뿅! 바이러스를 모두 치료했다는 신호음이 들렸다. 토미는 그 소리를 들으면 비로소 마음이 조금 시원해졌다. 어제, 오늘, 내일의 구분 없이 이런 삶의 패턴은 되풀이됐다. 토미는 더할 나위 없이 완벽한 폐인으로 진화해갔다. 사재기한 컵라면도 다 먹었고 쓰레기는 쌓일 대로 쌓여 폭발할 지경이 되자 토미는 문득 거울을 쳐다봤다. 기름에 떡 지고 멋대로 자란 긴 머리는 보기만 해도 우울했고, 삐져나온 코털과 자라난 수염은 지저분했다. 오랫동안 양치를 하지 않은 이빨은 이끼 낀 바위처럼 눅눅해 곧 버섯이 자라날 것 같았다. 갑자기 토미의 눈에서 커다란 눈물이 한 방울 뚝, 떨어졌다. '이러다 죽겠구나.' 어떤 미친놈이 고시원에 불을 지르고, 어떤 비리비리한 녀석들이 화장실 문을 잠그고 목을 매나 했는데 자기가 꼭 그 꼴이었다. 위험했다. '우선 머리부터 자르자.' 토미는 미용실에 가기로 결심하고 신발을 신었다.

좁고 더러운 골목길을 걸으며 토미는 9급 공무원 시험 준비를 시작했다는 타미를 생각했다. 절교하지 않았다면 어쩌면 토미도 타미처럼 공무원 시험 준비를, 혹은 타미가 토미를 따라 경찰 시험을 준비했을지 모른다. 갑자기 세상에 홀로 버려진 것 같은 기분에 휩싸인 토미는 달리기 시작했다. 이대로 벽에 부딪쳐 이마가 깨져 죽었으면 했다. 1분쯤 달리다 토미는 주저앉고 말았다. 너무 숨이 찼다. 운동 부족이었다. 다리가 후들거리고 허파가 찢어질 것 같았다. 숨을 고르며 토미는 생각했다. '더 달리다가는 심장이 터져 죽겠군.' 그런데 갑자기 이상한 소리가 들렸다. 토미는 소리 나는 쪽을 향해 고개를 돌렸다. 쓰레기를 모아 놓은 담벼락이었다. 쉭쉭거리는 희미한 소리가 부스럭거리는 소리와 함께 들렸다. 불길한 예감이 기타 현을 긁듯 토미의 등뼈를 드르륵 긁고 지나갔다. 온몸의 털이 쭈뼛 섰다. 토미는 조심스럽게 쓰레기 봉지 몇 개를 뒤적거리며 소리의 근원지를 찾았다. 검은 비닐봉지였다. 토미는 당황했다. 뭔가 들어 있었고 그것이 움직이고 있었다. 토미는 손가락으로 머리를 벅벅 긁으며 어떻게 해야 할지 고민했다. '영아유기 사건', '토막살인 사건' 같은 엽기적인 범죄 기사가 머릿속에서 팝업창처럼 불쑥불쑥 떠올랐다. 토미는 떨리는 손으로 검은 비닐봉지를 들었다. 여자들이 사용하는 분홍색 아령 정도의 무게감이 느껴졌다. 토미는 그것을 조심스럽게 열었다. 그리고 다급하게 다시 묶고 바닥에 내려놨다. 주위를 둘러봤다. 아무도 없었다. 토미는 손가락으로 턱수염을 하나씩 잡아 뜯으며 중얼거렸다. "씨발, 씨발, 어쩌지." 토미는 다시 비닐봉지를 집어 들었다. 그리고 뒤돌아

고시원을 향해 달리기 시작했다. 토미의 긴 머리가 나부끼는 태극기처럼 팔랑댔다. 백 미터를 12초에 주파할 정도의 놀라운 속도였다. 타미는 이불과 쓰레기가 엉켜 있는 바닥을 발로 밀어제낀 후 검은 봉지를 바닥에 내려놓았다. 검은 봉지가 해부실에 누워 있는 개구리 심장처럼 꿈틀꿈틀 움직였다. 토미는 떨리는 손으로 천천히 봉지를 열었다. 토미는 입안의 살을 한 점 꾹 물었다. 토미의 눈에 눈물이 그렁그렁 맺혔다. 새끼 고양이였다. 취급주의 물품을 포장하듯 온몸이 청 테이프로 돌돌 말려 공처럼 구겨져 있는 고양이의 동공은 잔뜩 조여져 있었고 위태롭게 숨을 헐떡이고 있었다.

그래서.

그래서 뭐, 청 테이프를 다 뜯었지. 많이 아팠나봐. 나를 할퀴고 물고 난리가 아니었어. 아직도 화가 덜 풀렸나봐. 나를 싫어해.

어떤 사이코가 그런 미친 짓을. 와, 정말 세상 무섭다. 그나저나 건방진 자식이 지 구해준 사람도 몰라보고. 그냥 내다버려. 고양이들은 밖에서도 잘 살잖아.

어떻게 그래. 가만히 보고 있어봐. 예쁘고 짠해. 청 테이프를 하나씩 뜯어낼 때 정말 미칠 것 같더라. 내가 왜 애를 데려왔나 싶고. 어떤 개자식이 이런 짓을 했나 싶고. 뜯을 때마다 테이프에 털이 한 움큼씩 묻어 있고, 뜯어낸 자리는 바리캉으로 민 것처럼 휑하고 핏물이 맺혀 있는데……. 그래서 테이프를 다 뜯어내고 한참 동안 녀석을 못 쳐다봤다.

타미는 고양이를 쳐다봤다. 고양이는 타미에게 눈길도 주지 않고 발톱을 세워 책상 다리를 긁고 있다.

뭐가 예뻐. 주인 닮아 거지 같구만. 그나저나. 진짜 무섭다. 해외토픽 감이네. 이 고시원에 살고 있는 변태 새끼 아니야?

그건 모르고. 어쨌든 테이프를 다 뜯어냈는데 진짜 볼품없었어. 병에 걸린 녀석처럼 곧 죽을 것 같더라고. 그래서 얼떨결에 가위를 들어서 들쑥날쑥한 부분을 잘라준 거야. 그런데. 막상 가위로 정리하고 나니 괜찮더라고. 뭐랄까, 막 스포츠 머리로 빡빡 밀고 학교에 등교한 중학생처럼 똘망똘망해 보이는 거야.

그래서 너도 똘망똘망해 보이려고 스스로 머리 자른 거냐?

응.

돌겠네.

그건 그렇고 빨리 머리 좀 잘라줘.

미친 자식이. 아직도 그 얘기네. 안 해. 절대 안 해.

쉬워. 그냥 자르기만 해.

꺼져. 이 미친 새끼야!!

*

타미는 난감한 눈빛으로 토미의 뒷머리를 쳐다봤다. 토미는 어느새 분홍색 보자기를 슈퍼맨처럼 목에 두르고 비장하게 앉았다. 타미의 손가락에는 팬시점에서 쉽게 구할 수 있는 문구용 가위가 걸렸다.

있잖아. 괜찮으니까. 그냥 색종이 자른다고 생각하고 동그랗게 잘라. 이때 아니면 언제 머리 잘라보겠어. 안 그래?

너 진짜, 후회 안 하겠냐? 나중에 딴말하면 난 모른다. 아, 씨팔. 이게 뭔 짓인지 모르겠네.

타미는 손가락으로 토미의 뒷머리를 잡았다. 손가락 사이로 삐져나온 뒷머리가 비단처럼 부드럽고 고급스러워 보였다. 가위를 잡은 오른손이 미세하게 떨렸다.

괜찮아. 막상 잘라 보면 재미있을 거야. 시원하기도 하고. 이게, 해 보면 손맛이 있거든.

마침내 타미가 쥐고 있는 가윗날이 토미의 뒷머리를 물고 콱, 지나갔다. 써걱— 소리와 함께 손바닥 크기만 한 머리카락 뭉치가 바닥에 툭 떨어졌다. 타미는 괜히 마음이 무거워졌다. 마치 자신이 중죄를 범한 토미에게 형벌을 가하는 간수가 된 것 같은 기분이 들었기 때문이다. 토미는 말이 없었다. 타미는 다시 가위질을 시작했다. 좁은 방에 두 남자가 앉아 머리를 자르는 풍경은 왠지 비장하고 그로테스크했다. 타미의 가위질은 점점 섬세해졌다. 결코 예쁘다고는 할 수 없지만 나름 괜찮다고는 할 수 있을 정도로 토미의 뒷머리는 동그랗게 모양을 잡아갔다.

근데, 고양이 이름은 뭐냐?

고양이 이름이 궁금한 것은 아니지만 어색한 분위기가 부담스러운 타미가 물었다. 갑자기 토미가 헛기침을 하기 시작했다.

왜 그래?

아니, 아니, 입에 머리카락이 들어갔나봐.

뒷머리를 자르는데 왜 입으로 머리카락이 들어가?

그런가.

토미는 말이 없다. 한참을 기다리다 타미가 토미의 뒤통수를 톡 치며 말했다.

고양이 이름이 뭐냐고.

그런 거 없어. 그냥 고양이야.

뭐? 그럼, 고양이야~. 이렇게 부른다고?

응. 고양아~.

뭐냐? 그게. 성의 없이.

그때, 책상 밑에 웅크려 있던 고양이가 갑자기 뛰어나와 바닥에 떨어진 머리카락을 앞발로 헤집었다. 뜬금없이 튀어나온 고양이에 놀란 타미는 가위를 놓치고 바닥에 쓰러졌다. 고양이는 뭉쳐져 있는 머리카락을 입으로 덥석 물고 책상 위로 올라갔다. 고양이는 쉽게 흩어져 버린 머리카락에 놀란 듯 눈이 동그래졌다. 고양이는 온몸에 머리카락을 묻힌 채 방을 뛰어다니기 시작했다. 공중에 머리카락이 풀씨처럼 둥둥 떠 다녔다.

뭐냐? 좀 진정 좀 시켜봐. 아 짜증나.

괜찮아. 괜찮아. 가만있어.

토미가 어정쩡한 포즈로 고개만 돌려 고양이를 진정시키려 했다.

고양이는 머리카락이 입에 들어갔는지 자꾸만 칼락거리며 어쩔 줄 몰라 했다.

아루야!! 가만있어.

토미는 벌떡 일어나 책상 위에서 고개를 흔들고 있는 고양이를 덥
싹 껴안았다. 순간, 토미의 방에 한 바가지 찬물을 끼얹은 것처럼 무
거운 정적이 고였다. 토미는 타미를 불안한 눈빛으로 쳐다봤다. 분위
기 파악도 못하고 고양이는 토미의 품 안에서 맹렬하게 기침을 해댔
다. 타미의 눈썹이 갑자기 위로 치켜올라 갔다.

아루?

두 동강 난 전신거울처럼 토미의 방 안 공기가 일순간 쩍, 갈라지는
순간이었다.

*

애플, 그녀는 미국의 여성 싱어 '피오나 애플'의 혼을 전수받은 불
타는 아르페지오 최고의 퀸카였다. 동아리에 여자가 두 명밖에 없어
변별력이 없긴 했지만 그녀는 어디에 내놔도 예쁘다는 소리는 들을
만큼 얼굴이 반반했다. 애플은 두 살 연상이었지만 토미와 타미와 함
께 동아리에 들어온 가입 동기였다. 동아리의 미래이자 희망인 신입
생들은 에릭에게 기타를 레슨 받고 지미에게는 노래를 배웠다. 3주
만에 에릭은 절망했다. 이번 신입생은 쉽게 말해 비전이 없는 녀석들
이었다. 애플은 손가락이 아프다고 매번 우는 소리를 해댔고 토미와
타미는 열심히 노력을 해도 도무지 실력이 늘지 않았다. 박자는 고사
하고 음감도 없어서 코드의 차이를 전혀 이해하지 못했다. 지미 역시

사정은 비슷했다. 애플은 노래만큼은 정말 잘하고 싶어 했고 또 열심히 노력했다. 하지만 성대가 약해 목소리 유통기한이 단 세 곡뿐이었다. 연습이 시작되고 10분만 지나면 여지없이 목소리가 갈라지고 여성의 음성이라 하기에는 참으로 곤란한 허스키한 목소리로 변했다. 토미와 타미는 성대에 장애를 가진 아이들처럼 음치가 고쳐지지 않았다. 불타는 아르페지오의 새싹들은 벌써 싹이 노랬다.

애플은 아루라는 이름을 가진 고양이를 한 마리 키웠다. 아루는 딱 엄지손가락만 했고 애플의 왼쪽 허벅지에 은밀히 살고 있었다. 그 비밀을 아는 사람이 한 명 있었으니, 그는 타미였다. 타미는 애플을 좋아했고, 애플도 타미를 귀여워했다. 애플이 타미에게 다른 사람에게 절대로 말하지 말라며 보여준 아루는 정말이지 너무 귀여웠다. 타미는 손가락으로 아루를 쓰다듬고 종종 키스를 했다. 그럴 때마다 아루는 꿈틀꿈틀 움직였고 애플은 아르르르 웃었다. 타미는 불타는 아르페지오에서 가장 예쁜 애플과 사귄다는 사실과 아루의 존재를 아는 유일한 사람이 자신이라는 사실이 너무 자랑스러웠다.
토미에게는 말하지 말자. 서운해할 거야.
그래도 나 녀석에게는 비밀이 없는데.
그래도 안 돼. 당분간 비밀로 하자. 나중에 밝히지 뭐.
그래요. 그럼.
단둘이 있을 때 타미는 애플을 아루라고 불렀다. 아루, 라고 부르면 애플이 응, 이라고 대답했다. 타미는 사차원의 문을 여는 비밀번호를 유일하게 자신만 아는 것처럼 가슴이 뛰었다. 그것은 우주의 비밀과 신비를 알고 있다는 도인들이 가지고 있는 근거 없는 자신감 따위와 는 비교도 안 될 만큼 뿌듯한 것이었다. 그런데, 토미가 아루를 빼앗 아갔다.

개새끼!! 내가 웬만하면 입 다물려고 했는데 네가 인간이야? 뭐? 아루?

타미가 가위를 움켜쥔 손을 바들바들 떨며 소리쳤다.

잠깐만, 일단 가위 좀 내려놔. 내가 다 말할게. 일단 좀 진정해.

뭐? 진정? 오늘 내가 여기 온 이유가 뭔지 알아? 씨팔, 내가 네 머 리나 자르려고 온 게 아냐. 너 죽여버리려고 왔어.

타미가 가위를 벽에 던졌다. 가위가 'Tommy Emmanuel'의 뺨을 때리고 바닥에 떨어졌다.

진정해. 그리고 소리 좀 낮춰. 옆방에 사람 있어.

넌 오늘 진짜 죽었어. 토미라는 이름도 훔쳐가더니 친구 애인까지 훔쳐가?

잠깐! 잠깐! 나도 아루랑 헤어졌어.

가슴에 안고 있던 아루로 얼굴을 가리며 토미가 다급하게 외쳤다. 갑자기 공중에 붕 뜬 아루가 놀라서 다리를 버둥거렸다. 날리는 머리 카락과 그르렁거리는 신경질적인 아루의 소리만 긴장된 토미의 방을 팽팽하게 만들었다. 그때, 'Tommy Emmanuel'이 걸려 있는 벽에서 '똑똑똑' 소리가 났다. 작고 조심스러웠지만 가운뎃손가락을 구부려

야무지게 벽을 때리는 소리였다. 토미가 놀란 표정으로 손가락을 세워 입에 대고 조용히 하라는 신호를 보냈다. 타미는 여기서 물러서면 정말로 영원히 질 것만 같은 불안감에 사로잡혔다.

뭐! 씨발. 내가 왜 조용히 해야 되는데!!!

타미는 일부러 큰 소리로 고함을 치며 바닥에 누워 있는 『형법』 책을 집어 들어 벽에 던졌다. 벽이라고 하기에는 너무 얇고 허약한 베니어 판이 커다란 소리를 내며 파르르 흔들렸다. 이번만큼은 아루도 놀랐는지 건방진 표정을 거두고 경계하는 태도로 몸을 움츠렸다. 토미는 입을 벌리고 어이없다는 듯 타미를 쳐다봤고 타미는 입을 벌려 소리 없이 '왜?'라고 물으며 턱을 치켜올렸다. 옆방 문이 덜컥 열리는 소리가 들렸다. 곧이어 플라스틱 슬리퍼가 콘크리트 바닥에 거칠게 끌리는 소리가 들리며 발소리가 세 번 났다. 그 소리는 터널 벽을 때리고 공명하는 소리처럼 토미의 방 안에 위협적으로 휘돌았다. '좆 됐다.' 당황한 토미가 방 한가운데 우뚝 섰고 타미는 본능적으로 토미 등 뒤에 숨었다. 문이 열렸다. 낯선 사내가 내리쬐는 태양빛을 막아서며 우뚝 서 있었다. 잠시 침묵이 흘렀다. 열 받은 옆방 사내의 뜨거워진 피가 급격하게 식었다. 그럴 수밖에, 두 명의 남자가 눈을 동그랗게 뜨고 서 있었다. 바가지 머리를 하고 목에 보자기를 두른 남자는 속옷만 입고 있었고 어딘지 저능하고 무식해 보였다. 뒤에 서 있는 남자는 당장이라도 달려들 것처럼 눈을 동그랗게 뜨고 있었고 인상이 좋지 않았다. 게다가 쓰레기장을 방불케하는 방바닥에는 어떤 짐승의 것인지 알 수 없는 털이 흩뿌려져 있었고 책장 밑에는 푸른 안광을 쏘며 자신을 노려보고 있는 짐승이 털을 곤두세우고 으르렁거리고 있었다. 사내는 몇 번 헛기침을 하고 가볍게 목례를 했다. 문은 곧 닫혔다.

*

타미의 절교 선언이 있고 며칠 뒤 토미는 아루와 헤어졌다. 헤어졌다기보다 차였다고 해야 맞다. 동아리 회식 자리에서 에릭은 애플에게 아루, 라고 불렀고 아루는 아무렇지도 않게 응, 이라고 대답했다. 아루는 타미와 사귀면서 토미를 사귀고, 토미와 사귀면서 에릭을 사귀었다. 타미와 절교하면서까지 지키고 싶은 사랑이었기에 토미는 충격이 컸다. 어떻게 된 거냐는 토미의 추궁에 아루는 아무렇지도 않게 무슨 소리를 하고 있는지 모르겠다는 표정으로 토미를 쳐다봤다. 마치 그전의 모든 기억이 하나도 생각이 나지 않거나 그게 무슨 의미가 있었냐는 식이었다. 온몸의 피가 증발할 것처럼 열이 받은 토미는 에릭이 아끼는 고가의 '마틴' 기타의 넥을 아무도 모르게 부러뜨리고 불타는 아르페지오에서 도망쳤다. 걸릴까봐 핸드폰도 정지시키고 학교 근처에는 가지도 않았다. 친한 친구를 잃고, 사랑하는 사람을 빼앗겨버린 아픔은 컸다. 토미는 밤마다 꿈속에서 타미와 아루와 에릭을 만났다. 타미는 심장까지 꿰뚫을 것 같은 날카로운 눈빛으로 토미를 쳐다보다 차갑게 돌아섰다. 홀로 남은 토미는 아루의 종아리에 매달려 돌아오라고 울먹이지만 아루는 들은 척도 하지 않고 허스키한 목소리로 노래만 불렀다. 열 받은 토미는 결국 에릭을 찾아가 복수한다.

마이크를 던질 때도 있고, 기타를 휘두를 때도 있지만 에릭은 중국의 무술 고수처럼 여유롭게 잘도 피한다. 이런 종류의 서사가 조금씩 변주되며 밤마다 꿈속에서 반복되었다.

토미에게 절교를 선언하고 타미는 너무 열이 받아 한동안 잠을 이루지 못했다. 아루를 잃은 슬픔보다 다른 사람도 아닌 토미가 자신을 배신했다는 사실이 견딜 수 없었다. 사랑이든 우정이든 깊은 인간관계는 극단을 요구한다. 아주 가깝거나 완전히 멀어지거나. 항상 공중에 붕 떠 있던 시소의 한쪽 끝이 바닥으로 추락한 것처럼 모든 것이 뒤바뀐 현실이 타미를 괴롭게 했다. 분노의 방향도 조금씩 바뀌어졌다. 처음에는 분노의 칼끝이 맹렬하게 토미를 향하다가 조금씩 아루에게 옮겨졌다. 자신한테만 보여준다던 고양이를 어떻게 토미에게 보여줄 수 있는지, 서운한 감정이 스팀이 오르듯 몸을 훅 달구었다. 이상했다. 얼굴도 목소리도 점점 희미해지는데 몸에 남은 감각의 기억만은 오롯이 남아 사라지지 않았다. 입안에 꽉 차 통통한 금붕어처럼 탄력적으로 움직이던 아루의 혀와 부드러운 입술은 타미의 혈압을 빠르게 높였고, 타미의 손바닥은 아루의 부드러운 피부를 그리워하며 축축히 젖었다. 그럴 때마다 타미의 숨은 턱턱 막혔다. 칼끝은 빠르게 회전하며 밤새도록 토미와 아루 사이를 분주하게 오갔다. 그러다 결국엔, 사랑하는 사람과 친구를 지키지 못한 무력감에 빠져 견딜 수 없어진 스스로에게 칼을 쑥 집어넣었다. 타미는 외로웠다. 토미는 뭐 하고 있을지 생각하다가 고개를 획획 저었다. 때론 핸드폰을 만지작거리며 토미의 전화를 기다렸으나 동시에 화를 내고 끊어야 하는 자신의 어쩔 수 없는 운명에 겁이 났다.

우리 둘 다 당한 거야.

시끄러. 모지리 같은 놈. 뺏어갔으면 보란 듯이 잘 지내야지. 그것을 또 뺏겨?

당했다니까.

토미와 타미는 거의 들리지도 않을 정도로 작아진 목소리로 속삭이며 말했다.

에릭. 개자식 그럴 줄 알았어. 우리한테는 기타도 제대로 안 가르쳐주고. 함부로 사람 의심이나 하고.

무슨 소리야. 뭔 일 있었어?

나 참 어이없어서. 내가 그 새끼 기타를 망가뜨렸다는 거야. 증인이 있다고 우기면서 물어내라고 하는데, 씨팔놈. 내가 왜 지 기타를 망가뜨려. 열 받아서 그대로 면상을 이마로 받아버리고 때려쳤지 뭐.

갑자기 열 받은 타미의 얼굴이 붉어졌다. 토미도 덩달아 얼굴이 붉어졌다.

진짜? 정말 개자식이네. 나 없을 때 그런 일이 있었군. 암튼 처음부터 난 그 자식 맘에 안 들었어.

그리곤 한동안 방 안에 침묵이 맴돌았다. 아루가 졸린 눈을 가늘게 뜨고 슬렁슬렁 걸어와 토미의 허벅지에 얼굴을 턱, 올리고 눈을 감았다. 토미는 아루의 이마를 손가락으로 살살 긁어주었고 타미도 손바닥으로 아루의 등을 조심스럽게 쓰다듬었다. 아루는 가만히 있었다.

자세히 보니 나름 귀여운 구석이 있네. 다시 돌아봐. 마저 잘라야 지. 거의 끝났어.

타미가 바닥에 떨어진 가위를 집어 들었다.

어.

느슨해진 보자기를 꽉 묶고 토미가 자세를 고쳐 앉았다.

타미는 전보다 섬세하고 느릿하게 토미의 머리를 자르기 시작했다. 사각사각 머리가 잘려지는 소리가 빗소리처럼 고요하게 방 안에 쌓여 갔다. 타미의 가위질이 거의 끝나갈 무렵 타미가 말했다.

그런데 나중에는 핑킹 가위로 한번 잘라보자. 네 앞머리가 너무 일 자라서. 촌스러워. 핑킹 가위로 한번 자르면 졸라 멋질 것 같은데.

큭큭 웃으며 토미가 대꾸했다.

그러면 진짜 병신 같아 보이겠다.

지금도 그래. 병신아.

타미야. 나 부탁이 있다.

뭔데. 다 됐다. 가서 머리 감고 와봐. 나름 괜찮네.

아루 좀 맡아줘.

토미는 뒤를 돌아보지 않고 계속 말했다. 뒤통수에 스피커가 달린 것처럼 잔뜩 가라앉은 토미의 음성이 낮게 울렸다.

무슨 소리야?

그냥 네가 맡아줬으면 좋겠어. 이대로는 안 되겠어. 여행 좀 다녀오 고 예전처럼 사람답게 살아야지.

324

그냥 버리라니까. 도둑고양이 많잖아. 원래 동물은 자유롭게 사는 게 더 편한 거야.

아니. 그게 아니라. 일단 네가 데려가. 그리고 버리든지 말든지 알아서 해. 웬만하면 네가 키워주면 좋고. 그냥 네가 그래줬으면 좋겠어. 그래야지 네가 앞으로 너한테······.

너한테 뭐?

덜 미안할 것 같아.

·······.

*

토미는 고시원 방을 옮겼다. 최근에 지어 조금 깨끗한 것 말고는 전에 살던 방과 크게 다를 것도 없는데 한 달에 3만 원이 더 비쌌다. 3만 원의 차이를 두고 방을 옮기기 직전까지 토미는 고민에 고민을 거듭했다. 하지만 결국 이사를 감행했다. 토미는 1년 반 동안 준비했던 시험 공부를 그만두기로 했다. 참고서를 들고 재활용 상자에 하나씩 던져넣었다. 팔랑팔랑 책날개를 흔들며 『형법』과 『경찰행정학』이 공중에 날다 떨어졌다. 상자에 가득 담겨 있는 참고서들을 보고 토미는 마음속에 있는 휴지통이 비워지듯 시원하고 허무한 기분을 느꼈다. 생각 같아서는 영구 삭제하는 의식을 위해 불을 지르고 싶었지만 참았다. 참고서를 들어내고 쌓여 있던 쓰레기를 모아 버리고 보니 정작 이사할 짐이 얼마 되지 않았다. 토미는 왼쪽 겨드랑이에 Tommy

Emmanuel을 정성스럽게 말아 끼워넣고 쇼핑백 두 개만 달랑 들고 고시원 방에서 나왔다. 토미는 빈 서랍처럼 깨끗하게 비워진 휑한 방을 마지막으로 쳐다보고 문을 닫았다.

토미의 시험 공부 포기 선언은 타미에게도 영향을 미쳤다. 그동안 암기 과목은 조금씩 점수가 올랐지만 아무리 노력해도 영어 점수는 오르지 않았다. 그러지 않아도 이것이 과연 내 길인가, 에 대한 깊은 회의감을 갖고 있던 타미였다. 타미는 책상 앞에 붙어 있는 Tommy Emmanuel에게 물었다.

진정 공무원이 제 길인가요?

Tommy Emmanuel은 타미를 쳐다보지도 않고 전처럼 그저 웃고만 있었다. 한참을 그렇게 브로마이드만 쳐다보던 타미는 고개를 획획 저었다. 기타리스트에게 취업 상담을 하다니, 이건 아니다 싶었다. 타미는 참고서를 주섬주섬 집어 들어 바닥에 하나씩 내려놓았다. 책은 탑처럼 높이 쌓였다. 타미는 책을 노끈으로 단단하게 묶은 후 한쪽 벽에 세웠다. 타미는 책 위에 걸터앉아 잠시 토미를 생각했다. 새로운 삶을 시작하고 싶다며 도보 여행을 떠난 토미가 여행을 시작한 지 열흘이 지났다. 2주 계획하고 떠났으니 이제 곧 돌아올 때가 되었다. 토미가 돌아오면 둘은 함께 중고 악기점에 가기로 했다. Tommy Emmanuel은 어떻게 기타를 치기 시작하게 되었느냐는 기자의 인터뷰에 이렇게 답했다고 한다.

누군가에게 기타를 배우지는 않았습니다. 그냥 기타가 좋았고 방

안에 홀로 앉아 기타를 껴안고 계속 연주했습니다. 독학. 그것이 지금의 저를 만들었지요.

그랬구나. 역시 음악은 혼자 시작하는 거야. 토미와 타미는 감동했다. 그리고 결심했다. 허접한 실력의 에릭에게 배울 것이 아니라 Tommy Emmanuel처럼 독학으로 기타를 마스터하기로. 타미는 왼손을 쫙 펴고 말랑말랑한 손가락을 누르며 중얼거렸다. 이제 곧 돌덩이처럼 굳어지겠군, 타미는 마음이 숙연해지는 것을 느꼈다. 그때였다. 이불이 들썩들썩 움직이며 뭔가 쏙 빠져나왔다. 전보다 조금 더 커졌지만 여전히 성질이 더러운 그 고양이였다. 고양이는 앞다리를 앞으로 쭉 내밀며 힘껏 기지개를 폈다. 그리고 다시 이불 위에 풀썩 주저앉아 눈을 가늘게 떴다. 타미가 부드러우면서도 뭔가 간절히 갈구하는 표정을 지으며 손바닥으로 허벅지를 툭툭 치며 말했다.

토미야, 토미야. 이제 그만 일어나야지. 이리로 와봐. 얼른. 이리로 와봐. 착하지.

토미는 들은 척도 안하고 다시 눈을 감았다.

네 마리 고양이의 몽타주

밤의 세계를 불러내기 위하여

새까만 밤이다. 소리 없는 걸음으로 고양이들이 서서히 모여든다. 부드러운 수염, 가냘픈 교태 어린 몸짓은 어둠에 묻혀 보이지 않는다. 광채로 빛나는 날카로운 노란 눈들의 숫자만 점점 더 늘어난다. 어디선가 갑자기 아기가 운다. 아니다. 고양이가 운다. 소름이 돋는다. 고양이를 떠올릴 때의 첫 느낌은 섬뜩함이다. 그것은 고양이가 육체를 가진 단순한 동물로서가 아니라, 응시하는 '눈빛'과 아기 울음소리를 닮은 날카로운 '목소리'로 떠오르기 때문이다. 나는 방금 시선이 아니라 눈빛이라고, 울음소리가 아니라 목소리라고 썼다. 시선과 울음소리는 대상의 것이지만, 응시하는 눈빛과 목소리는 주체의 것이다. 언제나 대상의 자리에 있었던 동물에게서 이를 넘어서는 강렬한 존재감을 발견할 때, 우리는 압도당하고 위축된다.

만약 당신이 누아르 영화를 찍고 있는데, 그 영화에 등장할 딱 하나의 동물을 선택해야 한다면 무엇을 고르겠는가. 한 치의 고민 없이 고양이를 선택하길 추천한다. 고양이는 소름 끼치는 목소리로 도시의 편집증을, 존재를 꿰뚫는 응시로 도시의 우울을 고발한다. 이 동물은 문명과 뒤엉켜 살면서도 길들여지지 않는 야생성으로 도시의 어두운 그림자를 드러낸다. 그래서 고양이의 시간은 낮이 아니라 밤이다. 야행성이기 때문이 아니라, 도시의 감춰진 면모들을 끄집어낸다는 점에서 그렇다. 문학의 시간도 낮보다는 밤에 가깝다. 문학은 끊임없이 세상과 새롭게 적대하기를, 낯설기를 원한다. 낮에 법과 규율, 의식과 이성이 세계를 지배한다면, 밤에는 낮 동안 억압되어 있던 무질서와 광기, 무의식과 환상이 활개 친다. 그래서 이 밤을 업고 낮의 질서를 전복시키는 카니발이 시작된다. 소설집에 실린 열한 편의 소설들이 우리에게 더 친숙한 개 대신 고양이를 불러낸 이유가 여기에 있다. 고양이를 불러내는 것은 곧 길들여지지 않는 밤의 세계를 불러내는 것이다. 고양이의 밤은 개의 낮보다 매혹적이다. 이 밤의 세계에서 나는 네 마리 고양이의 몽타주를 포착했다.

첫 번째 몽타주. 포의 검은 고양이

포의 「검은 고양이」를 읽고 나면 다시는 골목길에서 어떤 고양이와도 눈을 마주치고 싶지 않게 된다. 고양이의 한쪽 눈을 도려내고 목매달아 죽이는 남자의 광기도 끔찍하지만, 그 후 남자가 아내를 우발적으로 살해하게 만들고 그 현장을 결정적인 순간 경관에게 발각되게 하는 고양이는 인간 내면의 강박과 공포의 근원을 절묘하게 드러낸다.

여기 어린 시절 우물에 빠져 죽은 언니에 대한 기억으로 갈증과 허기에 시달리는 한 중년 여성이 있다. 매일 그녀가 지하철의 텅 빈 캐비닛을 열어보는 것은 언니의 죽음을 덮고 끝내 살아남았다는 데서 오는 삶의 오욕과 상처를 달래기 위한 의식처럼 보인다. 아마도 그녀에게는 그 캐비닛이 깊은 우물처럼 보일지도 모를 일이다. 그런데 어느 날 여자의 아파트 일층, 화단에 세 마리 새끼 고양이들이 죽어 있다.

당신은 생각했다. 이 세상에서 새끼 고양이들이 살다간 시간을 무게로 환산한다면 지금 당신의 손끝에 느껴지는 그 가벼움, 딱 그 정도일 것이라고.
언니가 살다간 시간을 무게로 환산한다면…….
당신의 생각이 멈췄다.

—강진, 「캐비닛, 0913」

영혼의 무게는 21그램이라고 들었다. 이토록 무거운 생을 떠날 때 고작 사라지는 것이 21그램뿐이라면, 아마도 남은 무게는 그 죽음을 감당해야 할 사람들의 몫이 될 것이다. 소설 속에서 그녀에게 새끼 고양이들의 죽음은 깃털 같은 가벼움으로 감각되며, 이는 언니의 허무

한 죽음의 무게와 연결된다. 반년 후에, 어미 고양이가 낳은 네 마리 새끼 고양이 중 유일하게 살아남은 한 마리 고양이가 발견되자, 여자는 이 고양이를 자신의 캐비닛에 밀어 넣는다. 세 마리 새끼 고양이들의 죽음이 언니를 연상시켰다면, 살아남은 고양이는 곧 자기 자신이다. 그래서 이 고양이를 캐비닛에 밀어 넣는 마지막 장면은 자신을 우물 속으로 밀어 넣는 것과 같은 상징적 죽음의 행위가 된다. 그녀는 고양이를 희생물로 바쳐 살아남은 자신의 죄를 속죄하려는 것이다. 자신이 개입되지 않은 언니의 죽음을 평생 원죄로 떠맡은 채 자진하는 몸짓으로 살아가는 주인공은 안쓰러우면서도 아름답지만, 그 죄의 값을 무력한 새끼 고양으로 치르는 마지막 행위는 어쩐지 난감하다. 지극한 슬픔과 분노의 표현이었을 거라 헤아리면서도, 결코 완만하게 봉합되지 않는 이 폭력성의 전도는 아프다.

다른 소설로 시선을 돌려보자. 고양이에 대한 가해에 그에 상응하는 복수가 반드시 이루어지는 것이 검은 고양이의 세계다. 그런데 고양이에 대한 공격성과 살해 욕구가 최대로 분출하는 순간, 반작용으로 주인공의 몸에 나타난 것은 우스꽝스러운 쥐 꼬리다.

"난 그때를 놓치지 않았지. 냅다 놈의 목을 틀어잡고 두 귀 사이를 칼로 그냥 확 그어버렸어. 아, 그 끔찍한 비명소리라니⋯⋯! 죽어라 버둥거리는 놈의 머리 중앙에 핏물이 선명하게 번져 올라 있더라고. 순간 놈이 발톱으로 내 손등을 할퀴는 바람에 칼을 떨어뜨렸고, 놈도 놓치고 말았어. (⋯)

혹시 핏자국이 남아 있는지 탁자와 바닥을 꼼꼼히 살핀 다음, 서둘러 그 자리를 벗어났지. 핏물이 희미하게 밴 칼을 가방에 넣고, 정신없이 사무실 밖으로 나왔던 것 같아. 그런데 엘리베이터 문이 닫힐 때까지 날카로운 고양이 울음이 뒤쫓아오는 기분이 드는 거야. 그때였어. 뜨거우면서도 따끔한 감각이 등뼈를 훑고 지나가는가 싶더니, 꼬리뼈에서 묵직한 통증이 느껴졌어. 바로 그거였어. 웃지 마 임마! 분명 그때 내 꼬리 유전자가 자극을 받은 거라니깐……"

—태기수, 「모르모트 인간」

핏물을 따라 공포가 번져가던 소설은 쥐 꼬리로 인해 순식간에 희극으로 돌변한다. 쥐 꼬리가 주는 혐오감이나 동물로 퇴화한 것에 대한 비애의 문제가 아니다. 사건 이후에, 사장의 호출을 받고 그 고양이가 있는 방에 들어설 때마다 주인공은 새파랗게 질린 꼬리의 떨림을 느낀다. 고양이를 쫓던 인간이 고양이의 눈치를 보는 쥐의 신세가 된 반전의 상황에 어쩐지 피식, 웃음이 나온다. 그렇다면 그는 벌을 받은 것인가? 대부분의 민족들이 갖고 있는 동화 속에는 인간이 동물로 변신하는 것이 형벌이나 고통으로 인식된다. 피조물 중에 인간만이 가지고 있는 이성의 박탈은 곧 동물로의 '추락'으로 여겨졌다. 그런데 이성은 그대로인 상태에서 쥐의 꼬리가 추가되는 것은, 이성의 상실이 아니라 도리어 인간이 가지고 있지 않은 본능 하나를 더 부가해주는 것이 아닌가. 태기수의 소설은 포의 「검은 고양이」의 발랄한 전복적 버전이다. 고양이를 해하려다 얻게 된 쥐 꼬리는 저주가 되는 대신, 성행위에 있어 쾌락을 배가해주고 스스로를 연구의 대상으로 삼아 수억 달러 프로젝트를 노릴 수 있게 하는 기회가 된다.

고양이에 대한 공포를 유머로 상쇄시키는 대신 환상으로 피해가는 소설도 있다. 소설가인 주인공 '나'는 고양이 소설을 써야 한다는 과제 앞에서 고통스러워한다. 그녀의 기원에는 환한 보름달 아래서 자신의 탯줄을 먹어치운 고양이 무리가 있기 때문이다.

> 사정이 이러하니 고양이라면 질색하지 않겠는가. 기억에 없는 일이라고는 해도, 어찌됐든 나의 시작이자 내 근원의 상징이랄 수 있는 탯줄을 한순간에 먹어치워 버린 놈들이 아닌가. 고양이들이 피비린내가 풍기는 탯줄을 입안에 넣고 씹어 먹는 장면을 상상할 때마다 나는 지독한 오한을 느낀다.
>
> —김이은, 「고양이 소설엔 고양이가 없다」

죽음과 직접 맞닿는 건드려서는 안될 실재계의 지점에 고양이가 있기에, 이를 피하기 위해서는 환상이라는 스크린이 펼쳐질 수밖에 없다. 화자는 '죽음의 냄새를 맡는 고양이'라는 신기한 이야기가 적힌 편지를 한 통 받고 그 주소를 따라가지만, 찾는 장소는 존재하지 않고 편지를 수신한 사실 자체가 불명료해진다. 이 알 수 없는 의문의 편지의 수신자는 누구인가. 바로 고양이에서 주의를 돌리고 싶어하는 능청스러운 작가다. 죽음과 등치되는 고양이에 대한 강렬한 도피의식은 현실과 환상의 접점에서 끝없는 소설을 구성하기 시작한다. 집으로 돌아와 강아지 '봉지' 와 '마루' 와 함께 저녁을 먹는 작가에게 누군가 다시 고양이 소설을 요구한다면, 아마도 의문의 편지가 또 날아올 것이다. 그리고 그 편지는 다시 행방불명이 될 것이고……

두 번째 몽타주. 앨리스의 고양이

『이상한 나라의 앨리스』의 체셔 고양이는 꼬리 끝에서 시작해서 얼굴까지 서서히 사라지다가 마지막에는 웃는 표정만 남긴다. 고양이의 육체는 이미 사라졌으나 고양이의 웃는 표정이 허공에 둥둥 떠 있는 그로테스크한 상황이 전혀 어색하지 않은 이곳은 '이상한 나라' 다. 동물들이 말을 걸고, 앨리스의 몸이 수시로 커졌다 작아졌다 하는 이상한 나라에서 변신과 분열은 부조리한 것이 아니라, 일상의 한 부분일 뿐이다. 그러니 소설 속에서 아버지가 회장님의 마법에 걸려 난데없이 고양이가 되어버린다 해도 놀라지 말자.

처음에는 좋았습니다. 늘 바쁘다고 하시던 아버지가, 회사에서 늦은 밤까지 일하다가 지친 모습으로 돌아오시던 아버지가, 주말이면 죽은 시계처럼 잠을 자던 아버지가 하루 종일 집에 계셨으니까요. 뿐만 아니라 여러 가지 재미있는 동작도 하셨습니다. 변기 위에 올라앉아 등을 곧추세우고 오줌을 누며 부르르 떤다거나 가방이나 봉지 속에 들어가 계시는 모습은 깜찍하기까지 했습니다. 때론 아버지를 껴안고 '아이고, 귀여워' 라고 해버릴 때도 있었지만 그럴 때도 아버지는 당황하지 않고 지그시 나를 보며 천천히 눈을 감았다 떴습니다. 몇

번이고. 그게 무슨 뜻인지 몰랐는데 우연히 본 TV 동물 프로그램에서
그러더군요. 일명 고양이 키스로 고양이가 애정을 표시하는 방법이라
고요.

—김설아, 「고양이 대왕」

아버지가 고양이로 변한 사건의 직접적 원인은 '갱생 프로그램' 이
다. 아버지는 상사의 잘못을 뒤집어쓰고 사장님에게 갱생 프로그램을
권유받았으나, 결국 회장님 댁에서 고양이로 변해 '갱생 프로그램에
실패했다' 는 말과 함께 해고 통보를 받고 만다. 누구보다 고분고분하
고 조심스러웠던 아버지가 고양이로 변한 맥락에는 자본주의 사회에
서 언제든지 대체가능한 일개 소모품으로 전락한 개인의 모멸감과 분
노가 녹아들어가 있다. 어쩌면 그에게 진정한 '갱생' 이란, 대책 없이
쌓아온 울분을 본능에 따라 마음껏 표출하는 고양이가 되는 것이었을
지도 모른다. 여기까지만 보면 성실하게 최선을 다해 살았음에도 끝
내 사회에서 밀려나 '프릭Freak' —기형, 변종, 괴물—이 되고 만 아버
지의 처연한 삶에 대한 아들의 연민이 소설 밑바닥에 자리하고 있다
고도 읽을 수도 있겠다. 그러나 소설은 '아버지' 와 '동물로의 변신' 이
라는 모티브가 결합할 때 의례적으로 기대하게 되는 알레고리와 페이
소스를 배반한다. 발정기에 집을 뛰쳐나가 고양이와 뒹굴던 아버지
는, 위풍당당하게 고양이 무리를 이끄는 대왕 고양이가 되는 것이다.
아버지가 고양이와 흘레붙는 민망한 상황을 목격하면서도 이 소설에
어떤 쓸쓸함이 배어 있다고 느끼기는 쉽지 않다.

이렇게 아버지가 대왕 고양이가 되는 세계의 다른 한쪽에는, 고양이가 사람이 되어 환락을 누리기도 한다.

> 호피 무늬를 지닌 작고 평범한 고양이었다. 그가 놀라 달아나지 않도록 나는 조심스럽게 다가갔다. (…) 여전히 잊지 못하는 어린 시절의 강아지 이름을 따 '성범수'라 부르기 시작했다. (…)
> 그러던 어느 날이었다. 성범수가 몹시 우울해 보이는 것이었다. 걱정스레 물어보는 내게 말했다.
> 〈답답하다. 나도 밖에 나가 친구를 만나고 싶다. 네가 만나는 친구들과 어울리고 싶다. 이곳은 너무 답답하다.〉 (…)
> 저녁 늦게 돌아온 성범수는 개다리 열매라도 횡재한 듯한 표정이었다. 내 친구들의 습관, 좋아하는 것과 싫어하는 것, 그리고 여러 종류의 몸짓언어들을 익히 알고 있던 터라 어렵지 않게 친해진 모양이었다.
>
> ─박형서, 「갈라파고스」

무엇이 실수였던가. 인류학자 마르셀 모스는 "사람은 개를 길들이고, 고양이는 사람을 길들인다"라고 말했다. 화자는 이 말을 유념하지 않은 듯하다. 추억의 강아지 이름을 붙여준다 하여 고양이가 강아지가 되는 것은 아니다. 고양이는 이름을 붙여준 주인을 넘어서서, 그의 시계와 그의 청바지와 그의 신분과 그의 여자까지도 빼앗아버렸다. 고양이는 다리에 심한 부상을 입은 채 인천대교 아래로 던져졌지만 좀비처럼 살아 돌아와 주인의 집을 강탈한다. 고양이의 말에 따르면

이 일은 '진화'에 따라 이루어진 것이다. 갈라파고스를 탐험한 다윈도 혀를 내두를 진화론이다. 끝부분까지 읽고 나면, 심지어 소설의 구조마저 고양이가 주인을 압도하고 있음을 알 수 있다. '내'가 술집에서 만난 한 '청년'의 이야기를 들려주는 이 액자 소설은 사실 '고양이'가 들려주는 집에서 쫓겨난 '주인'의 사연인 것이다.

대왕 고양이가 된 아버지나, 사람이 된 고양이에게 쫓겨난 남자나 난감한 처지로 치면 오십보백보, 막상막하겠다. 그러나 중요한 것은 이 둘 모두 인과성이나 개연성 따위는 일찌감치 접어둔 소설이라는 것이다. 물론 우리가 살고 있는 세상이 워낙 팍팍하니, 집주인에게서 모든 것을 뺏고 길거리로 내쫓고도 이렇게 살아남는 것이야말로 진화라며 의기양양한 고양이의 모습에서 작년에 용산에서 벌어졌던 참사를 떠올릴 수도 있겠다. 하지만 이건 독자의 해석 욕망일 뿐, 이 두 소설을 가장 적절하게 즐기는 방법은 인간과 동물을 오가는 황당무계한 환상들을 있는 그대로 유쾌하게 받아들이는 것이다. 고양이가 한 번도 문명에 자신을 맞춰 길들인 적이 없는 것처럼, 서사는 고양이의 본능처럼 충동적으로 펼쳐질 뿐이다. 사실 때때로 현실의 질서가 사라진 '맥락 없음'이 우리를 얼마나 자유롭게 하는가.

세번째 몽타주. 슈뢰딩거의 고양이

어떤 고양이 한 마리가 철로 만들어진 상자 안에 갇혀 있다. 이 상자 안에는 방사선을 검출할 수 있는 가이거 계수관과 미량의 방사성 원소가 들어 있다. 한 시간 동안에 한 개의 원자가 붕괴할 확률과 한 개도 붕괴하지 않을 확률이 각각 50퍼센트이다. 만약 방사성 원소가 붕괴하면 고양이에게 치명적인 시안화수소산이 흘러나온다. 한 시간 후에 이 상자 속의 고양이는 어떻게 될까? 양자 물리학에서는 고양이의 상태를, 살아 있는 상태를 나타내는 파동함수와 죽어 있는 상태를 나타내는 파동함수의 중첩으로 나타낸다. 다시 말해 고양이는 죽어 있는 상태와 살아 있는 상태가 혼합된 상태에 있다는 것이다. 무슨 말인지 알 수가 없다 해도 괜찮다. 그 유명한 스티븐 호킹도 "누군가 내게 슈뢰딩거 고양이 이야기를 꺼내면, 총으로 쏴버리겠다"라고 말했다고 하니까. 그저 한 고양이를 가지고 1/2은 살고 1/2는 죽었다는 말을 할 수 있는 기이한 과학적 세계도 있다는 정도로 받아들이면 되겠다.

슈뢰딩거도 실험 대상으로 고양이를 선택했지만, 일반적으로 SF 장르 소설에서 환영받는 동물도 개보다는 고양이다. 아마도 민첩하고 영리한 이미지에 고양이가 풍기는 특유의 신비감이 작용한 덕분일 것이다. 먼 미래에서 2012년을 회고하는 소설 「묘심」에서 주인공은 죽은 딸 이름 '나영이'를 붙이며 아껴주던 고양이를 따라갔다가 산에서 신비로운 연무와 빛의 기둥을 마주하게 된다.

급한 경사 지대를 넘어 도착한 곳은 곰배령 정상 아래의 삼각점이 있는 725봉 안부 지대였다. 그곳은 1년 전 나영이를 처음 만난 곳이었다. 하지만 안부 지대는 그동안, 아니 어제까지 보아왔던 곳이 아닌 전혀 다른 장소로 되어 있었다. 푸른색도 아니고 연두색도 아닌 짙은

형광색의 연무가 안부 전체를 뒤덮고 있었던 것이다. 게다가 백 마리
는 넘어 보이는 고양이들이 연무 주위에 몰린 채 서성대고 있었는데
그렇다고 J가 겁을 먹은 것은 아니었다.

　　　　　　　　　　　　　　　　　　　　　　　—양유정, 「묘심」

　여기서 이 경관을 바라보는 시각은 두 갈래로 갈라져 기술된다. 바
깥 세계에서 이 빛의 기둥은 동아시아 핵전쟁이 벌어지고 있는 위급
한 상황에서 빨리 폭탄으로 격퇴되어야 할 '미확인 빛기둥'에 불과하
다. 그러나 주인공인 '그'에게 연무는 죽은 딸과 이어지는 신비로운
세계이자, 그 안에서 "당신들의 실험으로 27만 년 동안 닫혀 있던 지
상이 문이 열렸"다는 목소리가 들리는 성스러운 세계이다. 묵시록의
서사 속에서 울려 퍼지는 기계의 목소리는 우리가 기댈 수 있는 마지
막 구원의 동아줄이지만, 목소리가 데려가는 것은 고양이뿐이다. 고
양이는 이 세계 바깥과 연결되는 유일한 생물체이자, 성스러운 피조
물로 간주된다. 그런데 왜 우리는 구원에서 배제되는가. 냉정하게 바
라보면, 바깥에서 무자비하게 포탄을 터트려대면서 인력과 자원을 낭
비하는 인간들은 이 기계음조차 들을 수가 없기 때문이다. 이들에게
는 타인의 말을 들을 귀가 없다. 늘 외부의 적을 상정함으로써 내부의
갈등을 봉합하려는 이들에게 외부로부터의 구원은 애초에 불가능한
것이다.
　그렇다면 인간이 바깥의 다른 생명체와 소통할 수 있다면, 상황은
조금 바뀔 수 있을까. 여기 악성 비염에 시달리지만, 이로 인해 '새

우' 라는 고양이와 대화할 수 있는 능력을 갖추게 된 한 소녀가 있다.

> 고양이들은 소녀와 새우의 대화를 들을 수 있지만 사람들에겐 둘의
> 대화가 들리지 않는다. 소녀와 새우가 인간의 가청 범위 밖의 주파수
> 로 얘기하고 있기 때문이었다. 못을 밟고부터였다. 소녀는 고양이의
> 말을 알아들을 수 있게 되었고 고양이에게 의사를 전달할 수 있게 되
> 었다.
>
> —최은미, 「수요일의 아이」

이런 신비한 능력에도 불구하고 묵시록은 계속된다. 사람들은 고양
이 몰살 작전을 펼치고, 고양이는 소녀에게 "지금은 고양이를 죽이고
있지만 다음은 너희 악성 비염인 차례"라고 말한다. 내가 속해 있지
않은 저쪽을 향해 'Hello, there' 라고 말하지 못하는 이상, 우리가 살
고 있는 곳은 'Hell, here' 가 될 수밖에 없다. 그러나 마지막 장면에서
소녀와 소년이 고양이 침입방지 발판의 쇠못 위로 몸을 던질 때, 이들
은 현실의 시공간을 빠져나가 "사람의 가장 순수한 기억이 저장된다
는 대뇌 깊은 곳"으로 향하며 이 호흡곤란의 현실을 벗어난다. 이 장
면은 영화에서 델마와 루이스가 벼랑 끝으로 질주하던 마지막 장면에
서 느끼던 희열과도 같은 것을 느끼게 한다. 현실에서 다음 장면은 추
락사로 이어지겠지만, 우리의 머릿속에서 이는 현실을 내파內破하는
도약으로 나아간다.

출구가 봉쇄되어 있는 이 세계에서 탈출은 기존의 몸과 마음에서

단절해 새롭게 변신하는 일이기도 하다. 유대 민담에 핍박받는 유대 민중을 돕기 위해 인간의 손으로 진흙에서 빚어진 '골렘'이 있듯이, 여기 소설 속에서도 진흙으로 빚어진 '진흙인간'이 탄생한다. 하지만 이 놀라운 인공적 생명체 진흙인간은 불사의 용사로서 세계 각지의 전쟁터에서 사람을 죽이는 임무에 투입될 뿐이다. 그래서 진흙인간 형제들이 모인 밤, 이들은 다른 몸이 되어 그들이 갇혀 있는 감옥을 빠져나가기로 한다.

> 이 철장을 어떻게 통과할 것인가. 13은 세면대에 물을 받아 11이 뜯어낸 진흙을 담가두었다. 반죽을 뭉쳐 고양이를 만들 생각이었다. 그로선 가장 자신 있는 형체였다. 물기로 축축해진 진흙반죽을 열심히 짓이기며 13은 형제들에게 설명했다. 다른 몸이 되어 이곳을 빠져나가자.
>
> —명지현, 「흙, 일곱 마리」

이 탈출은 주체가 자신의 신체를 근본적으로 바꿀 수 있게 해주는 미래의 기술과, 주체가 바로 그 자신이게 해주는 것은 무엇인지 묻는 정체성에 대한 오래된 질문을 가지고 이루어진다. 새로운 형체 내부에 영혼이 깃들기 위해서는 "망각의 자유"를 실천해야만 가능하다. 현재의 기억과 단절한 이들은 고양이로 몸을 바꿔 수단화되지 않는 존재의 자유를 획득한다. 이들은 지금 '기관 없는 신체'가 되어 억압적인 사회로부터의 탈주를 보여주고 있는 중이다.

네 번째 몽타주. 낭만 고양이

이제 가장 달콤한 낭만 고양이가 남았다. 고양이는 애완 동물과 야생 동물 사이에서 묘한 경계성을 가지기에, 종종 사회로 진입하지 않은 채 그 문턱에서 방황하는 청춘의 알레고리가 된다. 낮에는 백일몽에 빠지고, 밤이면 몽환적인 꿈을 꾼다면 당신도 낭만 고양이의 범주에 속한다고 할 수 있겠다. 그러나 무엇보다 낭만 고양이의 주요한 특징은 사랑으로 아파하고, 실연으로 구만리 인생길을 뱅뱅 돌며 헤맨다는 것이다.

'Tommy'라는 이름을 함께 공유하는 절친한 분신Double, '토미'와 '타미'는 새내기 때 든 기타 동아리에서 '애플'이라는 한 여자를 좋아하게 되면서 우정에 균열이 간다. 뒤늦게 알게된 사실—애플은 타미와 사귀면서 토미를 사귀고, 토미와 사귀면서 또 다른 남자아이를 사귀는 바람둥이였다는 것—은 차치하고, 여자가 기르는 고양이의 매력을 잠깐 살펴보면 이렇다.

애플은 아루라는 이름을 가진 고양이를 한 마리 키웠다. 아루는 딱 엄지손가락만 했고 애플의 왼쪽 허벅지에 은밀히 살고 있었다. 그 비밀을 아는 사람이 한 명 있었으니, 그는 타미였다. 타미는 애플을 좋아했고, 애플도 타미를 귀여워했다. 애플이 타미에게 다른 사람에게 절대로 말하지 말라며 보여준 아루는 정말이지 너무 귀여웠다. 타미는 손가락으로 아루를 쓰다듬고 종종 키스를 했다. 그럴 때마다 아루는 꿈틀꿈틀 움직였고 애플은 아르르르 웃었다. 타미는 불타는 아르페지오에서 가장 예쁜 애플과 사귄다는 사실과 아루의 존재를 아는 유일한 사람이 자신이라는 사실이 너무 자랑스러웠다.

　　　　　　　　　　　　　　　　　　　　　　　—정용준, 「토미타미」

이 소설집에서 가장 섹시한 고양이 되겠다. 여자 허벅지에 은밀하게 자리 잡은 고양이 모양의 문신 하나만으로도 이 여자의 매력지수는 점수를 매길 수 없을 만큼 상승한다. 그러나 앞에서 설명했듯이, 이 둘은 모두 여자에게 농락당했기 때문에 지금 현재 이들에게 남아 있는 것은 토미가 기르게 된 진짜 고양이 '아루' 뿐이다. 공유할 수 없었던 애플의 '아루' 대신, 이 둘은 자신들의 사랑처럼 길에 버려졌던 고양이 '아루'를 공유하며 서로의 우정을 회복해나간다. 어딘가 어리숙하면서도 짠한 이들의 우정을 지켜보다 보면, 애초에 공유 불가능한 사랑이란 이들의 관계에서만큼은 무의미한 것이 아니었나 하는 생각이 든다.

그러나 이렇게 우정으로 메워지지도 않고 사랑이라 할 수도 없는, 그저 사랑의 경계에서 잠시 머뭇거리다 끝나는 쓸쓸한 사랑도 있다. 뚱뚱하지만 누구보다 멋스럽고 도회적이었던, 낙천적인 여자 '박 언니'는 '나'를 도와 〈캣츠아이 소셜 클럽〉이라는 라디오 프로그램을 만들게 된다. 이 프로그램이 승승장구하면서 '나'는 그녀와 결혼까지도 생각하게 되지만 그즈음부터 박 언니는 서서히 변해간다.

어느 날은 한쪽 눈에만 초록색 콘택트렌즈를 끼고 오는 바람에 기겁을 하기도 했다.

"뭐야, 그게!"

놀라 마음에 소리부터 버럭 질렀다.

"오드 아이 몰라? 고양이들 중에는 양쪽 눈 색깔이 다른 오드 아이
가 많대. 오묘하지 않아?"

—김서령, 「캣츠아이 소셜 클럽」

박 언니는 '실제의 나'와 블로그에서 보여지는 '가상현실 속의 나'
가 서로 충돌하면서 점차 어그러져간다. 본래 "날카롭고 명징하게 시
대를 읽어내는 고양이의 눈"을 대표하던 박 언니의 캣츠아이는 고양
이의 오드 아이를 모방하는 짝짝이 콘택트렌즈로 기이하게 변형되는
것이다. 고양이의 오드 아이는 매력적이지만, 인간의 짝짝이 눈은 분
열에 불과하다. 그리고 그에 따라 이들의 사랑 역시 파국으로 치닫는
다. 사실 변해가는 박 언니를 방치하고 결국 치졸하게 관계를 끝내는
남자를 보면, 박 언니의 오드 아이는 끝을 짐작하고는 있었으나 딱히
헤어질 명분을 찾지 못하던 남자의 절름발이 사랑을 표식하는 대상물
처럼 보이기도 한다. 이 어정쩡한 마음의 재빠른 정리에 대해 비난하
는 것은 아니다. 사랑의 시작과 끝이 어찌 무 자르듯 명쾌할 수 있겠
는가. 때로는 5년 넘게 사귄 연인이 특별한 이유 없이 여자의 "헤어지
자"는 말 한마디로 끝을 맺기도 하지 않는가. 염승숙의 「자작나무를
흔드는 고양이」는 오래된 연인의 헤어짐을 통해 우리가 말하는 사랑
이 얼마나 부서지기 쉬운 속성을 가지고 있는지, 그럼에도 이별에서

오는 타격이 얼마나 크고 아픈지 보여준다.

　　그럴 때면 꿈속에서나마 나는 휘황찬란하게 밝은, 크고 둥근 달이
뜬 자작나무숲을 거닐었다. 온통 희고, 고요한 공간이었다. 그리고 자
작나무가 빽곡하게 심어진 그 공간의 끝에서는 늘, 고양이 한 마리가
나를 맞아주었다.
　　하늘색 눈동자의, 잿빛 줄무늬 털옷을 입은 고양이는, 나와 눈이 마
주치면 노래하듯 짧은 울음을 울고는 흰 나무껍질을 타고 올라가 잎
사귀를 흔들었다. (…)
　　믿기지 않지만, 고양이가 있는 힘을 다해 자작나무를 흔드는 밤에
는 그래서, 조금 덜 춥고, 덜 외로웠던 것이다. 가능하다면, 언제까지
고 고양이와 함께 자작나무를 흔들고 싶은 마음뿐이었다.

　　　　　　　　　　　　　　　　　—염승숙, 「자작나무를 흔드는 고양이」

　　어떤 낭만 고양이라도 자연스레 발걸음이 향할 것 같은 이 몽환적
인 자작나무숲의 환상은 아름다워 숨이 막힌다. 한편의 시와 같은 서
정성을 구축하고 있는 이 환상에 대해 많은 이야기를 할 수 있겠지만,
이 환상이 언제 어떻게 소설 속으로 개입하는가를 보는 것이 우선일
것이다. 남자는 헤어짐을 통보한 여자의 집을 나서기 전 마지막으로
냉장고 문을 열어 부패한 한 알의 사과를 보는 순간에, 과거를 경유해
이 자작나무숲의 환상에 이른다. 화자는 대학에 들어와 서울에 올라
와 살면서 "괜찮지 않을 때마다", "홀로 방에 누울 때마다" 이 환상에

의지해 외로움을 달래며 잠이 들곤 했던 것이다. 썩은 사과를 보는 시간 위에 이 환상을 배치해놓는 구성을 택함으로써 작가는 독자로 하여금 지독하게 쓸쓸해지고 있는 화자의 마음을 전한다. 그는 지금 이 한 알의 사과를 통해, 돌이킬 수 없이 마모된 관계와 사랑의 부패를 미처 인지하지 못했던 자신의 무딤을 자책하고 있는 중이다. 서서히 견딜 수 없이 외로워지고 있는 중이다. 그러니 그 썩은 사과를 집에 가져와 모조리 먹어치우고 자신이 부패한 사과로 변하는 것은 실연으로 검은 밑바닥까지 내려간 마음의 은유이겠다.

새벽이 희뿌옇게 밝아오고 있으니, 이제 헤어질 시간이다. 한밤에 이루어지기에는 다소 벅찬 강렬한 카니발이었다. 고양이에 대한 다양한 관점들은 하나로 모이면서도, 하나의 이미지로 수렴되지 않은 채 큐비즘적으로 존재하는 것을 보여주었다. 우리의 친숙한 세계는 고양이가 등장하면서 갑작스럽고 기괴하게 분열되고 낯설어진다. 이 글을 읽는 당신은 네 마리의 고양이의 몽타주를 이루고 있는 열한 개의 표정 중 어떤 것이 가장 맘에 들었는지 궁금하다. 체셔 고양이의 웃음처럼 책을 덮은 뒤에도 한참 동안 마음속에서 사라지지 않는 표정이 하나쯤은 있기를 바라며, 나는 고양이의 걸음걸이로 조용하고 빠르게 저 멀리 간다.

2010년 4월

강지희 _ 문학평론가

캣캣캣

지은이 l 태기수 외
펴낸이 l 양숙진

초판 1쇄 펴낸날 l 2010년 4월 5일

펴낸곳 l ㈜ 현대문학
등록번호 l 제1-452호
주소 l 137-905 서울시 서초구 잠원동 41-10
전화 l 516-3770
팩스 l 516-5433
홈페이지 l www.hdmh.co.kr

ⓒ 2010, 현대문학

값 12,000원

ISBN 978-89-7275-458-9 03810